LE PARADOXE DU TEMPS

Eoin Colfer

Le paradoxe du temps

Artemis Fowl / 6

Traduit de l'anglais
par Jean Esch

Gallimard Jeunesse

Artemis Fowl

1. Artemis Fowl
2. Mission polaire
3. Code éternité
4. Opération Opale
5. Colonie perdue
6. Le paradoxe du temps

Le dossier Artemis Fowl

Artemis Fowl – la bande dessinée

Illustration de couverture : Kev Walker

Titre original : *Artemis Fowl and the time paradox*
Édition originale publiée par The Penguin Group, 2008

Pour Grace,
une nouvelle fille, petite-fille,
nièce et cousine

PROLOGUE

MANOIR DES FOWL, DUBLIN, IRLANDE

À moins d'une heure de voiture de la belle ville de Dublin, au nord, s'étend la propriété des Fowl, dont les limites n'ont guère changé depuis cinq cents ans.

Le manoir, protégé par un éventail de chênes et de hauts murs formant un parallélogramme, n'est pas visible de la route. Les portails en acier blindé sont munis de caméras fixées sur les piliers. Si vous étiez autorisé à franchir ces portes discrètement électrifiées, vous vous retrouveriez dans une large allée de graviers qui serpente doucement à travers ce qui était autrefois une pelouse impeccable, mais que l'on a encouragée à se transformer en jardin sauvage.

À l'approche du manoir lui-même, les arbres deviennent plus denses; les chênes et les marronniers robustes qui se dressent vers le ciel se mêlent aux frênes et aux saules plus fragiles. Seuls signes de domestication : l'allée vierge de toute mauvaise herbe et les lanternes flamboyantes qui semblent flotter dans les airs, sans fil ni attache.

Le manoir des Fowl a été le théâtre d'un grand nombre d'aventures au cours des siècles. Dans un passé récent, celles-ci ont revêtu un caractère magique, à l'insu de la plupart des membres de la famille. Ils ignorent, par exemple, que le grand hall a été totalement détruit lorsque les fées ont envoyé un troll pour combattre Artemis, fils aîné de la famille et véritable génie du crime. À l'époque, il avait douze ans. Aujourd'hui, les activités qui se déroulent à l'intérieur du manoir sont on ne peut plus légales. Les forces spéciales des fées ne tentent plus de prendre d'assaut les remparts. La cave ne sert plus à emprisonner des elfes agents de police. Vous ne verrez plus un centaure en train de régler ses postes d'écoute ou d'effectuer des scanners thermiques. Artemis a fait la paix avec le Peuple des fées et noué de solides amitiés dans leurs rangs.

Car si les activités criminelles d'Artemis lui ont beaucoup rapporté, elles lui ont également coûté cher. Des gens qu'il aime ont été conduits au désespoir, blessés et même enlevés à cause de ses combines. Ces trois dernières années, ses parents l'ont cru mort, alors qu'en réalité, il affrontait des démons dans les limbes. À son retour, il fut sidéré de constater que le monde avait continué à tourner sans lui et qu'il était maintenant le grand frère de jumeaux de deux ans : Beckett et Myles.

Chapitre Premier

ESPRESSO ET MÉLASSE

Artemis était assis dans un fauteuil en cuir rouge sang, face à Beckett et à Myles. Sa mère, légèrement grippée, était alitée ; son père se trouvait dans la chambre en compagnie du médecin. Artemis avait donc été réquisitionné pour distraire les bambins, et quelle meilleure distraction pour des jeunes gens que quelques leçons ?

Il avait choisi de s'habiller de manière décontractée : chemise en soie bleu ciel, pantalon en flanelle gris clair et mocassins Gucci. Ses cheveux noirs coiffés en arrière dégageaient son front et il avait plaqué sur son visage un air enjoué, car il avait entendu dire que ça plaisait aux enfants.

– Artemis veut cabinets ? demanda Beckett, accroupi sur le tapis turc, vêtu uniquement d'un gilet maculé de taches d'herbe, qu'il avait tiré sur ses genoux.

– Non, Beckett, répondit Artemis gaiement. J'essaye d'avoir l'air joyeux. Au fait, tu ne devrais pas porter une couche ?

– Une couche ? ricana Myles, qui avait appris la propreté tout seul à quatorze mois en construisant un escabeau avec les volumes d'une encyclopédie pour atteindre le siège des toilettes.

– Pas couche, dit Beckett en faisant la moue et en écrasant une mouche qui s'était prise dans ses boucles blondes collantes et continuait à bourdonner. Beckett déteste couche.

Artemis était certain que la nourrice n'avait pas oublié de lui mettre une couche et il se demanda, brièvement, où elle se trouvait maintenant.

– Très bien, dit-il. Mettons de côté cette histoire de couche pour l'instant et passons à la leçon du jour.

– Chocolat sur étagères ! s'exclama Beckett en levant la main très haut pour attraper des chocolats imaginaires.

– Oui, bravo. Il y a parfois du chocolat sur l'étagère.

– Et espresso, ajouta Beckett dont les goûts formaient une étrange palette où l'espresso en sachet côtoyait la mélasse.

Dans la même tasse, autant que possible. Un jour, le bambin avait réussi à avaler plusieurs cuillerées de ce mélange avant qu'on le lui arrache des mains. Il n'avait pas dormi pendant vingt-huit heures.

– Dis, Artemis, on peut apprendre les nouveaux mots ? demanda Myles, impatient d'aller retrouver son pot de moisissures dans sa chambre. Je fais des 'spériences avec le professeur Primate.

Le professeur Primate était un singe en peluche, et accessoirement l'assistant laborantin de Myles. En fait, la peluche passait la plupart de son temps enfoncée dans un vase à bec en verre de borosilicate sur la table à 'spériences. Artemis avait reprogrammé la boîte vocale du singe pour qu'il réagisse à la voix de Myles en choisissant parmi douze phrases, dont : « Cette chose est vivante ! » ou encore « L'Histoire se souviendra de ce jour, professeur Myles ! »

– Tu pourras bientôt regagner ton laboratoire, dit Artemis d'un air approbateur. (Myles était fait de la même étoffe que lui : c'était un savant né.) Aujourd'hui, les garçons, j'ai pensé que nous pourrions nous attaquer au vocabulaire de la restauration.

– Les 'scargots, ça ressemble à des vers, déclara Beckett, qui n'était pas du genre à se cantonner à un seul sujet.

Artemis faillit être déconcerté par cette remarque. Les *vers* n'étaient certainement pas au menu, même si les escargots pouvaient éventuellement y figurer.

– Oublie les vers, dit-il.

– Oublier les vers ? s'exclama Becket, horrifié.

– Momentanément, précisa Artemis pour le rassurer. Dès que nous aurons terminé notre jeu avec les mots, tu pourras penser à ce que tu veux. Et si tu es très fort, peut-être que je t'emmènerai voir les chevaux.

L'équitation était la seule forme d'exercice physique qui trouvait grâce aux yeux d'Artemis. Essentiellement parce que c'était le cheval qui faisait presque tout le travail.

Beckett se montra du doigt.

– Beckett ! dit-il fièrement.

Les vers n'étaient déjà plus qu'un lointain souvenir.

Myles soupira.

– Nigaud.

Artemis commençait à regretter d'avoir organisé cette leçon, mais il était bien décidé maintenant à continuer jusqu'au bout.

– Myles, je t'interdis de traiter ton frère de nigaud.

– T'inquiète, Artemis. Il aime ça. Pas vrai que tu es un nigaud, Beckett ?

– Beckett nigaud, répéta joyeusement l'enfant.

Artemis frotta ses mains l'une contre l'autre.

– Très bien, petits frères. Poursuivons. Imaginez que vous êtes attablés dans un café à Montmartre.

– À Paris, précisa Myles en ajustant d'un air suffisant la cravate qu'il avait empruntée à son père.

– Oui, à Paris. Et malgré tous vos efforts, vous ne parvenez pas à attirer l'attention du serveur. Que faites-vous ?

Les enfants lui jetèrent des regards vides et Artemis se demanda s'il n'avait pas placé la barre un peu trop haut. Il fut donc soulagé, mais étonné également, de voir briller une lueur dans les yeux de Beckett.

– Euh... je dis à Butler de sauter sur sa tête, *boum boum boum* ?

Myles était impressionné.

– Je suis d'accord avec le nigaud.

– Non ! s'écria Artemis. Vous levez la main, tout simplement, et vous dites d'une voix forte : « Ici, garçon ! »

– Six garçons ?

– Hein ? Non, Beckett. « Ici, garçon ! »

Artemis soupira. C'était impossible. *Impossible !* Et

il n'avait pas encore parlé des fiches thématiques ou de son nouveau pointeur laser, capable de surligner un mot ou de traverser plusieurs plaques d'acier, en fonction du réglage.

– Essayons tous ensemble. Levez la main et dites « Ici, garçon ! » Allez, en chœur…

Les deux enfants s'exécutèrent, désireux de faire plaisir à leur grand frère dérangé.

– Ici, garçon ! répétèrent-ils en levant leurs doigts grassouillets.

Myles glissa à son jumeau :

– Artemis le nigaud.

Celui-ci leva les bras au ciel.

– Je me rends ! Vous avez gagné, plus de leçons. Si on faisait de la peinture, plutôt ?

– Excellente idée, dit Myles. Je vais peindre mon pot de moisissures.

Beckett semblait méfiant.

– Y a rien à apprendre, alors ?

– Non, répondit Artemis en ébouriffant affectueusement les cheveux de son jeune frère, un geste qu'il regretta aussitôt. Rien à apprendre.

– Tant mieux. Beckett content maintenant. Tu vois ?

Le bambin se montra du doigt une fois de plus, et plus particulièrement le large sourire qui ornait son visage.

Les trois frères étaient allongés par terre, avec de la gouache jusqu'aux coudes, quand leur père entra dans la pièce. Il semblait fatigué par son rôle de garde-malade, mais à part cela, il était en forme et robuste; il se déplaçait comme quelqu'un qui avait toujours été un grand sportif, malgré sa jambe artificielle bio-hybride. Celle-ci se composait d'un os allongé, d'une prothèse en titane et de capteurs lui permettant de recevoir les ordres envoyés par son cerveau. Parfois, en fin de journée, Artemis senior appliquait sur sa jambe une poche de gel chauffé au micro-ondes pour soulager les courbatures, mais sinon, on aurait pu croire qu'il était né avec.

Artemis se redressa sur les genoux, tout barbouillé de peinture.

– J'ai renoncé à la leçon de français et j'ai décidé de m'amuser avec les jumeaux. (Il s'essuya les mains en affichant un grand sourire.) C'est très défoulant, à vrai dire. On peint avec les doigts. J'ai essayé de leur glisser un petit cours sur le cubisme en douce, mais je me suis fait asperger de peinture en retour.

Artemis remarqua alors que son père n'était pas simplement fatigué : il était inquiet.

Il abandonna les jumeaux pour accompagner Artemis senior jusqu'aux rayonnages de livres qui allaient du sol au plafond.

– Qu'y a-t-il? La grippe de maman s'est aggravée?

Son père prit appui sur l'échelle mobile pour soulager sa jambe artificielle. Il avait une drôle d'expression, qu'Artemis ne se souvenait pas d'avoir jamais vue.

Il s'aperçut alors que son père n'était pas simplement inquiet : il avait peur.

– Père?

Artemis senior serra le barreau de l'échelle, avec une

telle force que le bois craqua. Il ouvrit la bouche pour dire quelque chose, puis sembla se raviser.

C'était au tour d'Artemis de s'alarmer.

– Père, il faut tout me dire.

Celui-ci sursauta, comme s'il découvrait l'endroit où il se trouvait

– Oui, oui, bien sûr... Il faut que je te le dise.

Une larme s'échappa de son œil et goutta sur sa chemise, formant une tache d'un bleu plus sombre.

– Je me souviens quand j'ai vu ta mère pour la première fois. Nous étions à Londres, une soirée privée dans un endroit chic. Une pièce remplie de vauriens, et j'étais le pire de tous. Elle m'a changé, Arty. Elle m'a brisé le cœur, puis elle l'a reconstruit. Angeline m'a sauvé la vie. Maintenant...

Artemis avait les jambes qui flageolaient. Son sang cognait dans ses tempes, semblable au ressac de l'Atlantique.

– Mère est mourante ? C'est ce que vous essayez de me dire ?

Cette idée lui paraissait grotesque. Impossible.

Son père battit des paupières ; on aurait dit qu'il sortait d'un rêve.

– Les hommes de la famille Fowl ne resteront pas sans réagir, hein, fiston ? Il est temps que tu te montres digne de ta réputation.

Le désespoir faisait briller les yeux d'Artemis senior.

– Nous ferons tout ce qui doit être fait, reprit-il. Quel qu'en soit le prix.

Artemis sentit la panique monter en lui.

« Tout ce qui doit être fait ? »

« Reste calme, se dit-il. Tu as le pouvoir d'arranger ça. »

Il ne possédait pas encore tous les éléments, mais il était raisonnablement confiant ; quel que soit le mal dont souffrait sa mère, une bonne dose de magie des fées suffirait à la guérir. Et il était le seul humain sur terre dont le corps était habité par cette magie.

– Le médecin est parti ? demanda-t-il.

Son père parut désorienté par cette question, puis il se ressaisit.

– Parti ? Non. Il est dans le hall. J'ai pensé que tu voudrais peut-être l'interroger. Au cas où je serais passé à côté de quelques questions…

Artemis fut moyennement surpris de découvrir dans le hall, non pas leur médecin de famille habituel, mais le docteur Hans Schalke, grand spécialiste européen des maladies rares. Bien évidemment, son père avait fait venir Schalke lorsque l'état de santé d'Angeline Fowl avait commencé à se détériorer. L'éminent spécialiste attendait sous les armoiries filigranées des Fowl, avec à ses pieds un petit sac de voyage en cuir dur qui montait la garde tel un coléoptère géant. Il était en train de nouer la ceinture de son imperméable gris, en s'adressant à son assistante d'un ton tranchant.

Tout chez le docteur Schalke était tranchant, de son implantation de cheveux en V aux arêtes vives de ses pommettes et de son nez. Deux verres épais grossissaient ses yeux bleus, et sa bouche qui penchait d'un côté remuait à peine quand il parlait.

– Tous les symptômes, dit-il avec son accent allemand. Dans toutes les bases de données, c'est compris ?

Son assistante, une jeune femme de petite taille, vêtue d'un coûteux tailleur gris, hocha la tête plusieurs fois, tout en pianotant sur les touches de son smartphone.

– Les universités également ? demanda-t-elle.

– Toutes ! répondit Schalke en accompagnant ce mot d'un petit geste d'agacement. N'ai-je pas dit « toutes » ? Vous ne comprenez pas mon accent ? C'est parce que je viens de l'Allemagne ?

– Désolée, docteur, s'excusa l'assistante, contrite. « Toutes », c'est noté.

Artemis s'approcha du docteur Schalke, en tendant la main. Le médecin ne l'imita pas.

– Contamination, monsieur Fowl, déclara-t-il sans la moindre trace d'excuse ni de compassion. Nous n'avons pas encore déterminé si l'état de votre mère était contagieux.

Artemis replia ses doigts et glissa sa main dans son dos. Le médecin avait raison, évidemment.

– Nous ne nous connaissons pas, docteur. Voudriez-vous avoir l'obligeance de me décrire les symptômes de ma mère ?

Schalke ronchonna.

– Soit, jeune homme, mais je n'ai pas pour habitude de m'entretenir avec des enfants, alors ne vous attendez pas à ce que je prenne des pincettes.

Artemis déglutit ; il avait la gorge sèche tout à coup.

– L'état de votre mère est sans doute unique, reprit Schalke en agitant les doigts pour congédier son assistante. D'après ce que j'ai pu observer, ses organes sont défaillants.

– Quels organes ?

– *Tous*. Je vais devoir faire venir du matériel de mon laboratoire de Trinity College. De toute évidence, votre mère n'est pas transportable. Mon assistante, Imogène, Miss Book, veillera sur elle jusqu'à mon retour. Miss Book n'est pas seulement mon agent publicitaire, c'est également une excellente infirmière. Une association fort utile, vous ne trouvez pas ?

Du coin de l'œil, Artemis vit Miss Book s'éloigner à grands pas en bégayant dans son téléphone. Il espérait que la publiciste/infirmière montrerait plus d'assurance quand elle s'occuperait de sa mère.

– Oui, sans doute, dit-il en réponse à la question du docteur Schalke. Tous les organes, dites-vous ? *Tous ?*

Schalke n'aimait pas se répéter.

– Cela me rappelle un cas de lupus, en plus virulent, accompagné des trois stades de la maladie de Lyme. J'ai eu l'occasion d'observer une tribu amazonienne qui présentait des symptômes semblables, mais à un stade moins avancé. Si le déclin se poursuit à ce rythme, votre mère n'a plus que quelques jours à vivre. Franchement, je doute que nous ayons le temps d'achever les examens. Il faudrait un remède miracle, et, si j'en crois ma considérable expérience, les remèdes miracles n'existent pas.

– Peut-être que si, dit Artemis d'un air absent.

Schalke ramassa son sac.

– Ayez foi dans la science, jeune homme. Elle sera plus utile à votre mère qu'une quelconque force mystérieuse.

Artemis raccompagna le médecin à la porte et le regarda effectuer la dizaine de pas qui conduisait à sa Mercedes d'époque. Une voiture grise comme les nuages meurtris dans le ciel.

« On n'a pas le temps de se fier à la science, pensa le jeune Irlandais. Je n'ai qu'une seule option : la magie. »

Quand Artemis regagna son bureau, il trouva son père assis sur le tapis, avec Beckett qui lui grimpait sur la poitrine comme un singe.

– Puis-je voir mère maintenant ? demanda-t-il.

– Oui, répondit Artemis senior. Vas-y. Vois ce que tu peux découvrir. Étudie ses symptômes pour tes recherches.

« Mes recherches ? se dit Artemis. Des moments difficiles en perspective. »

Butler, l'imposant garde du corps d'Artemis, l'attendait au pied de l'escalier, vêtu de son armure de kendo ; le casque protecteur relevé laissait voir son visage buriné.

– J'étais au dojo, j'affrontais l'hologramme, expliqua-t-il. Votre père m'a appelé pour me dire qu'on avait besoin de moi immédiatement. Que se passe-t-il ?

– C'est ma mère, répondit Artemis en passant devant lui sans s'arrêter. Elle est très malade. Je vais voir ce que je peux faire.

Butler accéléra pour ne pas se laisser distancer dans l'escalier ; son armure cognait contre sa poitrine.

– Prudence, Artemis. La magie n'est pas une science. On ne peut la contrôler. Il ne faudrait pas aggraver accidentellement l'état de Mrs Fowl.

Arrivé en haut des marches, le jeune Irlandais tendit timidement la main vers la poignée en cuivre de la porte de la chambre, comme s'il craignait qu'elle soit électrifiée.

– J'ai peur que son état ne puisse s'aggraver davantage…

Il entra seul dans la chambre pendant que son garde du corps se débarrassait de son casque et de son plastron de kendo. Dessous, à la place du traditionnel pantalon large, il portait un survêtement. La sueur faisait briller son torse et son dos, mais malgré son envie de prendre une douche, Butler monta la garde devant la porte, en essayant de ne pas tendre l'oreille pour écouter ce qui se disait de l'autre côté. En vain.

Butler était le seul autre humain à connaître la vérité au sujet des frasques magiques d'Artemis. Présent aux côtés de son jeune protégé dans diverses aventures, il avait combattu les fées aussi bien que les humains sur tous les continents. Mais Artemis avait effectué sans lui le voyage dans le temps à travers les limbes, et il était revenu changé. Toute une partie de son être était magique désormais, pas uniquement l'œil gauche couleur noisette du capitaine Holly Short, que le courant temporel lui avait donné en remplacement du sien. Au cours du voyage de la Terre aux limbes, et retour, Artemis avait réussi, d'une manière quelconque, à dérober quelques filaments de magie aux fées dont les atomes s'étaient mélangés aux siens à l'intérieur du tunnel temporel. À son retour, Artemis avait *suggéré* à ses parents, grâce au pouvoir de persuasion du *mesmer*, de ne pas chercher à savoir où il était allé ces dernières années. Ce qui n'était pas un plan très astucieux, car sa disparition avait fait la une de l'actualité dans le monde entier et que le sujet était évoqué lors de toutes les réceptions auxquelles assistaient les Fowl. Mais en attendant qu'Artemis puisse mettre la main sur un effaceur de mémoire des FAR, ou qu'il mette au point le sien, il faudrait s'en contenter. Il avait donc *suggéré* à ses parents, lorsqu'on les interrogeait, de répondre qu'il s'agissait d'une affaire de famille et de demander à ce que l'on respecte leur intimité.

«Artemis est un humain doté de pouvoirs magiques, se disait Butler. Le seul.»

Et maintenant, Butler savait que son protégé allait se servir de cette magie pour tenter de guérir sa mère. C'était un jeu dangereux; la magie ne faisait pas naturellement partie de sa constitution. Il risquait fort de supprimer un ensemble de symptômes pour le remplacer par un autre.

Artemis pénétra dans la chambre de ses parents, lentement. Les jumeaux, eux, s'y engouffraient à toute heure du jour et de la nuit et ils sautaient sur le lit à baldaquin pour chahuter avec leur mère et leur père, qui protestaient. Artemis n'avait jamais connu cela. Son enfance s'était déroulée dans le calme et la discipline.

«Tu dois toujours frapper avant d'entrer, Artemis, lui avait appris son père. C'est une marque de respect.»

Mais son père avait changé. Le fait d'avoir frôlé la mort sept ans plus tôt lui avait permis de découvrir ce qui était réellement important. Depuis, il était toujours prêt à jouer dans les couvertures avec ses fils adorés.

«Pour moi, c'est trop tard, pensa Artemis. Je suis trop vieux pour chahuter avec père.»

Mère avait un caractère différent. Elle n'était jamais distante, sauf durant ses périodes de dépression, quand son mari n'était pas là. Mais la magie des fées, combinée au retour de son époux bien-aimé, l'avaient sauvée de cette maladie et elle était redevenue elle-même. Jusqu'à maintenant.

Artemis avança à petits pas, en redoutant ce qui l'attendait. Il prit soin de ne pas marcher sur les motifs de feuilles tissés dans la trame du tapis.

«Si tu marches sur le dessin, tu comptes jusqu'à vingt.»

C'était une habitude qu'il avait depuis tout petit, une vieille superstition que lui avait soufflée son père, pour rire. Il ne l'avait jamais oubliée et si jamais il posait, ne serait-ce qu'un orteil, sur une feuille, il comptait toujours jusqu'à vingt pour conjurer le mauvais sort.

Le lit à baldaquin se trouvait au fond de la chambre, enveloppé de tentures et de soleil. La légère brise qui entrait par la fenêtre entrouverte agitait les soieries comme les voiles d'un bateau de pirate.

Une des mains de sa mère pendait dans le vide. Pâle et décharnée.

Artemis était horrifié. Hier encore, sa mère se portait bien. Elle avait un petit rhume, certes, mais elle était fidèle à elle-même, chaleureuse et enjouée.

– Mère..., murmura-t-il en voyant son visage.

Ce mot avait jailli dans un souffle.

« Non, c'est impossible. » En vingt-quatre heures, l'état de sa mère s'était tellement détérioré qu'elle ressemblait presque à un squelette. Ses pommettes saillaient comme des silex, ses yeux disparaissaient au fond de leurs orbites.

« Pas d'affolement, se dit Artemis. Dans quelques secondes, mère ira mieux. Ensuite, je pourrai enquêter pour savoir ce qui s'est passé. »

Les cheveux d'Angeline Fowl, habituellement si beaux, étaient tout crêpés et cassants ; ils s'éparpillaient sur son oreiller, semblables à une toile d'araignée. Et une curieuse odeur émanait des pores de sa peau.

« Le lis, pensa Artemis. Un parfum sucré où perce l'odeur de la maladie. »

Les yeux d'Angeline s'ouvrirent brusquement, écarquillés par la panique. Son dos se creusa lorsqu'elle inspira à travers sa gorge obstruée, en agrippant le vide avec ses doigts recourbés. Tout aussi soudainement, son corps se relâcha et pendant un moment d'effroi, Artemis crut qu'elle était morte.

Mais ses paupières papillotèrent et elle lui tendit la main.

– Arty, dit-elle dans un murmure. Je fais un rêve très étrange.

C'était une phrase brève, mais elle mit un temps fou à la prononcer, chaque mot étant entrecoupé par un râle.

Artemis prit la main de sa mère. Comme elle était maigre ! Un sac d'os.

– Ou peut-être suis-je réveillée et mon autre vie n'est qu'un rêve.

Le jeune garçon souffrait de l'entendre parler ainsi ; cela lui rappelait les crises dont elle était autrefois victime.

– Vous êtes réveillée, mère, et je suis là. Vous avez un peu de fièvre, vous êtes légèrement déshydratée, c'est tout. Pas de quoi s'inquiéter.

– Comment puis-je être réveillée, Arty, alors que je me sens mourir ?

Le calme feint d'Artemis fut ébranlé par cette question.

– C'est… c'est… la fièvre, bredouilla-t-il. Vous voyez les choses un peu bizarrement. Mais tout va s'arranger très vite. Je vous le promets.

Angeline ferma les yeux.

– Et mon fils tient toujours ses promesses, je le sais. Où étais-tu donc passé durant toutes ces années, Arty ? Nous étions très inquiets. Pourquoi tu n'as pas dix-sept ans ?

Dans son délire, Angeline Fowl apercevait la vérité à travers un brouillard de magie. Elle comprenait qu'il avait disparu pendant trois ans et qu'à son retour, il avait toujours le même âge.

– J'ai quatorze ans, mère. Bientôt quinze. Je suis encore un jeune garçon, pour un moment. Allez, fermez les yeux, et quand vous les rouvrirez, tout ira bien.

– Qu'as-tu fait à mes pensées, Artemis ? D'où te viennent ces pouvoirs ?

Artemis transpirait. La chaleur de la chambre, l'odeur écœurante, l'angoisse.

« Elle sait. Mère sait. Si tu la guéris, est-ce qu'elle se souviendra de tout ? »

Peu importe. Il réglerait ce problème le moment venu. Il avait une autre priorité : soigner sa mère.

Il serra sa main fragile dans la sienne et sentit les os frotter les uns contre les autres. Il s'apprêtait à utiliser la magie sur sa mère pour la deuxième fois.

La magie était une intruse dans son esprit, c'est pourquoi elle provoquait des migraines fulgurantes chaque fois qu'il l'utilisait. Bien qu'il soit humain, les lois édictées par les fées exerçaient une certaine influence sur lui. Ainsi, il était obligé de mastiquer des comprimés contre le mal des transports avant d'entrer dans une habitation sans y être invité ; et les soirs de pleine lune, il n'était pas rare de le trouver dans la bibliothèque, en train d'écouter de la musique à plein volume pour couvrir les voix qui résonnaient dans sa tête. L'immense communauté des créatures magiques. Les fées possédaient une puissante mémoire collective qui remontait à la surface telle une lame de fond d'émotion pure, porteuse de migraines.

Parfois, il se demandait s'il n'avait pas commis une erreur en volant la magie, mais les symptômes avaient disparu depuis quelque temps. Plus de migraines ni de nausées. Peut-être son cerveau s'habituait-il à la tension liée au statut de créature magique.

Tenant délicatement les doigts de sa mère, Artemis ferma les yeux et fit le vide dans son esprit.

« La magie. Rien que la magie. »

C'était une force sauvage qui devait être contrôlée. S'il laissait ses pensées vagabonder, la magie en ferait autant et quand il rouvrirait les yeux, sa mère serait toujours malade, mais elle aurait changé de couleur de cheveux.

« Guérissez, mère. Retrouvez la santé. »

La magie réagit à son vœu ; elle se répandit à travers ses membres, sous forme de bourdonnements et de picotements. Des étincelles bleues entourèrent ses poignets, en gesticulant tels des bancs de minuscules vairons. On aurait pu les croire vivantes.

Artemis se représenta sa mère en des temps meilleurs. Il revit son teint radieux, ses yeux pétillants de bonheur. Il entendit son rire, il sentit le contact de sa main dans son cou. Il se souvint de l'amour immense qu'elle éprouvait pour sa famille.

« Voilà ce que je veux retrouver. »

Les étincelles, qui avaient perçu son désir, pénétrèrent en Angeline Fowl, sous la peau de sa main et de son poignet, puis s'enroulèrent telles des cordes autour de ses bras squelettiques. Artemis redoubla d'efforts et un flot de scintillements magiques s'écoula entre ses doigts et ceux de sa mère.

« Guérissez. Chassez la maladie. »

Il avait déjà utilisé sa magie auparavant, mais cette fois-ci, c'était différent. Il sentait une résistance, comme si le corps de sa mère refusait d'être soigné et rejetait ce pouvoir. Les étincelles crépitaient sur la peau d'Angeline, puis s'éteignaient.

« Encore. Encore. »

Il insista, ignorant la migraine aveuglante et les haut-le-cœur.

« Guérissez, mère. »

La magie enveloppa Mrs Fowl à la manière d'une momie égyptienne, se faufilant sous son corps et le décollant du matelas, d'une quinzaine de centimètres. Elle frissonna et gémit ; de la vapeur s'échappait des pores de sa peau et grésillait au contact des étincelles bleues.

« Elle a mal, se dit Artemis en entrouvrant un œil. Elle souffre. Mais je ne peux pas arrêter. »

Il puisa au plus profond de son organisme des restes de magie.

« Donne-lui tout. Jusqu'à la dernière étincelle. »

Il avait volé cette magie, et il la recrachait désormais ; il mettait tout ce qu'il possédait dans cette tentative de guérison. Et malgré cela, ça ne marchait pas. Pire encore : le mal semblait progresser. Il repoussait chaque vague bleue, il privait les étincelles de leur couleur et de leur pouvoir, puis les expédiait vers le plafond.

« Il y a quelque chose qui ne fonctionne pas. » Artemis avait un goût de bile dans la gorge. Un poignard de douleur lui transperçait l'œil gauche. « Ça ne devrait pas se passer ainsi. »

L'ultime goutte de magie quitta son corps dans un soubresaut et il fut éjecté du chevet de sa mère. Il glissa sur le plancher, puis bascula cul par-dessus tête, pour finalement se retrouver affalé contre une méridienne. Angeline Fowl fut saisie d'un dernier spasme, avant de retomber sur le matelas. Sa peau était imprégnée d'une sorte de gel étrange, épais et transparent. Les étincelles magiques scintillèrent encore quelques secondes, puis s'éteignirent dans cette substance, qui se dissipa sous la forme d'un nuage de vapeur, presque aussi vite qu'elle était apparue.

Allongé par terre, la tête dans les mains, Artemis attendait que le vacarme prenne fin à l'intérieur de son cerveau ; il était incapable de bouger et de réfléchir. Finalement, la douleur s'atténua, il n'en restait que des échos, et des mots mélangés s'ordonnèrent pour créer des phrases.

« La magie s'est enfuie. J'ai tout utilisé. Je suis totalement humain. »

Artemis reconnut le grincement de la porte de la chambre. En ouvrant les yeux, il vit Butler et son père qui l'observaient. Une vive inquiétude se lisait sur leurs visages.

– Nous avons entendu un grand fracas, dit Artemis senior en soulevant son fils par le coude. Je n'aurais jamais dû te laisser entrer ici seul, mais j'ai cru que, peut-être, tu aurais pu faire quelque chose. Tu possèdes certains talents, je le sais. Alors, j'espérais que... (Il arrangea la chemise d'Artemis et lui tapota l'épaule.) C'était stupide de ma part.

Artemis repoussa les mains de son père et revint vers le lit de sa mère d'un pas titubant. Un simple regard lui confirma ce qu'il savait déjà : il n'avait pas réussi à la guérir. Ses joues n'avaient pas retrouvé leur éclat et sa respiration était toujours aussi laborieuse.

« Son état s'est aggravé. Qu'ai-je donc fait ? »

– Qu'y a-t-il ? interrogea son père. Qu'est-ce qu'elle a, nom d'un chien ? Si elle continue à dépérir ainsi, dans moins d'une semaine ma pauvre Angeline sera...

Butler intervint brusquement :

– Ne baissez pas les bras, messieurs ! Nous avons tous dans notre passé des relations susceptibles de nous éclairer sur l'état de Mrs Fowl. Des personnes que nous préférions ne pas fréquenter en temps normal. Nous allons les retrouver et les ramener ici rapidement. Sans nous préoccuper des passeports, des visas et autres tracasseries de ce genre.

Artemis senior hocha la tête, timidement tout d'abord, puis avec plus de conviction.

– Oui. Parfaitement ! Ce n'est pas encore fini. Mon Angeline est une battante... N'est-ce pas, ma chérie ?

Il lui prit délicatement la main, comme si elle était en cristal. Elle ne réagit pas à sa caresse, ni à sa voix.

– Nous avons contacté tous les praticiens alternatifs d'Europe pour mes douleurs de membre fantôme. Peut-être l'un d'eux pourra-t-il nous aider à soigner Angeline.

– Je connais un homme en Chine, déclara Butler. Il a travaillé avec Mme Ko à l'école des gardes du corps. Il faisait des miracles avec les herbes. Il vivait dans la montagne. Il n'a jamais quitté sa province, mais pour moi, il acceptera de venir.

– Très bien, dit Artemis senior. Plus nous récoltons d'avis, mieux ce sera.

Il se tourna vers son fils.

– Écoute-moi, Arty. Si tu connais quelqu'un qui peut nous aider, n'importe qui… Peut-être as-tu des contacts dans le monde souterrain ?

Artemis tourna la bague plutôt tape-à-l'œil qu'il portait à l'annulaire, afin que le dessus touche sa paume. Cette *bague* était en fait un émetteur-récepteur féerique camouflé.

– En effet, répondit-il. J'ai quelques contacts dans le monde souterrain.

Chapitre 2

LE PLUS GROS DU MONDE

PORT D'HELSINKI, MER BALTIQUE

Le kraken, ce gigantesque monstre marin, projeta vers la surface de l'océan ses tentacules munis de nageoires qui hissèrent son corps boursouflé dans leur sillage. Son œil unique roula furieusement dans son orbite. Son bec crochu, de la taille de la proue d'une goélette, était grand ouvert pour filtrer l'eau qui s'y engouffrait, jusqu'à ses ouïes frémissantes.

Le kraken avait faim et il n'y avait place que pour une seule pensée dans son cerveau minuscule, tandis qu'il fonçait vers le ferry qui se trouvait au-dessus de lui.

Tuer... Tuer... TUER...

– C'est de la crotte de nain, cette histoire, déclara le capitaine Holly Short, des Forces Armées de Régulation, en arrêtant le fichier sonore à l'intérieur de son casque. Premièrement, le kraken n'a pas de tentacules. Et pour ce qui est du « tuer... tuer... tuer... »

– Je sais, dit Foaly, la voix du centre de contrôle dans son émetteur-récepteur. J'ai cru que vous sauriez apprécier ce passage. Que ça vous ferait rire. Vous vous souvenez du sens de ce mot ?

Holly ne trouvait pas ça amusant.

– C'est tellement typique des humains, Foaly. Ils prennent une chose parfaitement naturelle et ils la diabolisent. Les krakens sont de gentilles créatures, et les humains en font des sortes de calamars géants meurtriers. « Tuer... tuer... tuer... » De qui se moque-t-on ?

– Allons, Holly, ce n'est qu'une fiction à sensation. Vous connaissez les humains et leur imagination. Détendez-vous.

Foaly avait raison, se dit Holly. Si elle s'emportait chaque fois que les médias humains dénaturaient une créature mythique, elle passerait la moitié de sa vie à enrager. Au cours des siècles, les Êtres de Boue avaient entraperçu le Peuple des fées à plusieurs reprises et transformé la réalité, au point de la rendre méconnaissable.

« N'y pense plus. Il existe de bons humains. Souviens-toi d'Artemis et de Butler. »

– Vous avez vu ce film humain avec les centaures ? demanda-t-elle justement au centaure avec lequel elle communiquait dans son casque. Ils étaient nobles et athlétiques. « Voici mon épée, Majesté ! En route pour la chasse ! » Des centaures en pleine forme, voilà une chose qui me fait bien rire.

À des milliers de kilomètres de là, quelque part dans les profondeurs de la terre irlandaise, le conseiller technique des Forces Armées de Régulation massa sa bedaine.

– C'est vexant, Holly ! Caballine adore mon petit ventre.

Foaly s'était marié pendant que Holly était partie sauver des démons dans les limbes avec Artemis Fowl. Beaucoup de choses avaient changé durant les trois années où elle avait été absente, et Holly avait parfois du mal à suivre. Foaly avait une jeune épouse pour occuper ses loisirs. Son vieil ami Baroud Kelp avait été promu au grade de commandant et avait rejoint le commando de Surveillance du kraken.

– Mille excuses, l'ami. C'était méchant, dit Holly. Moi aussi j'aime bien votre petit ventre. Je regrette de ne pas avoir été là pour le voir enveloppé d'une ceinture de marié.

– Moi aussi. La prochaine fois.

Holly sourit.

– C'est certain.

Traditionnellement, les centaures avaient plusieurs épouses, mais Caballine était une fée moderne et Holly doutait fort qu'elle accepte une nouvelle venue sous leur toit.

– Rassurez-vous, dit-elle, je plaisante.

– Il vaut mieux car je dois retrouver Caballine au spa ce week-end. Comment vous trouvez le nouvel équipement ? demanda Foaly, s'empressant de changer de sujet.

Holly écarta les bras ; elle sentit le vent rider ses doigts et elle vit la mer Baltique défiler à toute allure sous elle, avec des éclats bleus et blancs.

– Merveilleux, dit-elle. Absolument merveilleux !

Holly Short, capitaine des FARfadet, décrivait de grands cercles lents au-dessus d'Helsinki, en savourant l'air vivifiant qui s'infiltrait dans son casque. Il était un peu plus de cinq heures, heure locale, et le soleil levant faisait scintiller le dôme doré, en forme d'oignon, de la cathédrale Uspenski. Déjà, la célèbre place du marché était balayée par des phares de voiture. Des commerçants venaient ouvrir leurs boutiques, tandis que de jeunes politiciens ambitieux se dirigeaient vers la façade gris-bleu de l'hôtel de ville.

La cible de Holly se trouvait à l'écart de ce lieu qui grouillerait bientôt d'activité. Elle déplaça ses doigts et les capteurs placés dans ses gants renforcés transmirent les mouvements aux ailes mécaniques situées sur son dos, qui la propulsèrent vers la petite île d'Uunisaari, à moins d'un kilomètre du port.

– Les capteurs corporels sont parfaits, dit-elle. Très intuitifs.

– C'est ce qui s'approche le plus du vol d'un oiseau, dit Foaly. À moins que vous souhaitiez vous faire greffer.

– Non merci ! répondit Holly avec véhémence.

Elle adorait voler, mais pas assez pour demander à un chirurgien des FAR de coudre quelques implants dans son cervelet.

– Très bien, capitaine Short, dit Foaly en repassant en mode professionnel. Contrôle préopérationnel. Les trois A, je vous prie.

Les trois A constituaient la check-list de tous les officiers des FAR à l'approche d'une zone d'opération. Ailes, Armement et Atterrissage.

Holly consulta les instruments qui s'affichaient en transparence sur la visière de son casque.

– Batterie chargée. Arme sur le vert. Ailes et combinaison fonctionnelles. Pas de voyant rouge.

– Excellent, dit Foaly. OK, OK et OK. Nos écrans confirment.

Holly entendit le cliquetis des touches lorsque le centaure enregistra cette information dans le carnet de mission. Il était connu pour son amour des claviers à l'ancienne, bien qu'il ait lui-même fait breveter un clavier virtuel extrêmement efficace.

– N'oubliez pas, Holly, c'est juste une opération de reconnaissance. Descendez et vérifiez le capteur. Ces trucs ont deux cents ans et le problème provient très certainement d'une simple surchauffe. Il vous suffit d'aller là où je vous dis et de réparer ce que je vous indique. Pas de tirs à tort et à travers. C'est compris ?

Holly pouffa.

– Je comprends pourquoi Caballine a craqué sur vous, Foaly. Vous savez parler aux filles.

Foaly ricana.

– Je ne réagis plus aux moqueries, Holly. Le mariage m'a assagi.

– Assagi ? J'y croirai quand vous tiendrez dix minutes

enfermé dans une pièce avec Mulch sans lui donner un coup de sabot.

Le nain Mulch Diggums avait été tour à tour l'ennemi, le partenaire et l'ami de Holly et de Foaly. Son plus grand plaisir dans la vie était de s'empiffrer ; faire enrager ses ennemis, ses partenaires et ses amis venait juste derrière.

– Peut-être qu'il me faudra encore plusieurs années de mariage pour m'assagir à ce point. Plusieurs siècles, à vrai dire.

L'île occupait toute la visière de Holly maintenant, entourée d'une frange d'écume. Le moment était venu de mettre fin au bavardage et de poursuivre la mission, même si Holly était tentée de tourner en rond pour continuer à discuter avec son ami. Elle avait l'impression que c'était leur première véritable conversation depuis son retour des limbes. Pendant ces trois années, Foaly avait continué à vivre sa vie, mais pour Holly, cette absence n'avait duré que quelques heures, et même si elle n'avait pas vieilli, elle sentait qu'on l'avait privée de ces années. Le psychiatre des FAR lui aurait dit qu'elle souffrait de dépression postdéplacement temporel et il lui aurait prescrit une petite séance de tir pour lui remonter le moral.

– J'y vais, dit-elle brusquement.

C'était sa première mission en solo depuis le débriefing et elle voulait absolument obtenir un rapport parfait, même s'il s'agissait d'une intervention mineure.

– Bien reçu, répondit Foaly. Vous voyez le capteur ?

Il y avait sur l'île quatre biocapteurs qui transmettaient des informations au centre de police. Trois d'entre eux faisaient clignoter une faible lumière verte sur l'écran de visualisation de Holly. Le quatrième capteur était rouge. Cela pouvait signifier un tas de choses. Dans ce cas précis, *tous* les curseurs avaient dépassé les niveaux normaux : température, fréquence cardiaque, activité cérébrale. Ils avaient atteint la cote d'alerte.

« Sans doute un dysfonctionnement, avait expliqué Foaly. Sinon, les autres capteurs indiqueraient quelque chose. »

– Je l'ai ! Un signal puissant.

– Oh. Protection et approche.

Holly tourna le menton vers la gauche, d'un mouvement sec, jusqu'à ce que son cou craque : c'était sa manière à elle de faire apparaître la magie. Ce n'était pas nécessaire étant donné que la magie était essentiellement une fonction cérébrale, mais chaque fée développait ses propres tics. Elle laissa quelques gouttes de pouvoir se répandre dans ses membres, puis disparut du spectre visible en vibrant. Sa combinaison scintillante capta sa fréquence et l'amplifia afin de prolonger les effets d'une simple étincelle de magie.

– Je suis invisible et je plonge, confirma-t-elle.

– Bien reçu, dit le centaure. Prudence, Holly. Le commandant Kelp va visionner cette vidéo, alors tenez-vous-en aux ordres.

– Voulez-vous insinuer qu'il m'arrive parfois de prendre des libertés avec le règlement ? répondit Holly, apparemment horrifiée par cette idée.

Foaly ricana.

– Non, je veux dire que vous ne possédez même pas

un exemplaire du règlement, ou bien, si c'est le cas, vous ne l'avez jamais ouvert.

« C'est juste », pensa Holly, et elle descendit en piqué vers Uunisaari.

On pense que les baleines sont les plus gros mammifères au monde, mais c'est faux. Le kraken, qui peut mesurer jusqu'à cinq kilomètres de long, nourrit les légendes scandinaves depuis le XIIIe siècle, lorsqu'il est apparu dans la saga d'Orvar-Odd sous les traits du redoutable *lyngbakr.* Les premières descriptions du kraken sont les plus fidèles, qui présentent cette créature marine comme un animal de la taille d'une île ; un danger pour les bateaux, non pas du fait de sa nature, mais à cause du tourbillon qu'elle créait en plongeant dans l'océan. Hélas, dès le Moyen Âge, la légende du kraken se confondit avec celle du calamar géant, et chacun se vit affublé des attributs les plus terrifiants de l'autre. Ainsi, on représenta un calamar haut comme une montagne, alors que le paisible kraken se retrouvait doté de tentacules et d'une soif de sang comparable à celle du requin le plus meurtrier.

Rien ne saurait être plus éloigné de la vérité. Le kraken est une créature docile dont les principales défenses sont sa taille et son enveloppe corporelle constituée de cellules gazeuses et graisseuses enveloppant un cerveau gros comme un melon qui lui fournit juste assez d'intelligence pour se nourrir et protéger sa carcasse. Sous cette croûte de pierre, d'algues et de corail, le kraken ressemble à une vulgaire bernacle en fait, mais une bernacle qui pourrait aisément abriter un ou deux stades olympiques.

Le kraken possède une espérance de vie de plusieurs milliers d'années, grâce à un métabolisme incroyablement lent. Il a tendance à s'installer dans un environnement riche en nourriture ou magique, et il y demeure jusqu'à ce que les réserves de nourriture ou d'énergie soient épuisées. Un archipel situé à proximité d'un port humain offre non seulement un abri de premier choix, mais aussi une abondante source de matière comestible. C'est donc là que l'on trouve les krakens, accrochés au fond de la mer telles des patelles géantes ; ils aspirent les déchets urbains à travers leurs ouïes et les font fermenter à l'intérieur de leurs vastes estomacs où ils se transforment en méthane. Mais si les ordures humaines sont leur salut, elles causent également leur perte car des taux de toxines de plus en plus élevés ont rendu les krakens stériles et désormais, il ne reste plus dans les océans qu'une demi-douzaine de ces créatures préhistoriques.

Ce kraken-ci était le plus âgé du groupe. D'après des prélèvements effectués sur sa carcasse, le vieux Shelly, comme le nommait le commando de Surveillance, réduit mais dévoué, avait plus de dix mille ans. Et il se faisait passer pour une île dans le port d'Helsinki depuis le XVIe siècle, à l'époque où cette ville s'appelait Helsingfors.

Durant tout ce temps, Shelly n'avait pas fait grand-chose à part se nourrir et dormir ; il n'éprouvait pas le besoin de migrer. S'il ressentait le désir de bouger, celui-ci était émoussé par les fuites provenant d'une usine de peinture construite sur son dos un siècle plus tôt. En outre, Shelly était quasiment catatonique; en plus de cinquante ans, il n'avait émis que deux ou trois éclairs de méthane, et il n'y avait aucune raison de penser que cette lumière rouge sur son capteur était due à autre chose qu'à un mauvais contact. La tâche de Holly consistait à y remédier. Une mission typique d'un «premier jour de reprise». Aucun danger, pas d'ultimatum et peu de chances de faire une découverte.

Holly orienta ses paumes face au vent et descendit jusqu'à ce que ses bottes raclent le toit du petit restaurant de l'île. En fait, il y avait deux îles, reliées par un petit pont. L'une des deux était une véritable île, et l'autre, plus grande, c'était Shelly, niché dans la roche. Holly effectua un rapide balayage thermique, sans rien trouver si ce n'est quelques rongeurs et une tache de chaleur provenant du sauna, sans doute relié à une minuterie.

Elle consulta sa visière pour connaître l'emplacement exact du capteur. Celui-ci se trouvait à quatre mètres sous l'eau, sous une corniche rocheuse.

«Sous l'eau. Évidemment.»

Elle replia ses ailes en plein ciel et plongea dans la Baltique, pieds en avant, en vrille afin d'atténuer le plouf! Bien qu'il n'y ait aucune oreille humaine à proximité pour l'entendre. Le sauna et le restaurant n'ouvraient qu'à huit heures, quant aux pêcheurs les plus proches, ils se trouvaient sur la côte; leurs cannes se balançaient doucement telles des rangées de mâts sans voilures.

Holly ouvrit les poches de gaz de son casque pour réduire sa flottabilité et s'enfonça dans les flots. Sa visière l'informa que la température de l'eau dépassait à peine les dix degrés, mais la combinaison miroitante la protégeait du choc thermique et elle se dilata un peu pour compenser la légère augmentation de la pression.

– Servez-vous des Bestioles, lui dit Foaly d'une voix limpide, à travers les capteurs de vibrations sur ses oreilles.

– Sortez de ma tête, centaure !

– Allez, servez-vous des Bestioles.

– Je n'ai pas besoin de traqueur. C'est juste là !

Foaly soupira.

– Ils vont tous mourir avec un sentiment de frustration.

Les Bestioles étaient de micro-organismes imprégnés de radiations possédant la même fréquence que l'objet à localiser. Si vous saviez ce que vous cherchiez avant de quitter l'atelier de Foaly, les Bestioles vous y conduisaient directement. Mais évidemment, elles devenaient un peu superflues quand le capteur se trouvait à quelques mètres et clignotait sur votre écran.

– Soit, gémit Holly. Mais j'aimerais bien que vous arrêtiez de me considérer comme un cobaye.

Elle souleva un rabat étanche sur son gant, libérant un nuage fluorescent de minuscules créatures orange. Après s'être regroupées brièvement, elles foncèrent comme une flèche irrégulière vers le capteur.

– Elles nagent, elles volent, elles creusent, dit Foaly, impressionné par sa propre création. Comme elles sont mignonnes !

Les Bestioles laissèrent derrière elles un sillage orangé que Holly put suivre. Elle se hissa sur une corniche saillante et constata que les petites bêtes arrachaient déjà la végétation qui couvrait le capteur.

– Avouez-le, Holly ! C'est pratique, non ? Dites-moi que ce n'est pas utile pour un agent de terrain.

C'était très utile, en effet. D'autant que Holly ne disposait plus que de dix minutes d'air. Mais Foaly avait déjà la grosse tête, pas la peine d'en rajouter.

– Un casque à ouïes aurait été plus utile, répondit-elle. Surtout que vous saviez que le capteur était immergé.

– Vous avez plus d'air qu'il n'en faut. D'autant que les Bestioles se chargent de déblayer les abords.

De fait, elles mangèrent la pierre et la mousse qui enveloppaient le capteur, jusqu'à ce que celui-ci brille comme le jour où il était sorti de la chaîne de montage. Une fois leur mission achevée, les Bestioles clignotèrent et moururent en se dissolvant dans l'eau, avec un léger pétillement. Holly alluma les lumières de son casque et braqua les deux faisceaux sur l'instrument en alliage. Le capteur, de la taille et de la forme d'une banane, était couvert de gel électrolytique.

– L'eau est très claire, grâce à Shelly. J'ai une belle vision.

Elle augmenta très légèrement la flottabilité de sa combinaison et resta suspendue dans l'eau, aussi immobile que possible.

– Eh bien, que voyez-vous ? demanda-t-elle.

– La même chose que vous, répondit le centaure. Un capteur avec une lumière rouge qui clignote. Il faut que je relève quelques indications, si vous vouliez avoir l'obligeance de toucher l'écran.

Holly posa la paume sur le gel, afin que l'omnicapteur de son gant puisse se synchroniser avec l'instrument antique.

– Neuf minutes et demie, Foaly. N'oubliez pas.

– Allons ! protesta le centaure. Je pourrais reprogrammer toute une flotte de satellites en neuf minutes et demie.

C'était sans doute vrai, se dit la fée, pendant que son casque vérifiait les systèmes du capteur.

– Hmm, dit Foaly trente secondes plus tard.

– Hmm ? répéta Holly, inquiète. Pas de hmm avec moi, Foaly. Éblouissez-moi avec votre science si vous voulez, mais pas de ça !

– Apparemment, il n'y a aucune anomalie. Ce capteur est remarquablement performant. Ce qui signifie...

– Que les trois autres capteurs sont défectueux, conclut Holly. Bravo pour votre génie.

– Ce n'est pas moi qui les ai conçus, rétorqua le centaure, vexé. C'est du vieux matériel de Koboï.

Holly frissonna, tout son corps tressaillit dans l'eau. Sa vieille ennemie Opale Koboï avait été une des créatures les plus inventives du Peuple, jusqu'à ce qu'elle préfère explorer toutes les voies du crime pour se couronner elle-même reine du monde. Elle vivait maintenant en cellule d'isolement dans un cube prison en Atlantide et passait ses journées à bombarder des politiciens de messages pour réclamer sa libération anticipée.

– Toutes mes excuses, mon ami, pour avoir douté de votre génie. Je suppose que je vais devoir vérifier les autres capteurs. Au-dessus de l'eau, j'espère.

– Hmm, fit Foaly, encore une fois.

– Arrêtez ça, je vous en prie ! Maintenant que je suis là, je vérifie les capteurs restants, non ?

Il y eut un moment de silence, pendant que Foaly accédait à quelques dossiers, puis il s'exprima de manière hachée, à mesure que les informations apparaissaient devant lui.

– Les autres capteurs... ne sont pas une priorité... dans l'immédiat. Ce qu'il faut découvrir... c'est pourquoi Shelly nous signale *ce* capteur. Laissez-moi regarder... si on a déjà eu ce genre de données.

Holly était donc obligée de maintenir le contact avec le capteur, en agitant les jambes et en regardant diminuer le niveau d'air sur sa visière.

– OK, dit finalement Foaly. Il y a deux raisons pour expliquer ce signal. Première raison, Shelly va avoir un bébé kraken, ce qui est impossible étant donné qu'il s'agit d'un mâle stérile.

– Reste la seconde, dit Holly, certaine qu'elle n'allait pas l'aimer, cette raison.

– Seconde raison, il mue.

Holly leva les yeux au ciel, soulagée.

– Une mue ? Ça n'a pas l'air si terrible.

– Euh, c'est un peu plus grave qu'il n'y paraît.

– Comment ça, un peu plus ?

– Si je vous expliquais pendant que vous fichez le camp le plus vite possible ?

Holly ne se le fit pas dire deux fois. Quand Foaly conseillait à un officier de décamper au lieu de débiter un de ses chers exposés, la situation était grave. Elle écarta les bras et les ailes dans son dos l'imitèrent.

– *Go !* s'exclama-t-elle en pointant les bras vers la surface.

Les moteurs s'allumèrent et la fée fut propulsée hors des flots, en laissant derrière elle un sillage d'écume bouillonnante. Sa combinaison sécha instantanément car l'eau glissait sur la matière antiadhésive et la résistance de l'air arrachait les dernières gouttes. En quelques secondes, elle parcourut une centaine de mètres, encouragée par l'angoisse qui perçait dans la voix de Foaly.

– Un kraken ne se débarrasse de sa carapace qu'une seule fois dans son existence, expliquait le centaure, et d'après nos archives, Shelly a balancé la sienne il y a trois mille ans, on pensait donc que c'était terminé.

– Et alors ?

– Il semblerait qu'il ait vécu assez longtemps pour muer une seconde fois.

– Et en quoi est-ce inquiétant ?

– C'est inquiétant parce qu'il mue de manière très explosive. La nouvelle carapace s'est déjà formée et il va se débarrasser de la vieille en enflammant une couche de cellules de méthane pour la faire sauter.

Holly voulait être certaine d'avoir bien compris.

– Vous êtes en train de me dire que Shelly va allumer un pet ?

– Non. Shelly va allumer *le* pet. Il a accumulé suffisamment de méthane pour alimenter Haven-Ville pendant un an. Il n'y a pas eu de pet comparable depuis le dernier rassemblement tribal des nains.

Une simulation par ordinateur de l'explosion apparut sur sa visière. Pour la plupart des fées, l'image ne serait qu'une tache floue, mais les officiers des FAR devaient apprendre la double convergence pour pouvoir consulter leurs écrans tout en regardant où ils allaient.

Dès que la simulation indiqua que Holly se trouvait hors de la zone de déflagration, elle décrivit un grand arc de cercle ascendant pour faire face au kraken.

– Il n'y a rien à faire ? demanda-t-elle.

– À part prendre quelques photos, non. Et c'est trop tard. Il ne reste qu'une poignée de minutes. La carapace interne de Shelly a déjà atteint la température d'allumage, alors mettez votre filtre antiaveuglement et admirez le spectacle !

Holly abaissa sa protection.

– Ça va faire la une des journaux dans le monde entier. Une île, ça n'explose pas.

– Si. Activité volcanique, fuites de gaz, accidents chimiques. Croyez-moi, s'il y a une chose que les Êtres de Boue savent faire, c'est justifier une explosion. Les Américains ont inventé la Zone 51 uniquement parce qu'un sénateur avait eu un accident de jet dans une montagne.

– Le continent est un endroit sûr ?

– Normalement. Il y aura peut-être quelques éclats.

Holly se détendit, suspendue à ses ailes. Elle ne pouvait rien faire, elle ne *devait* rien faire. C'était un processus naturel ; le kraken avait parfaitement le droit de changer de carapace.

« Une explosion de méthane. Mulch adorerait ça. »

Mulch Diggums dirigeait actuellement un cabinet de

détectives privés à Haven, avec Doudadais le félutin. En son temps, Mulch avait lui-même provoqué plusieurs incidents avec le méthane.

Quelque chose se mit à clignoter lentement sur la visière de Holly. Un pâté de plasma rouge, dans la fenêtre de balayage thermique. Il y avait de la vie sur l'île, et pas seulement des insectes ou des rongeurs. Plusieurs humains.

– Foaly. J'ai repéré un truc.

Afin de localiser la source, Holly redimensionna la fenêtre grâce à une succession de clignements de paupières. Il y avait quatre corps chauds à l'intérieur du sauna.

– *À l'intérieur* du sauna, Foaly. Comment a-t-on pu passer à côté ?

– Leurs corps avaient la même température que les murs de brique, répondit le centaure. Je suppose qu'un des Êtres de Boue a ouvert la porte.

Holly multiplia par six la portée de son viseur et constata que la porte du sauna était entrouverte, en effet : un filet de vapeur s'échappait par l'entrebâillement. Le bâtiment refroidissait plus vite que les humains, si bien qu'ils apparaissaient maintenant sur son scanner.

– Qu'est-ce qu'ils font là ? Vous disiez que rien n'ouvrait avant huit heures.

– Aucune idée, Holly. Comment je pourrais le savoir ? Ce sont des humains. Aussi fiables que des démons rendus fous par la lune.

Qu'importe la raison pour laquelle les humains se trouvaient là. Se poser la question était une perte de temps.

– Il faut que j'y retourne, Foaly.

Le centaure braqua une caméra sur lui pour projeter son image en direct sur le casque de Holly.

– Regardez-moi en face, Holly. Vous voyez cette expression ? C'est mon visage sévère. Ne faites pas ça. Ne retournez pas sur l'île. Des humains meurent chaque jour sans qu'on intervienne. Les FAR n'interviennent *jamais*.

– Je connais les règles, répondit Holly en coupant la parole au centaure mécontent.

« Je peux dire adieu à ma carrière… une fois de plus », pensa-t-elle, en inclinant ses ailes pour plonger en piqué.

Quatre hommes étaient assis dans le vestibule du sauna, heureux et fiers d'avoir berné une fois de plus les autorités de l'île en se faufilant dans l'établissement avant l'ouverture. Un exploit facilité par le fait qu'un de ces hommes était un agent de sécurité d'Uunisaari ; il avait donc accès aux clés, ainsi qu'à un petit bateau à fond plat doté d'un moteur de cinq chevaux pouvant transporter les quatre amis et un fût de bière Karjala.

– La température du sauna était bonne aujourd'hui, dit un des hommes.

Un autre essuya la vapeur sur ses lunettes.

– Un peu chaude, j'ai trouvé. D'ailleurs, je sens encore la chaleur sous mes pieds.

– Tu n'as qu'à piquer une tête dans la Baltique ! rétorqua l'agent de sécurité, vexé de voir que l'on n'appréciait pas ses efforts à leurs justes mérites. Ça rafraîchira tes petits petons.

– Ne fais pas attention à lui, intervint le quatrième homme en remettant sa montre. Il a les pieds sensibles. Et toujours des problèmes de température.

Les quatre hommes, amis depuis l'enfance, rirent de bon cœur et burent une grande gorgée de bière.

Mais les rires et les libations cessèrent brusquement quand une partie du toit s'embrasa et se désintégra.

L'agent de sécurité s'étrangla avec sa bière.

– Quelqu'un a fumé dans le sauna ? J'avais dit : « Interdiction de fumer ! »

Même si l'un de ses amis lui avait répondu, il n'aurait pas entendu car il avait réussi l'exploit de s'envoler à travers le trou dans le toit.

– J'ai vraiment très chaud aux orteils, insista l'homme aux lunettes, comme si en s'accrochant à un ancien sujet de conversation il pouvait effacer ce qui venait de se produire.

Les autres l'ignorèrent, occupés à faire ce que font généralement les hommes dans les moments de danger : ils enfilaient leurs pantalons.

L'heure n'était pas aux présentations, ni aux bonnes manières, alors Holly dégaina son Neutrino, découpa un trou de deux mètres de large dans le toit et découvrit quatre Êtres de Boue à la peau claire, presque nus et tremblants de terreur.

« Ça ne m'étonne pas qu'ils tremblent, pensa-t-elle. Et ce n'est que le début. »

Tout en volant, elle réfléchit au problème : comment évacuer quatre humains de la zone de déflagration en si peu de minutes.

Jusqu'à récemment, elle aurait eu un autre problème : le bâtiment lui-même. D'après le Livre, les fées n'avaient pas le droit de pénétrer dans les constructions des humains sans y être invitées. Ce sort vieux de dix mille ans avait conservé un peu de son pouvoir et quiconque le défiait était pris de nausées et subissait une perte de pouvoir. Il s'agissait d'une loi anachronique qui entravait sérieusement les opérations des FAR. À la suite de plusieurs débats publics, accompagnés d'un référendum, ce sort avait finalement été levé par N° 1, le démon sorcier. Il n'avait fallu que cinq minutes au diablotin pour défaire un sort qui avait handicapé les elfes guerriers pendant des siècles.

Retour au problème initial : quatre gros humains et une énorme explosion imminente.

Le choix s'imposait de lui-même : un des humains empêchait les autres de passer et il ne portait qu'une serviette autour de la taille et une minuscule casquette d'agent de sécurité, posée sur son crâne comme une coquille de noix sur la tête d'un ours.

Holly grimaça. « Il faut que je l'écarte de mon champ de vision le plus vite possible, sinon je n'oublierai jamais cette image. Cet Être de Boue est plus musclé qu'un troll. »

Un troll ! Mais oui, bien sûr.

Plusieurs gadgets avaient été ajoutés au kit des officiers pendant que Holly était dans les limbes, inventés et brevetés par Foaly pour la plupart, naturellement. Parmi ces nouveautés figurait un chargeur de fléchettes pour son Neutrino. Le Centaure les appelait fléchettes antigravité, mais les officiers les appelaient des Flotteurs.

Ces fléchettes étaient inspirées de la propre Ceinture de lune de Foaly, qui générait un champ magnétique autour de tout ce à quoi elle était attachée et réduisait de quatre cinquièmes l'attraction terrestre. Cette ceinture était fort utile pour transporter du matériel très lourd. Les agents de terrain avaient vite appris à adapter la ceinture à leurs besoins spécifiques : ils s'en servaient pour ligoter leurs prisonniers afin qu'ils soient plus faciles à transporter.

Foaly avait ensuite mis au point une fléchette qui produisait le même effet. Elle utilisait la propre peau du fugitif pour faire circuler la charge magnétique qui le plaçait presque en état d'apesanteur. Même un troll semble moins menaçant quand il est ballotté par le vent comme un ballon.

Holly décrocha le chargeur de sa ceinture et, avec la paume, l'introduisit dans le Neutrino.

« Des fléchettes. Nous voilà revenus à l'âge de la pierre. »

Le gros agent de sécurité se trouvait en plein dans sa ligne de mire ; ses lèvres tremblotaient.

« Pas besoin de viseur laser avec cet Être de Boue. Je ne risque pas de le manquer. »

Et en effet, Holly ne le manqua pas. La minuscule

fléchette le piqua à l'épaule et il fut parcouru de frissons, le temps que le champ antigravité l'encercle.

– Ooooh, fit-il. C'est un peu…

Holly atterrit près de lui, saisit sa grosse cuisse blanche et l'expédia vers le ciel. Il décolla, plus vite qu'un ballon de baudruche, laissant dans son sillage une traînée de « Oooooh » étonnés.

Ses compagnons s'empressèrent de finir d'enfiler leurs pantalons. Dans la précipitation, deux d'entre eux trébuchèrent et se cognèrent la tête, avant de s'écrouler sur le sol. Des assiettes de petits pains aux tomates et à la mozzarella furent renversées, des bouteilles de bière tournoyèrent sur les dalles.

– Mes sandwiches ! s'exclama un des hommes, tout en se débattant avec son jean violet.

« Pas le moment de paniquer », pensa Holly, silencieuse et invisible parmi eux. Elle se baissa pour éviter les membres qui s'agitaient en tous sens et tira successivement trois autres fléchettes.

Un calme étrange s'abattit sur le sauna, alors que trois adultes se retrouvaient à flotter vers le trou dans le plafond.

– J'ai les pieds qui…, commença l'homme à lunettes.

– Fiche-nous la paix avec tes pieds ! cria l'homme au sandwich, qui voulut lui balancer un coup de poing.

L'élan le fit tournoyer comme une toupie.

Foaly parvint à se faire entendre de Holly, bien qu'elle ait coupé le son.

– D'Arvit, Holly. Vous n'avez plus que quelques secondes. Quelques *secondes !* Sortez de là immédiatement ! Même votre combinaison renforcée ne peut résister à une explosion d'une telle puissance !

Holly avait le visage cramoisi et ruisselant de sueur malgré le système de climatisation de son casque.

« Plus que quelques secondes. Combien de fois ai-je entendu cette phrase ? »

Pas le temps de finasser. Elle s'allongea sur le dos, pianota sur l'écran de son Neutrino pour sélectionner le mode secousses et décocha un tir à large rayon, droit devant.

Le faisceau souleva les hommes dans les airs, telles des bulles emportées par une rivière tumultueuse. Ils rebondirent contre les murs et se percutèrent, avant d'être éjectés à travers l'ouverture dans le toit, où crépitaient encore des étincelles.

Le dernier de la bande regarda en bas, en se demandant, avec une sorte d'indifférence, pourquoi il ne bégayait pas sous l'effet de la panique. Car quand même, il y avait de quoi devenir hystérique.

« Ça va sûrement venir plus tard, décréta-t-il. Si plus tard il y a. »

Au milieu de la vapeur du sauna, il crut apercevoir une petite forme humanoïde couchée sur le sol. Une minuscule silhouette dotée d'une paire d'ailes, qui se releva d'un bond, puis se précipita vers les hommes volants.

« Tout est vrai, se dit l'homme. C'est comme dans *Le Seigneur des anneaux*. Des créatures imaginaires. Mais là, tout est vrai. »

Puis l'île explosa et l'homme cessa de se préoccuper des créatures imaginaires pour se soucier de son pantalon, qui venait de prendre feu.

Pendant que les quatre hommes flottaient dans les airs, Holly décida qu'il était temps de s'éloigner le plus possible de cette île qui n'en était pas une. Accroupie sur le sol, elle bondit, déploya ses ailes et s'éleva comme une fusée dans le ciel matinal.

– Très joli, commenta Foaly. Savez-vous qu'ils ont surnommé cette figure l'hollycoptère ?

La fée dégaina son arme et, à coups de petites décharges, elle repoussa un peu plus loin les hommes en état d'apesanteur.

– Je suis occupée à rester en vie, Foaly. On bavardera plus tard.

– Désolé, l'amie. Je suis inquiet. Et quand je suis inquiet, je parle. Caballine dit que c'est un moyen de défense. Bref, pour en revenir à l'hollycoptère, vous avez effectué le même décollage au cours de cette fusillade sur le toit à Darmstadt. Le major, je veux dire le *commandant* Kelp, l'a filmé en vidéo. Ils s'en servent à l'académie. Si vous saviez combien d'élèves se sont brisé les chevilles en essayant d'en faire autant.

Holly allait demander encore une fois à son ami de bien vouloir la boucler, lorsque Shelly enflamma ses cellules de méthane, détruisant ainsi sa vieille carapace et projetant des tonnes de débris vers le ciel. L'onde de choc frappa la fée par en dessous, à la manière d'un uppercut géant qui la fit tournoyer dans les airs. Elle sentit que sa combinaison se contractait pour absorber le choc : les minuscules écailles serrèrent les rangs face à l'impact, tels les boucliers d'un bataillon de démons. Elle perçut un léger sifflement lorsque son casque gonfla les coussins de sécurité chargés de protéger son cerveau et sa colonne vertébrale. Sur sa visière, les écrans tressautèrent, avant de se stabiliser.

Le monde défila devant ses yeux en une succession de bleus et de gris. Dans son casque, l'horizon artificiel exécuta plusieurs révolutions, cul par-dessus tête, puis Holly s'aperçut que c'était *elle* qui tourbillonnait et non pas l'image.

« Vivante. Je suis toujours vivante. J'ai eu de la chance. »

Foaly interrompit ses réflexions :

– ... rythme cardiaque élevé, je me demande bien pourquoi. On pourrait penser que vous êtes habituée à ce genre de situations, depuis le temps. Vous serez ravie d'apprendre que les quatre humains s'en sont tirés, étant donné que vous avez risqué votre vie et mes inventions pour les sauver. Imaginez un peu qu'un de mes Flotteurs soit tombé entre les mains des humains ?

Holly utilisa une combinaison de gestes et de clignements de paupières pour faire pétarader quelques-uns des douze moteurs de ses ailes, afin de reprendre le contrôle de son équipement.

Elle souleva sa visière pour tousser et cracher, avant de répondre à l'accusation du centaure.

– Je vais bien, merci de me poser la question. Je vous

rappelle que tout le matériel des FAR peut être détruit à distance. Et moi aussi ! Donc, si vos précieux Flotteurs tombent un jour entre les mains des humains, ça voudra dire que votre technologie est défaillante !

– Tiens, cela me fait penser que je dois me débarrasser de ces fléchettes, dit Foaly.

Tout en bas, c'était le chaos. On aurait dit que la moitié des habitants d'Helsinki avaient déjà réussi à monter dans des embarcations en tous genres et c'était une véritable flottille qui voguait vers le lieu de l'explosion, emmenée par un navire des garde-côtes que propulsaient deux puissants moteurs hors-bord.

Le kraken, quant à lui, était masqué par la fumée et la poussière, mais des débris carbonisés de sa carapace pleuvaient comme des cendres volcaniques, recouvrant les bateaux et répandant une couverture grise sur la mer Baltique.

À vingt mètres de Holly, sur la gauche, les hommes flottants se balançaient joyeusement dans les airs, au gré des dernières ondes de choc, avec leurs pantalons en lambeaux.

– Je suis surprise, commenta Holly en zoomant sur eux. Ils ne hurlent pas, ils ne se font pas pipi dessus.

– J'ai ajouté une petite goutte de produit relaxant dans les fléchettes, expliqua Foaly en gloussant. Enfin, quand je dis une petite goutte… Assez pour qu'un troll se languisse de sa maman.

– Parfois, les trolls mangent leur mère, fit remarquer Holly.

– Exact.

Foaly attendit que les hommes soient redescendus à moins de trois mètres au-dessus de la mer pour faire sauter à distance la minuscule charge contenue dans chaque fléchette. Quatre petits pop furent suivis de quatre grands splash ! Les hommes barbotèrent dans l'eau quelques secondes seulement avant d'être repêchés par les gardes-côtes.

– Bien, fit le centaure, visiblement soulagé. Le désastre a été évité et nous avons fait notre bonne action du jour. Dépêchez-vous de rentrer à la station. Je suis sûr que le commandant Kelp exigera un rapport détaillé.

– Une seconde, j'ai un message !

– Un message ! Un message ! Vous croyez vraiment que c'est le moment ? Vos batteries sont presque déchargées et les panneaux arrière de votre combinaison ont subi de gros dégâts. Vous devez décamper avant que votre bouclier tombe complètement en panne.

– Il faut que je lise ce message, Foaly. C'est important.

L'icône représentant une enveloppe portait la signature d'Artemis. Holly et lui avaient établi un code de couleurs : vert pour les messages de courtoisie, bleu pour les affaires et rouge en cas d'urgence. L'icône qui clignotait sur la visière de la fée était rouge vif. D'un battement de paupière, elle ouvrit le bref message :

« Mère est proche de la mort. Venez immédiatement, je vous prie. Amenez N° 1. »

Holly sentit la peur lui nouer l'estomac et le monde sembla vaciller devant ses yeux.

« Mère est proche de la mort. Amenez N° 1. »

Il fallait que la situation soit désespérée pour qu'Artemis lui demande de faire venir le puissant démon sorcier.

Son esprit la ramena dix-huit ans en arrière, le jour où sa propre mère était morte. Presque deux décennies déjà, et la perte restait aussi douloureuse qu'une plaie à vif. Une pensée la frappa : « Ça ne fait pas dix-huit ans, mais vingt et un ans. J'ai été absente pendant trois ans ! »

Coral Short était médecin dans la marine des FAR, qui sillonnait l'Atlantique pour faire le ménage derrière les humains et protéger les espèces en danger. Elle avait été mortellement blessée lorsque le tanker à l'aspect particulièrement repoussant qu'ils suivaient en douce avait déversé des déchets radioactifs sur leur sous-marin. Les radiations sont un poison pour les fées et sa mère avait mis une semaine à mourir.

« Ils le paieront ! avait juré Holly, en larmes au chevet de sa mère à la clinique de Haven. Je traquerai ces Êtres de Boue jusqu'au dernier !

– Non, avait dit sa mère avec une force surprenante. J'ai passé ma vie à *sauver* des créatures. Tu dois en faire autant. La *destruction* ne peut être mon héritage. »

Ce furent quasiment ses dernières paroles. Trois jours plus tard, Holly, vêtue de son uniforme vert boutonné jusqu'au menton, assistait, impassible, à la cérémonie de recyclage de sa mère. L'Omniclé que sa mère lui avait offerte quand elle avait obtenu son diplôme pendait à sa ceinture, dans son étui.

« Sauver des créatures. » Holly s'était donc engagée.

Et maintenant, la mère d'Artemis était à l'agonie.

Holly s'aperçut alors qu'elle ne considérait plus Artemis comme un humain, mais comme un ami.

– Il faut que j'aille en Irlande, déclara-t-elle.

Foaly ne prit même pas la peine de protester : il avait lu discrètement le message.

– Allez-y. Je peux vous couvrir pendant quelques heures. Je dirai que vous achevez le Rituel. Il se trouve que c'est la pleine lune ce soir et nous possédons encore plusieurs sites magiques près de Dublin. J'enverrai un message à la Section Huit. Peut-être que Qwan voudra bien laisser N° 1 sortir du magi-lab pour une courte période.

– Merci, mon vieil ami.

– De rien. Filez. Je vous laisse tranquille et je m'occupe des réactions. Je peux peut-être distiller quelques explications dans les médias humains. J'aime bien l'idée d'une poche de gaz naturel souterraine. D'ailleurs, c'est presque la vérité.

« Presque la vérité. »

Holly ne put s'empêcher d'appliquer ces mots au message d'Artemis. Le jeune Irlandais manipulait si souvent les gens en leur disant *presque la vérité.*

Elle se morigéna en silence. Non, certainement pas. Artemis Fowl lui-même ne mentirait pas au sujet d'une chose aussi grave.

Chacun avait ses limites.

Non ?

CHAPITRE 3

ÉCHOS DE MAGIE

Artemis senior rassembla ses troupes dans la salle de réunion du manoir, qui servait initialement de salle de banquet. Récemment encore, les imposantes arches gothiques étaient cachées par un faux plafond, mais Angeline Fowl avait ordonné qu'il soit enlevé et cette vaste pièce avait retrouvé sa splendeur d'antan.

Artemis, son père et Butler étaient assis dans des fauteuils en cuir noir signés Marcel Breuer, autour d'une table à plateau de verre capable d'accueillir dix personnes de plus.

« Il n'y avait pas si longtemps, des contrebandiers avaient pris place autour de cette table, pensa Artemis. Sans parler des seigneurs du crime, des pirates informatiques, des spéculateurs financiers, des as du marché noir et des monte-en-l'air. Toutes les vieilles activités familiales. »

Artemis senior referma son ordinateur portable. Il était livide et visiblement très fatigué, mais sa détermination faisait briller ses yeux.

– Le plan est simple : nous ne devons pas demander uniquement un deuxième avis, mais le plus grand nombre d'avis possible. Butler prendra le jet pour se rendre en Chine. Pas le temps de passer par les voies officielles, vous devrez peut-être trouver un terrain d'atterrissage où les services d'immigration sont un peu laxistes.

Butler hocha la tête.

– Je connais un endroit. Je peux faire l'aller-retour en deux jours, si tout se passe bien.

Artemis senior semblait satisfait.

– Bien. Les réservoirs du jet sont pleins, il est prêt à décoller. J'ai déjà convoqué un équipage complet et un deuxième pilote.

Artemis imaginait le genre de matériel que Butler allait emporter dans ses bagages, surtout s'il n'y avait pas de contrôles à l'arrivée.

– Et vous, père, qu'allez-vous faire? demanda-t-il.

– Je vais me rendre en Angleterre. Je prendrai l'hélicoptère jusqu'à l'aéroport de Londres, et ensuite une limousine me conduira à Harley Street. Il y a là plusieurs spécialistes que je pourrai interroger, et j'ai pensé qu'il serait beaucoup plus efficace de me déplacer, plutôt que de les faire venir ici. Si l'un d'eux peut projeter le moindre rayon de lumière sur l'état de votre mère, je lui offrirai tout ce qu'il veut pour qu'il accepte de revenir avec moi. Au besoin, je rachèterai son cabinet.

Artemis acquiesça. C'était astucieux. Il n'en attendait pas moins de la part d'un homme qui avait dirigé avec succès un empire criminel pendant plus de deux décennies, et humanitaire depuis quelques années.

Tout ce que faisait Artemis senior désormais répondait à des motivations éthiques. Qu'il s'agisse de sa fabrique de vêtements basée sur le commerce équitable ou de ses participations dans Earthpower, un consortium d'hommes d'affaires partageant les mêmes préoccupations, qui fabriquaient des véhicules fonctionnant aux énergies renouvelables, des pompes géothermiques et des panneaux solaires. Il était allé jusqu'à équiper les voitures, le jet et l'hélicoptère de la famille Fowl de filtres ultrasophistiqués qui limitaient les émissions de carbone.

– Moi, je resterai ici, déclara Artemis sans attendre qu'on lui pose la question. Je coordonnerai vos actions, j'installerai une webcam pour que les spécialistes de Harley Street puissent examiner mère, je dirigerai le travail du docteur Schalke et de Miss Book, tout en menant mes propres recherches sur Internet pour trouver d'éventuels remèdes.

Artemis senior esquissa un sourire.

– Bravo, fiston. Je n'avais pas pensé à la webcam.

Butler était impatient de s'envoler, mais avant de partir, il tenait à préciser une chose :

– Ça m'ennuie de laisser Artemis seul. C'est peut-être un génie, mais il a la sale manie de fourrer son nez partout et c'est un véritable aimant à problèmes.

Le garde du corps adressa un clin d'œil à Artemis.

– Ne le prenez pas mal, monsieur, mais vous pourriez transformer un pique-nique dominical en incident international.

Artemis accepta de bon cœur cette accusation.

– Je ne le prends pas mal.

– J'avoue avoir pensé la même chose, avoua Artemis senior en se grattant le menton. Mais on ne peut rien faire. La nounou a accepté d'emmener les jumeaux dans son cottage à Howth pendant deux ou trois jours, mais nous avons besoin d'Arty ici ; il faudra donc qu'il se débrouille seul.

– Ce qui ne sera pas un problème, dit Artemis. Faites-moi un peu confiance, bon sang !

Artemis senior se pencha au-dessus de la grande table pour poser ses mains sur celles de son fils.

– La confiance réciproque, c'est tout ce qui nous reste. Nous devons être convaincus qu'il est encore possible de sauver ta mère. Est-ce que tu y crois ?

Artemis vit une des hautes fenêtres s'entrouvrir lentement. Une feuille recroquevillée entra dans la pièce, portée par une brise tourbillonnante, puis la fenêtre sembla se refermer toute seule.

– J'en suis absolument convaincu, père. De plus en plus.

Holly ne dévoila sa présence que lorsque le Sikorsky S-76C d'Artemis senior eut décollé de l'héliport installé sur le toit. Artemis branchait une webcam au pied du lit de sa mère quand la fée apparut dans un scintillement, la main posée sur son épaule.

– Artemis, je suis navrée, dit-elle.

– Merci d'être venue, Holly. Vous avez fait vite.

– Je survolais la Finlande, pour traquer un kraken.

– Ah oui, la créature de Tennyson.

Artemis ferma les yeux ; quelques vers du célèbre poème lui revinrent en mémoire.

Sous les tonnerres de la surface,
dans les profondeurs de la mer abyssale,
d'un sommeil antique, inviolé, sans rêves,
le kraken dort

– « Dort » ? Plus maintenant. Regardez les infos. Apparemment, il s'est produit une explosion de gaz naturel.

– Je parie que Foaly a recommencé à jouer les manipulateurs d'informations.

– Exact.

– Il ne reste plus beaucoup de krakens dans le monde. Sept, d'après mes calculs.

– Sept ? s'étonna Holly. Nous n'en avons dénombré que six.

– Ah oui, six. C'est ce que je voulais dire. Vous portez une nouvelle combinaison ? demanda-t-il pour changer de sujet, un peu trop brutalement.

– Trois ans de progrès par rapport à la précédente, répondit Holly en se promettant d'enquêter ultérieurement sur cette histoire de kraken. Elle possède une armure automatique. Si les capteurs détectent un objet volumineux, elle se densifie pour amortir le choc. Elle m'a déjà sauvé la vie une fois aujourd'hui.

L'icône « message » clignota sur le casque de la fée. Elle prit le temps de lire le bref texte.

– N° 1 arrive. Ils envoient la navette de la Section

Huit. Impossible d'agir en douce désormais. Ce qui doit être fait, doit l'être très rapidement.

Cette conversation se tarit soudainement car la maladie mortelle dont souffrait Angeline Fowl occupait toutes leurs pensées. Son visage rayonnait de pâleur et l'odeur des lis flottait dans l'atmosphère

Artemis tripota la webcam, qui roula sous le lit.

– Enfer et damnation ! pesta-t-il en s'agenouillant pour tendre le bras dans l'obscurité. Je ne peux pas… Je ne peux pas…

Soudain, il ressentit de plein fouet l'énormité de la situation.

– Quel fils suis-je donc ? chuchota-t-il. Un menteur et un voleur. Ma mère n'a jamais cessé de m'aimer et d'essayer de me protéger, et maintenant, elle va peut-être mourir.

Holly l'aida à se relever.

– Vous n'êtes plus cette personne, Artemis. Et vous aimez votre mère, n'est-ce pas ?

– Évidemment, maugréa le garçon, gêné.

– Alors, vous êtes un bon fils. Et votre mère s'en apercevra dès que je l'aurai soignée.

Holly fit craquer son cou et des étincelles magiques jaillirent des extrémités de ses doigts, en tournoyant sous la forme d'un cône.

– Non ! s'exclama Artemis. Ne vaudrait-il pas mieux examiner les symptômes d'abord ?

Holly referma son poing pour étouffer les étincelles.

Méfiante, elle ôta son casque et s'approcha d'Artemis, un peu trop au goût de celui-ci, et elle planta son regard dans ses yeux vairons. C'était étrange de voir son propre œil vous regarder.

– Avez-vous fait quelque chose, Artemis ?

Celui-ci soutint le regard de la fée. Holly n'y vit que de la tristesse.

– Non, répondit-il. Mais je suis plus prudent avec ma mère que je le serais avec moi-même, voilà tout.

Les soupçons de Holly trouvaient leur origine dans des années de fréquentation d'Artemis ; elle se demandait pourquoi il renâclait à la laisser utiliser la magie, alors que ça ne l'avait jamais gêné jusqu'à présent. Peut-être avait-il déjà exploré cette voie. Peut-être que le courant temporel ne l'avait pas privé de la magie qu'il avait volée, comme il l'affirmait.

Holly plaqua ses mains sur les tempes d'Artemis et posa son front contre le sien.

– Arrêtez ! protesta le jeune Irlandais. Nous n'avons pas le temps.

La fée ferma les yeux pour se concentrer. Artemis sentit la chaleur se répandre sous son crâne, suivie du bourdonnement familier de la magie. Holly le sondait. L'opération dura à peine une seconde.

– Rien, dit-elle en le lâchant. Des échos de magie. Mais aucun pouvoir.

Artemis recula en titubant ; il avait la tête qui tournait.

– Je comprends votre méfiance, Holly. Elle a souvent été justifiée. Vous voulez bien examiner ma mère maintenant ?

Holly s'aperçut que depuis son arrivée, elle s'était

contentée de jeter un rapide coup d'œil à Angeline Fowl. Cette situation lui rappelait trop de douloureux souvenirs.

– Bien sûr, Artemis. Pardon pour cette exploration mentale. Je devais m'assurer que je pouvais ajouter foi à vos affirmations.

– Mes sentiments ne comptent pas, répondit le garçon en prenant la fée par le coude. Occupez-vous de ma mère, je vous prie.

Holly dut se faire violence pour examiner Angeline Fowl consciencieusement et à ce moment-là, une peur profondément enfouie déclencha des fourmillements dans tous ses membres.

– Je connais ça, murmura-t-elle. Oui, je connais.

– Vous avez déjà rencontré un cas semblable ? demanda Artemis.

Le visage et les bras de sa mère étaient couverts d'un gel transparent qui suintait des pores de sa peau, avant de se dissiper sous forme de vapeur. Elle avait les yeux écarquillés, mais on ne voyait que le blanc du cristallin et ses doigts agrippaient les draps comme pour s'accrocher à la vie.

Holly détacha de sa ceinture un médipack, le déposa sur la table de chevet et se servit d'un tampon pour prélever un peu de gel.

– Ce gel… Cette odeur… Ça ne peut pas être… Non.

– Ça ne peut pas être *quoi* ? demanda Artemis en refermant sa main sur l'avant-bras de la fée.

Holly l'ignora. Elle remit son casque et ouvrit un canal de liaison avec le centre de police.

– Foaly ? Vous êtes là ?

Le centaure répondit après la deuxième sonnerie.

– Je suis là, Holly. Enchaîné à mon bureau. Le commandant Kelp m'a envoyé plusieurs messages pour me demander où vous étiez. Je m'en suis débarrassé en lui sortant l'histoire du Rituel. Je pense que ça vous laisse environ…

Holly interrompit son bavardage.

– Écoutez-moi, Foaly. Au sujet de la mère d'Artemis… Je pense que nous avons affaire… Je pense que c'est grave.

L'humeur du centaure se modifia aussitôt. Holly le soupçonnait de parler pour ne rien dire afin de masquer son inquiétude. Il faut admettre que le message d'Artemis était particulièrement sinistre.

– Très bien, décida-t-il. Je vais me connecter sur les systèmes du manoir. Demandez son mot de passe à Artemis.

Holly leva sa visière.

– Foaly veut connaître votre mot de passe.

– Oui, oui, bien sûr.

Artemis avait la tête ailleurs et il lui fallut un petit moment pour se souvenir de son propre code secret.

– CENTAURE, dit-il. Tout en majuscules.

Sous la croûte terrestre, Foaly rangea ce compliment dans le coin de son cerveau qui renfermait les souvenirs les plus chers. Il le ressortirait plus tard pour le savourer devant un bon verre de vin.

– Centaure ? OK, j'y suis.

Un grand écran plasma fixé au mur de la chambre

scintilla et le visage de Foaly apparut, flou tout d'abord, puis parfaitement net. La webcam qu'Artemis tenait dans la main se mit à bourdonner lorsque le centaure contrôla à distance le mécanisme de mise au point.

– Plus on a de points de vue, mieux c'est, hein ?

Sa voix résonna dans les haut-parleurs du téléviseur.

Artemis approcha la caméra du visage de sa mère, en s'efforçant de ne pas trop la faire bouger.

– À en juger par la réaction de Holly, remarqua-t-il, j'en déduis que vous avez déjà connu un cas identique.

La fée montra la pellicule brillante qui couvrait le visage d'Angeline.

– Vous voyez ce gel qui sort des pores, Foaly ? Et ce parfum de lis. Il ne peut y avoir le moindre doute.

– C'est impossible, marmonna le centaure. Nous l'avons éradiquée il y a des années.

Artemis commençait à en avoir assez de ces allusions.

– Qu'est-ce qui est impossible ? Qu'est-ce que vous avez éradiqué ?

– Pas de diagnostic pour l'instant, Artemis. Ce serait prématuré. Holly, j'ai besoin d'effectuer un scanner.

Holly approcha sa paume du front d'Angeline Fowl et l'omnicapteur fixé dans son gant enveloppa la mère d'Artemis d'une gangue de lasers.

Le doigt de Foaly se balançait tel un métronome tandis que son système recevait les informations. Ce geste mécanique paraissait déplacé dans ce contexte.

– Très bien, dit-il au bout d'une trentaine de secondes. J'ai ce qu'il me faut.

Holly referma son poing sur le capteur, puis revint vers Artemis ; elle prit sa main entre les siennes et attendit avec lui le verdict, en silence. Ce ne fut pas long, d'autant que Foaly avait une idée précise des paramètres de recherches.

Il lut les résultats d'un air grave.

– L'ordinateur a analysé le gel. Je crains qu'il ne s'agisse de Magitropie.

Artemis sentit les mains de Holly se crisper autour de la sienne. Il ignorait ce qu'était la Magitropie, mais de toute évidence, c'était inquiétant.

Libérant sa main, il marcha à grands pas vers l'écran mural.

– J'ai besoin d'une explication, Foaly. Tout de suite, s'il vous plaît.

Le centaure soupira.

– Soit. La Magitropie était la peste du Peuple des fées. Une fois qu'on l'avait contractée, l'issue était irrémédiablement fatale ; en trois mois, elle se développait jusqu'au stade terminal. À partir de là, le malade n'avait plus qu'une semaine à vivre. Cette maladie cumule tous les fléaux : neurotoxines, destruction cellulaire, résistance à toutes les thérapies conventionnelles. Elle est incroyablement agressive. Franchement, c'est stupéfiant.

Artemis serra les dents.

– Formidable, Foaly ! Enfin quelque chose qui fait votre admiration.

Foaly essuya une goutte de sueur qui perlait au bout de son nez.

– Il n'existe aucun remède, Artemis. Plus maintenant.

Je crains que votre mère soit véritablement en train de mourir. À en juger par le taux de concentration dans le gel, je lui donne encore vingt-quatre heures, trente-six au maximum si elle se bat. Si ça peut vous consoler, sachez qu'elle ne souffrira pas.

Holly traversa la pièce pour poser la main sur l'épaule d'Artemis ; elle remarqua à cette occasion que son ami humain grandissait.

– Artemis, nous pouvons faire certaines choses pour la soulager.

Le garçon repoussa sa main d'un mouvement d'épaule, presque violemment.

– Non ! Je peux accomplir des miracles. Je possède des talents. Mon arme, c'est l'information.

Il reporta son attention sur l'écran.

– Foaly, pardonnez cet accès de colère. J'ai repris mes esprits maintenant. Vous disiez que cette Magitropie était une peste : comment est-elle apparue ?

– La magie, répondit simplement le centaure, avant de développer. La magie est alimentée par la Terre, et lorsque la Terre ne put plus absorber l'énorme quantité de polluants, la magie se retrouva contaminée elle aussi. La Magitropie a fait son apparition il y a une vingtaine d'années à Linfen, en Chine.

Artemis hocha la tête. Logique. Linfen était tristement célèbre pour son taux élevé de pollution. Dans cette ville, centre de l'industrie houillère en Chine, l'air était chargé de cendres en suspension, de monoxyde de carbone, de dioxyde d'azote, de composés organiques volatils, d'arsenic et de plomb. Une plaisanterie circulait parmi les patrons chinois : « Si vous voulez vous venger d'un employé, envoyez-le à Linfen. »

– Cette maladie a été véhiculée par la magie, elle y est donc totalement insensible, reprit Foaly. À l'époque, en dix ans, elle a quasiment décimé la population des fées. Nous avons perdu vingt-cinq pour cent des nôtres. C'est l'Atlantide qui a été frappée le plus durement.

– Mais vous avez endigué l'épidémie, dit Artemis. C'est donc que vous avez trouvé un remède.

– Pas moi, répondit Foaly. Notre vieille amie Opale Koboï a découvert l'antidote. Cela lui a pris dix ans, puis elle a essayé de le vendre à un prix exorbitant. Nous avons dû réclamer une ordonnance du tribunal pour confisquer les stocks d'antidote.

Artemis commençait à perdre patience.

– Je me fous de la politique, Foaly ! Je veux savoir quel était ce remède et pourquoi je ne peux pas l'administrer à ma mère.

– C'est une longue histoire.

– Abrégez.

Foaly baissa la tête ; il n'osait pas affronter le regard d'Artemis.

– En fait, le remède est apparu naturellement. De nombreuses créatures contiennent une importante pharmacopée et servent à accroître naturellement la magie, mais à cause de l'activité humaine, plus de vingt mille de ces espèces capables de sauver des vies disparaissent chaque année. Opale a mis au point un simple pistolet-seringue capable d'extraire le remède contre la Magitropie sans tuer l'animal donneur.

Artemis comprit soudain pourquoi le centaure ne voulait pas le regarder en face. Il se prit la tête à deux mains.

– Oh, non ! Ne me dites pas ça !

– Opale Koboï a trouvé l'antidote dans le liquide céphalo-rachidien du propithèque soyeux, un lémurien de Madagascar.

– J'ai toujours su que ça reviendrait un jour, soupira Artemis.

– Hélas, le propithèque soyeux a maintenant disparu. Le dernier spécimen est mort il y a presque huit ans.

Le regard d'Artemis était voilé par la culpabilité.

– Je sais, avoua-t-il. C'est moi qui l'ai tué.

Chapitre 4

DRÔLE DE SINGE

MANOIR DES FOWL, PRESQUE HUIT ANS PLUS TÔT

Artemis, âgé de dix ans, referma le dossier sur lequel il travaillait, mit son écran en veille et se leva de son bureau. Son père allait arriver d'un instant à l'autre pour leur réunion. Artemis senior avait confirmé le rendez-vous ce matin par mail interne et il n'était jamais en retard. Son temps était précieux et il espérait bien que son fils serait prêt pour leur discussion matinale. Comme prévu, le père d'Artemis arriva à dix heures tapantes, accompagné par le bruissement de son long manteau en cuir.

– Il fait moins quinze à Mourmansk, expliqua-t-il en serrant la main de son fils de manière formelle.

Artemis se tenait sur une dalle bien précise devant la cheminée. Il n'était pas véritablement obligé de se mettre à cet endroit, mais il savait que son père voudrait s'asseoir dans le fauteuil Louis XV près de l'âtre et Artemis senior n'aimait pas se dévisser le cou pour parler.

En voyant celui-ci s'installer, effectivement, sur le siège d'époque, Artemis éprouva une satisfaction secrète.

– Le bateau est prêt, je suppose ?

– Prêt à lever l'ancre, confirma son père, dont les yeux bleus pétillaient sous l'effet de l'excitation. C'est un nouveau marché, Arty ! Moscou est déjà une des principales villes commerciales au monde. Le nord de la Russie suivra inévitablement.

– Je crois savoir que mère n'apprécie pas trop votre dernière entreprise.

Depuis quelque temps, les parents d'Artemis se disputaient jusqu'au milieu de la nuit. Ce conflit qui venait entacher un mariage heureux était lié aux activités professionnelles d'Artemis senior. Celui-ci dirigeait un empire criminel dont les tentacules s'étendaient des mines d'argent d'Alaska aux chantiers navals de Nouvelle-Zélande. Écologiste et humaniste convaincue, Angeline estimait que les activités criminelles de son mari, et l'exploitation à outrance des ressources naturelles offraient un exemple désastreux à leur fils.

« Il va finir comme son père, l'avait-il entendue dire un soir, par le biais d'un petit micro qu'il avait caché dans l'aquarium.

– Je croyais que tu l'aimais, son père. »

Artemis avait reconnu le froissement des étoffes lorsque ses parents s'étaient enlacés.

« C'est exact. Je t'aime plus que ma propre vie. Mais j'aime cette planète aussi.

– Mon amour, dit Artemis senior, d'une voix si douce

que le micro eut du mal à la capter. Les finances de la maison Fowl sont dans une situation délicate. Notre capital est immobilisé dans des opérations illégales. J'ai besoin de réaliser un gros coup pour opérer la transition vers des activités totalement légales. Une fois que nous aurons mis de l'argent de côté, alors nous pourrons sauver le monde. »

Artemis entendit alors sa mère embrasser son père.

« D'accord, mon prince pirate. Un seul gros coup et ensuite, on sauve le monde. »

Un seul gros coup. Une cargaison de soda détaxé pour les Russes. Mais surtout un pipeline commercial vers l'Arctique. Artemis devinait que son père aurait du mal à renoncer à cette manne après une seule et unique affaire. Il y avait des milliards à gagner.

– Le Fowl Star est chargé et prêt à effectuer le voyage, annonça le père d'Artemis au cours de cette même réunion matinale dans le bureau. Souviens-toi que les bonnes intentions ne suffisent pas à sauver le monde. Il faut un moyen de pression, et l'or en est un.

En disant cela, Artemis senior montra le blason et la devise des Fowl gravés dans un bouclier en bois fixé au-dessus de la cheminée.

– *Aurum potestas est.* L'or, c'est le pouvoir. N'oublie jamais cela, Arty. Tant que les écologistes n'auront pas d'argent, personne ne les écoutera.

Le jeune Artemis était partagé entre ses deux parents. Son père incarnait toutes les valeurs de la famille. La dynastie des Fowl avait prospéré au fil des siècles grâce à leur amour de la richesse, et Artemis ne doutait pas un seul instant que son père trouverait un moyen d'accroître leur fortune avant de se consacrer à la protection de l'environnement. Il aimait sa mère, mais il fallait sauver les finances des Fowl.

– Un jour, c'est à toi qu'il incombera de gérer les affaires familiales, lui dit Artemis senior en se levant pour boutonner son grand manteau. Et quand ce jour viendra, je pourrai reposer en paix car je sais que tu feras passer l'intérêt des Fowl avant tout.

– Absolument, père. Les Fowl avant tout. Mais ce jour ne viendra pas avant plusieurs décennies.

Artemis senior rit.

– Espérons-le, fiston. Je dois m'en aller. Veille sur ta mère en mon absence. Et ne la laisse pas dilapider la fortune familiale, hein?

Ces paroles avaient été prononcées d'un ton léger, mais une semaine plus tard, Artemis Fowl senior fut porté disparu, présumé mort, et ces mots devinrent un code de conduite pour son fils.

«Veille sur ta mère, mais ne la laisse pas dilapider la fortune familiale.»

Deux mois plus tard, assis à son bureau, Artemis contemplait ce qui s'affichait sur l'écran de l'ordinateur : le triste état des finances familiales, qui avaient rapidement périclité depuis la disparition de son père. Il était désormais l'homme de la maison, le gardien de l'empire Fowl, et devait se comporter comme tel.

À peine le bateau d'Artemis senior avait-il été englouti par les eaux noires de l'Arctique que ses débiteurs s'empressèrent de manquer à leurs engagements, comme un seul homme, et ses groupes de faussaires, de gros bras, de voleurs et de contrebandiers rejoignirent d'autres organisations.

« Le code d'honneur des voleurs ? songeait Artemis avec amertume. Laissez-moi rire. »

Presque tout l'argent des Fowl avait disparu en l'espace d'une nuit et Artemis se retrouvait avec une propriété à gérer et une mère sombrant rapidement dans la dépression nerveuse.

Les créanciers ne tardèrent pas à se manifester, impatients de réclamer leur part du gâteau avant qu'il n'en reste que des miettes. Artemis avait été contraint de vendre aux enchères une esquisse de Rembrandt, rien que pour payer le crédit du manoir et acquitter diverses autres dettes.

Sa mère ne lui facilitait pas la vie. Elle refusait de croire qu'Artemis senior avait disparu et poursuivait son combat pour sauver le monde, quel qu'en soit le coût.

De son côté, Artemis tentait de monter des expéditions pour retrouver son père. Une tâche difficile quand vous avez dix ans et que le monde des adultes ne vous prend pas au sérieux, en dépit de plusieurs récompenses internationales dans le domaine de la musique et des arts, sans parler de la dizaine de brevets et de copyrights lucratifs déposés dans le monde entier. Avec le temps, il bâtirait lui-même sa propre fortune, mais « avec le temps», ça voulait dire «plus tard». Or il avait immédiatement besoin d'argent.

Artemis souhaitait installer une véritable cellule de crise afin d'être à l'écoute d'Internet et de tous les réseaux d'informations de la planète. Pour cela, il faudrait au moins vingt ordinateurs. Par ailleurs, l'équipe d'explorateurs polaires attendait dans un hôtel de Moscou qu'il leur envoie la deuxième partie de l'argent promis. Un argent qu'il n'avait pas.

D'un doigt élégant, Artemis tapota sur l'écran.

«Il faut faire quelque chose», se dit-il.

Angeline Fowl pleurait dans son lit quand son fils entra dans la chambre. Le cœur du jeune garçon chavira en découvrant ce spectacle, mais il serra les poings et s'obligea à être fort.

– Mère, dit-il en agitant un relevé de compte bancaire. C'est quoi, ça?

Angeline sécha ses larmes avec un mouchoir, puis se redressa en prenant appui sur les coudes. Son regard se focalisa lentement sur son fils.

– Arty, mon petit Arty. Viens t'asseoir près de moi.

Les yeux de sa mère étaient bordés de larmes de mascara; sa peau avait blêmi au point d'être presque transparente.

«Sois fort.»

– Non, mère. Je ne veux pas m'asseoir ni bavarder. Je veux que vous m'expliquiez ce chèque de cinquante mille euros offert à une réserve d'animaux sauvages en Afrique du Sud.

Angeline semblait désorientée.

– En Afrique du Sud, mon chéri ? Qui part en Afrique du Sud ?

– Vous avez fait un chèque de cinquante mille euros à une association d'Afrique du Sud, mère. J'avais mis cet argent de côté pour financer l'expédition dans l'Arctique.

– Cinquante mille ? Ce chiffre me rappelle quelque chose. Je poserai la question à ton père quand il rentrera. Il a intérêt à ne pas arriver en retard pour le dîner ce soir, sinon...

Artemis perdit patience.

– Mère, je vous en prie. Essayez de vous concentrer. Nous n'avons pas les moyens de subventionner des associations caritatives en Afrique du Sud. Nous avons dû renvoyer tout le personnel à l'exception de Butler, qui n'a pas été payé depuis un mois.

– Un lémurien ! s'écria Angeline triomphalement. Ça me revient maintenant. J'ai acheté un propithèque soyeux.

– Impossible, dit Artemis. Les *Propithecus candidus* ont disparu.

Sa mère avait retrouvé toute sa fougue.

– Non, non ! Ils ont découvert un joli petit soyeux en Afrique du Sud. Ils ne savent pas comment il est venu de Madagascar, sans doute à bord d'un bateau de braconniers. Il fallait bien que je le sauve ! C'est le dernier représentant de son espèce, Artemis !

– Il mourra dans un an ou deux, répondit-il froidement. Et nous aurons gaspillé notre argent.

Angeline était horrifiée.

– Tu parles comme…

– Père ? Tant mieux. Heureusement que quelqu'un possède encore un peu de bon sens.

Le visage d'Artemis était impassible, mais intérieurement, il se sentait défaillir. Comment pouvait-il parler à sa mère sur ce ton, alors qu'elle était littéralement folle de chagrin ?

« Pourquoi ne me suis-je pas effondré ? se demanda-t-il, et la réponse lui vint immédiatement. Je suis un Fowl, et les Fowl ont toujours triomphé de l'adversité. »

– Quand même, cinquante mille euros, mère ? Pour un lémurien ?

– Ils trouveront peut-être une femelle, argumenta Angeline. Nous aurons alors sauvé l'espèce.

« Inutile de discuter. La logique n'a aucune chance de l'emporter. »

– Où se trouve ce veinard de lémurien maintenant ? demanda-t-il en toute innocence, avec un sourire, comme le ferait un enfant de dix ans qui parle d'un petit animal à poil.

– Il est à l'abri, à Rathdown Park. Il mène une vie de pacha. Demain, il prend l'avion pour se rendre dans un habitat artificiel en Floride.

Artemis hocha la tête. Rathdown Park était une réserve naturelle située à Wicklow, financée par des fonds privés et destinée à protéger les espèces menacées. Les mesures de sécurité n'avaient rien à envier à celles d'une banque suisse.

– C'est merveilleux. Peut-être irai-je voir ce singe à cinquante mille euros.

– Allons, allons, Artemis. Soyeux est un lémurien, ils étaient là avant les singes, comme tu le sais.

« Je le sais et je m'en fiche ! avait-il envie de hurler. Père a disparu et tu as dépensé l'argent de l'expédition pour acheter un lémurien ! »

Mais il tint sa langue. Sa mère était fragile en ce moment et il ne voulait pas aggraver son état.

– Normalement, Rathdown ne reçoit pas de visiteurs, dit Angeline. Mais je suis sûre que si je leur passe un coup de fil, ils feront une exception pour toi. Après tout, ce sont les Fowl qui ont subventionné le village des primates.

Artemis prit un air ravi.

– Merci, mère. Ce serait pour moi un véritable plaisir, et pour Butler aussi. Vous savez combien il aime les petites bêtes à fourrure. J'adorerais voir l'espèce que nous avons sauvée.

Il y avait dans le sourire d'Angeline un degré de folie qui effraya son fils.

– Bravo, Artemis. Ça fera les pieds à ces hommes d'affaires bedonnants. Mère et fils, unis, nous sauverons le monde. Je vais taquiner ton père quand il rentrera.

Artemis recula lentement vers la porte, abattu.

– Oui, mère. Unis, nous sauverons le monde.

Quand la porte se fut refermée derrière lui, Artemis redescendit d'un pas vif ; ses doigts dirigeaient une musique imaginaire, pendant qu'il élaborait un plan. Il fit un détour par sa chambre et s'habilla prestement pour voyager. Puis il se rendit à la cuisine, où il trouva Butler tranchant des légumes à l'aide d'un *kodachi*, un petit sabre japonais. Il était désormais chef cuisinier et jardinier, en plus d'être garde du corps.

L'imposant homme à tout faire débitait un concombre.

– Salade estivale, expliqua-t-il. Rien que des légumes verts, avec un œuf à la coque et un peu de poulet. Pour le dessert, j'ai pensé faire une crème brûlée. Ce qui me donnera l'occasion de tester mon nouveau lance-flammes.

Il se retourna vers Artemis et s'étonna de le voir vêtu d'un de ses deux costumes, le bleu marine qu'il avait porté récemment pour se rendre à l'opéra à Covent Garden. Artemis avait toujours été un garçon élégant, mais il était rare de le voir en costume et cravate.

– Nous allons dans une soirée chic ?

– Absolument pas, répondit Artemis avec une froideur que Butler n'avait jamais entendue dans sa voix, mais qu'il apprendrait à bien connaître. C'est purement professionnel. Je suis désormais responsable des affaires familiales et je dois m'habiller en conséquence.

– Ah... Je perçois l'écho de votre père.

Butler essuya soigneusement la lame du sabre et ôta son tablier.

– J'en déduis qu'une affaire typique de la famille Fowl nous attend, n'est-ce pas ?

– Oui, répondit Artemis. Nous avons rendez-vous avec un drôle de singe.

MANOIR DES FOWL, DE NOS JOURS

Holly était horrifiée.

– Alors comme ça, dans un puéril accès de colère, vous avez assassiné le lémurien ?

Artemis s'était ressaisi. Assis sur une chaise près du lit, il tenait délicatement la main de sa mère dans la sienne, comme s'il s'agissait d'un oiseau.

– Non. Il m'arrivait parfois d'être victime d'accès de colère, vous le savez, mais généralement, ça ne durait pas. Une intelligence telle que la mienne ne reste pas longtemps dominée par les émotions.

– Vous disiez avoir tué cet animal.

Artemis se massa la tempe.

– En effet. Ce n'est pas moi qui tenais le couteau, mais je l'ai tué, je vous prie de me croire.

– De quelle manière, précisément ?

– J'étais jeune… plus jeune qu'aujourd'hui, j'entends, marmonna Artemis, que ce sujet mettait mal à l'aise. J'étais une personne différente, à bien des égards.

– Nous savons comment vous étiez, soupira Foaly. Vous ne pouvez imaginer la part de mon budget qui a été engloutie par la surveillance du manoir.

Holly insista :

– Comment avez-vous tué le lémurien ? Comment avez-vous fait pour mettre la main dessus, d'ailleurs ?

– Ce fut ridiculement facile, reconnut Artemis. Butler et moi nous sommes rendus à Rathdown Park et nous avons mis hors service le système de sécurité. Le soir même, nous sommes revenus en douce pour enlever la bestiole.

– C'est donc Butler qui l'a tuée. Ça m'étonne, ce n'est pas son style.

Artemis gardait les yeux baissés.

– Non, ce n'est pas Butler. J'ai vendu le lémurien à un groupe d'extinctionnistes !

Effroi de Holly.

– Des extinctionnistes ! Non, vous n'avez pas fait ça ! C'est affreux.

– C'était ma première grosse affaire, dit le garçon. Je leur ai livré l'animal au Maroc et ils m'ont donné cent mille euros. Cette somme a financé l'intégralité de l'expédition dans l'Arctique.

Holly et Foaly restèrent sans voix. Artemis avait bel et bien monnayé une vie. Holly s'écarta de cet humain qu'elle considérait encore comme un ami quelques minutes plus tôt.

– J'ai raisonné de manière purement rationnelle. Mon père contre un lémurien. Comment pouvais-je hésiter ?

Une lueur de regret était visible dans les yeux d'Artemis.

– Je sais, reprit-il, c'est épouvantable. Et si je pouvais revenir en arrière…

Il s'interrompit brusquement. Il ne pouvait pas revenir en arrière, mais il connaissait un démon sorcier qui le pouvait. C'était une chance à saisir. « Une chance. »

Il déposa délicatement la main de sa mère sur le lit, puis se leva et arpenta la pièce.

« Une musique appropriée. J'ai besoin d'une musique pour élaborer un plan. »

Il choisit parmi son immense collection de musique mentale la *7e symphonie* de Beethoven et l'écouta pendant qu'il cogitait.

« Excellent choix. Une musique sombre, mais édifiante. Riche d'inspirations. »

Il faisait les cent pas sur le tapis ; il avait presque oublié son environnement, plongé qu'il était dans les idées et les possibilités.

Holly connaissait cet état d'esprit.

– Il a un plan, glissa-t-elle à Foaly.

Le centaure prit un air renfrogné, ce qui n'était pas difficile.

– Bizarre, je ne suis pas surpris.

Holly profita de l'« absence » d'Artemis pour fermer son casque afin de s'entretenir en privé avec Foaly. Elle marcha jusqu'à la fenêtre et scruta la propriété par l'interstice des rideaux. Le soleil couchant tremblotait derrière les branches des arbres ; les bouquets de dahlias, rouges et blancs, brillaient comme des fusées de feu d'artifice.

Holly s'autorisa un long soupir, avant de se concentrer sur le problème.

– L'enjeu dépasse la mère d'Artemis, déclara-t-elle.

Foaly éteignit le téléviseur pour qu'Artemis ne puisse pas l'entendre.

– Je sais. Une épidémie pourrait se révéler désastreuse pour les fées. Il ne nous reste plus d'antidote.

– Nous devons interroger Opale Koboï. Elle a bien dû conserver des notes quelque part.

– Opale a toujours conservé ses formules les plus précieuses dans sa tête. Je pense qu'elle s'est laissé surprendre par l'incendie de la jungle ; elle a perdu tous ses donneurs d'un seul coup.

Koboï Industries avait attiré les lémuriens de Madagascar en installant une boîte sonique dans le parc Tsingy de Bemarah. Tous les lémuriens de l'île, ou presque, avaient répondu à l'appel de la boîte et avaient été décimés par un malencontreux incendie dû à la foudre. Heureusement, la plupart des fées infectées avaient déjà été traitées, mais quinze de plus avaient péri dans les pavillons de quarantaine.

Soudain, Artemis cessa de faire les cent pas et se racla la gorge, bruyamment.

Il était prêt à communiquer son plan aux fées et il réclamait toute leur attention.

– Il existe une solution relativement simple à notre problème.

Foaly ralluma le téléviseur ; son visage emplit la totalité de l'écran.

– *Notre* problème ?

– Allons, Foaly, ne jouez pas les idiots. Il s'agit d'une peste lutine qui a muté et s'est propagée aux humains. Vous n'avez plus d'antidote, ni le temps d'en synthétiser un nouveau. Qui sait, à cette heure, combien de cas de Magitropie sont en train d'incuber ?

« Dont le mien, pensa Artemis. J'ai utilisé la magie

sur ma mère, j'ai donc certainement contracté la maladie. »

– Nous allons placer le manoir en quarantaine, répondit Foaly. Tant que personne n'utilise la magie sur votre mère, nous pouvons contenir l'épidémie.

– Je doute fort que ma mère soit le patient zéro. Ce serait une trop grande coïncidence. Il existe forcément d'autres cas, on ne sait où.

Le centaure grogna : c'était sa façon de reconnaître qu'il était d'accord.

– Eh bien, Artemis, quelle est donc cette *solution relativement simple* ?

– Je retourne dans le passé et je sauve le lémurien, répondit le jeune Irlandais avec un large sourire, comme s'il proposait une petite baignade estivale.

Silence. Silence absolu pendant de longues secondes, brisé finalement par un hennissement étranglé de Foaly.

– Retourner…

– … dans le passé, conclut Holly, incrédule.

Artemis s'était assis dans un fauteuil confortable ; il joignit les doigts et hocha la tête.

– Présentez vos objections, je vous prie. Je suis prêt.

– Comment pouvez-vous adopter cet air suffisant ? s'étonna Holly. Après la tragédie que nous avons vécue, après les dégâts provoqués par vos plans.

– Je ne suis pas suffisant, je suis déterminé, rectifia Artemis. Ce n'est plus le moment d'être prudent. Ma mère n'a plus que quelques heures à vivre, et le Peuple des fées n'en a guère plus.

Foaly n'en revenait toujours pas.

– Avez-vous une idée du nombre de réunions du comité de constitution auxquelles nous devrions assister uniquement pour pouvoir aborder cette question lors d'une réunion du Conseil ?

Artemis rejeta cette objection d'un geste.

– Remarque hors de propos. J'ai lu la constitution du Peuple. Elle ne s'applique pas aux humains ni aux démons. Si N° 1 décide de m'aider, techniquement, vous n'avez pas le pouvoir légal de l'en empêcher.

Holly intervint dans la discussion :

– C'est de la folie, Artemis. Le voyage dans le temps a été interdit pour une bonne raison. Les éventuelles répercussions de la moindre interférence pourraient se révéler catastrophiques.

Artemis esquissa un sourire sans joie.

– Ah, oui, le bon vieux *paradoxe temporel*. Si je retourne dans le passé et tue mon grand-père, cesserai-je d'exister ? Je crois, comme Gorben et Berndt, que les répercussions, si elles existent, se font déjà sentir. On ne peut changer que l'avenir, ni le passé ni le présent. Si je voyage dans le passé, c'est que j'en suis déjà revenu.

Holly s'exprima d'un ton doux ; elle avait de la peine pour Artemis. La maladie qui frappait Angeline lui rappelait douloureusement l'agonie de sa propre mère.

– Nous ne pouvons pas interférer, Artemis. Les humains doivent pouvoir vivre leurs vies.

Artemis savait que pour imposer son argument suivant, il aurait dû se lever et lancer l'accusation de manière théâtrale, mais il en était incapable. Il s'apprêtait à jouer son tour le plus cruel à une personne chère et le sentiment de culpabilité était presque insoutenable.

– Vous avez déjà interféré, Holly, déclara-t-il en s'obligeant à croiser son regard.

Ces paroles firent frémir la fée. Elle remonta la visière de son casque.

– Que voulez-vous dire ?

– Vous avez guéri ma mère. Vous l'avez guérie et condamnée.

Holly recula d'un pas, paumes levées comme pour contrer des coups.

– Moi ? Je... Comment ça ?

Artemis était lié par son mensonge désormais ; il masqua sa culpabilité derrière un éclat de colère.

– Vous avez guéri ma mère après le siège. C'est donc que vous lui avez transmis la Magitropie.

Foaly vola au secours de son amie.

– C'est impossible. Cette guérison date d'il y a plusieurs années. La Magitropie a une période d'incubation de trois mois, ça ne varie jamais de plus de quelques jours.

– Et elle n'affecte *jamais* les humains, rétorqua Artemis. Il s'agit visiblement d'une nouvelle souche. Vous ignorez à quoi vous avez affaire.

Holly avait le visage défait. Elle croyait aux paroles d'Artemis, alors que celui-ci devinait qu'il avait lui-même transmis la maladie à sa mère en modifiant sa mémoire.

« Père doit être atteint lui aussi. Qui m'a contaminé ? Et pourquoi ne suis-je pas malade ? »

Autant d'énigmes, mais ce n'était pas le moment d'essayer de les élucider. Pour l'instant, il devait trouver l'antidote, et afin de s'assurer l'aide des fées, il devait jouer sur leur prétendue culpabilité.

– Je ne suis pas contaminée ! protesta Holly. Je me suis fait tester.

– Dans ce cas, vous êtes un porteur sain, répliqua sèchement Artemis.

Il se retourna vers l'image du centaure.

– C'est possible, n'est-ce pas ?

Foaly était surpris par l'agressivité du jeune Irlandais.

– S'il s'agit réellement d'une nouvelle souche, oui, c'est possible, admit-il. Mais on ne peut pas tirer des conclusions à partir d'une supposition…

– En temps normal, je serais d'accord. En temps normal, je pourrais m'offrir le luxe de la réflexion et de l'objectivité. Mais ma mère est en train de mourir, je n'ai donc ni l'une ni l'autre. Je dois retourner dans le passé pour sauver le lémurien, et l'honneur vous oblige à m'aider. Si vous refusez, vous devez au moins promettre de ne pas me mettre des bâtons dans les roues.

Les créatures magiques restèrent muettes. Holly était perdue dans ses pensées ; elle se demandait ce qu'elle avait bien pu faire. Foaly sondait son cerveau considérable pour trouver des objections aux arguments d'Artemis. En vain.

Holly ôta son casque et s'approcha d'un pas hésitant du chevet d'Angeline Fowl. Ses jambes étaient étrangement engourdies et cette sensation irradiait dans tout son corps.

– Ma mère est morte… empoisonnée par des humains. C'était un accident, mais cela ne l'a pas sauvée pour autant, dit-elle, les larmes aux yeux. Je voulais traquer ces hommes. Je les haïssais.

Holly se tordait les mains.

– Je suis désolée, Artemis. Je ne savais pas. Combien d'autres personnes ai-je infectées ? Vous devez me haïr, vous aussi.

« Retire cette accusation, se dit Artemis. Avoue la vérité maintenant ou votre amitié ne sera plus jamais comme avant. » Puis il pensa : « Non. Sois fort. Mère doit vivre. »

– Je ne vous hais pas, Holly. (« C'est moi que je hais, mais la tromperie doit continuer. ») Vous n'êtes pas fautive, évidemment, mais vous *devez* me laisser retourner dans le passé.

La fée hocha la tête et essuya ses larmes.

– Je ne me contenterai pas de vous laisser partir, je vous accompagnerai. Une paire d'yeux perçants et une fine gâchette vous seront utiles.

– Non ! Non ! Non ! s'écria Foaly en poussant le son du téléviseur à chaque exclamation. On ne peut modifier le passé à notre guise. Peut-être que Holly devrait sauver sa mère également ou bien ressusciter le commandant Julius Root ! Ceci est totalement inacceptable.

Artemis pointa le doigt sur le centaure.

– Il s'agit d'une situation sans précédent. Une épidémie est sur le point de se répandre et nous pouvons la tuer dans l'œuf. De plus, vous aurez la possibilité de réintroduire une espèce que l'on croyait disparue. J'ai peut-être causé la mort d'un lémurien, mais Opale Koboï a rassemblé et éliminé tous ceux qui restaient. Le Peuple est aussi coupable que moi. Vous avez récolté le liquide céphalo-rachidien d'une créature vivante pour vous sauver.

– Nous… nous étions aux abois, répliqua Foaly, horrifié de s'entendre bafouiller.

– Exactement ! dit Artemis, triomphant. Vous étiez prêts à faire n'importe quoi. Alors, souvenez-vous de ce que vous ressentiez et demandez-vous si vous avez envie de revivre ça.

Foaly baissa les yeux ; il se projeta dans le passé. Cette période avait été un cauchemar éveillé pour le Peuple des fées. Le recours à la magie avait été interdit et les lémuriens avaient déjà disparu de la surface de la Terre quand le tribunal avait contraint Opale à révéler la source de son antidote. Des nuits entières il avait travaillé pour mettre au point un remède alternatif, sans succès.

– Nous nous croyions invincibles. Il ne restait qu'une seule maladie : l'homme.

À cet instant, le centaure prit sa décision.

– Le lémurien doit vivre. Le liquide céphalo-rachidien peut être stocké pendant un délai très bref, mais dès qu'il est inerte, il ne sert plus à rien. J'avais commencé à fabriquer un conteneur spécial, mais…

– Cette fois, vous réussirez, déclara Artemis. Vous aurez un sujet vivant et un laboratoire pour travailler. Vous pourrez cloner une femelle.

– Le clonage est illégal, déclara Foaly, songeur. Mais dans le cas d'espèces menacées, il y a eu des exceptions…

Le casque de Holly émit un bip pour attirer son attention sur un appareil qui atterrissait dans l'allée. Elle courut à la fenêtre, juste à temps pour voir un léger miroitement projeter une ombre sur les graviers éclairés par la lune.

« Sans doute un pilote débutant, pensa-t-elle avec agacement. Il n'a pas activé ses lumières-ombres. »

– La navette est là, annonça-t-elle à Artemis.

– Dites au pilote de se garer derrière, dans une des écuries. L'assistante du docteur est en train de téléphoner dans le bureau de mon père. Je ne veux pas qu'en sortant prendre l'air, elle tombe sur un vaisseau de fées camouflé.

Holly relaya les ordres et ils attendirent, tendus, que l'engin exécute sa manœuvre pour se poster derrière la maison. La manœuvre leur parut interminable ; seule la respiration rauque et laborieuse d'Angeline brisait le silence.

– Il se peut que N° 1 n'y arrive pas, dit Foaly, comme s'il se parlait à lui-même. C'est un jeune sorcier ; il manque d'entraînement. Le voyage dans le temps est la plus difficile des magies.

Artemis ne fit aucun commentaire. C'était inutile. Tous ses espoirs reposaient sur N° 1.

« S'il échoue, mère mourra. »

Il prit la main d'Angeline et caressa avec son pouce, la peau parcheminée.

– Tenez bon, mère, murmura-t-il. J'en ai pour une seconde.

CHAPITRE 5

JE VOUS DÉCLARE...

Le petit démon connu sous le nom de N° 1 offrait une étrange silhouette sur la passerelle de la navette des FAR qu'il descendait en se dandinant. Trapu, enveloppé dans une armure grise, les membres courts, il ressemblait à une espèce de rhinocéros miniature, en position verticale, doté de doigts et d'orteils. À l'exception de la tête. La tête, c'était cent pour cent gargouille.

«J'aimerais avoir une queue», se disait N° 1.

En fait, il en avait une, mais elle était tronquée et ne servait pas à grand-chose, si ce n'est à projeter des tourbillons de neige dans le parc climatologique artificiel de Haven-Ville.

N° 1 se consolait en songeant qu'au moins, sa queue ne trempait pas dans les toilettes. Certains démons de Hybras avaient eu un peu de mal à s'habituer aux sièges d'un nouveau type dans les salons de recyclage de Haven. Il avait entendu des histoires affreuses. Rien que ce mois-ci, il y avait eu trois greffes en urgence.

La transition entre les limbes et le temps normal avait été difficile pour tous les démons, mais les avantages étaient bien plus nombreux que les inconvénients. Les restrictions imposées à l'époque de l'ancien chef tribal avaient été supprimées. Les démons pouvaient maintenant faire cuire la nourriture s'ils le souhaitaient. Des cellules familiales se reconstituaient. Les démons les plus belliqueux étaient beaucoup plus détendus auprès de leurs mères. Mais il n'était pas facile de se débarrasser de dix millénaires de haine envers les humains, et un grand nombre de démons mâles subissaient une thérapie ou consommaient des calmants pour résister à l'envie de sauter dans une navette pour monter à la surface et croquer le premier membre humain qui passait à leur portée.

Mais pas N° 1, qui ne nourrissait aucune ambition de ce genre. Il représentait une sorte d'anomalie parmi les démons. Il aimait tout le monde, y compris les humains, et surtout Artemis Fowl, qui les avait tous sauvés de la grisaille mortelle des limbes, sans parler de Léon Abbot, l'ex-chef de tribu psychopathe.

Aussi, quand l'appel était parvenu à la Section Huit, l'informant qu'Artemis avait besoin de lui, N° 1 s'était attaché sur un siège à l'intérieur de la navette de la division et avait exigé d'être expédié à la surface. Le lieutenant-colonel Vinyaya avait accepté car un refus risquait d'entraîner toutes sortes de colères de la part du sorcier novice. Un jour, sous l'effet de la frustration, N° 1 avait accidentellement fait voler en éclats la vitre grossissante de l'énorme aquarium de la ville. Les fées retrouvaient encore des vairons dans leurs toilettes.

– Tu peux y aller, lui avait dit Vinyaya, mais seulement si tu emmènes une escouade de gardes pour te tenir la main en permanence.

« Tenir la main » était une expression figurée, comme l'avait découvert N° 1 lorsqu'il avait voulu prendre celle du capitaine des gardes.

– Mais le lieutenant-colonel a dit que…, avait-il objecté.

– Range ta main, démon ! ordonna le capitaine. Personne ne se tiendra la main sous mon commandement !

Et donc, si N° 1 semblait approcher seul du manoir des Fowl, il était en réalité flanqué d'une douzaine de fées camouflées. Arrivé au milieu de l'allée, il songea à masquer sa véritable apparence derrière un sort. Tout humain regardant en direction de l'allée verrait maintenant un petit garçon vêtu d'une large tunique à fleurs qui marchait tranquillement vers la porte. C'était une image que N° 1 avait vue dans un film humain du siècle dernier et son aspect rassurant lui semblait approprié.

Miss Book apparut sur le seuil de la demeure au moment où N° 1 l'atteignait. L'infirmière/publicitaire se figea. Elle ôta ses lunettes d'un geste brusque comme si ces dernières transmettaient de fausses informations à ses yeux.

– Bonjour, mon petit ! dit-elle en souriant, mais sans doute aurait-elle été moins enjouée si elle avait vu les douze carabines à plasma pointées sur sa tête.

– Salut, répondit gaiement N° 1. J'aime tout le monde, alors vous n'avez pas de quoi vous sentir menacée.

Le sourire de Miss Book s'évanouit.

– Menacée ? Bien sûr que non ! Tu cherches quelqu'un ? Tu es déguisé ?

Artemis mit fin à cette conversation en les rejoignant sur le seuil.

– Ah… Ferdinand. Où étais-tu passé ? demanda-t-il en s'empressant de faire entrer le démon. C'est le fils du jardinier, expliqua-t-il. Un personnage haut en couleur. Je vais ordonner à son père de venir le chercher immédiatement.

– Bonne idée, répondit Miss Book, perplexe. Je sais que la chambre de votre mère est verrouillée, mais ne le laissez pas monter malgré tout.

– Sûrement pas, répondit Artemis. Je vais le renvoyer d'où il vient.

– Bien, dit l'infirmière. J'ai juste besoin de prendre un peu l'air, après quoi je reviendrai m'occuper de votre mère.

– Prenez votre temps, dit Artemis. Je sais interpréter les instruments.

« J'en ai conçu certains. »

Dès que Miss Book eut disparu au coin de la maison, Artemis escorta son ami dans l'escalier.

– On monte ? s'étonna N° 1. Cette jeune personne ne vous a pas dit de ne pas me laisser monter, justement ?

Artemis soupira.

– Depuis combien de temps me connaissez-vous, Numéro 1 ?

Celui-ci hocha la tête d'un air entendu.

– Ah, je vois. Artemis Fowl ne fait *jamais* ce qu'on lui dit de faire.

Holly accueillit N° 1 sur le palier, mais refusa de l'étreindre tant qu'il ne s'était pas débarrassé de son «déguisement».

– Je déteste le contact de ces choses-là, dit-elle. J'ai l'impression d'enlacer une éponge mouillée.

N° 1 fit la moue.

– J'aime bien être Ferdinand, moi ! Les humains me sourient.

Artemis l'assura qu'il n'y avait aucun système de surveillance dans son bureau, alors le démon sorcier attendit que la porte se referme sur eux et il supprima le sort d'un claquement de doigts. Ferdinand s'effilocha et se détacha du corps de N° 1 en une rafale d'étincelles, laissant le petit démon gris dans le plus simple appareil, vêtu seulement d'un large sourire.

Holly l'étreignit de toutes ses forces.

– Je savais que vous viendriez. On a terriblement besoin de vous.

Le sourire de N° 1 se figea.

– Ah oui. La mère d'Artemis. Elle a besoin d'un remède magique ?

– Surtout pas, répondit Holly.

Une fois mis au courant de la situation, N° 1 accepta immédiatement d'apporter son aide.

– Vous avez de la chance, Artemis, dit le petit démon en agitant ses huit doigts. J'ai justement eu un cours sur le voyage dans le temps la semaine dernière, pour le diplôme de sorcier que je prépare.

– Dans une classe réduite, je suppose, dit Artemis.

– Je suis tout seul. Avec Qwan, bien sûr, mon professeur. Apparemment, je suis le sorcier le plus puissant qu'il ait jamais vu.

– Tant mieux, reprit Artemis. Vous ne devriez donc pas avoir trop de problème pour nous transporter tous dans le passé, hein ?

Foaly avait projeté son image sur cinq des moniteurs d'Artemis.

– *Tous ?* s'exclama chaque image. Tous ! Vous ne pouvez pas emmener N° 1 avec vous.

Artemis n'était pas d'humeur à discuter.

– J'ai besoin de lui, Foaly. Un point c'est tout.

On aurait dit que la tête de Foaly allait traverser les écrans.

– Je proteste ! Holly est adulte, elle est capable de prendre une décision. Mais N° 1 n'est encore qu'un enfant. Vous ne pouvez pas le mettre en danger en l'entraînant dans une de vos missions. De grands espoirs reposent sur ce petit démon. Il incarne l'avenir des familles de fées.

– Aucun de nous n'aura le moindre avenir si N° 1 ne nous conduit pas dans le passé.

– Arrêtez, je vous en prie, intervint N° 1. Cette dispute me fait tourner la tête. Nous n'avons pas le temps de discuter.

Artemis était écarlate, mais il tint sa langue, contrairement à Foaly qui continuait à brailler, mais au moins, il avait coupé le son.

– Foaly a besoin de se défouler, expliqua Holly. Sinon, il souffre de migraines.

Tous les trois attendirent que le centaure retrouve son calme, puis N° 1 déclara :

– De toute façon, je ne peux pas vous accompagner, Artemis. Ça ne marche pas comme ça.

– Vous nous avez transportés depuis les limbes.

– Non, c'est Qwan. C'est un maître, je ne suis qu'un apprenti. Par ailleurs, nous n'avions aucune envie de retourner dans les limbes. Mais si vous tenez à revenir *ici*, il faut que je reste pour servir de repère.

– Expliquez-vous.

N° 1 écarta les bras.

– Je suis une balise, dit-il. Une supernova brillante. La magie que je libère dans l'éther me reviendra. Je vais vous envoyer dans le passé et ensuite, vous reviendrez vers moi comme des chiots au bout d'une laisse.

Le jeune sorcier grimaça, mécontent de sa comparaison. Il précisa :

– Une laisse rétractable, vous savez.

– Oui, on a compris, dit Artemis. Combien de temps vous faudra-t-il pour tisser le sort ?

N° 1 se mordilla la lèvre.

– Le temps qu'il vous faut à tous les deux pour vous déshabiller.

– Hurkk ! s'exclama Artemis en s'étranglant de surprise.

– D'Arvit ! jura Holly.

– Je crois que nous connaissons tous le sens de l'expression « D'Arvit », commenta N° 1. En revanche, je n'ai jamais entendu le mot *hurkk.* Mais peut-être vouliez-vous dire *hark*, verbe qui signifie « se souvenir d'une chose passée ». Ce qui pourrait se comprendre. À moins que vous ne vous exprimiez en hollandais, auquel cas, *hurk* se traduirait par « dalle ».

Là, le jeune sorcier s'interrompit pour faire un clin d'œil.

– Ce qui, pour moi, signifie... que dalle !

Artemis se pencha vers l'oreille conique du démon.

– Pourquoi doit-on se déshabiller ?

– Excellente question, ajouta Holly dans son autre oreille.

– C'est très simple, expliqua N° 1. Je ne suis pas aussi doué que Qwan. Et *alors même* qu'il supervisait le dernier transfert, vous avez réussi à échanger un œil, sans doute parce que quelqu'un était focalisé sur le vol de magie. Si vous emportez des vêtements ou des armes, ils risquent de devenir une partie de vous-même.

Le démon leva un doigt.

– Leçon numéro un des transferts temporels, déclara-t-il. Ça doit rester simple. Vous aurez besoin de toute votre concentration pour reconstituer vos corps. Et vous devrez penser pour le lémurien également.

En voyant l'air gêné d'Artemis et de Holly, N° 1 eut pitié d'eux.

– Bon, peut-être que vous pouvez garder une chose si c'est vraiment nécessaire. Un petit vêtement. Mais choisissez-le de votre couleur préférée car il se peut que vous le portiez très longtemps.

Ils savaient que ce n'était pas le moment de se montrer pudiques, mais ni Artemis ni Holly ne purent s'empêcher de rougir. La fée masqua son embarras en arrachant sa combinaison aussi vite que possible.

– Je garde mon une pièce, déclara-t-elle d'un ton ferme, mettant au défi N° 1 de protester

Le *une pièce* en question ressemblait à un maillot de bain, mais il était rembourré aux épaules et dans le dos pour accueillir le système d'attache des ailes. Il était également doté de panneaux chauffants et cinétiques qui absorbaient l'énergie de la personne qui le portait pour alimenter la combinaison.

– OK, dit N° 1. Mais je vous conseille d'ôter les rembourrages et tout appareil électronique.

Artemis rassembla les affaires de Holly.

– Je vais déposer votre casque et votre combinaison dans le coffre, pour m'assurer qu'ils sont à l'abri. Inutile de prendre des risques avec la technologie du Peuple.

– Vous raisonnez comme un vrai centaure ! s'exclama Foaly.

Il ne lui fallut qu'une minute pour cacher l'équipement de la fée, et quand il revint de la chambre forte, Artemis ôta soigneusement sa chemise et son pantalon, qu'il suspendit dans sa penderie. Il déposa ses mocassins sur une étagère à chaussures, à côté de plusieurs autres paires noires similaires, et une paire marron pour les moments de décontraction.

– Joli sous-vêtement, ricana Foaly sur son écran, oubliant momentanément la gravité de la situation.

Artemis portait un boxer-short rouge Armani, presque assorti à la couleur de son visage.

– Bon, si nous nous y mettions ? dit-il d'un ton cassant. Où voulez-vous que nous nous placions ?

– Là où vous devez arriver, répondit N° 1, simplement. C'est beaucoup plus facile pour moi si vous décollez et atterrissez au même endroit. C'est déjà assez compliqué de vous expédier dans un trou de ver plus vite que la lumière, sans que je sois obligé de m'occuper de l'emplacement en plus.

– Nous sommes au bon endroit, déclara Artemis. C'est là que nous devons arriver.

– Vous devez savoir *quand* vous voulez arriver, ajouta le sorcier. Les coordonnées temporelles sont aussi importantes que les coordonnées géographiques.

– Je sais *quand.*

– Parfait, dit N° 1 en se frottant les mains. C'est l'heure du départ !

Holly songea à quelque chose.

– Je n'ai pas achevé le Rituel, remarqua-t-elle. Je suis un peu à court de magie, et sans armes, ça risque de poser un problème. Nous n'avons pas de gland.

– Sans parler du coude dans la rivière, ajouta Artemis.

N° 1 eut un sourire affecté.

– Oui, tout ceci pourrait poser problème. À moins que...

Sur le front du démon, une rune en spirale rougeoya

et se mit à tournoyer comme un soleil de feu d'artifice. L'effet était hypnotisant.

– Ouah ! s'exclama Holly. C'est vraiment...

Soudain, un faisceau de magie écarlate et clignotant jaillit du centre de la rune, enveloppant la fée dans un cocon de lumière.

– Et voilà, le plein est fait ! déclara N° 1 en s'inclinant bien bas. Merci infiniment. Je suis ici toute la semaine. N'oubliez pas de donner un pourboire à vos gobelins et d'enterrer ces glands.

– Ouah ! répéta Holly quand les extrémités de ses doigts cessèrent de bourdonner. Super, ce tour !

– Et vous n'avez pas tout vu ! C'est ma griffe magique. Le cocktail numéro un, si vous préférez, qui fait de vous une balise dans le courant temporel.

Artemis commençait à s'agiter, un peu gêné.

– Nous disposons de combien de temps ?

N° 1 leva les yeux au plafond, pendant qu'il effectuait des calculs.

– Trois cents ans... Non, trois jours. Mais Holly peut vous ramener à n'importe quel moment, simplement en s'ouvrant à mon pouvoir, mais après trois jours, le lien faiblit.

– Et on ne peut rien y faire ?

– Voyons la réalité en face : j'ai beau être tout-puissant, je suis encore un novice dans ce domaine, il est donc essentiel que vous décolliez de l'endroit où vous avez atterri. Si vous dépassez les trois jours, vous êtes coincés dans le passé.

– Si nous sommes séparés, Holly ne pourra pas revenir me chercher ? demanda Artemis.

– Non, dit N° 1. Vous ne pouvez pas vous rejoindre à un endroit où vous n'êtes pas allés ensemble. Vous n'avez pas le droit à l'erreur. Je devrai utiliser tout mon pouvoir pour vous maintenir intacts au cours de ce voyage. Au bout d'un moment, vos atomes risquent de perdre la mémoire et d'oublier où ils doivent se rendre. Vous êtes déjà allés dans le courant temporel l'un et l'autre, à deux reprises. Je peux transporter des objets sans limite de temps, mais les êtres vivants se disloquent s'il n'y a pas un sorcier pour les protéger.

Holly posa alors une question fort pertinente :

– N° 1, vous avez déjà fait ça ?

– Évidemment ! répondit le démon. Plusieurs fois. Avec un simulateur. Deux des hologrammes ont survécu !

La détermination d'Artemis faiblit à peine.

– Les deux derniers ? demanda-t-il.

– Non, avoua N° 1. Les deux derniers se sont retrouvés prisonniers dans un trou de vers temporel et ils ont été dévorés par des zombies quantiques.

Holly sentit des picotements dans ses oreilles pointues, ce qui était toujours mauvais signe. Les oreilles d'elfe savaient détecter le danger.

– Des zombies quantiques ? Vous plaisantez.

– C'est ce que j'ai dit à Qwan. C'est lui qui a créé le programme.

– Ça n'a aucune espèce d'importance, intervint Artemis d'un ton sec. Nous n'avons pas le choix, nous devons y aller.

– Très bien, dit N° 1 en faisant craquer ses doigts.

Il plia les genoux et tout le poids de son corps reposa sur l'extrémité de sa queue.

– Position de puissance, expliqua-t-il. C'est dans cette posture que j'accomplis mon meilleur travail.

– Mulch Diggums aussi, marmonna Foaly. Des zombies quantiques ! Il me faut absolument une copie de ce programme.

Un brouillard rouge enveloppa le démon sorcier ; de minuscules éclairs crépitèrent autour de ses cornes.

– Il se recharge, précisa Foaly sur les écrans. Vous allez partir d'une seconde à l'autre. Souvenez-vous : ne touchez à rien si ce n'est pas nécessaire. Et ne parlez à personne. Ne me contactez pas quand vous serez dans le passé, je n'ai aucune envie de ne pas exister.

Artemis hocha la tête.

– Je sais. Nous devons avoir le plus faible impact possible, au cas où il y aurait du vrai dans la théorie sur le paradoxe du temps.

Holly était impatiente de partir.

– Arrêtez d'étaler votre science. Expédiez-nous dans le passé. On va vous le ramener, votre singe.

– Un lémurien, rectifièrent en chœur Artemis et Foaly.

N° 1 ferma les yeux. Quand il les rouvrit, ils étaient écarlates.

– OK, prêt à décoller, dit-il d'un ton anodin.

Artemis tiqua. Il aurait aimé que la voix du sorcier soit un peu moins tremblante.

– Vous êtes sûr ?

N° 1 grogna.

– Oui, oui, je sais. C'est à cause de ma voix, hein ? Pas assez grave. Qwan prétend que je devrais faire moins e-fée-miné. Mais croyez-moi, je suis prêt. Donnez-vous la main.

Debout côte à côte, en sous-vêtements, Artemis et Holly joignirent leurs doigts. Ils avaient déjà traversé l'espace et le temps ensemble, échappé à des rébellions et affronté des despotes hallucinés. Ils avaient craché du sang, perdu des doigts, inhalé des vapeurs de nain et échangé leurs yeux, et pourtant, ils étaient gênés de se tenir par la main.

N° 1 savait qu'il aurait dû s'abstenir, mais il ne put résister à une dernière plaisanterie :

– Je vous déclare...

Bien évidemment, les deux « voyageurs » ne trouvèrent pas cela amusant, mais ils eurent à peine le temps de froncer les sourcils avant que deux éclairs d'énergie rouge jaillissent des yeux du sorcier, projetant ses amis dans le courant temporel.

– ... homme et elfe, conclut-il en gloussant, ravi de sa blague.

Sur l'écran, Foaly dit avec mépris :

– Je parie que vous riez pour cacher votre angoisse ?

– Parfaitement.

Là où se trouvaient précédemment Artemis et Holly, il n'y avait plus que leurs copies vacillantes, bouches ouvertes pour s'offusquer des commentaires de N° 1.

– Ça me fiche la frousse, ces images spectrales. C'est comme s'ils étaient morts.

Foaly frissonna.

– Ne dites pas ça. S'ils sont morts, nous pourrions bientôt l'être aussi. Quand reviendront-ils ?

– Dans une dizaine de secondes.

– Et s'ils ne sont pas là dans dix secondes ?

– Ils ne reviendront jamais.

Foaly se mit à compter.

CHAPITRE 6

NEZ À NEZ

Il y a toujours un moment de confusion quand un animal terrestre entre dans l'eau. Bête, humain ou fée, peu importe. Dès qu'il brise la surface, tous ses sens sont sous le choc. Le froid le pince, ses gestes sont ralentis, ses yeux sont envahis par des taches de couleur et les bulles qui éclatent. Le courant temporel ressemble à cet instant, intense.

Cela ne veut pas dire que cette traversée est une expérience constante. Elle est différente à chaque fois. Qwan, le démon sorcier, le farfadet le plus expérimenté dans le domaine du voyage temporel, a écrit dans son autobiographie, un best-seller : « Parcourir le courant temporel, c'est comme voler dans l'intestin d'un nain. Il y a des passages très agréables, fluides, mais soudain, à la sortie d'un virage, vous tombez sur un endroit obstrué et putride. Le problème, c'est que le courant temporel est essentiellement une construction émotionnelle qui absorbe les sentiments ambiants du temps réel qu'il traverse. Si vous arrivez dans une zone de crasse graisseuse et puante, vous pouvez être sûr que les humains sont en train de tuer quelqu'un.»

Justement, Artemis et Holly étaient entraînés dans une portion pestilentielle qui correspondait à la destruction de tout un écosystème en Amérique du Sud. Ils percevaient la terreur des animaux, et même l'odeur du bois carbonisé. Artemis sentait également que Holly était en train de s'égarer dans ce maelström d'émotions. Les fées étaient beaucoup plus sensibles à leur environnement que les humains. Si elle se déconcentrait, ses atomes allaient se dissiper et ils seraient absorbés par le courant.

«Concentre-toi, Holly! lança mentalement Artemis. N'oublie pas qui tu es et pourquoi nous sommes ici.»

C'était difficile pour tous les deux. Leur mémoire particulaire avait déjà été affaiblie par les séjours dans les limbes, et la tentation était forte de se fondre dans le courant.

Artemis fit surgir dans sa conscience l'image de sa mère afin de renforcer sa détermination.

«Je sais à quel endroit je veux être, et quand, pensa-t-il. Très exactement.»

MANOIR DES FOWL, PRESQUE HUIT ANS PLUS TÔT

Artemis et Holly sortirent du courant temporel pour pénétrer dans le bureau d'Artemis, âgé alors de dix ans. Physiquement, c'était une sensation plutôt douce, comme sauter d'un muret sur un épais tapis ; mais sur un plan émotionnel, ce voyage insolite ressemblait à un bombardement de sinistres souvenirs, durant dix minutes. Le courant temporel : une expérience sans cesse renouvelée.

Holly appela sa mère, jusqu'à ce que le carillonnement d'une comtoise lui rappelle où elle se trouvait, et quand. Encore tremblante, elle regarda autour d'elle et vit Artemis se diriger, d'un pas mal assuré, vers la penderie. Cette vision lui remonta le moral.

– Vous vous êtes vraiment laissé aller, commenta-t-elle.

Artemis fouillait parmi les vêtements suspendus à la tringle.

– Évidemment, tout va être trop petit, grommela-t-il.

Holly le bouscula du coude.

– Pas pour moi, dit-elle en décrochant un costume sombre d'un cintre.

– Mon premier costume, soupira le jeune garçon avec tendresse. Pour la carte de Noël de la famille. Je ne savais même pas comment le porter. Je me revois encore en train de gigoter pendant les essayages. C'est un Zegna sur mesure !

Holly arracha la house plastique.

– Du moment qu'il me va.

C'est seulement à cet instant, quand il eut repris totalement ses esprits, qu'Artemis enregistra la remarque de Holly.

– Comment ça, je me suis vraiment laissé aller ?

La fée referma la penderie pour que le miroir de la porte renvoie l'image d'Artemis.

– Voyez vous-même.

Artemis contempla son reflet. Il voyait un garçon grand et mince, dont la tête disparaissait presque entièrement sous une tignasse de cheveux qui lui tombaient sur les épaules. Il avait même quelques poils au menton.

– Ah, fit-il. Je vois.

– Ça m'étonne que vous voyiez quelque chose, répliqua Holly. À travers tous ces cheveux.

– Vieillissement accéléré. Un effet secondaire du courant temporel, je suppose, dit Artemis, indifférent. Quand nous repartirons, l'effet devrait s'inverser et… (Il s'interrompit en découvrant le reflet de la fée.) Peut-être devriez-vous vous regarder dans la glace, *vous aussi*. Je ne suis pas le seul à avoir changé.

Holly l'écarta d'un coup de coude, persuadée qu'il la faisait marcher, mais son petit sourire mourut sur ses lèvres quand elle vit la fée qui se trouvait face à elle. C'était bien son visage, mais différent, débarrassé de quelques cicatrices, avec quelques décennies d'usure en moins.

– Je suis jeune ! s'exclama-t-elle. Enfin, *plus* jeune.

– Ne vous inquiétez pas, reprit Artemis. C'est temporaire. Tout cela n'est qu'une apparence. Ma maturité physique, votre jeunesse. Dans une seconde ou deux, nous allons retourner dans le courant.

Mais Holly était inquiète. Elle savait ce qui s'était passé.

« Je pensais à ma mère. À nos dernières heures passées ensemble. Je me suis vue comme j'étais à l'époque. »

Voilà comment elle s'était retrouvée ainsi.

« Regardez-moi ! Tout juste sortie de l'école. En termes humains, je suis à peine plus âgée qu'Artemis. »

Pour une raison qui lui échappait, cette pensée la troublait.

– Enfilez donc un pantalon ! dit-elle d'un ton sec, en boutonnant une chemise blanche au col amidonné. Ensuite on pourra discuter de vos théories.

Artemis profita des quelques centimètres qu'il avait gagnés pour prendre une grande boîte en carton posée sur la penderie. À l'intérieur étaient soigneusement pliés et empilés des vêtements destinés à une des organisations caritatives d'Angeline Fowl.

Il lança une perruque argentée à Holly.

– Soirée costumée *seventies* ! expliqua-t-il. Mère était déguisée en soldat de l'espace, si je me souviens bien. Ça cachera vos oreilles pointues.

– Un chapeau serait plus simple, commenta la fée en enfilant la perruque par-dessus ses cheveux auburn coupés en brosse.

– Hélas, il n'y en a pas, soupira Artemis en sortant de la boîte un vieux survêtement. Ce n'est pas le summum du chic, mais il faudra s'en contenter.

Ses vieux mocassins allaient relativement bien à Holly, et il y avait dans le carton une paire de baskets ayant appartenu à son père : s'il mettait quelque chose au fond, il ne les perdrait pas.

– Il est toujours bon d'être habillé pour voler un singe, dit Holly.

Artemis roula les manches de sa veste de survêtement.

– Nous n’avons pas besoin de nous habiller, en fait. Il nous suffit d’attendre quelques minutes que ma mère manque de surprendre Butler qui monte en douce l’escalier avec le lémurien. Je me souviens qu’il a glissé la cage par la porte. Au moment où elle franchit cette porte, nous nous en emparons, nous ôtons ces vêtements ridicules et nous retournons auprès de N° 1 par un effort de la pensée.

Holly se regarda dans le miroir. Elle ressemblait à un garde du corps présidentiel venu d’une autre planète.

– À vous entendre, ça semble très simple.

– C’était simple. Ce le sera encore. Butler n’est même pas encore entré ici. Tout ce que nous avons à faire, c’est attendre.

– Comment avez-vous retrouvé ce moment précis ?

Artemis repoussa une mèche de cheveux noirs sur son front, laissant voir deux yeux disparates et remplis de chagrin.

– Écoutez ! dit-il en désignant le plafond.

Holly coinça ses cheveux argentés derrière une oreille et inclina la tête pour se concentrer sur son ouïe ultradéveloppée. Elle entendit la comtoise, les battements de cœur des deux voyageurs dans le temps, et puis, audessus d’eux, une voix stridente, hystérique.

– C’est mère, commenta Artemis, les yeux baissés. C’était la première fois qu’elle ne me reconnaissait pas. À cet instant, elle menace d’appeler la police. Dans quelques secondes, elle va descendre en courant pour téléphoner et apercevoir Butler.

Holly comprit alors : comment un fils pouvait-il

oublier un moment pareil ? Le retrouver avait sans doute été aussi facile que douloureux.

– Je m'en souviens très bien. Nous revenions de Rathdown Park, le zoo privé, et j'ai eu envie d'aller voir comment elle allait, avant de m'envoler pour le Maroc. Un mois plus tard, elle ne sera plus capable de veiller sur elle-même.

Holly lui pinça le bras, affectueusement.

– Ce n'est rien, Artemis. Tout ça, c'est du passé. Dans une poignée de minutes, votre mère sera de nouveau sur pied. Et elle vous aimera comme elle vous a toujours aimé.

Le jeune Irlandais hocha la tête d'un air morose. Il savait que c'était probablement vrai, mais il savait également qu'il ne pourrait jamais échapper totalement au spectre de ce vilain souvenir.

En haut, la voix d'Angeline Fowl s'était déplacée de sa chambre au palier, en laissant des notes aiguës dans son sillage.

Artemis attira Holly contre le mur.

– Butler doit être dans l'escalier. Restons dans l'ombre, on ne sait jamais.

Holly ne put réprimer un frisson nerveux.

– Vous êtes sûr qu'il ne va pas entrer ? La dernière fois que j'ai affronté Butler j'avais toutes les FAR à mes côtés. Je ne suis guère enthousiaste à l'idée de me retrouver seule face à lui, armée uniquement d'une perruque argentée.

– Calmez-vous, capitaine, dit Artemis, d'un ton involontairement condescendant. Il va rester dans le couloir. Je l'ai vu de mes propres yeux.

– Qu'est-ce que vous avez vu de vos propres yeux ? demanda Butler, qui venait d'apparaître derrière eux, après être entré par la porte de la chambre contiguë.

Artemis sentit battre son pouls jusqu'au bout de ses doigts. Comment était-ce possible ? Ça ne s'était pas passé ainsi ! Artemis ne s'était encore jamais retrouvé sur la trajectoire du regard noir de Butler et il découvrait à quel point son garde du corps pouvait être terrifiant.

– Vous vous êtes servis dans la garde-robe des Fowl tous les deux, à ce que je vois, reprit Butler sans attendre la réponse à sa question. Alors, vous avez l'intention de faire des histoires ou de me suivre bien sagement ? Je vous donne un indice : la bonne réponse est : « me suivre bien sagement ».

« La magie est la seule issue », se dit Holly.

D'un mouvement brusque du menton, elle fit appel à ses pouvoirs de fée. Si elle ne pouvait pas assommer Butler, elle l'hypnotiserait.

– Retire-toi, humain ! récita-t-elle d'une voix chargée de magie hypnotique.

Mais le *mesmer* est une attaque double : sonore et visuelle. Butler entendait les paroles magiques, mais le contact visuel manquait de force dans la pénombre.

– Quoi ? fit-il, surpris. Comment est-ce que…

L'imposant garde du corps avait été drogué suffisamment de fois dans sa vie pour s'apercevoir qu'on tentait de saper sa volonté. D'une manière quelconque, ces deux gosses étaient en train de prendre le dessus. Il recula en titubant et ses épaules heurtèrent le mur.

– *Dormez, Butler*, ordonna la petite créature coiffée d'une perruque de soldat de l'espace.

« Elle me connaît ? »

C'était du sérieux. Ces deux malfaiteurs avaient effectué une reconnaissance des lieux et décidé malgré tout de s'introduire dans le manoir.

« Je dois les neutraliser avant de m'évanouir, pensa Butler. Si je m'écroule, Mr Artemis et Mrs Fowl se retrouveront sans défense. »

Il avait deux options : se jeter sur les cambrioleurs nains ou leur tirer dessus avec le pistolet anesthésiant qu'il avait emporté dans le but de capturer l'animal à Rathdown Park.

Il opta pour la deuxième solution. Au moins, les fléchettes anesthésiantes ne risquaient pas de les étouffer ou de leur briser les os. Butler avait un peu honte d'infliger ce traitement à deux enfants, mais pas plus que ça. Après tout, il travaillait pour Artemis Fowl et savait combien les enfants pouvaient être dangereux.

Le soldat de l'espace jaillit de l'ombre et Butler vit nettement ses yeux. Un bleu, l'autre noisette.

– *Dormez, Butler,* répéta-t-elle de sa voix mélodieuse. *Vous ne sentez pas vos paupières lourdes ? Dormez...*

« Elle est en train de m'hypnotiser ! » constata le garde du corps. Il dégaina le pistolet, mais c'était comme si on avait plongé ses doigts dans du caoutchouc fondu, avant de les asperger de roulements à billes.

– C'est *toi* qui vas dormir ! grogna-t-il et il tira dans la hanche de la fille.

Hébétée, Holly regarda la fléchette hypodermique plantée dans le haut de sa cuisse.

– Oh, non, pas encore, gémit-elle, avant de s'écrouler sur le sol.

Butler retrouva instantanément ses esprits.

Le deuxième intrus ne bougea pas d'un pouce.

« C'est la gamine, la professionnelle, se dit Butler. Je me demande quel est le rôle de ce jeune débraillé ? »

Artemis comprit rapidement qu'il n'avait d'autre choix que de dévoiler son identité et d'enrôler Butler.

« Ça ne va pas être facile, pensa-t-il. En guise de preuve, je n'ai qu'une très vague ressemblance avec le jeune garçon que j'étais. »

Quoi qu'il en soit, il devait tenter le coup avant que son plan ne tombe à l'eau.

– Écoutez, Butler... J'ai quelque chose à vous dire...

Mais Butler ne voulait plus rien entendre.

– Non, non, non ! s'écria-t-il en tirant dans l'épaule d'Artemis. Arrêtez de parler, tous les deux !

Artemis arracha la fléchette, mais il était trop tard. Le minuscule réservoir de sédatif était vide.

– Butler ! hoqueta-t-il en tombant à genoux. Vous m'avez tiré dessus...

– Tout le monde connaît mon nom, décidément, dit le garde du corps, en se baissant pour balancer les deux intrus sur ses épaules.

– Je suis perplexe, avoua un Artemis Fowl de dix ans, en étudiant les deux individus couchés dans le coffre de la Bentley. Il s'est passé une chose tout à fait insolite.

– Pas tant que ça, répondit Butler en palpant le pouls de la fille. Deux voleurs ont réussi à s'introduire dans le manoir, voilà tout.

– Ils ont franchi tous les systèmes de sécurité. Pas le moindre écho sur les détecteurs de mouvement ?

– Rien. Je les ai découverts par hasard en effectuant une patrouille de routine. Ils étaient cachés dans l'ombre et avaient enfilé de vieilles nippes.

Artemis se tapota le menton.

– Hmm. Vous n'avez donc pas trouvé leurs vêtements ?

– Pas un.

– Ce qui signifierait qu'ils se sont introduits ici en sous-vêtements.

– *Ça*, c'est insolite, reconnut Butler.

Artemis sortit un stylo-lampe de sa poche de veste et la braqua sur Holly. Les mèches de sa perruque argentée brillèrent à la manière d'une boule disco.

– Celle-ci a quelque chose d'étrange. Sa structure osseuse est très inhabituelle. Les pommettes sont saillantes, slaves peut-être, et le front est large, enfantin presque. En revanche, le crâne et le torse sont ceux d'une adulte.

Butler réprima un gloussement.

– Vous voulez dire que ce sont des extraterrestres ?

– Le garçon est humain, mais pas elle, ajouta Artemis, songeur. Génétiquement modifiée, peut-être.

Il promena le faisceau de la lampe sur la pommette.

– Vous voyez, là ? Les oreilles sont pointues. Stupéfiant.

Artemis sentait l'excitation bourdonner sur son front. Il se passait quelque chose. Quelque chose d'important. Il y avait certainement une grosse somme d'argent à gagner dans cette affaire.

Il se frotta vivement les paumes.

– Très bien. Je ne peux pas me laisser distraire par ça pour le moment. À long terme, cependant, cette étrange créature pourrait faire notre fortune. Mais dans l'immédiat, nous devons mettre la main sur ce lémurien.

Butler masqua sa déception en claquant le coffre.

– J'espérais qu'on tirerait un trait sur cet animal. J'ai appris plusieurs arts martiaux, mais aucun ne proposait une défense contre les singes.

– Il s'agit d'un lémurien, Butler. Je sais bien que vous trouvez cette opération indigne de nous, mais la vie de mon père est en jeu.

– Bien sûr, Artemis. C'est vous qui décidez.

– Exactement. Alors, voici le plan. Nous allons nous rendre à Rathdown Park comme prévu, et une fois que nous aurons conclu un accord avec les extinctionnistes, je pourrai prendre une décision concernant nos deux... invités. Je suppose qu'ils ne risquent rien dans le coffre ?

Butler renifla avec mépris.

– Vous plaisantez ?

Artemis ne sourit pas.

– Vous ne l'avez peut-être pas remarqué, Butler, mais je *plaisante* rarement.

– Si vous le dites. Vous n'êtes donc pas un plaisantin. Un jour peut-être, qui sait ?

– Quand j'aurai retrouvé mon père.

– Oui. Peut-être. Bref, pour répondre à votre question : il s'agit de la voiture de votre *père*, justement. Ce coffre a accueilli plus de prisonniers que vous n'avez fêté d'anniversaires. Mafia russe, Triades, Yakuzas, Cartel de Tijuana, Hell's Angels. Vous pouvez citer n'importe quelle bande de criminels, plusieurs d'entre eux ont passé la nuit dans ce coffre. À vrai dire, votre père l'a fait modifier spécialement. Il y a l'air climatisé, une lumière délassante, des suspensions moelleuses, et même de l'eau potable.

– Il ferme bien ? Je vous rappelle que nos prisonniers ont réussi à s'introduire dans le manoir.

Butler tapa sur la carrosserie.

– Serrure en titane, capot blindé. Aucune issue. Ces deux énergumènes resteront là-dedans jusqu'à ce qu'on les fasse sortir.

– Excellent ! dit Artemis en montant à l'arrière de la Bentley. Laissez-moi juste le temps de faire une petite chose, puis nous les oublierons pour nous concentrer sur le lémurien.

– Excellent ! répéta Butler.

Et dans sa barbe, il ajouta :

– J'adore les singeries.

RATHDOWN PARK, COMTÉ DE WICKLOW, IRLANDE

Bien qu'elle pèse cinq kilos de moins qu'Artemis, Holly reprit connaissance avant lui. Elle était bien contente de se réveiller, d'ailleurs, car elle avait fait un rêve affreux. Dans son sommeil, ses genoux et ses coudes avaient heurté les parois métalliques du coffre de la Bentley et elle s'était imaginée dans un sous-marin des FAR.

Allongée dans le noir, recroquevillée, Holly déglutissait et battait des paupières pour tenter de vaincre sa phobie. Sa mère avait été mortellement blessée à l'intérieur d'une boîte en métal, et voilà qu'à son tour, elle se retrouvait dans la même situation.

Finalement, ce fut le souvenir de sa mère qui l'aida à se calmer. Elle ouvrit les yeux et explora l'espace confiné, visuellement et du bout des doigts. Il ne lui fallut pas longtemps pour découvrir l'ampoule encastrée dans le mur d'acier. Elle l'alluma, pour découvrir Artemis étendu près d'elle et au-dessus de leurs têtes, le toit incurvé d'un capot. Les chaussures qu'elle avait empruntées étaient posées sur l'arche brillante d'une roue. Ils se trouvaient à l'intérieur d'un véhicule !

Artemis gémit, fut pris de petits mouvements convulsifs et ouvrit les yeux à son tour.

– Vendez les actions Phonetix ! lança-t-il, avant de se souvenir de Butler et des fléchettes. Holly. Holly ?

La fée lui tapota la jambe.

– Tout va bien, Artemis, dit-elle en gnomique, au cas

où il y aurait des micros dans la voiture. Je suis là. Où pourrais-je être, sinon ?

Artemis bascula sur le flanc, repoussa les épais cheveux noirs qui masquaient son visage et s'exprima lui aussi dans la langue des fées.

– Nous avons reçu la même dose d'anesthésiant et pourtant, vous qui êtes la plus légère, vous vous êtes réveillée avant moi. C'est de la magie ?

Tout un côté du visage de Holly était plongé dans l'obscurité.

– Oui. La magie de N° 1 est puissante.

– Assez pour nous faire sortir de là ?

Holly passa une minute à explorer la surface du coffre, en promenant ses doigts sur les soudures. Finalement, elle secoua la tête, ce qui fit scintiller sa perruque argentée.

– Je ne vois aucun point faible. Même le système de climatisation est entièrement encastré. Il n'y a pas d'issue.

– Évidemment, dit Artemis. Nous sommes à l'intérieur de la Bentley. Le coffre est une boîte en acier munie d'une serrure en titane.

Il inspira une grande bouffée d'air frais.

– Comment une telle chose a-t-elle pu se produire ? demanda-t-il. Tout est différent. Butler devait déposer la cage dans mon bureau. Au lieu de cela, il entre en douce par la chambre et il nous endort tous les deux. Maintenant, nous ignorons où nous nous trouvons, et où se trouve le lémurien. L'ont-ils déjà récupéré ?

Holly colla son oreille à la paroi du coffre.

– Je peux vous dire où nous sommes.

À l'extérieur, des reniflements et des ronflements sauvages flottaient dans l'air.

– Il y a des animaux dans les parages. Je pencherais pour un parc ou un zoo.

– Rathdown Park ! s'exclama le jeune Irlandais. Cela signifie qu'ils n'ont pas encore le lémurien. Le programme et la situation ont changé.

Holly semblait songeuse.

– Ce n'est plus nous qui la contrôlons, Artemis. Il est peut-être temps de reconnaître notre échec et de rentrer à la maison quand votre double juvénile nous ramènera au manoir. *Peut-être* que vous pourrez découvrir un remède dans l'avenir.

Artemis s'attendait à cette suggestion.

– J'y ai réfléchi. Le lémurien reste notre meilleure option et il n'est qu'à quelques mètres ! Accordez-moi cinq minutes pour nous faire sortir de là.

Holly était perplexe, forcément.

– Cinq minutes ? Le grand Artemis Fowl lui-même risque d'avoir du mal à s'échapper d'une boîte en acier en si peu de temps.

Artemis ferma les yeux pour se concentrer, en s'efforçant d'ignorer son environnement exigu, les mèches de cheveux qui lui frôlaient les joues et les poils de barbe naissants qui lui grattaient le menton.

– Il faut voir les choses en face, dit Holly. Nous sommes coincés. Mulch Diggums lui-même aurait du mal face à une serrure comme celle-ci s'il venait à passer par ici.

Artemis plissa le front, agacé par cette interruption,

puis son visage s'orna d'un sourire, énigmatique et inquiétant dans la lumière crue.

– Si Mulch Diggums venait à passer par là, répéta-t-il. Quelles sont les probabilités pour que cela arrive ?

– Aucune, répondit Holly. Absolument aucune. Je suis prête à parier ma retraite.

Au même moment, quelque chose ou quelqu'un tapota sur le coffre, de l'extérieur.

Holly leva les yeux au ciel.

– Non ! Pas même vous...

Il y avait dans le sourire d'Artemis une incroyable suffisance.

– Vous avez une grosse retraite ?

– Ça alors ! Je refuse d'y croire. C'est impossible !

De nouveaux coups retentirent, suivis d'un raclement discret et d'un juron étouffé.

– Quelle voix gutturale, commenta Artemis. Une vraie voix de nain.

– C'est peut-être Butler, répondit Holly, horripilée par l'air satisfait du garçon.

– Qui jurerait en gnomique ? Ceci m'étonnerait.

Des bruits métalliques leur parvinrent du monde extérieur.

Shhhnick. Chunk. Clackack.

Et le coffre s'ouvrit, laissant apparaître une bande de nuit étoilée, au milieu de laquelle se dressait la silhouette scintillante d'un gigantesque pylône. Une tête hirsute jaillit par l'ouverture, un visage maculé de boue et pire encore. Un visage que seule une mère pouvait aimer, à condition qu'elle ait la vue basse. Des petits yeux sombres et rapprochés les observaient, au-dessus d'une barbe épaisse qui frémissait comme des algues dans le courant. La créature avait de larges dents carrées, que le gros insecte qui se tortillait entre deux molaires ne rendait guère appétissantes.

Il s'agissait, bien évidemment, de Mulch Diggums.

Le nain attrapa le malheureux insecte avec sa langue et le mâcha délicatement.

– Un carabe, dit-il avec délice. *Leistus montanus*. Joli bouquet, épaisse carapace terreuse, et quand elle s'ouvre, une véritable explosion de saveurs en bouche.

Il avala la pauvre bestiole, puis lâcha un puissant rot entre ses lèvres flasques.

– Il ne faut jamais roter quand on creuse un tunnel, conseilla-t-il à Artemis et à Holly, comme s'ils bavardaient autour d'une table dans un café. La terre qui descend, l'air qui remonte. Mauvaise idée.

Holly connaissait bien Mulch. Ce papotage ne servait qu'à les distraire pendant qu'il regardait autour de lui.

– Bon, passons aux choses sérieuses, déclara finalement le nain en jetant le poil de barbe mort qu'il avait utilisé pour crocheter la serrure. Apparemment, j'ai un humain et un elfe prisonniers à l'intérieur d'une voiture. Alors, je m'interroge : dois-je les laisser sortir ?

– Et qu'est-ce que vous vous répondez ? demanda Artemis, qui avait du mal à contenir son impatience.

Les yeux de Mulch, semblables à des galets noirs, dansèrent au clair de lune.

– Alors comme ça, le Garçon de Boue comprend le gnomique. Intéressant. Eh bien, retenez bien ceci, humain : je vous laisserai sortir quand j'aurai eu mon argent.

«Ah, songea Holly. Il est question d'argent. Ces deux-là ont conclu un marché.»

Holly en avait assez de cette prison.

«Mulch n'est pas encore mon ami, je n'ai donc pas besoin d'être polie.»

Elle ramena un genou sous son menton, en tirant dessus à deux mains pour faire ressort.

Mulch comprit.

– Hé, l'elfe ! Pas de...

Ce fut tout ce qu'il eut le temps de dire avant de recevoir le capot en plein visage. Il tomba à la renverse, dans le trou d'où il était sorti, en projetant un *oof* ! de vent et de terre.

Holly escalada Artemis pour sortir à l'air libre. Elle en avala de grandes bouffées, poitrine en avant, visage levé vers le ciel.

– Désolée, dit-elle entre deux inspirations. Je n'aime pas me sentir à l'étroit.

– Claustrophobe ? demanda Artemis en roulant sur lui-même pour sortir du coffre.

La fée hocha la tête.

– Je l'étais. Je croyais avoir surmonté ce handicap. Mais dernièrement...

Il se produisit une vive agitation dans le trou du nain. Une explosion de jurons et une échauffourée sous la terre.

Holly se ressaisit rapidement. Elle bondit dans le

trou et plaqua Mulch avant qu'il puisse décrocher sa mâchoire et disparaître.

– Il peut encore nous être utile, haleta-t-elle en faisant rouler le nain récalcitrant vers le sommet de la pente. Et comme il nous a vus, le mal est fait.

– C'est une prise en tenailles ! s'exclama Mulch. Vous faites partie des FAR.

Il se retourna vivement et arracha la perruque de Holly avec son poil de barbe.

– Je vous connais ! Holly Short. Le capitaine Holly Short. Une des rottweilers de Julius Root.

Le front déjà ridé du nain se creusa davantage sous l'effet de la confusion.

– Mais c'est impossible !

Avant qu'Artemis puisse l'en empêcher, Holly posa la question :

– Pourquoi est-ce impossible, Mulch ?

Celui-ci ne répondit pas, mais ses yeux le trahirent. Par-dessus son épaule, il lança un regard coupable en direction d'un sac à dos en Tekfab, éraflé. D'un geste habile, Holly l'obligea à se retourner et ouvrit le compartiment principal du sac.

– Voilà un sacré trésor ! s'exclama-t-elle en farfouillant dans le sac à dos. Kit de secours, rations, *compads* adhésifs. Et que vois-je ? Une vieille Omniclé !

Elle reconnut l'inscription gravée au laser à la base.

– *Ma* vieille Omniclé !

Malgré leurs années d'amitié, Holly déversa toute sa fureur sur Mulch.

– Où as-tu trouvé ça ? hurla-t-elle. Comment tu te l'es procuré ?

– C'est un cadeau, expliqua Mulch, lamentablement. De la part de mon… euh…

Il plissa les yeux pour déchiffrer l'inscription.

– De ma mère. Elle m'a toujours appelé Holly.

Jamais Artemis n'avait vu la fée en proie à une telle colère.

– Dis-moi tout, Diggums. Je veux la vérité !

Mulch était prêt au combat. Ça se voyait à la façon dont il recroquevillait les doigts et montrait les dents, mais ce désir de rébellion fut bref et sa nature docile de nain reprit le dessus.

– J'ai volé tous ces machins à Tara, avoua-t-il. Je suis un voleur, pas vrai ? Mais à ma décharge, je dois préciser que j'ai eu une enfance difficile, ce qui m'a conduit à avoir une mauvaise opinion de moi, mauvaise opinion que j'ai reportée sur les autres, et je les punis en volant leurs biens. On peut donc dire, en toute logique, que c'est moi la victime ici. Et *je me* pardonne.

Ce verbiage, qui était la marque de Mulch, rappela à Holly l'ami qu'il deviendrait plus tard et sa colère se volatilisa aussi vite qu'elle était apparue. Du bout du doigt, elle caressa l'inscription au laser.

– C'est ma mère qui me l'a offerte, dit-elle d'une petite voix. L'Omniclé la plus fiable que j'aie jamais eue. Hélas, un soir à Hambourg, mon fugitif s'est enfermé dans une voiture. Quand j'ai voulu prendre mon Omniclé, elle avait disparu. Finalement, la cible fut appréhendée par des humains. Je laissai filer mon premier fugitif et le commandant Root dut envoyer une équipe entière de techniciens pour faire le ménage. Un véritable désastre. Et depuis tout ce temps, c'est toi qui l'avais !

Mulch était perplexe.

– Depuis tout ce temps ? J'ai fauché ce truc sur une ceinture dans un casier de vestiaire de Tara, il y a *une heure*. C'est là que je vous ai *vue*. Qu'est-ce qui se passe... ?

Soudain, le nain frappa dans ses paumes velues.

– Oh ! Ça alors ! Vous êtes des voyageurs du temps !

Holly comprit qu'elle en avait trop dit.

– C'est ridicule, voyons.

Le nain avait entamé une petite gigue.

– Non, non ! Tout s'explique. Vous parlez d'événements *futurs* au *passé*. Vous avez envoyé un message dans le passé pour que je vienne à votre secours.

Mulch plaqua ses mains sur ses joues pour mimer l'effroi.

– Ce que vous faites là est bien plus illégal que tout ce que je pourrais faire. Imaginez un peu la récompense que je toucherais si je vous livrais à Julius Root !

– Un message dans le passé ? répéta Holly avec mépris. C'est absurde. N'est-ce pas, Artemis ?

– Totalement. Mais si quelqu'un devait envoyer un message du futur, où et quand l'enverrait-il ?

Mulch tendit le pouce en direction de Holly.

– Il y a une boîte de dérivation juste à côté de son casier. Apparemment, personne n'y avait touché depuis des années. J'ai jeté un coup d'œil parce que parfois, ils mettent des appareils de valeur à l'intérieur. Mais y avait juste une enveloppe qui m'était adressée. Et dedans, un mot qui me demandait de venir ici pour vous libérer.

Artemis sourit, satisfait.

– Je suppose qu'on vous promettait une récompense en échange ?

Les poils de barbe de Mulch crépitèrent.

– Une grosse récompense. Non… une prodigieuse récompense.

– Prodigieuse ? Soit, vous l'aurez.

– Quand ? demanda Mulch avec avidité.

– Bientôt. Je vous demande juste de me rendre un autre service.

– Ah, je le savais ! s'exclama le nain entre ses dents. Faut jamais faire le boulot avant d'avoir palpé le fric. Pourquoi je vous ferais confiance ?

Artemis s'avança d'un pas, les yeux plissés derrière un épais rideau de cheveux noirs.

– Vous n'êtes pas obligé de me faire confiance, Mulch. Par contre, vous devez avoir peur de moi. Je suis un Garçon de Boue venu de votre avenir, mais je pourrais aussi être dans votre passé, si vous décidez de ne pas coopérer. Je vous ai déjà retrouvé, je peux recommencer. La prochaine fois que vous forcez un coffre de voiture, vous pourriez tomber nez à nez avec un policier armé.

Mulch sentait des fourmillements d'inquiétude dans ses poils de barbe et ils se trompaient rarement. Comme disait sa grand-mère : « Fais confiance aux poils,

Mulch. » Cet humain était dangereux, et il avait déjà suffisamment d'ennuis dans la vie.

– OK, Môme de Boue, lâcha-t-il à contrecœur. Un dernier service. Ensuite, je vous conseille de m'offrir une prodigieuse quantité d'or.

– Vous l'aurez. N'ayez crainte, mon caustique ami.

Le nain fut profondément vexé.

– Ne m'appelez pas ami. Dites-moi juste... ce... que... je... dois... faire.

– Suivez votre nature, tout simplement, et creusez-nous un tunnel. Il faut que je vole un lémurien.

Mulch hocha la tête, comme si le vol de lémurien était la chose la plus banale au monde.

– Et à qui on va le voler ?

– À moi.

Le nain fronça les sourcils, puis il comprit.

– Ah... Le voyage dans le temps est plein d'imprévus, pas vrai ?

Holly glissa l'Omniclé dans sa poche.

– Ne m'en parlez pas, soupira-t-elle.

CHAPITRE 7

DIALOGUE AVEC LES ANIMAUX

RATHDOWN PARK

La Bentley des Fowl était protégée par un scanner d'empreintes digitales et un pavé numérique qui exigeait un code à huit chiffres. Le code était changé tous les mois ; il fallut donc quelques secondes à Artemis pour revenir en arrière de presque huit ans, mentalement, afin de se remémorer la bonne combinaison.

Après cela, il se glissa sur le cuir fauve du siège du conducteur et appuya son pouce sur un deuxième scanner niché derrière le volant. Un compartiment à ressort coulissa en douceur sur le tableau de bord. Il n'était pas très large, mais suffisamment pour contenir une liasse de billets, des cartes de crédit Platinium et un téléphone portable.

– Pas d'arme ? s'étonna Holly quand Artemis ressortit de la voiture.

Une des armes à feu de Butler aurait paru déplacée entre ses doigts de fée.

– Pas d'arme, confirma Artemis.

– De toute façon, je ne pourrais même pas atteindre un éléphant avec un des pistolets de Butler.

– Notre proie, ce soir, ce n'est pas un éléphant, répondit Artemis, dans sa langue maternelle maintenant qu'ils étaient sortis du coffre. Ce sont les lémuriens. D'ailleurs, étant donné que nous ne pouvons pas tirer sur notre adversaire, dans ce cas précis, il est peut-être préférable que nous ne soyons pas armés.

– Certes, concéda Holly. Je ne pourrais sans doute pas tirer sur vous ou sur le lémurien, mais je parie que d'autres *adversaires* vont surgir. Vous êtes très doué pour vous faire des ennemis.

Le jeune Irlandais haussa les épaules.

– Le génie provoque le ressentiment. C'est une triste réalité.

– Le génie et le vol ! lança Mulch, perché sur le bord du capot. Croyez-en ma vieille expérience : personne n'aime les voleurs intelligents.

Artemis pianota sur l'aile de la Bentley.

– Nous avons quelques atouts : la magie des elfes, la science souterraine. Et contrairement à l'autre Artemis, j'ai presque huit années d'expérience dans l'art de l'espièglerie.

– L'espièglerie ? railla Holly. Je vous trouve très indulgent avec vous-même. « Vol qualifié » serait un terme plus approprié.

Artemis cessa de pianoter.

– Parmi vos pouvoirs de fée, il y a le don des langues, n'est-ce pas ?

– Je vous parle, non ?

– Combien de langues connaissez-vous, au juste ?

Holly sourit. Habituée à l'esprit retors d'Artemis, elle savait parfaitement où il voulait en venir.

– Autant que vous le souhaitez.

– Bien. Il faut que nous nous séparions. Vous entrerez dans Rathdown Park par la voie normale, à l'air libre ; Mulch et moi, nous voyagerons sous terre. Si nous avons besoin de créer une diversion, servez-vous de votre don.

– Ce sera un plaisir, répondit Holly et elle devint aussitôt transparente, comme une créature faite de l'eau la plus pure.

La dernière chose qui disparut fut son sourire.

« Comme le chat du Cheshire, » pensa Artemis.

Quelques phrases d'*Alice au pays des merveilles* lui revinrent en mémoire.

« Je ne veux pas aller parmi les fous, dit Alice.

– Tu ne peux rien y faire, répondit le chat. Nous sommes tous fous ici. »

Artemis se tourna vers le nain caustique, occupé à chercher des insectes stockés dans sa barbe vivante.

« Ici aussi, nous sommes tous fous », pensa-t-il.

Holly approcha avec prudence de l'entrée principale de Rathdown Park, malgré son camouflage. Un jour, le Peuple s'était cru invisible aux yeux de Butler et cette erreur lui avait valu des traumatismes et des blessures. Pas question, donc, de sous-estimer le garde du corps, et le fait de savoir qu'il était redevenu son ennemi faisait bouillonner l'acide de son estomac.

Les vêtements humains glissaient et se déchiraient sur son corps. Ils n'étaient pas conçus pour le bouclier d'invisibilité, et dans quelques minutes, ils allaient partir en lambeaux.

« Mon Neutrino me manque, pensa-t-elle en contemplant la porte en acier blindé, derrière laquelle l'inconnu l'attendait. Et Foaly aussi, avec ses liaisons satellites. »

Mais Holly était une aventurière dans l'âme et l'idée de renoncer ne l'effleura même pas.

Difficile de manipuler un mécanisme en étant invisible, Holly déconnecta donc ses pouvoirs pendant quelques secondes, le temps de crocheter la serrure avec son Omniclé. Il s'agissait d'un modèle ancien, mais sa mère n'avait pas regardé à la dépense. Une Omniclé standard pouvait ouvrir n'importe quelle porte munie d'un simple système serrure-clé. Celle-ci était capable de forcer également les serrures électroniques, et même de désactiver des alarmes rudimentaires.

« Mais ça ne devrait pas être nécessaire, pensa-t-elle. Artemis se souvient de les avoir toutes coupées. »

Elle ne se sentait pas rassurée pour autant. Artemis s'était déjà trompé au cours de cette expédition.

En moins de cinq secondes, l'Omniclé eut achevé son travail ; elle vibrait doucement dans sa main, tel un chat qui ronronne, fière de son ingéniosité. Un simple contact suffit à faire pivoter la lourde porte sur ses gonds. Holly réactiva son bouclier.

En pénétrant dans Rathdown Park, elle ressentit une angoisse qu'elle n'avait pas éprouvée en mission depuis des années.

« Me voilà redevenue une novice. Une gamine tout juste sortie du centre de formation, constata-t-elle. Mon esprit possède l'expérience, mais c'est mon corps qui prend le dessus. »

Puis elle se dit : « J'ai intérêt à récupérer ce singe vite fait avant de faire une crise d'adolescence. »

Le jeune Artemis avait débranché le système de sécurité en entrant dans l'institut. Court-circuiter toutes les alarmes avait été un jeu d'enfant grâce à la carte magnétique du directeur. Un peu plus tôt dans la journée, pendant la visite guidée, il avait posé plusieurs questions complexes sur le bien-fondé de la théorie de l'évolution. Le directeur, évolutionniste convaincu, s'était laissé distraire par les arguments du jeune garçon, et Butler en avait profité pour lui faire les poches. Une fois en possession de la carte magnétique, le garde du corps l'avait tout simplement introduite dans le cloneur qui fonctionnait à piles, glissé dans sa poche de poitrine, en sifflant quelques mesures de Mozart pour masquer le bourdonnement de l'appareil.

Deux minutes plus tard, toutes les informations dont ils avaient besoin étaient stockées dans la mémoire du cloneur, la carte magnétique avait regagné la poche du directeur et Artemis décida subitement que la théorie de l'évolution n'était pas inintéressante, finalement.

« Bien qu'elle contienne plus de trous qu'un barrage hollandais en gruyère », avait-il confié à Butler, alors qu'ils rentraient de Rathdown Park. Cette affirmation avait mis du baume au cœur de Butler : il s'agissait presque d'une plaisanterie.

Plus tard, dans la soirée, le jeune Artemis avait installé une caméra-bouton dans le système de climatisation à l'arrière de la Bentley.

« Mieux vaut garder un œil sur nos invités. »

Le spécimen féminin était intéressant. *Fascinant,* à vrai dire. L'effet des fléchettes allait bientôt se dissiper et il serait très instructif d'observer sa réaction, bien plus que celle de l'adolescent hirsute, même si son front large était synonyme d'intelligence et si ses traits offraient de nombreux points communs avec ceux de la famille Fowl. D'ailleurs, ce garçon lui rappelait une vieille photo de son père jeune, participant à des fouilles archéologiques en Amérique du Sud. Ce prisonnier mâle était peut-être un lointain cousin qui espérait réclamer une partie de l'héritage maintenant que son père avait disparu. Il fallait tenter d'en savoir plus.

La caméra-bouton était reliée à son téléphone portable et le jeune Artemis de dix ans jetait de temps à autre un regard sur l'écran, tandis que Butler le guidait à travers Rathdown Park, en direction de la cage du lémurien.

– Concentrez-vous, le réprimanda le garde du corps. Un seul crime ignoble à la fois.

Artemis détacha le regard de son téléphone.

– Ignoble, Butler ? Quand même, nous ne sommes pas des personnages de dessin animé. Je n'ai pas un rire sadique ni un bandeau sur l'œil.

– Pas encore. Mais pour ce qui est du bandeau sur l'œil, ça pourrait bientôt vous arriver si vous ne vous concentrez pas sur votre tâche.

Ils passaient sous l'aquarium du parc en empruntant un tunnel en plexiglas qui permettait aux scientifiques et aux visiteurs occasionnels d'observer les espèces réunies dans ce bassin de quatre millions de litres. L'aquarium reproduisait aussi fidèlement que possible l'habitat naturel de ses occupants. Il y avait différents compartiments avec des températures et des végétations diverses. Certains étaient remplis d'eau salée, d'autres d'eau douce, mais tous abritaient des espèces menacées ou rares.

Le plafond était constellé de minuscules ampoules qui simulaient les étoiles et la seule autre lumière provenait de la bioluminescence d'un requin-lanterne, qui éclaira Artemis et Butler en ombres chinoises jusqu'à ce que son nez se cogne contre le plexiglas.

Mais Artemis s'intéressait davantage à son portable qu'aux photophores du squale qui projetaient une lueur irréelle et inquiétante.

Car sur l'écran se déroulaient des événements proches de l'invraisemblable. Artemis s'arrêta pour ne pas en perdre une miette.

Les intrus découverts dans le manoir s'étaient échappés du coffre de la Bentley avec l'aide d'un complice. Un autre non-humain.

« Je pénètre dans un nouveau monde. Ces créatures sont potentiellement plus lucratives qu'un lémurien. Dois-je abandonner cette entreprise pour me consacrer aux non-humains ? »

Artemis poussa au maximum le volume de son téléphone, mais le minuscule micro fixé à la caméra-bouton ne captait que des bribes de conversation.

Celle-ci se déroulait dans une langue inconnue, avec ici et là quelques passages en anglais, et il entendit à plusieurs reprises le mot « lémurien ».

« Cette bestiole a peut-être plus de valeur que je l'imagine. C'est l'appât qui a attiré ces créatures. »

Pendant une minute, l'écran fut occupé uniquement par cette espèce de nain répugnant qui avait posé son postérieur disproportionné sur le bord du coffre ; puis la créature féminine apparut, pour disparaître presque aussitôt : là où elle se trouvait une seconde plus tôt, on ne voyait plus que les célèbres pylônes de Rathdown Park.

Artemis serra le téléphone dans sa main.

« L'invisibilité ? L'énergie nécessaire pour créer un champ réfléchissant ou pour générer des vibrations ultrarapides doit être considérable. »

Il navigua avec habileté dans le menu de son portable et activa l'imageur thermique, une option absolument pas standard, et fut soulagé en voyant la silhouette de la créature apparaître sur l'écran dans des tons chauds.

« Bien. Elle n'est pas partie ; elle est juste difficile à repérer. »

Tout en gardant un œil rivé à l'écran, Artemis appela son garde du corps.

– Butler, mon vieil ami. Petit changement de plan.

Le garde du corps n'était pas assez naïf pour croire que la chasse au lémurien était terminée.

– Je parie que l'on continue à traquer cette petite créature, malgré tout.

– *Créatures* au pluriel, répondit Artemis.

Le jeune Artemis de quatorze ans n'aimait pas le spectacle qu'il avait devant les yeux. Pour se changer les idées, il composa un haïku qui décrivait ce qu'il voyait.

Deux globes pâles et frémissants
malaxent leur cargaison empoisonnée
Des têtes chauves dans un sac

Mulch Diggums n'était pas d'humeur aussi poétique. Il cessa de creuser et raccrocha sa mâchoire.

– Vous voulez bien arrêter de braquer la torche sur mes fesses ? Je cloque facilement. Nous autres, nains, nous sommes extrêmement photosensibles, même à la lumière artificielle.

Artemis avait trouvé la lampe électrique dans le kit de secours de la Bentley et il suivait Mulch dans un tunnel fraîchement creusé qui menait à la cage du lémurien. Le nain lui avait certifié que la galerie était suffisamment courte pour qu'il puisse retenir dans son corps la terre et l'air jusqu'à ce qu'ils débouchent à l'autre extrémité ; Artemis pouvait donc avancer juste derrière lui.

Le garçon orienta la lampe différemment pendant

quelques secondes car il n'avait aucune envie de voir un postérieur cloqué, mais au bout d'un moment, le faisceau revint éclairer la chair blanche et tremblotante.

– Juste une petite question. Si vous pouvez retenir tout ce que vous avalez, pourquoi votre rabat postérieur doit-il rester ouvert ?

Mulch crachait de grosses boulettes de flegme de nain pour étayer le tunnel.

– En cas d'urgence, expliqua-t-il. Je risque d'avaler un morceau de métal enterré ou un bout de vieux pneu. Dans ce cas, je suis obligé de les évacuer immédiatement, avec ou sans Môme de Boue horripilant derrière moi. Et ça ne servirait à rien d'esquinter mon pantalon, pas vrai, petit bêta ?

– Non, sans doute, répondit Artemis en songeant qu'avec cette arme de gros calibre pointée sur lui, il pouvait tolérer de se faire traiter de « petit bêta ».

– En tout cas, reprit le nain, en crachant un autre glaviot sur le mur, vous devriez vous sentir privilégié. Y a pas beaucoup d'humains qui ont vu un nain œuvrer avec du crachat. C'est ce qu'on pourrait appeler un art ancien. D'abord, il faut...

– Je sais, je sais, le coupa Artemis. D'abord vous excavez, puis vous consolidez les parois avec votre salive, qui durcit au contact de l'air, à condition qu'elle sorte de votre bouche, apparemment. Et elle est lumineuse. Une matière tout à fait étonnante.

Le derrière de Mulch tremblota sous l'effet de la surprise.

– Comment vous connaissez ces secrets ?

– C'est vous qui me les avez confiés, ou plutôt, vous me les confierez un jour. Souvenez-vous : le voyage dans le temps.

Le nain jeta un regard par-dessus son épaule ; ses yeux rougeoyaient dans l'éclat de ses crachats.

– On va devenir proches ?

– Très proches. Nous allons prendre un appartement ensemble et en lui faisant la cour à la vitesse de l'éclair, vous allez épouser ma sœur et partir en lune de miel à Las Vegas.

– J'adore Las Vegas, dit Mulch d'un ton mélancolique. Quel esprit sarcastique ! Je comprends qu'on ait pu devenir amis. Mais n'empêche, gardez vos remarques pour vous, sinon on va voir à quoi vous ressemblez recouvert de déchets de tunnel.

Artemis déglutit difficilement et éloigna la torche du postérieur de Mulch.

Le plan était simple. Après avoir progressé sous terre, ils attendraient sous la cage du lémurien que Holly les contacte avec le communicateur à ondes courtes des FAR collé sur la joue d'Artemis (un instrument provenant du butin de Mulch). À partir de là, le plan devenait fluctuant. Soit ils surgissaient à l'air libre et s'emparaient du lémurien pendant que Holly provoquait l'affolement parmi les animaux, soit, si l'autre Artemis était déjà en possession du lémurien, Mulch creusait un trou sous Butler, pour permettre à Holly de soulager plus facilement le garçon de son trophée.

« Tout cela est très simple, songea Artemis. Ça ne me ressemble pas. »

– OK, Môme de Boue, dit Mulch en creusant une petite cavité en forme d'ampoule avec ses doigts plats. On y est. Le singe est là.

– Le lémurien, rectifia Artemis par automatisme. Vous êtes sûr de pouvoir distinguer l'odeur particulière de cet animal au milieu de tous les autres.

Mulch porta sa main à son cœur pour mimer l'affront.

– Si j'en suis sûr ? Je suis un nain, humain. Un nain sait faire la différence entre l'herbe et le trèfle, entre un poil noir et marron. Entre une crotte de chien et une crotte de loup.

Artemis gémit.

– Je prends cela pour une réponse affirmative.

– Et vous faites bien. Si vous continuez sur ce ton, je pourrais bien décider de ne pas épouser votre sœur.

– Si j'avais une sœur, elle serait inconsolable, j'en suis sûr.

Ils demeurèrent tapis dans la cavité pendant plusieurs minutes ; les grognements et les reniflements nocturnes du parc leur parvenaient à travers l'argile. Par une étrange anomalie, dès que les bruits pénétraient à l'intérieur du tunnel tapissé de bave de nain, ils restaient prisonniers et rebondissaient contre les parois sous forme de vagues qui s'entrechoquaient. Artemis avait véritablement l'impression de se trouver dans la cage au lion.

Et pour ajouter à cette angoisse, il remarqua que les joues de Mulch luisaient d'un éclat rose vif. Comme ses fesses.

– Un problème ? s'enquit-il, sans parvenir à réprimer un tremblement nerveux.

– Ça fait un moment déjà que je retiens ce gaz, dit le nain entre ses dents. Il ne va pas tarder à sortir. Vous avez des problèmes de sinus ?

Artemis secoua la tête.

– Dommage, annonça Mulch. Ça les aurait fait disparaître.

S'il n'avait été déterminé à sauver sa mère, le jeune Irlandais aurait décampé sur-le-champ.

Fort heureusement pour ses conduits olfactifs, Holly le contacta au même moment. Le communicateur était un modèle vibrant de base qui envoyait des signaux directement dans l'oreille d'Artemis sans produire de bruit extérieur. Ainsi, il entendit les mots que prononçait Holly, mais pas sa voix. Le faible degré de sophistication du système permettait de reproduire uniquement des sons robotiques.

– En position. Terminé.

Artemis posa un doigt sur le communicateur pour activer le circuit grâce auquel il pouvait parler.

– Reçu. Nous sommes juste en dessous de la cage de la cible. Vous apercevez le camp adverse ?

– Négatif. Personne en vue. Par contre, je vois le lémurien. Il semble dormir sur une branche basse. Je peux l'atteindre aisément.

– Négatif, Holly. Gardez votre position. On se charge de la cible. Vous, vous surveillez mon double juvénile.

– Compris. Mais ne traînez pas, Arty. Vous sortez, vous replongez et vous retournez à la voiture.

Arty ?

Artemis s'étonna que Holly l'appelle ainsi. C'était le petit nom affectueux que lui donnait sa mère.

– Compris. Sortir, replonger et revenir.

Arty ?

Mulch lui tapota sur l'épaule, avec insistance.

– Quand vous voulez, Môme de Boue. Maintenant, ce serait parfait.

– Très bien. Allez-y. Et essayez d'être discret.

Mulch changea de position : il pointa le sommet de son crâne vers le haut du tunnel et s'accroupit, très bas.

– Trop tard pour la discrétion, grogna-t-il. Mettez votre veste sur votre visage.

Artemis eut à peine le temps de s'exécuter avant que Mulch libère une tonitruante tornade de gaz et de terre qui aspergea le garçon de mottes non digérées. La croûte de bave de nain se fendit en mille endroits et Mulch, soulevé par une colonne d'énergie, creva aisément la surface.

Une fois que la poussière fut quelque peu retombée, Artemis se précipita dans la cage à la suite du nain. Celui-ci avait rebondi contre un plafond bas et s'était évanoui ; du sang collait ses cheveux déjà emmêlés, son rabat postérieur tremblotait comme une manche à air, tandis que les derniers déchets du tunnel s'évacuaient.

« Une cage avec un plafond bas ? »

Le lémurien qui se trouvait dans la cage voisine semblait beaucoup s'amuser de toute cette agitation, et il faisait des bonds sur une branche coincée entre deux barreaux.

« La cage *voisine*, se dit Artemis. Nous ne sommes pas dans la cage du lémurien ! Dans quelle cage sommes-nous, alors ? »

Avant qu'il puisse essayer d'en savoir plus, sa joue émit un bip et une voix désincarnée bourdonna dans son oreille :

– Sortez Mulch de là, Arty. Redescendez immédiatement.

« Que se passe-t-il ? Qu'y a-t-il dans cette cage ? »

Soudain, un gorille des montagnes ougandais de cent kilos le percuta de plein fouet, mettant fin à ses interrogations.

Le jeune Artemis et Butler observaient tout cela par les ouvertures étroites d'un poste d'observation camouflé, disposé devant les cages. Cette cachette dissimulée à l'intérieur d'un bloc de rocher et d'eau permettait d'étudier les animaux sans les perturber dans leurs habitudes. Le directeur du parc avait eu la gentillesse d'autoriser Artemis à s'asseoir dans le fauteuil de l'observateur.

– Un jour, lui avait-il dit, vous pourrez peut-être manier la caméra thermographique et tout ce matériel.

– Peut-être même avant cela, avait répondu Artemis.

– Oh, mince ! s'exclama Butler de sa voix râpeuse qui contrastait avec cette expression délicate. Ça a dû faire très mal.

Il sortit le pistolet à fléchettes de sa poche

– Je ferais bien d'aller filer un coup de main ou au moins tirer une fléchette.

Butler n'avait pas chômé avec les fléchettes. Deux employés du parc gisaient sur des lits de camp au fond de la cachette, inconscients.

À travers l'ouverture étroite, Artemis et son garde du corps avaient une vue directe sur l'énorme gorille en train de secouer l'intrus humain comme une poupée de chiffon. Le troisième occupant de la cage était évanoui ; il semblait secoué par un violent accès de flatulences.

« Incroyable, se dit Artemis. Cette journée est décidément pleine de surprises. »

Il pianota sur le clavier d'ordinateur situé devant lui pour modifier l'angle de la caméra thermographique.

– Je ne pense pas qu'une fléchette sera nécessaire, répondit-il. Les secours arrivent déjà.

Effectivement, une lueur enveloppant un noyau rouge rebondit dans l'allée pavée, puis s'immobilisa devant la cage du gorille, en suspension.

– Voilà qui devrait être intéressant, commenta le jeune Artemis de dix ans.

Holly fut forcée de passer à l'action. Postée discrètement derrière le tronc épais d'un baobab importé, sans bouclier d'invisibilité pour économiser la magie, elle guettait le jeune Artemis, lorsque Mulch fit irruption dans la mauvaise cage. Il jaillit du sol au milieu d'une minitornade de débris, rebondit contre diverses surfaces à la manière d'une boule de flipper, puis s'écroula sur le plancher.

L'occupant de la cage, un énorme gorille noir et gris,

arraché à un profond sommeil, se leva d'un bond. Ses yeux étaient écarquillés, mais son regard flou ; il montrait ses grandes dents jaunes.

« Restez sous terre, Artemis, supplia mentalement Holly. Restez dans le trou. »

Hélas, Artemis grimpa à la surface en escaladant prudemment la petite pente. Le courant temporel ne lui avait conféré aucune agilité. Comme il l'admettait souvent, les activités physiques n'étaient pas sa spécialité.

Holly appuya sur son communicateur.

– Sortez Mulch de là, Arty. Redescendez immédiatement.

Trop tard. Le gorille avait décrété que ces nouveaux venus constituaient une menace dont il devait s'occuper. Il roula hors de son lit de feuilles et d'écorces, retomba sur ses poings, produisant une onde de choc qui se répercuta dans les poils de ses bras.

Holly activa son bouclier en courant ; les filaments de sa perruque laissaient un sillage argenté derrière elle.

Le gorille attaqua. Il saisit par les épaules un Artemis hébété et lui rugit au visage, la tête renversée en arrière, la mâchoire ouverte comme un piège à ours.

Holly avait atteint la porte. Elle sortit l'Omniclé de sa poche et enfonça l'extrémité coupante dans la serrure. En attendant que l'outil opère, elle observa la scène qui se déroulait à l'intérieur de la cage.

Mulch s'était redressé sur les coudes ; il secouait la tête d'un air groggy. Il ne serait pas en état d'intervenir avant deux ou trois secondes, à condition qu'il daigne aider un humain.

De toute façon, ça n'avait aucune importance : dans deux ou trois secondes, ce serait trop tard pour Artemis.

L'Omniclé émit un petit bip et la porte de la cage s'ouvrit. Une passerelle étroite partant de l'allée enjambait un fossé et s'enfonçait entre des bosquets.

Holly traversa à toute vitesse, sans la moindre hésitation, en agitant les bras et en hurlant pour offrir une cible parfaite.

Le gorille grogna et plaqua Artemis contre sa poitrine, pour faire comprendre à Holly qu'elle devait reculer. La tête du jeune garçon reposait sur son épaule, ses paupières étaient à demi fermées.

La fée s'arrêta à trois mètres du primate en baissant les bras et le regard. Dans une posture non menaçante.

Le gorille fit mine d'attaquer à plusieurs reprises, en bondissant à moins d'un mètre de la fée, avant de lui tourner le dos d'un air méprisant, tout cela en poussant des rugissements et en serrant Artemis contre lui. Celui-ci avait les cheveux plaqués sur le crâne par le sang et un filet écarlate coulait du coin de son œil gauche. Il avait un bras cassé et une petite poche de sang déformait la manche de sa veste de survêtement.

Holly était sous le choc. Horrifiée. Elle avait envie de pleurer et de fuir. Son ami était blessé, peut-être même mort !

« Ressaisis-toi ! se dit-elle. Tu es plus âgée qu'il n'y paraît. »

Parmi tous les pouvoirs magiques des fées figurait le don des langues, un don qui englobait une connaissance rudimentaire de certains langages animaliers les plus sophistiqués. Elle était incapable de discuter du réchauffement climatique avec un dauphin, mais ses notions lui permettaient de communiquer.

Dans le cas des gorilles, le langage corporel comptait autant que les paroles. Holly s'accroupit, les coudes repliés, les poings sur le sol, le dos voûté : une posture amicale. Les lèvres en cul-de-poule, elle émit plusieurs mugissements. « Danger ! disaient-ils. Le danger approche ! »

Le gorille marqua son étonnement par un rictus comique ; il n'en revenait pas d'entendre cette créature parler sa langue. Il devinait une ruse, mais il ne voyait pas trop laquelle. « Dans le doute, martèle-toi la poitrine, comme on dit. »

Il lâcha Artemis, se dressa sur ses deux pieds, menton et pectoraux en avant, et se frappa le torse avec ses paumes.

« C'est moi le roi, ici. Ne t'amuse pas avec moi. » Tel était le message.

Sage conseil. Mais Holly n'avait pas le choix.

Elle bondit, sans cesser d'émettre des mugissements parfois entrecoupés d'un cri de frayeur strident ; et contre l'avis de tout spécialiste de la vie sauvage ayant tenu un jour une caméra, elle regarda l'animal droit dans les yeux.

– Léopard, siffla-t-elle en enveloppant sa voix avec le *mesmer*. Léopard !

La fureur du primate céda la place à une sorte de perplexité diffuse, qui fut à son tour chassée par la terreur.

– Léopard ! siffla Holly. Grimpe !

Oubliant sa grâce habituelle, le gorille se précipita

vers le fond de la cage, en trébuchant, comme s'il se déplaçait sous l'eau, les sens engourdis par le *mesmer.* Il écarta violemment les arbres et le feuillage, laissant dans son sillage des troncs couronnés de sève et un tapis d'herbe couchée. En quelques secondes, il disparut dans les profondeurs obscures de son habitat artificiel.

Des sons inarticulés, remplis d'effroi, s'échappèrent de la voûte des arbres les plus hauts.

Holly aurait honte plus tard d'avoir jeté un sort à cet animal, mais il n'y avait pas une seconde à perdre avec des remords. Artemis était grièvement blessé, peut-être même pire.

Le gorille l'avait lâché comme une carcasse décortiquée. Il gisait là, sur le sol, aussi immobile qu'un mort.

« Non. Ne pense pas ça. »

Holly se précipita auprès de son ami en parcourant le dernier mètre à genoux.

« C'est trop tard. »

Le visage d'Artemis était pâle comme un linge. Ses longs cheveux noirs étaient collés par le sang et le blanc de ses yeux n'était plus que deux croissants jumeaux entre ses paupières mi-closes.

– Mère, dit-il dans un souffle.

Holly tendit les mains ; déjà la magie dansait au bout de ses doigts et dessinait des arcs semblables à de minuscules rayons de soleil.

Mais elle se figea, juste avant que la magie bondisse vers le corps d'Artemis.

« En le guérissant, vais-je également le condamner ? Ma magie est-elle souillée par la Magitropie ? »

Artemis remua faiblement et Holly entendit véritablement le frottement des os à l'intérieur de sa manche. Il avait du sang sur les lèvres maintenant.

« Si je ne l'aide pas, il va mourir. Si je le guéris, il aura au moins une chance. »

Les mains de la fée tremblaient et les larmes troublaient sa vue.

« Allons, ressaisis-toi. Tu es une professionnelle. »

À cet instant, elle ne se sentait pas très professionnelle. Elle avait plutôt le sentiment d'être totalement dépassée par la situation.

« Ton corps joue des tours à ton esprit. Ignore-le. »

Elle prit délicatement le visage d'Artemis entre ses mains.

– Guéris, murmura-t-elle, avec un sanglot.

Les étincelles magiques jaillirent alors, tels des chiens sans laisse, elles s'enfoncèrent dans les pores du jeune garçon, recollèrent les os, soignèrent la peau et étanchèrent l'hémorragie interne.

La transition entre le seuil de la mort et la vitalité retrouvée fut brutale. Artemis frissonna et se cambra, ses dents claquèrent, un halo électrique fit frisotter ses cheveux.

– Allez, Artemis ! l'encouragea Holly en se penchant au-dessus de lui comme quelqu'un qui veille un mort. Réveillez-vous !

Il n'y eut aucune réaction pendant plusieurs secondes. Artemis avait l'apparence d'un cadavre bien portant, mais c'était son état habituel. Soudain, ses yeux de couleurs différentes s'ouvrirent, ses paupières papillotèrent comme les ailes d'un colibri, tandis que tout son organisme se réamorçait. Il toussa, frissonna, puis fit craquer ses doigts et ses orteils.

– Holly, dit-il une fois que sa vue se fut éclaircie, avec un sourire sincère, rempli de reconnaissance. Vous m'avez sauvé la vie une fois de plus.

La fée riait et pleurait tout à la fois ; ses larmes se déversaient sur la poitrine d'Artemis.

– Évidemment que je vous ai sauvé. Je ne pourrais pas me passer de vous.

Et parce qu'elle était heureuse, débordante de magie, elle se pencha pour embrasser Artemis. La magie crépita autour du point de contact comme de minuscules feux d'artifice.

L'Artemis Fowl de dix ans ne perdait pas une miette du drame qui se déroulait dans la cage du gorille.

– *Troglodytes gorilla*, dit-il en s'adressant à Butler. Ce nom leur a été donné par le professeur Thomas S. Savage, un missionnaire américain parti en Afrique occidentale, qui fut le premier à décrire scientifiquement le gorille en 1847.

– Sans blague ? murmura le garde du corps, qui s'intéressait davantage aux canines du primate qu'à son véritable nom.

Ils avaient profité de cette agitation pour sortir en douce de leur cachette et traverser la petite cour jusqu'à la cage du lémurien, qui se trouvait derrière celle du gorille.

Les étranges intrus étaient bien trop occupés pour les voir forcer la serrure magnétique de la cage et ouvrir la porte.

– Regarde-moi ces deux idiots. Ils perdent du temps. Jamais vous ne me ferez faire une chose pareille.

Butler émit un petit ricanement, comme souvent avant de lâcher une remarque d'un ton pince-sans-rire.

– La plupart des gens ne vous ont jamais vu faire quoi que ce soit.

Artemis s'autorisa un gloussement. C'était une journée passionnante et il savourait les défis qui s'offraient à lui.

– Nous y voilà, dit-il. Le dernier lémurien propithèque soyeux au monde. Le primate à cent mille euros.

L'animal était perché en haut d'un palmier de Madagascar, accroché aux branches avec ses grands orteils crochus et ses pouces opposables. Son pelage était blanc comme neige, orné d'une petite plaque brune sur la poitrine.

Artemis montra le lémurien du doigt.

– Cette coloration est due à l'odeur dispensée par la glande sternale gulaire.

– Hmm, fit Butler, que cela intéressait encore moins que le nom scientifique du gorille. Attrapons-le et fichons le camp d'ici avant que nos amis d'à côté réagissent.

– Je crois que cela nous laisse un peu de temps, dit Artemis.

Butler observa les étrangers dans la cage voisine. Bizarrement, le garçon n'avait pas été mis en pièces. La créature femelle avait surgi de nulle part pour faire fuir le gorille. Impressionnant. Elle avait quelques tours dans son sac, apparemment. Et l'aide d'une technologie avancée. Il y avait peut-être une sorte de logiciel de camouflage dans sa tenue, ce qui expliquerait les étincelles. Il savait que les Américains étaient en train de mettre au point une combinaison de camouflage tout-terrain. Un de ses contacts dans l'armée lui avait envoyé un lien qui permettait d'accéder à une vidéo pirate sur Internet.

Il y avait une autre créature dans la cage : l'individu velu qui avait libéré les deux autres enfermés dans le coffre de la Bentley, en crochetant au passage une serrure prétendument inviolable. Ce n'était ni un homme ni un animal, mais une créature trapue et fruste qui avait jailli de terre, propulsée par une force quelconque, et qui souffrait maintenant d'une attaque de gaz débilitante. En tout cas, cette *chose* avait réussi à creuser un tunnel de trente mètres de long en quelques minutes seulement. Si les cages n'avaient pas été modulaires et dotées de murs qui se chevauchaient, elle se serait retrouvée dans la même cage que le lémurien.

Butler savait qu'Artemis devait brûler d'envie d'étudier ces êtres étranges, mais ce n'était pas le moment. Ils se trouvaient dans une position d'ignorance totale, et les personnes qui se trouvaient dans cette position mouraient souvent avant même d'avoir été éclairées.

Le garde du corps dégaina son pistolet à fléchettes, mais Artemis reconnut le bruit d'une arme qui sort d'un holster et il agita l'index.

– En dernier recours seulement. Je ne voudrais pas

que notre petit ami se brise le cou en tombant. Nous allons d'abord essayer la persuasion.

De sa poche, Artemis sortit un petit sac en plastique hermétique contenant un gel ambré constellé de petits points noirs et verts.

– Un mélange de ma composition. Les propithèques appartiennent à la famille des indriidés qui, comme vous le savez, sont strictement végétariens.

– Qui ne sait pas ça ? rétorqua Butler, qui n'avait pas vraiment rengainé son pistolet.

Artemis ouvrit le sachet, libérant un arôme puissant, sucré, qui s'éleva vers le lémurien.

– Du concentré de sève, avec un pot-pourri de végétation africaine. Aucun lémurien ne pourrait y résister. Mais si le cerveau de ce spécimen est plus fort que son estomac, tirez. Une seule fléchette, je vous prie, en évitant la tête. L'aiguille seule suffirait sans doute à fendre ce crâne minuscule.

Butler aurait aimé ricaner, mais la bestiole avait bougé. Elle rampait sur la branche en tendant son museau pointu pour flairer l'odeur et elle darda sa petite langue rose, comme pour la lécher.

– Hmm, fit le garde du corps. Ce mélange n'a aucun effet sur les humains, je suppose ?

– Reposez-moi la question dans six mois. Je mène des expériences avec des phéromones.

Le lémurien, hypnotisé par cette magnifique odeur, se précipita. Arrivé à l'extrémité de la branche, il sauta à terre et bondit sur deux pattes, les doigts tendus vers le sachet.

Artemis sourit.
– La partie est terminée.
– Peut-être pas, déclara Butler.
Dans la cage voisine, le garçon aux cheveux longs s'était relevé et la créature émettait un son très étrange.

La couronne de magie qui entourait Holly et l'Artemis de quatorze ans s'effaça, en même temps que disparaissait l'état de transse, semblable à un rêve, qui isolait l'esprit du garçon.
Il fut aussitôt sur le qui-vive. Holly l'avait embrassé ! Il recula sur les fesses, se leva d'un bond et écarta les bras pour contrer les effets du vertige.
– Euh… merci, dit-il, gêné. Je ne m'y attendais pas.
Holly sourit, un peu honteuse elle aussi.
– Vous revoilà sur pied. Mais à force, vous ne serez plus qu'un ensemble de plaies rafistolées à coups de magie.
Artemis pensait que ce serait chouette de rester là à bavarder, mais une cage plus loin, son futur était en train de filer avec son passé.
Il comprit immédiatement ce qui s'était passé. Le flair de Mulch les avait conduits au bon endroit, mais les cages étaient construites comme des blocs imbriqués, si bien que le lémurien se trouvait au-dessus d'eux effectivement, mais dans la cage voisine. Il s'en serait souvenu, s'il était déjà venu dans cet endroit. Mais il n'avait pas le souvenir d'avoir visité l'enclos central. À sa connaissance, le directeur du parc avait apporté le

lémurien dans une salle spéciale pour l'observer. Tout cela était déroutant.

– Très bien, dit-il. Je vois où nous sommes...

Il réfléchissait à voix haute pour essayer de remettre de l'ordre dans ses pensées et d'oublier le baiser, dans l'immédiat. Il verrait ça plus tard.

Il se frotta les yeux pour chasser les étincelles rouges, puis se retourna aussi vivement que le permettaient les vertiges. Son double juvénile était tout près, en train d'attirer le propithèque soyeux avec une sorte de pâte ambrée.

« De la sève, je parie. Avec quelques brindilles et des fleurs. J'étais un jeune garçon malin, non ? »

Une solution instantanée s'imposait. Un plan simple et rapide. Artemis se frotta de nouveau les yeux, comme si cela pouvait aiguiser son esprit.

– Mulch, vous pouvez creuser un tunnel ?

Le nain ouvrit la bouche pour répondre, mais au lieu de ça, il vomit.

– Je sais pas, avoua-t-il finalement. J'ai la tête un peu à l'envers. L'estomac aussi. Ce coup m'a vraiment sonné.

Son ventre produisit un bruit semblable à un moteur de hors-bord.

– 'scusez-moi, je crois qu'il faut que...

En effet, il fallait. Mulch se traîna jusqu'à un bouquet de fougères et évacua tout ce que contenait encore son estomac. Plusieurs feuilles se fanèrent instantanément.

« C'est peine perdue, se dit Artemis. J'ai besoin d'un miracle, faute de quoi, le lémurien est condamné. »

Il saisit Holly par les épaules.

– Il vous reste de la magie ?

– Un peu. Quelques étincelles.

– Vous savez parler aux animaux ?

Holly tourna le menton vers la gauche, jusqu'à ce que ses os cliquettent ; elle consultait la jauge.

– Oui, je peux, sauf avec les trolls. Ils ne tombent pas dans le panneau.

Artemis hocha la tête en marmonnant dans sa barbe. Il réfléchissait.

– Bien, dit-il. Je veux que vous fichiez la frousse au lémurien pour qu'il s'éloigne de moi. Mon autre moi, le gamin. Et j'ai besoin de créer du désordre. C'est dans vos cordes ?

– Je vais essayer.

Holly ferma les yeux, inspira profondément par le nez, remplit ses poumons, renversa la tête en arrière et poussa un hurlement. Un bruit prodigieux. Les lions, les singes, les loups, les aigles… Ils étaient tous contenus dans ce cri. Il fut ponctué par le babil haché des singes et les sifflements de mille serpents.

Artemis « le Vieux » recula d'un pas, instinctivement. Une partie primitive de son cerveau interprétait ce message comme un signe de peur et de douleur. Il en eut la chair de poule et dut lutter contre l'envie impérieuse de courir se cacher.

Artemis « le Jeune » tendit la main vers le lémurien et agita le sachet devant son museau frémissant. L'animal posa les coussinets de ses doigts sur le poignet du garçon.

« Ça y est, je le tiens, pensa le jeune Irlandais. À moi l'argent de l'expédition ! »

C'est alors qu'un mur de bruit épouvantable le frappa avec la violence d'un vent de force dix. Il recula en titubant et lâcha le sachet de sève, saisi d'une terreur irrationnelle.

« Quelque chose veut me tuer. Mais quoi ? Tous les animaux de la création, il semblerait. »

Les occupants du parc étaient effrayés, eux aussi. Ils poussaient des cris stridents, secouaient leurs cages et se jetaient contre les barreaux. Les singes tentèrent à plusieurs reprises de sauter par-dessus les fossés qui entouraient leurs îles. Un rhinocéros de Sumatra pesant huit cents kilos se jeta contre les portes épaisses de son enclos, faisant trembler les gonds à chaque assaut. Un loup rouge montra les dents et hurla, un lynx ibérique cracha et fendit l'air d'un coup de patte, un léopard des neiges pourchassa sa queue en poussant des feulements angoissés.

Butler ne put s'empêcher de détacher le regard de sa cible.

– C'est cette créature femelle, dit-il. Elle émet une sorte de bruit qui excite les animaux. Moi-même, je suis un peu à cran.

Artemis, lui, ne quitta pas le lémurien des yeux.

– Vous savez ce que vous avez à faire, dit-il.

Butler savait. Quand un obstacle entravait le déroulement d'une mission, il fallait le supprimer. À grands pas, il se dirigea vers les barreaux, introduisit le canon du pistolet à travers le grillage et tira une fléchette dans l'épaule de la créature femelle.

Celle-ci tituba et son fantastique orchestre de bruits d'animaux s'arrêta dans un concert de cris rauques.

Butler fut parcouru par un frisson de culpabilité qui faillit le faire trébucher alors qu'il retournait auprès d'Artemis. Cela faisait deux fois qu'il anesthésiait cette créature, sans avoir la moindre idée des effets de ces produits chimiques sur son organisme non humain. Sa seule consolation était de se dire qu'il avait chargé le pistolet avec des fléchettes faiblement dosées juste après avoir neutralisé le veilleur de nuit. Par conséquent, elle ne devrait pas rester évanouie trop longtemps. Quelques minutes au maximum.

Le lémurien était effrayé lui aussi. Ses mains minuscules chatouillaient le vide devant lui. Le cocktail à base de sève était tentant, mais un danger de la pire espèce menaçait et l'envie de vivre l'emportait sur le plaisir.

– Non, dit Artemis en voyant la peur assombrir le regard de l'animal. C'est une illusion. Il n'y a aucun danger.

Le petit simien n'était pas convaincu, comme s'il devinait les intentions du garçon dans les traits anguleux de son visage.

Le propithèque soyeux poussa un couinement, puis il courut sur le bras d'Artemis, sauta par-dessus son épaule et s'enfuit par la porte de la cage.

Butler se jeta sur sa queue, mais il la loupa d'un poil. Il serra rageusement le poing.

– Il est peut-être temps de reconnaître notre défaite.

Nous sommes dangereusement mal préparés et nos adversaires ont... des dons que nous ne connaissons pas.

En guise de réponse, son protégé s'élança à la poursuite du lémurien.

– Attendez-moi, Artemis, soupira le garde du corps. Si vous tenez à continuer, laissez-moi passer devant.

– Ils veulent le lémurien, haleta le jeune garçon sans cesser de courir. Voilà qui lui donne encore plus de valeur. Quand nous l'aurons attrapé, nous serons en position de force.

Attraper l'animal... Plus facile à dire qu'à faire. Il était d'une incroyable agilité et trouvait des prises sur les surfaces les plus lisses. Il parcourut à toute vitesse une rambarde métallique sans même chanceler, puis exécuta un bond de trois mètres jusqu'aux branches basses d'un palmier en pot et de là, il bondit sur le mur de l'enceinte.

– Tirez ! cria Artemis.

Butler pensa, brièvement, qu'il n'aimait pas l'expression, presque cruelle, d'Artemis. À dix ans, il avait déjà des rides sur le front. Mais il se soucierait de ça plus tard. Pour l'instant, il avait un animal à anesthésier.

Le garde du corps était rapide, mais le propithèque soyeux l'était davantage. Tel un éclair de fourrure, il escalada le mur et sauta de l'autre côté, dans la nuit, en laissant derrière lui une traînée blanche.

– Ouah ! s'exclama Butler, avec une pointe d'admiration. Sacrément rapide !

Artemis n'appréciait guère son commentaire.

– Je pense que cela mérite autre chose qu'un simple « Ouah ! ». Je vous signale que notre proie vient de s'enfuir, et avec elle les fonds de mon expédition dans l'Arctique.

Mais Butler s'était désintéressé du lémurien. Il existait d'autres façons, moins ignobles, de réunir de l'argent. Il frissonna en songeant aux railleries qu'il devrait subir si des échos des événements de cette nuit parvenaient jusque chez Farmer à Los Angeles, un bar appartenant à un ex-garde du corps et fréquenté par un tas d'autres.

Toutefois, malgré le mépris que lui inspirait cette mission, sa loyauté l'obligea à évoquer un élément que le directeur du parc avait mentionné un peu plus tôt, pendant qu'Artemis était occupé à étudier le système d'alarme.

– Je sais une chose que vous ignorez peut-être, dit-il d'un ton malicieux.

Artemis n'était pas d'humeur à jouer aux devinettes.

– Ah oui ? Et on peut savoir ce que c'est ?

– Les lémuriens sont des créatures qui vivent dans les arbres. Ce petit bonhomme est effrayé, il va donc grimper dans l'arbre le plus haut qu'il trouvera... Même si ce n'est pas un arbre. Si vous voyez ce que je veux dire.

Artemis vit immédiatement, ce qui n'était pas très difficile car les gigantesques structures métalliques projetaient un treillis d'ombres sur l'ensemble de l'enceinte.

– Évidemment, mon vieil ami, et les rides qui creusaient son front disparurent. Les pylônes !

La situation devenait dramatique pour Artemis « le Vieux ». Mulch était blessé, Holly était de nouveau évanouie – ses pieds dépassaient du trou creusé par le nain – et lui-même commençait à manquer d'idées. La clameur assourdissante d'une centaine d'espèces menacées devenues folles ne favorisait pas sa concentration.

« Les animaux deviennent bêtes, pensa-t-il. Allons, ce n'est pas le moment de commencer à avoir de l'humour. »

La seule chose qu'il pouvait faire, c'était établir des priorités.

« Il faut que je sorte Holly de là. C'est le plus important. »

Mulch gémit et roula sur le dos. Artemis découvrit alors la plaie sanglante sur son front.

D'un pas titubant, il marcha vers le nain.

– J'imagine que vous souffrez atrocement, constata-t-il. Pas étonnant avec une telle blessure.

Artemis n'était pas très doué pour remonter le moral des malades.

– Vous aurez une énorme cicatrice, mais la beauté ne compte pas vraiment pour vous.

Mulch observa le jeune garçon en plissant les yeux.

– Vous essayez d'être drôle ? Dans ce cas, c'est raté. En fait, c'était la chose la plus aimable que vous pouviez dire.

Avec le doigt, il appuya sur son front ensanglanté.

– Ouille ! Ça fait mal.

– Évidemment.

– Va falloir que je recouse. Vous connaissez parfaitement ce talent de nain, je suppose ?

– Naturellement, répondit Artemis en gardant un air impassible. J'ai vu ça des dizaines de fois.

– Ça m'étonnerait, grogna Mulch en arrachant un poil de barbe qui se tortillait sur son menton. Mais j'ai pas trop le choix, pas vrai ? Vu que l'elfe des FAR est au pays des songes, je ne peux pas espérer une aide magique de ce côté-là.

Soudain, Artemis perçut un bruissement dans les broussailles au fond de la cage.

– Je vous conseille de faire vite. Je crois que le gorille a surmonté sa peur des fées.

En grimaçant, Mulch introduisit son poil de barbe dans la plaie. Aussitôt, le poil s'agita comme un têtard pour traverser la peau et recoudre les deux morceaux. Malgré ses grognements et ses tremblements, Mulch parvint à rester conscient.

Quand le poil eut achevé son travail et que la plaie fut solidement refermée, comme une toile d'araignée autour d'une mouche, Mulch cracha dans sa paume et frotta la matière gluante sur la blessure.

– Voilà, c'est fermé ! proclama-t-il, puis il remarqua la lueur dans l'œil d'Artemis. Faut pas rêver, Gamin de Boue. Ça marche seulement sur les nains, et de plus, mes poils de barbe ne marchent qu'avec moi. Si vous vous amusez à enfoncer un de mes petits chéris dans votre peau, tout ce que vous y gagnerez, c'est une infection.

Les bruissements dans les broussailles se rapprochaient et Artemis Fowl décida de renoncer à en apprendre davantage, ce qui n'était pas dans ses habitudes.

– Il est temps de filer. Vous pouvez refermer le tunnel derrière nous ?

– Je peux très facilement tout faire s'écrouler. Mais vous feriez mieux de partir devant ; il existe de meilleures façons de quitter ce monde que d'être enseveli vivant sous... des matières recyclées. J'ai besoin d'en dire plus ?

Non, inutile d'ajouter une seule syllabe. Artemis sauta dans le trou, attrapa Holly par les épaules et la tira à l'intérieur de la galerie. Ils passèrent devant les pâtés de bave lumineuse, en direction de la proverbiale lumière au fond du tunnel. C'était comme voyager dans l'espace vers la Voie lactée.

Les bruits de son corps étaient amplifiés : sa respiration saccadée, les battements précipités de son cœur, les craquements de ses articulations.

Holly se laissait traîner en douceur ; sa combinaison sifflait contre la surface rugueuse, tel un nid de vipères. À moins qu'il n'y ait des serpents dans le coin, avec la chance qu'il avait !

« J'essaye de faire quelque chose de bien pour changer. Et voilà comment le destin me récompense. La vie de criminel était mille fois plus simple. »

Les bruits de la surface étaient amplifiés eux aussi, le tunnel agissant comme une caisse de résonance. Artemis entendait des poings qui martelaient une poitrine et des grognements furieux.

« Il a compris qu'il s'était fait avoir. »

Ses réflexions furent interrompues par l'apparition de Mulch dans le tunnel. Le pansement de crachat sur son front projetait une lueur zombiesque sur son visage.

– Le gorille rapplique, dit-il en avalant des bouffées d'air. Faut décamper.

Le jeune Irlandais perçut un double bruit sourd lorsque le primate atterrit sur le sol du tunnel. Son rugissement lança un défi dont la férocité semblait s'accroître à chaque mètre parcouru.

Holly gémit et Artemis la tira de plus belle par les épaules.

Mulch aspirait l'air aussi vite qu'il le pouvait, propulsant Artemis et Holly vers la sortie de la galerie. Encore vingt mètres à parcourir. Ils n'y arriveraient jamais. Le gorille avançait en pulvérisant les lanternes de bave sur son passage, enragé et assoiffé de sang. Artemis était certain d'avoir vu briller des dents.

Le tunnel semblait trembler sous chaque coup. De gros blocs de boue et de pierre s'écroulaient sur la tête et les épaules d'Artemis. La terre s'accumulait dans les yeux de Holly.

Les joues de Mulch se gonflèrent et il entrouvrit à peine les lèvres pour parler.

– OK, annonça-t-il d'une drôle de petite voix. Le réservoir est plein.

Il rassembla Artemis et Holly dans ses puissants bras à la Popeye et expulsa toutes les bulles d'air contenues dans son corps. Le flux d'air ainsi produit propulsa le trio dans le tunnel. Le trajet fut court, désagréable et déroutant. Artemis eut le souffle coupé et ses doigts étirés au maximum craquèrent ; malgré cela, il ne lâcha pas Holly.

Il ne pouvait pas la laisser mourir.

Le vent de tempête projeta le malheureux gorille cul par-dessus tête ; il fut renvoyé vers l'extrémité du tunnel comme s'il était attaché à un câble élastique. Il poussa un long cri et planta ses doigts dans la paroi.

Artemis, Holly et Mulch jaillirent à l'air libre, rebondirent et glissèrent sur le sol dans un enchevêtrement de membres. Au-dessus de leurs têtes, les étoiles laissaient des traînées dans le ciel et la lune n'était qu'une tache jaune floue.

Un vieux muret de pierre sèche les arrêta, avant de s'écrouler sous l'impact des trois corps.

– Ce mur a tenu plus de cent cinquante ans, commenta Artemis en toussant. Jusqu'à ce qu'on arrive !

Il resta allongé sur le dos, totalement découragé. Sa mère allait mourir et Holly allait le haïr quand elle découvrirait la vérité.

« Tout est perdu. Je ne sais pas quoi faire. »

C'est alors qu'un des tristement célèbres pylônes de Rathdown apparut dans son champ de vision, ou plus exactement, les silhouettes qui escaladaient l'échelle de service.

« Le lémurien s'est enfui et maintenant il grimpe le plus haut possible. »

Un sursis. Il y avait encore une chance.

« Ce qu'il me faut pour retourner la situation, c'est une surveillance complète de la part des FAR et un kit d'assaut. Peut-être que je vais demander à N° 1 de m'en envoyer un. »

Artemis se dégagea des deux autres et décréta que la pierre angulaire du pilier du mur ferait une cachette parfaite. Il ôta les quelques pierres encore empilées, glissa les doigts sous la dernière et la souleva. Elle se déplaça aisément, ne laissant apparaître que des vers et de la terre humide. Aucun colis en provenance de l'avenir. Pour une raison quelconque, cette astuce ne fonctionnait qu'une seule fois.

« Donc, aucune aide à attendre, pensa-t-il. Je dois me débrouiller avec les moyens du bord. »

Il retourna auprès de Holly et de Mulch. L'un et l'autre gémissaient.

– Je crois que je me suis percé un boyau en évacuant ce vent, dit Mulch. Il y avait un peu trop de peur dans ce mélange.

Artemis grimaça.

– Ça va aller ?

– Accordez-moi une minute et j'aurai récupéré assez de forces pour transporter cette énorme quantité d'or que vous m'avez promise. »

Holly était groggy. Ses paupières papillotaient et ses bras s'agitaient comme des poissons hors de l'eau. Artemis vérifia rapidement sa température et son pouls. Légère fièvre, mais rythme cardiaque normal. Holly récupérait peu à peu ; il lui faudrait encore plusieurs minutes pour retrouver le contrôle de son esprit et de son corps.

« Je vais devoir agir seul, constata Artemis. Sans Holly, sans Butler. »

Uniquement Artemis contre Artemis.

«Avec une Omniclé peut-être», se dit-il en glissant la main dans la poche du farfadet.

Les pylônes électriques de Rathdown avaient fait la une des actualités irlandaises à plusieurs reprises depuis qu'ils avaient été érigés. Les écologistes protestaient avec véhémence contre ces gigantesques colonnes d'acier qui défiguraient une magnifique vallée, sans parler des possibles effets néfastes des lignes électriques non isolées sur la santé des personnes et des animaux vivant en dessous. La compagnie nationale d'électricité avait contre-attaqué en affirmant que les lignes étaient trop hautes pour être nocives et que des pylônes plus petits auraient défiguré une surface dix fois plus grande.

Et donc, une demi-douzaine de géants de fer atteignant cent mètres de haut enjambaient la Rathdown Valley. Les pieds des pylônes étant souvent entourés de manifestants, la compagnie d'électricité avait pris l'habitude d'entretenir les lignes par hélicoptère.

Ce soir-là, alors qu'Artemis traversait en courant la prairie baignée par le clair de lune, faisant jaillir à chaque pas des diamants de rosée, il n'y avait pas de contestataires autour des pylônes, mais ils avaient planté leurs pancartes comme des drapeaux lunaires. Artemis slaloma au milieu de ces obstacles, tout en se dévissant le cou pour suivre la progression des silhouettes en haut.

Le lémurien, qui se détachait en ombre chinoise sur fond de lune, avait atteint les fils; il décampait avec agilité sur un câble métallique, alors que le jeune Artemis et Butler restaient coincés sur la petite plate-forme en bas du pylône, incapables d'aller plus loin.

«Enfin un coup de chance. Et même deux», se dit Artemis.

Premier coup de chance : le lémurien était toujours libre. Deuxième coup de chance : son jeune double avait choisi de suivre l'animal en escaladant le même pylône, alors que lui pouvait gravir celui d'à côté, qui se trouvait être le pylône de service.

Artemis atteignit le grillage qui entourait la base. Le gros cadenas céda immédiatement devant l'Omniclé, tout comme le casier métallique qui renfermait divers outils, des talkies-walkies et une combinaison de Faraday. Le jeune Irlandais se glissa dans l'épais vêtement de protection, introduisit ses mains dans les gants fixés à la combinaison et rangea ses longs cheveux à l'intérieur de la capuche. La combinaison ignifugée et maillée devait l'envelopper entièrement pour faire office de cage de Faraday. Sinon, il ne pourrait pas s'aventurer sur les câbles à haute tension sans finir en génie du crime grillé et réduit en cendres.

Nouveau coup de chance : il y avait un ascenseur. La porte était verrouillée et il fallait composer un code. Mais les serrures tremblaient en voyant approcher une Omniclé et un code ne servait pas à grand-chose quand il suffisait de dévisser le panneau de contrôle pour actionner manuellement la poulie.

Artemis se tint solidement au garde-fou pendant que la minuscule cabine s'élevait en tremblant et en geignant vers le ciel noir. La vallée s'étendait sous ses pieds et le vent d'ouest qui franchissait les collines arracha une mèche de cheveux à sa capuche. Son regard se porta vers le nord et l'espace d'un instant, il s'imagina qu'il apercevait les lumières du manoir des Fowl.

« Mère est là-bas, pensa-t-il. Malade présentement et malade dans l'avenir. Peut-être que je pourrais discuter avec mon jeune double, tout simplement. Lui expliquer la situation. »

Cette pensée était encore plus irréaliste que la précédente. Artemis ne se faisait aucune illusion sur le personnage qu'il avait été à dix ans. Il ne faisait confiance à personne, à part lui-même. Ni à ses parents, ni même à Butler. Dès qu'il entendrait parler de voyage dans le temps, son jeune double demanderait à son garde du corps de tirer une fléchette et il poserait des questions ensuite. Beaucoup de questions, pendant longtemps. L'heure n'était pas aux explications ni aux débats. Cette bataille devait être remportée grâce à l'intelligence et à la ruse.

L'ascenseur s'arrêta en grinçant au sommet du pylône. Une plaque ornée d'une tête de mort était fixée sur la porte de sécurité. Même s'il n'avait pas été un génie, Artemis aurait su interpréter ce signe, et au cas où un parfait idiot parviendrait à escalader le pylône, un deuxième panneau représentait un personnage foudroyé par une décharge électrique et transformé en squelette, style cliché aux rayons X.

« Apparemment, l'électricité est dangereuse », aurait sans doute ironisé Artemis si Butler avait été près de lui.

La porte de sécurité était munie d'une deuxième serrure, qui retarda Artemis à peu près aussi longtemps que les deux premières. De l'autre côté se trouvait une petite plate-forme grillagée, juste au-dessus de deux lignes à haute tension qui bourdonnaient.

« Un demi-million de volts circulent dans ces câbles, pensa Artemis. J'espère que cette combinaison n'est pas déchirée. »

Il s'accroupit et son regard suivit les lignes électriques. Le lémurien s'était arrêté à mi-chemin entre les deux pylônes et il semblait se parler à lui-même, comme s'il évaluait ses différentes options. Fort heureusement pour elle, la petite créature ne touchait qu'un seul câble, si bien que le courant ne traversait pas son corps. Mais si par malheur elle posait ne serait-ce qu'un orteil sur le deuxième câble, la décharge la propulserait dans les airs et elle serait morte avant même de cesser de tournoyer.

Sur l'autre pylône, le jeune Artemis regardait l'animal d'un air mauvais, tout en essayant de l'appâter avec son sachet de sève.

«Tu n'as pas d'autre solution que de marcher sur les câbles pour ramener le lémurien. »

La combinaison était conçue pour cela. Une corde de sécurité faisait le tour de sa taille et un paratonnerre était glissé dans une grande poche sur sa cuisse. Sous la plate-forme se trouvait une sorte de petit traîneau doté de patins en caoutchouc qu'utilisaient les ingénieurs pour se déplacer entre les pylônes.

« L'intelligence ne sert plus à rien désormais, constata-t-il. Ce qu'il me faut, c'est de l'équilibre. »

Artemis grogna. L'équilibre, ce n'était pas son fort.

Il inspira profondément, s'accroupit, sortit le paratonnerre de sa poche. À peine l'eut-il ôté de sa gaine que des éclairs portés à blanc jaillirent des lignes électriques pour rejoindre l'extrémité du bâton. Les jets bourdonnaient et crépitaient comme un tube au néon.

« Tu compenses le voltage, c'est tout. L'électricité ne peut pas te faire du mal. »

Peut-être pas, mais Artemis sentait ses cheveux se dresser sur sa nuque. Était-ce l'angoisse ou bien quelques volts qui s'étaient infiltrés ?

« Ne sois pas idiot. S'il y a un trou dans la combinaison, *tous* les volts s'engouffreront à l'intérieur, pas juste quelques-uns. »

Artemis connaissait vaguement la technique du funambulisme, car la chaîne de télévision publique avait diffusé un reportage sur les casse-cou qui risquaient leur vie pour que la lumière continue d'éclairer Dublin. En fait, il s'agissait moins de marcher que de ramper sur les câbles tendus à l'extrême. Les agents de maintenance accrochaient leurs cordes de sécurité, ils s'allongeaient sur le traîneau, puis actionnaient le treuil jusqu'à ce qu'ils atteignent l'endroit à réparer.

Un jeu d'enfant. En théorie. Pour un professionnel, en plein jour.

Pas pour un amateur, en pleine nuit, guidé uniquement par les étoiles et les lumières lointaines de Dublin.

Artemis rengaina le paratonnerre et accrocha timidement sa corde de sécurité à un des deux câbles.

Il retint son souffle, comme si cela pouvait changer

quelque chose, puis posa ses mains gantées sur le traîneau métallique.

«Toujours vivant. C'est un bon début.»

Il progressa centimètre par centimètre, en sentant la chaleur du métal à travers ses gants, jusqu'à ce qu'il se retrouve allongé à plat ventre sur le traîneau, avec le treuil à deux poignées devant son visage. C'était une manœuvre délicate qui aurait été impossible à réaliser si les câbles n'étaient pas rattachés l'un à l'autre à intervalles réguliers. Il commença à mouliner et presque aussitôt, il ressentit une forte tension dans les bras car il devait tracter le poids de son corps.

«La gymnastique ! Butler, vous aviez raison. Je ferai de la musculation, ou n'importe quoi, c'est promis ! Mais je vous en prie, faites que je redescende avec le lémurien sous le bras.»

Artemis glissait sur les câbles en sentant les patins frotter contre le métal rugueux. Le bourdonnement intense le faisait grincer des dents et déclenchait d'incessants frissons qui lui parcouraient l'épine dorsale. Bien que faible, le vent menaçait de le déloger de son perchoir et le sol, tout en bas, ressemblait à une autre planète. Lointaine et inhospitalière.

Dix mètres plus loin, alors qu'il avait les bras en feu, il fut repéré par le camp adverse.

Une voix flotta jusqu'à lui, venue de l'autre pylône.

– Je vous conseille de rester où vous êtes, jeune homme. S'il y a le moindre accroc à cette combinaison, un seul faux pas et ces câbles liquéfieront votre peau et feront fondre vos os.

Artemis fronça les sourcils. Jeune homme ? Était-il vraiment si odieux à cet âge ? Si condescendant ?

– Vous mourrez en moins d'une seconde, reprit son double âgé de dix ans. Mais ça peut paraître long quand on souffre atrocement, vous ne croyez pas ? Et tout ça pour rien car le lémurien reviendra certainement rechercher sa petite gourmandise.

Eh oui, en plus d'être odieux et condescendant, il débordait de suffisance.

Artemis choisit de ne pas répondre ; il conserva son énergie pour demeurer en vie et inciter le propithèque soyeux à venir vers lui. En puisant dans son réservoir de connaissances presque inépuisable, quel que soit le sujet, il se souvint que les ronronnements avaient un effet réconfortant sur les petits primates. Merci, Jane Goodall.

Il se mit donc à ronronner, ce qui amusa énormément son jeune double.

– Écoutez ça, Butler ! Il y a un chat perché sur le fil. Un gros matou, je dirais. Peut-être que vous pourriez lui lancer un poisson.

Mais derrière ce ton moqueur, la tension était palpable. Le jeune Artemis avait compris ce qui se passait.

Encore quelques ronronnements et la tactique sembla porter ses fruits : le propithèque soyeux fit quelques pas prudents vers Artemis « le Vieux ». L'éclat des étoiles, et peut-être aussi la curiosité, faisaient briller ses petits yeux noirs.

« Holly serait fière de moi. Je parle avec un animal. »

Tout en continuant à ronronner, Artemis grimaça en

songeant à l'absurdité de cette situation. Un mélodrame typiquement «fowlesque». Deux camps opposés luttaient pour s'emparer d'un lémurien sur les lignes électriques les plus hautes d'Irlande.

Son attention dériva vers l'autre pylône, où se trouvait Butler. Les pans de sa veste claquaient sur ses cuisses. Il était penché en avant, face au vent, et l'intensité de son regard, braqué sur Artemis comme un rayon laser, semblait transpercer l'obscurité,

«Mon garde du corps me manque.»

Le lémurien se rapprocha encore, d'un pas allègre, encouragé par les ronronnements, et peut-être trompé par la combinaison gris acier.

«Oui, tu as raison. Je suis un lémurien, moi aussi.»

Artemis avait les bras qui tremblaient à force d'actionner le treuil dans une position aussi inconfortable. Tous les muscles de son corps, dont certains qu'il n'avait jamais utilisés jusqu'à aujourd'hui, étaient crispés. Pardessus le marché, il commençait à avoir des vertiges.

«Et en plus, je me prends pour un animal.»

Encore un mètre. C'était la distance qui le séparait du lémurien. Le camp opposé avait renoncé aux sarcasmes. Artemis constata que son double avait fermé les yeux et respirait profondément. Il essayait sans doute d'élaborer un plan.

Soudain, le lémurien bondit sur le traîneau et toucha timidement la main gantée d'Artemis. Contact. Le garçon demeura figé, à l'exception de ses lèvres qui laissaient échapper un ronronnement rassurant.

«C'est ça, mon petit gars. Grimpe sur mon bras.»

Il plongea son regard dans celui du primate et pour la première fois peut-être, il s'aperçut que celui-ci ressentait des émotions. Il y avait de la peur dans ses yeux, mais également une confiance espiègle.

« Comment ai-je pu te vendre à ces fous ? »

Tout à coup, le lémurien se décida : il sauta sur l'épaule d'Artemis. Il semblait ravi de rester là pendant que le garçon reculait jusqu'au pylône de service.

Durant tout ce temps, Artemis ne cessa d'observer son jeune double. Ce dernier n'accepterait jamais une pareille défaite. Aucun des deux d'ailleurs. Le jeune Artemis rouvrit les yeux et croisa le regard de son adversaire.

– Visez l'animal, ordonna-t-il froidement.

Butler était estomaqué.

– Je dois tirer sur le singe ?

– C'est un... Peu importe. Visez-le, c'est tout. L'homme est protégé par sa combinaison, par contre le lémurien est une cible facile.

– Mais la chute...

– S'il meurt, tant pis. Je refuse d'essuyer un échec, Butler. Si je ne peux pas mettre la main sur cet animal, personne d'autre ne l'aura.

Le garde du corps grimaça. Tuer des animaux ne faisait pas partie de ses fonctions, mais il savait par expérience qu'il était inutile de discuter avec son jeune maître. De toute façon, il était un peu tard pour protester maintenant, au sommet d'un pylône. Quelques instants plutôt, il se serait exprimé avec davantage de conviction.

– C’est quand vous voulez, Butler. Je vous signale que la cible s’éloigne.

Sur les câbles, Artemis n’en croyait pas ses oreilles. Butler avait dégainé son arme et il grimpait par-dessus le garde-fou pour s’ouvrir un meilleur angle de tir.

Artemis avait décidé de s’abstenir de parler, car il savait que toute interaction avec son jeune double pouvait avoir de graves répercussions pour l’avenir, mais les mots lui échappèrent sans qu’il puisse les retenir.

– Reculez ! Vous ne savez pas ce qui se passe !

« Oh, quelle ironie ! »

– Tiens, il parle ! commenta le jeune Artemis à l’autre bout de l’abîme. Quelle chance que l’on puisse se comprendre. Eh bien, sachez ceci, étranger : si je ne peux pas avoir ce propithèque soyeux, il mourra. Ne commettez pas d’erreur.

– Ne faites pas ça. L’enjeu est trop important.

– Je suis obligé. Je n’ai pas le choix. Renvoyez-moi cet animal ou sinon, Butler va tirer.

Pendant ce temps, le lémurien, perché sur la tête de l’Artemis de quatorze ans, s’amusait à gratter la couture de sa capuche.

Les deux garçons qui n’en faisaient qu’un en réalité s’affrontèrent du regard durant un long moment chargé d’intensité.

« Je l’aurais fait », songea Artemis « le Vieux », choqué par la détermination cruelle qu’il voyait dans ses propres yeux bleus.

Alors, timidement, il leva la main pour prendre le lémurien assis sur sa tête.

– Il faut que tu retournes là-bas, lui dit-il d'une voix douce. Retourne chercher cette gâterie. Et si j'étais toi, je resterais près du grand bonhomme. Le petit n'est pas très gentil.

Le lémurien avança la patte pour pincer le nez d'Artemis, comme l'aurait fait Beckett, puis il pivota et repartit en trottinant sur le câble et en reniflant. Ses narines se dilatèrent quand elles eurent localisé la délicieuse odeur qui s'échappait du sachet que tenait le petit Artemis.

Quelques secondes plus tard, l'animal était assis dans le creux de son coude et il plongeait avec délectation ses longs doigts dans la sève. Le triomphe enflammait le visage du jeune garçon.

– Maintenant, dit celui-ci, je pense qu'il est préférable que vous restiez où vous êtes jusqu'à ce qu'on s'en aille. Quinze minutes devraient suffire. Ensuite, je vous conseille de filer, en vous estimant heureux que je n'aie pas demandé à Butler de vous anesthésier. Souvenez-vous bien de la douleur que vous éprouvez à cet instant. La souffrance de la défaite et de l'impuissance. Et si un jour vous envisagez de croiser le fer avec moi à nouveau, repensez à cette douleur ; peut-être que vous y réfléchirez à deux fois.

Artemis fut forcé de regarder Butler fourrer le lémurien dans un sac de toile, après quoi le jeune garçon et son garde du corps commencèrent à redescendre l'échelle de service. Quelques minutes plus tard, des phares fendirent l'obscurité ; la Bentley quittait

Rathdown Park pour rejoindre la nationale. Direction l'aéroport, certainement.

Artemis agrippa les poignées du treuil. Il n'était pas encore battu, loin de là. Il avait bien l'intention de croiser à nouveau le fer avec son double de dix ans, le plus tôt possible. Le discours moqueur de ce gamin avait ravivé sa détermination.

« *Souvenez-vous de la douleur* ? Je me hais. Véritablement. »

Chapitre 8

UN PÂTÉ DE FLEGME

Le temps qu'Artemis redescende du pylône, Holly avait disparu. Il l'avait laissée à l'entrée du tunnel, mais il ne restait plus à cet endroit que des empreintes de pas dans la boue.

« Des empreintes de pas, pensa-t-il. Je vais devoir suivre Holly à la trace, je suppose. Ah, il faut vraiment que je lise *Le Dernier des Mohicans*. »

– Ne vous embêtez pas à suivre ces empreintes, dit une voix humaine venue du fossé. C'est une fausse piste. J'ai utilisé cette ruse au cas où ce gros humain emmènerait notre amie des FAR en guise de casse-croûte.

– Bien vu, dit Artemis en scrutant les fourrés.

Une silhouette hirsute se détacha d'un tertre et prit l'apparence de Mulch Diggums.

– Mais pourquoi vous donner cette peine ? demanda le garçon. Je croyais que les FAR étaient vos ennemies.

Mulch pointa sur lui un doigt boudiné noir de terre.

– C'est vous, mon ennemi, l'humain. Vous êtes le plus grand ennemi de la planète.

– Pourtant, vous êtes prêt à m'aider contre de l'or.

– Une quantité d'or *prodigieuse*, précisa Mulch. Et sans doute aussi du poulet frit. Avec de la sauce barbecue. Et un grand Pepsi. Et peut-être un rab de poulet.

– Vous avez faim ?

– Toujours. Un nain ne peut pas se nourrir uniquement de terre.

Artemis ne savait pas s'il devait ricaner ou se lamenter. Mulch aurait toujours du mal à saisir la gravité de la situation, ou peut-être qu'il aimait donner cette impression.

– Où est Holly ?

Le nain montra un monticule de terre en forme de tombe.

– J'ai enterré le capitaine. Elle n'arrêtait pas de gémir. *Arty* par-ci, *Arty* par-là, quand elle ne se lamentait pas sur sa mère.

« Enterrée ? Holly était claustrophobe ! »

Artemis se laissa tomber à genoux et entreprit de déblayer la terre du monticule à mains nues. Mulch l'observa pendant une bonne minute, avant de pousser un soupir théâtral.

– Laissez-moi faire, Môme de Boue. Vous allez y passer la nuit.

Il s'avança et plongea nonchalamment la main dans le monticule, en se mordillant la lèvre pendant qu'il cherchait un endroit précis.

– Et voilà, grommela le nain en extirpant une petite branche.

Le monticule de terre vibra, puis s'écroula en petits tas de cailloux et d'argile. Dessous, Holly était saine et sauve.

– C'est une structure complexe qu'on appelle un Na-Na, expliqua Mulch en brandissant la branche.

– Un Na-Na ?

– Comme dans « Vous ne me voyez pas, na-na-nère ! », répondit le nain en se tapant les cuisses, pris d'un violent fou rire.

Artemis grimaça et secoua délicatement la fée par les épaules.

– Holly, vous m'entendez ?

Holly Short le regarda avec des yeux voilés ; elle les roula dans tous les sens avant de faire le point.

– Artemis, je... Oh, bon sang.

– Tout va bien. Je n'ai pas le lémurien... En fait, si. C'est mon autre moi qui l'a, mais ne vous inquiétez pas, je sais où je vais.

Holly pinça ses joues entre ses doigts fins.

– Je voulais dire : « Oh, bon sang, je crois que je vous ai embrassé. »

Ça cognait dans la tête d'Artemis et le regard de la fée semblait l'hypnotiser. Elle avait toujours son œil bleu, bien que son corps ait rajeuni dans le tunnel. Encore un paradoxe. Pourtant, si Artemis avait l'impression d'être hypnotisé, et légèrement hébété, il savait qu'il n'était pas mesmérisé. Il n'y avait aucune magie là-dedans.

Artemis plongea son regard dans ses yeux d'elfe et il comprit que cette Holly plus jeune, plus vulnérable aussi, ressentait la même chose que lui face à cet étrange enchevêtrement du temps et de l'espace.

« Après tout ce que nous avons vécu. Ou peut-être pour cette raison. »

Un souvenir pulvérisa ce moment fragile, comme une pierre lancée à travers une toile d'araignée.

« Je lui ai menti. »

La violence de cette constatation le fit reculer.

« Holly croit qu'elle a contaminé mère. J'ai eu recours au chantage. »

À cet instant, il sut qu'on ne pouvait pas se remettre d'une réalité aussi brutale. S'il lui avouait tout, elle le haïrait. S'il ne disait rien, c'est lui qui se haïrait.

« Je dois bien pouvoir faire quelque chose. »

Aucune idée ne lui vint.

« J'ai besoin de réfléchir. »

Artemis prit la main et le coude de Holly et l'aida à sortir du trou peu profond qui ressemblait à une tombe.

– Ressuscitée, ironisa-t-elle, et elle décocha un coup de poing dans l'épaule de Mulch.

– Ouille ! Pourquoi donc me torturez-vous, mademoiselle ?

– Ne cite pas Gerd Flambough devant moi, Mulch Diggums. Ce n'était pas nécessaire de m'enterrer. Une simple feuille, assez large, posée sur ma bouche aurait suffi.

Mulch se massa l'épaule.

– Une feuille ne possède pas le même côté artistique. D'ailleurs, est-ce que j'ai une tête à aimer les plantes vertes ? Je suis un nain, et nous autres, les nains, notre truc c'est la boue.

Artemis se réjouissait de ce badinage, cela lui donna le temps de se ressaisir.

« Oublie ton trouble d'adolescent causé par Holly. Dis-toi que mère est toujours en train d'agoniser dans son lit. Il reste moins de trois jours. »

– Très bien, soldats, déclara-t-il avec une jovialité forcée. Mettons-nous en route, comme dirait un vieil ami. Nous avons un lémurien à attraper.

– Et mon or ? demanda Mulch.

– Je vais être aussi clair que possible : pas de lémurien, pas d'or.

Mulch pianota sur ses lèvres avec ses huit doigts et ses poils de barbe vibrèrent comme les tentacules d'une anémone de mer. Il réfléchissait.

– Prodigieuse, ça représente quoi en nombre de seaux ?

– Combien de seaux avez-vous ?

Mulch prit cette question au sérieux.

– J'en ai des tas. La plupart sont déjà remplis de divers trucs. Mais je pourrais les vider.

Artemis faillit montrer les dents.

– C'était une question pour la forme. Ça représente un tas de seaux. Autant que vous le désirez.

– Si vous voulez que je poursuive cette chasse au singe, il me faut une avance. Un dépôt de garantie.

Artemis tapota ses poches vides. Il n'avait rien.

Holly redressa sa perruque argentée.

– Moi, j'ai quelque chose pour toi, Mulch Diggums. C'est encore mieux qu'une quantité prodigieuse d'or : six chiffres, que je te révélerai quand nous serons arrivés.

– Arrivés où ça ? demanda Mulch qui soupçonnait Holly d'en faire un peu trop.

– À l'entrepôt de matériel des FAR à Tara.

Des rêves de cubes laser et d'aspirateurs à graisse firent briller les yeux du nain. La salle du trésor. Cela faisait des années qu'il essayait de cambrioler un entrepôt des FAR.

– Je pourrai prendre tout ce que je veux ?

– Tout ce que tu pourras charger sur un chariot à air. Un seul.

Mulch cracha dans sa paume un pâté de flegme marbré.

– Topez là ! s'exclama-t-il.

Artemis et Holly se regardèrent.

– C'est votre entrepôt, dit Artemis en fourrant ses mains dans ses poches.

– C'est votre mission, rétorqua la fée.

– Je ne connais pas la combinaison.

Holly joua son atout :

– Nous sommes ici pour votre mère.

Artemis esquissa un sourire sans joie.

– Capitaine Short, vous devenez aussi fourbe que moi.

Sur ce, il scella leur accord d'une poignée de main gluante.

Chapitre 9

LA GRENOUILLE PRINCE

LEARJET DES FOWL, AU-DESSUS DE LA BELGIQUE

Le jeune Artemis établit une liaison vidéo avec la vieille ville de Fès au Maroc par le biais de son Powerbook. Alors qu'il attendait la connexion, il pestait en silence, furieux d'être obligé, finalement, d'effectuer ce voyage intercontinental. Même Casablanca aurait été plus pratique. Il faisait déjà suffisamment chaud au Maroc, sans être obligé de traverser tout le pays pour se rendre à Fès.

Une fenêtre s'ouvrit sur l'écran ; elle avait du mal à contenir la tête énorme du professeur Damon Kronski, un des hommes les plus détestés au monde, mais vénéré dans certains milieux. Damon Kronski occupait actuellement le fauteuil de président de l'organisation des extinctionnistes. Ou plutôt, comme l'avait dit Kronski lors de son interview la plus tristement célèbre : « Les extinctionnistes ne sont pas une simple organisation. Nous sommes une religion.» Une déclaration qui lui avait valu l'hostilité des Églises pacifistes du monde entier.

Cette interview avait été diffusée pendant des mois sur les sites d'information en ligne et elle était reprise chaque fois que les extinctionnistes faisaient les gros titres. Artemis l'avait visionnée ce matin même et il était écœuré par l'homme avec qui il s'apprêtait à traiter.

«Je nage avec des requins, pensa-t-il. Suis-je prêt à devenir l'un d'eux ?»

Damon Kronski était un individu énorme, dont la tête s'enfonçait dans les épaules au niveau des oreilles. Sa peau transparente, d'une blancheur laiteuse, était constellée de grosses taches de rousseur ; il portait des lunettes de soleil à verres violets, maintenues en place par les plis de son front et de ses joues. Il avait un large sourire, éclatant et hypocrite.

– Ah, le petit Ah-temis Fowl, dit-il avec son fort accent traînant de La Nouvelle-Orléans. Vous avez retrouvé votre papa ?

Artemis agrippa le bras de son fauteuil, en plantant ses ongles dans le cuir, mais son sourire était aussi éclatant et hypocrite que celui de Kronski.

– Non. Toujours pas.

– Ah, quel dommage ! Si jamais je peux faire quelque chose, n'hésitez pas à en parler à votre oncle Damon.

Artemis se demanda si ce numéro du brave oncle sympathique réussirait à tromper un simple d'esprit ivre. Mais peut-être n'était-ce pas le but recherché.

– Merci pour votre offre. Dans quelques heures, il se peut que nous nous aidions mutuellement.

Kronski frappa dans ses mains, joyeusement.

– Vous avez localisé mon propithèque soyeux ?

– Oui. Un sacré spécimen. Un mâle de trois ans. Il mesure plus d'un mètre de la tête à la queue. Il vaut facilement les cent mille euros.

Kronski feignit l'étonnement.

– Cent ? Nous avions vraiment dit cent mille euros ?

Le regard d'Artemis était dur comme de l'acier.

– Vous le savez bien, professeur. Plus les frais. Le kérosène, ce n'est pas donné, vous ne l'ignorez pas. J'aimerais entendre une confirmation de votre part, faute de quoi, je fais demi-tour avec mon avion.

Kronski se pencha vers la caméra et son visage sembla enfler sur l'écran.

– Habituellement, je m'y entends pour juger les gens, Ah-temis. Je sais ce dont ils sont capables. Mais vous... j'ignore ce que vous pourriez faire. Parce que vous n'avez pas encore atteint vos limites, je pense.

Kronski se renversa dans son fauteuil et le cuir grinça sous son poids.

– Alors, soit, reprit-il. Cent mille euros, comme convenu. Mais juste une petite mise en garde...

– Oui-i ? fit Artemis en allongeant ce mot sur deux syllabes à la manière de La Nouvelle-Orléans, pour bien montrer qu'il n'était nullement impressionné.

– Si vous laissez filer mon lémurien, mon petit soyeux, vous avez intérêt à me rembourser *mes* frais. Le tribunal est déjà en place, et mes amis n'aiment pas être déçus.

– Ne vous inquiétez pas, répondit Artemis d'un ton cassant. Vous aurez votre lémurien. Préparez mon argent.

Kronski écarta les bras.

– J'ai des rivières d'or ici, Ah-temis. J'ai des montagnes de diamants. La seule chose que je n'ai pas, c'est un lémurien. Alors, dépêchez-vous d'arriver, mon garçon, pour qu'il ne me manque plus rien.

Sur ce, il raccrocha, une seconde avant qu'Artemis puisse cliquer sur l'icône de fin de communication.

« Psychologiquement, Kronski se retrouve maintenant en position de force, pensa-t-il. Je dois apprendre à être plus rapide avec la souris. »

Il referma son Powerbook et s'appuya contre le dossier de son fauteuil. Dehors, le coucher de soleil transperçait les couches inférieures de brume et les traînées de condensation des jets dessinaient un jeu de morpion dans le ciel.

« L'espace aérien est encombré. Mais plus pour longtemps. Dès que nous survolerons l'Afrique, les traînées de vapeur vont diminuer considérablement. J'ai besoin de dormir quelques heures. La journée de demain sera longue et désagréable. »

Il fronça les sourcils. « Désagréable, oui, mais nécessaire. »

Il inclina son fauteuil et ferma les yeux. La plupart des garçons de son âge échangeaient des vignettes de footballeurs ou s'usaient les pouces sur des manettes de consoles de jeux. Lui se trouvait à bord d'un jet à six mille mètres au-dessus de l'Europe, et il projetait de détruire une espèce animale avec un extinctionniste fou.

« Peut-être suis-je trop jeune pour tout ça. »

L'âge ne comptait pas. S'il ne se démenait pas, Artemis Fowl senior disparaîtrait à tout jamais en Russie, et c'était tout bonnement hors de question.

La voix de Butler résonna dans le haut-parleur de l'interphone :

– La voie est dégagée. Dès que nous survolerons la Méditerranée, j'enclencherai le pilotage automatique pendant une heure pour essayer de décompresser un peu...

Artemis regarda le haut-parleur. Il sentait que Butler voulait ajouter quelque chose. Pendant un instant, il n'entendit que le grésillement des parasites et les bips des instruments de navigation, puis...

– Aujourd'hui, Artemis, quand vous m'avez demandé de tirer sur le lémurien, vous bluffiez ? Vous bluffiez, hein ?

– Ce n'était pas du bluff, répondit le jeune garçon d'une voix ferme. Je suis prêt à faire tout ce qui est nécessaire.

TERMINAL DE SURFACE DE TARA, IRLANDE

L'accès au terminal de Tara était bloqué par plusieurs portes en acier, divers scanners et codes, des bioserrures antieffraction et un système de surveillance de 360 degrés à l'entrée, moins facile à installer qu'on ne pourrait le croire. Mais bien évidemment, il était possible de contourner tous ces obstacles quand on connaissait un passage secret.

– Comment vous saviez que je connaissais un passage secret ? demanda Mulch, boudeur.

En guise de réponse, Artemis et Holly se contentèrent de le regarder comme s'ils avaient affaire à un idiot, en attendant qu'il comprenne.

– Ah, maudit voyage dans le temps, grommela le nain. C'est moi-même qui vous en ai parlé, je parie ?

– Vous allez le faire, confirma la fée. Et je ne vois pas ce qui vous préoccupe à ce point. Je ne risque pas de vous dénoncer à quelqu'un.

– Exact, admit Mulch. Et puis, il y a ce fabuleux butin !

Tous les trois étaient assis dans une Mini Cooper volée, devant la clôture de la ferme des McGraney, sous laquelle était caché le terminal des navettes de Tara. Un espace de dix mille mètres cubes dissimulé par une ferme laitière. Les premières lueurs de l'aube diluaient l'obscurité et les silhouettes bosselées des vaches en train de brouter se déplaçaient tranquillement dans le pré. Dans un an ou deux, Tara deviendrait un haut lieu de villégiature pour les fées, mais présentement, toutes les activités touristiques avaient été suspendues depuis l'épidémie de Magitropie.

Mulch observait le bovin le plus proche à travers la vitre arrière de la voiture.

– Vous savez quoi ? Je crois que j'ai un petit creux. Je ne pourrais pas manger une vache entière, mais je me sens capable d'en engloutir un bon morceau.

– Mulch Diggums a faim. Arrêtez tout, commenta Artemis, d'un ton cassant.

Il ouvrit la portière du conducteur et sortit sur le bas-côté herbeux. Une légère brume s'accrocha à son visage et l'odeur fraîche de l'air de la campagne se répandit dans tout son organisme comme un remontant.

– Il faut continuer. Je suis convaincu que le lémurien est déjà à six mille mètres d'altitude.

– Sacrément agile, ce lémurien, ricana le nain.

Il escalada le siège avant et dégringola sur le bas-côté.

– Hmm, cette terre est délicieuse, commenta-t-il en léchant le sol. Elle a un goût de richesse.

Holly descendit du côté passager et donna en passant un coup sur les fesses de Mulch avec son mocassin.

– Tu peux dire adieu à la richesse si on n'arrive pas à pénétrer dans le terminal sans être vus.

Le nain se releva.

– Je croyais qu'on était censés être amis. Allez-y mollo avec les coups de pied et les coups de poing. Vous êtes toujours aussi agressive ?

– Alors, vous pouvez y arriver ou pas ?

– Évidemment que je peux ! Je vous l'ai dit, non ? Ça fait des années que je tourne autour de ce terminal. Depuis que mon cousin...

Artemis s'immisça dans la conversation.

– Depuis que votre cousin, Nord, si je ne me trompe, depuis que Nord a été arrêté pour pollution et que vous l'avez libéré. On sait. On sait tout de vous. Alors, s'il vous plaît, poursuivons notre plan.

Mulch tourna le dos au garçon tout en déboutonnant nonchalamment son rabat postérieur. Ce geste comptait parmi les pires insultes dans l'arsenal d'un nain. Juste derrière ce qu'on appelait le Tuba, qui consistait à vidanger ses tuyaux en direction d'une autre personne. Des guerres avaient éclaté à cause du Tuba.

– On y va, chef. Attendez ici un quart d'heure, puis dirigez-vous vers l'entrée principale. J'aimerais bien vous emmener avec moi, mais ce tunnel est trop long pour que je puisse tout garder, si vous me suivez.

Il s'interrompit pour faire un clin d'œil.

– Et je vous déconseille de me suivre.

Artemis sourit, les dents serrées.

– Excellent. Très drôle. Un quart d'heure, c'est noté, monsieur Diggums. La pendule tourne.

– Les pendules de fées sont arrêtées depuis des siècles.

Sur ce, il décrocha sa mâchoire et, avec une grâce étonnante, il plongea dans la terre tel un dauphin qui fend les flots, mais sans la nature joyeuse et le joli sourire du mammifère aquatique.

Bien qu'il ait déjà assisté à cette scène une dizaine de fois, Artemis ne put s'empêcher d'être impressionné.

– Quelle espèce extraordinaire, commenta-t-il. S'ils étaient capables d'oublier leur estomac un instant, ils pourraient régner sur le monde.

Holly grimpa sur le capot de la voiture, s'adossa au pare-brise et laissa le soleil lui caresser les joues.

– Peut-être qu'ils ne veulent pas régner sur le monde. Peut-être que ça n'intéresse que vous, Arty.

« Arty. »

La culpabilité rongeait Artemis. En regardant les

beaux traits familiers de la fée, il comprit qu'il ne pourrait pas continuer à lui mentir très longtemps.

– C'est embêtant qu'il ait fallu voler cette voiture, reprit-elle, les yeux fermés. Mais le mot que nous avons laissé est suffisamment clair ; le propriétaire devrait pouvoir la retrouver sans problème.

Artemis ne culpabilisait pas trop au sujet de la voiture. Il avait un plus gros poids sur la conscience.

– Oui, sans doute, répondit-il d'un air absent.

« Il faut que je lui dise. Je dois lui dire. »

Il posa le pied sur la roue avant de la Mini et grimpa à son tour sur le capot, à côté de la fée. Il demeura immobile plusieurs minutes, concentré sur cet instant. Il le gravait dans sa mémoire.

Holly se tourna vers lui.

– Je suis désolée pour tout à l'heure. Vous savez... le...

– Le baiser ?

Elle ferma les yeux.

– Oui. Je ne sais pas ce qui m'arrive. Nous n'appartenons même pas à la même espèce. Et quand nous rentrerons, nous redeviendrons nous-mêmes.

Holly cacha son visage avec sa main.

– Écoutez-moi jacasser ! Moi, la première femme capitaine des FAR. Ce courant temporel m'a fait redevenir adolescente.

C'était vrai. Holly était différente. Et le courant temporel les avait rapprochés.

– Et si je ne pouvais plus redevenir comme avant ? Ce ne serait pas si mal, hein ?

La question sembla flotter entre eux. Une question chargée d'inquiétude et d'espoir.

« Si tu y réponds, ce sera la pire chose que tu aies jamais faite. »

– Ce... ce n'est pas vous, Holly, bafouilla Artemis.

Il avait le front brûlant, son calme était en train de se fissurer.

Le sourire de la fée se figea ; il était encore là, mais empreint de perplexité.

– De quoi vous parlez ?

– Ce n'est pas vous qui avez contaminé ma mère. C'est moi. Il me restait quelques étincelles de magie, provenant du tunnel, et je m'en suis servi pour faire oublier à mes parents que j'avais disparu pendant trois ans.

Cette fois, le sourire de Holly se volatilisa pour de bon.

– Ce n'est pas moi ?... Mais vous disiez que...

Elle n'acheva pas sa phrase ; la vérité assombrit son visage comme une maladie.

Artemis reprit, bien décidé à se justifier :

– Je n'avais pas le choix, Holly. Mère est mourante... J'avais besoin de votre aide... Je vous en supplie, essayez de comprendre...

Il s'aperçut soudain qu'il n'y avait aucun moyen d'expliquer son geste. Il laissa plusieurs minutes à Holly pour enrager, puis reprit la parole :

– S'il y avait eu un autre moyen, croyez-moi...

Aucune réaction. Le visage de la fée semblait sculpté dans la pierre.

– Je vous en prie, Holly. Dites quelque chose.

Elle se laissa glisser du capot et ses pieds heurtèrent lourdement le sol.

– Le quart d'heure est écoulé, annonça-t-elle. Il faut y aller.

Elle franchit la clôture des McGraney d'un pas décidé, sans un regard en arrière ; ses jambes ouvraient des tranchées parallèles dans l'herbe vert foncé. La lueur de l'aube faisait scintiller la pointe de chaque brin et le passage de Holly répandit une houle de lumière à la surface du pré.

« Extraordinaire, pensa Artemis. Qu'ai-je donc perdu ? »

Il n'avait d'autre choix que de lui emboîter le pas.

Mulch Diggums les attendait à l'intérieur des fourrés holographiques, à l'entrée cachée du terminal. Malgré l'épaisse couche de boue qui couvrait son visage, on devinait son air satisfait.

– Vous n'aurez pas besoin d'Omniclé, capitaine. J'ai ouvert la porte tout seul, sans personne.

Holly était très étonnée. La porte principale du terminal exigeait un code à vingt chiffres, plus un scanner de la paume, et elle savait que les connaissances de Mulch en matière de technologie équivalaient à celles d'un misérable ver. Mais elle était soulagée également, car elle redoutait de devoir trimer pendant une demi-heure pour réinitialiser le registre après avoir ouvert la porte elle-même.

– OK. Explique-moi.

Mulch désigna l'escalator souterrain au fond du couloir. Une petite silhouette était étendue sur la rampe, les bras en croix, la tête recouverte d'un pâté de substance visqueuse et luisante.

– Le commandant Root et sa bande de durs à cuire ont levé le camp. Il ne restait qu'un seul gardien.

Holly hocha la tête. Elle savait où se trouvait Julius Root. Il était retourné à Haven, où il attendait son rapport en provenance de Hambourg.

– Ce gars-là faisait sa ronde par ici quand j'ai commencé à creuser, alors je l'ai avalé, brièvement, et je lui ai fait goûter à la bave de nain. Chacun réagit différemment au casque de flegme. Ce petit lutin a tenté de fuir. Il a tapé sur le détecteur, débité le code, puis titubé un peu avant que le sédatif fasse effet.

Artemis les dépassa d'un pas décidé pour pénétrer dans le tunnel d'accès.

– Peut-être que la chance nous sourit enfin, dit-il, certain de sentir dans sa nuque les poignards que lançait le regard de Holly.

– Dommage qu'il n'ait pas ouvert l'entrepôt, soupira le nain. J'aurais pu vous doubler tous les deux et filer avec la navette.

Artemis se figea.

– La navette ?

Il affronta courageusement l'air hostile de la fée pour demander :

– Une navette, Holly. Vous croyez qu'on a encore une chance d'arriver au Maroc avant mon jeune double ?

Le regard de la fée était vide et son ton neutre.

– Possible. Ça dépend du temps que je mettrai à masquer nos traces.

La navette était ce que les pilotes des FAR appelaient un « justebon », comme dans « justebon pour le haut-fourneau de recyclage ». Artemis savait que Butler aurait qualifié le véhicule d'un terme plus cru.

Il entendait la voix de son garde du corps : « Dans ma vie, Artemis, j'en ai conduit des tas de ferraille. Mais cette épave... »

– ... date de l'âge de la pierre, murmura Artemis avec un petit ricanement désabusé.

– Encore une plaisanterie, Môme de Boue ? demanda Holly. Vous êtes en grande forme aujourd'hui. C'est quoi, cette fois ? Vous avez fait croire à une pauvre idiote crédule qu'elle avait répandu la peste ?

Artemis baissa la tête d'un air las. Cette histoire risquait de durer des années.

Mulch était tombé par hasard sur la navette quand il avait creusé un tunnel jusqu'au mur du terminal et fait sauter une plaque en métal du revêtement d'un tunnel de service. Il savait que ce panneau céderait facilement car il avait déjà utilisé cet accès lors de ses précédentes visites. La navette reposait sur des briques, sous une bâche, si bien que Mulch n'avait pu s'empêcher d'y jeter un coup d'œil. Et là, tenez-vous bien : un gratteur de tunnel, en réparation. L'engin idéal pour se balader dans le réseau de galeries souterraines du Peuple. Pour

Holly, ce fut un jeu d'enfant de faire reculer la navette poussive sur le monorail jusqu'au panneau du tunnel d'accès.

Pendant ce temps, Artemis avait couvert les traces de leur intrusion en effaçant les cristaux vidéo et en remplaçant les passages manquants par des boucles. Concernant le lutin évanoui et le matériel des FAR qu'ils avaient emprunté dans l'entrepôt, il ne pouvait pas faire grand-chose, mais Mulch avait accepté facilement de porter le chapeau.

« Hé, je suis déjà l'ennemi public numéro un, avait-il dit. Je ne risque pas de monter plus haut sur la liste ! »

Ils étaient maintenant assis à l'intérieur du gratteur de tunnel, qui fut introduit dans un support de lancement où il se rechargea pendant quelques minutes avant qu'ils plongent dans l'abîme. Holly en profita pour falsifier un rapport destiné aux autorités du tunnel.

– Je leur explique que la palette de cette navette a été améliorée, conformément à l'ordre de service et que ce vaisseau a été réclamé par le terminal de surface d'Afrique du Nord pour aller déboucher une artère d'approvisionnement. Il s'agit d'un vol automatisé, ils ne vérifieront donc pas s'il y a du personnel à bord.

Artemis était décidé à tout faire pour que cette mission réussisse, bien qu'il ait déjà brûlé plusieurs vaisseaux. Et donc, s'il fallait poser une question, il la poserait.

– Ça va marcher ?

La fée haussa les épaules.

– J'en doute. Il y a certainement un missile intelligent qui nous attend de l'autre côté de cette porte.

– Ah bon ?

– Non. Je mens. C'est désagréable, hein ?

Artemis baissa la tête de nouveau. Il fallait qu'il trouve un moyen de se réconcilier avec Holly. Partiellement, au moins.

– Évidemment que ça va marcher, dit-elle. Pour l'instant, en tout cas. Et le temps que le centre de police comprenne ce qui s'est passé, nous serons retournés dans le futur.

– On peut voler sans palette ?

Holly et Mulch échangèrent un grand éclat de rire et quelques mots en gnomique qu'Artemis n'eut pas le temps de saisir. Il lui sembla percevoir le mot *cowpog*, qui pouvait se traduire par « abruti ».

– Oui, Môme de Boue. On peut voler sans palette, sauf si vous avez l'intention de racler des résidus sur les parois du tunnel. Mais généralement, on laisse cette tâche aux robots.

Artemis avait oublié à quel point Holly pouvait se montrer cassante avec les gens qu'elle n'appréciait pas.

Mulch chanta quelques mesures d'une vieille chanson humaine : « Tu as perdu l'amour que tu avais pour moi. » Il fit le crooner devant Holly en tenant un micro imaginaire dans son poing.

La fée ne riait plus.

– C'est toi qui vas perdre quelque chose, Diggums, si tu ne la fermes pas !

Voyant le regard de Holly, le nain comprit que ce n'était pas le moment de l'agacer.

Celle-ci décida qu'il était temps de mettre fin à cette conversation. Elle commanda à distance l'ouverture du panneau d'accès et retira les sabots d'amarrage.

– Bouclez vos ceintures, les gars !

Elle propulsa le petit engin dans la pente raide qui descendait vers un trou énorme, comme si elle lançait une cacahuète dans la gueule d'un hippopotame affamé.

Chapitre 10

SALE HUMEUR

FÈS, MAROC

Butler ne se souvenait pas d'avoir vu le jeune Artemis aussi triste qu'aujourd'hui, sauf peut-être la fois où un étudiant australien de troisième cycle lui avait damé le pion dans un concours scientifique. En jetant un regard dans le rétroviseur de la Land Rover de location, le garde du corps remarqua que le garçon était assis dans une mare de transpiration, son coûteux costume se liquéfiait quasiment sur son corps frêle.

Une boîte percée de trous était posée sur le siège à côté d'Artemis. Trois doigts noirs et fins sortaient par un des orifices : le lémurien explorait sa prison.

« C'est à peine si Artemis a regardé l'animal. Il essaye d'objectiver la situation. Ce n'est pas facile de provoquer l'extinction d'une espèce, même pour sauver son père. »

Pendant ce temps, le jeune garçon passait en revue les

causes de sa tristesse. Un père porté disparu et une mère au bord de la dépression nerveuse arrivaient respectivement en première et deuxième positions. Venait ensuite une équipe d'explorateurs polaires installée à ses frais dans un hôtel de Moscou, où ils devaient s'empiffrer de caviar et d'autres choses encore. Damon Kronski figurait en bonne place sur cette liste. C'était un homme répugnant, avec des idéaux répugnants.

L'aéroport local, Fès Saïs étant fermé, Butler avait dû changer de cap et poser le Learjet à Casablanca, où il avait loué une Land Rover. Mais pas un modèle récent. Ce véhicule appartenait au millénaire précédent et il avait plus de trous qu'une meule de gruyère. La climatisation avait poussé son dernier râle il y avait plus de cent kilomètres et le rembourrage des sièges était tellement usé qu'Artemis avait l'impression d'être assis sur un marteau-piqueur. Si la chaleur ne le faisait pas rôtir avant, les vibrations allaient finir par le mettre en pièces.

Pourtant, malgré tout cela, une pensée frappa Artemis, et un demi-sourire retroussa le coin de sa bouche.

« Cette étrange créature et son compagnon humain sont fascinants. »

Ils tenaient absolument à récupérer ce lémurien et ils n'abandonneraient pas. Il en était convaincu.

Artemis reporta son attention sur les banlieues qui défilaient derrière la vitre. À mesure qu'ils approchaient du centre-ville, la circulation devenait plus dense sur cette route tracée en plein désert. De gigantesques camions aux pneus plus hauts qu'un adulte passaient dans un grondement de tonnerre, chargés d'une cargaison humaine à l'air maussade. Les sabots des ânes épuisés claquaient sur le bitume fissuré ; sur leur dos s'empilaient des fagots, du linge et même des meubles. Des milliers de vélomoteurs poussiéreux slalomaient entre les files de véhicules, transportant parfois des familles entières sur leurs cadres rouillés. Au bord de la route, les habitations scintillaient tels des mirages dans le soleil déclinant : des maisons fantômes devant lesquelles des spectres buvaient du thé.

À proximité du centre, les constructions étaient plus denses, collées les unes aux autres. Entre les maisons étaient installés des garages, des vidéoclubs, des magasins de thé et des pizzerias. Toutes les façades sablées étaient enduites de la même teinte orangée, à travers laquelle resurgissait parfois, par plaques, la couleur d'origine.

Comme toujours quand il visitait des pays en voie de développement, Artemis était frappé par la coexistence entre l'ancien et le moderne. Des bergers arboraient des iPod qui se balançaient au bout de chaînes dorées et des maillots de Manchester United. Des paraboles satellitaires étaient fixées sur les toits en tôle ondulée des cabanes en bois.

Récemment encore, point de transit des caravanes venues du sud et de l'est, Fès occupait une place très importante. Elle était considérée comme le centre de la sagesse arabe, une ville sainte, un lieu de pèlerinage quand le chemin de La Mecque était bloqué à cause des conditions atmosphériques ou sous le contrôle des bandits.

Désormais, c'était là que des extinctionnistes hors la loi concluaient des marchés avec des criminels irlandais aux abois.

«Le monde change de plus en plus vite, pensa Artemis. Et je participe à l'accélération de ce changement, pour le pire.»

Ce n'était pas une pensée très réconfortante, mais le réconfort était un luxe qu'il ne connaîtrait plus avant longtemps.

Son téléphone portable vibra pour annoncer la réception d'un SMS, parti de Fès et revenu au Maroc après avoir transité par l'Irlande.

Il jeta un coup d'œil à l'écran et un sourire sans joie dévoila ses incisives. «Souk aux cuirs. Quatorze heures», indiquait le message.

Kronksi voulait effectuer l'échange dans un lieu public.

«Apparemment, le docteur a autant confiance en moi que moi en lui.»

C'était un homme intelligent.

Holly pilotait la navette comme si elle était en colère contre cet engin. Elle prenait les virages à toute allure, en faisant hurler les freins à air, jusqu'à ce que les aiguilles des instruments de contrôle se retrouvent dans le rouge. Elle avait enfilé un casque relié directement aux caméras de la navette, si bien qu'elle disposait à tout moment d'une vue d'ensemble de l'appareil ; elle pouvait même choisir une vue éloignée, relayée par les différentes caméras du tunnel. Cette portion était peu fréquentée et les lumières sensibles aux mouvements s'allumaient moins de dix kilomètres avant l'arrivée de l'engin.

Holly s'efforçait de se concentrer sur le plaisir du pilotage en oubliant tout le reste. Depuis l'enfance, elle rêvait de devenir pilote des FAR. Alors qu'elle négociait un nouveau virage, à moins d'un millimètre de la paroi, et sentait la navette approcher du point de rupture entre ses mains, toute la tension quitta son corps, comme absorbée par l'engin.

« Artemis m'a menti et il a utilisé le chantage, mais il l'a fait pour sa mère. C'est une bonne raison. Qui peut affirmer que je n'aurais pas agi de la même manière ? Si j'avais pu sauver ma mère, j'aurais fait n'importe quoi, y compris manipuler mes amis. »

Elle comprenait donc le choix d'Artemis, même si elle jugeait que c'était inutile, mais ça ne voulait pas dire qu'elle allait lui pardonner si vite.

Et comment pourrait-elle oublier ? Apparemment, elle avait mal jugé leur amitié.

« Cela ne se reproduira plus. »

Holly était certaine d'une chose : entre elle et Artemis désormais, les relations se limiteraient à ce qu'elles avaient toujours été : un respect réticent.

La fée se connecta sur la minicaméra fixée au plafond de la navette et braquée sur le siège du passager, et elle se réjouit de voir Artemis agripper les accoudoirs de son fauteuil. Était-ce l'image qui était mauvaise ou bien avait-il réellement le teint verdâtre ?

«Tu as tout gâché, Môme de Boue. Et j'espère que ce teint ne vient pas de la caméra.»

Il y avait dans le désert marocain, au sud d'Agadir, un conduit d'aération naturel, où les gaz souterrains étaient filtrés à travers un kilomètre de sable. Seule trace de ce phénomène : la légère décoloration au-dessus de ce conduit, vite effacée par les vents dès qu'ils atteignaient la surface. Malgré tout, mille ans d'activité avaient dessiné dans les dunes d'étranges traînées rouges, dont les villageois du coin affirmaient qu'il s'agissait du sang des victimes de Raisuli, un célèbre bandit du xxe siècle. Il était peu probable que quiconque gobe cette histoire, et surtout pas les villageois eux-mêmes, mais elle remplissait agréablement les guides touristiques et attirait les visiteurs dans ce secteur qui n'offrait aucun autre intérêt.

Holly engagea la navette à l'intérieur de ce conduit, en ayant pris soin de fermer hermétiquement les filtres à air pour ne pas laisser entrer les minuscules particules de sable. Elle naviguait quasiment à l'aveuglette, n'ayant à sa disposition pour se guider qu'un schéma en trois dimensions. Heureusement, c'était la partie la plus courte du trajet et il ne fallut qu'une poignée de secondes à la navette pour jaillir dans le ciel africain. Malgré le revêtement isolant, les passagers ne tardèrent pas à sentir la chaleur. Surtout Mulch Diggums. Contrairement aux autres familles de fées, les nains n'étaient pas des créatures de surface et ils ne rêvaient pas de sentir la caresse des rayons du soleil sur leur peau. Dès qu'ils dépassaient le niveau de la mer, ils étaient pris de vertiges.

Mulch rota.

– On est trop haut, j'aime pas ça. Et quelle chaleur ! Faut que j'aille aux toilettes. Pour quoi faire, je sais pas trop. Mais ne me suivez pas, surtout. Quoi que vous entendiez, n'entrez pas.

Quand un nain donnait ce genre de conseils, la sagesse recommandait de l'écouter.

Holly envoya une décharge à travers le pare-brise pour le nettoyer, puis elle orienta la navette au nord-est, vers Fès. Avec un peu de chance, ils arriveraient au lieu de rendez-vous avant le petit Artemis.

Elle enclencha le pilotage automatique et fit pivoter son siège pour faire face à Artemis, qui commençait seulement à retrouver sa pâleur naturelle.

– Vous êtes sûr du lieu de rendez-vous ? demanda-t-elle.

Artemis n'était plus sûr de rien et cette incertitude embrumait son cerveau.

– Non, Holly. Mais je me souviens clairement d'avoir effectué l'échange au souk aux cuirs de Fès. C'est un bon point de départ, de toute façon. Si Kronski et mon jeune double ne pointent pas le bout de leur nez, nous nous rendrons au camp des extinctionnistes.

– Hmm, fit la fée. Ce plan n'est pas à la hauteur de vos critères habituels et nous devons faire vite. Nous n'avons pas deux jours devant nous pour batifoler. Le temps est notre ennemi.

– Exact, confirma le garçon. Le temps est au centre de toute cette mésaventure.

Holly sortit un nutribloc du minuscule réfrigérateur et reprit le contrôle de l'appareil.

Artemis observa le dos de son amie, en essayant de déchiffrer son langage corporel. Voûtée, la tête dans les épaules et les bras croisés devant elle : elle se renfermait sur elle-même, hostile à toute communication. Il fallait qu'il exécute un coup de maître s'il voulait revenir dans ses bonnes grâces.

Il se colla au hublot et regarda le désert marocain défiler sous forme de traînées ocre et dorées. Holly désirait forcément quelque chose. Une chose qu'elle regrettait de ne pas avoir faite et qu'il pourrait provoquer, d'une manière ou d'une autre.

Après un moment d'intense concentration, une idée lui vint. N'avait-il pas remarqué un pack holographique sur une des étagères ? Et n'y avait-il pas quelqu'un à qui Holly n'avait jamais pu dire au revoir ?

CENTRE DE POLICE, HAVEN

Le commandant Julius Root était plongé dans la paperasse jusqu'à l'extrémité tremblante de son cigare. Mais ce n'était pas de la paperasse à proprement parler. Chez les FAR, plus aucun dossier n'était rédigé sur papier depuis des lustres. Tout était enregistré sur un cristal et conservé dans un noyau central, quelque part dans l'infospace, et apparemment, les collaborateurs de

Foaly essayaient maintenant de faire pousser des plantes-mémoires, ce qui voulait dire qu'un jour, les informations pourraient être stockées dans des plantes, ou dans des tas de fumier ou même dans le cigare planté entre les lèvres de Root. Le commandant ne comprenait rien à tout ça, et il n'avait pas envie de comprendre. Il laissait à Foaly l'univers des nano et cyber technologies. Lui se consacrait aux problèmes quotidiens des FAR. Et ils étaient nombreux.

Tout d'abord, son vieil ennemi Mulch Diggums se déchaînait à la surface. À croire que le nain cherchait à le provoquer. Dernièrement, il s'était introduit dans plusieurs terminaux de navettes et avait vendu son butin à des fées exilées qui vivaient parmi les humains. Sur les lieux de ses méfaits, il abandonnait une jolie pyramide de terre recyclée, comme une carte de visite.

Et puis, il y avait ces satanés crapauds grossiers. Deux sorciers diplômés de l'université avaient doté de la parole de vulgaires crapauds de tunnel. Naturellement, en bons étudiants qui se respectent, ils leur avaient attribué seulement le don de dire des grossièretés. Et maintenant, à cause d'un effet secondaire imprévu, la fertilité en l'occurrence, Haven devait faire face à une quasi-épidémie de ces crapauds qui provoquaient l'indignation des habitants qu'ils croisaient.

Par ailleurs, les gangs de gobelins gagnaient en force et en audace. Pas plus tard que la semaine dernière, ils avaient bombardé une voiture de patrouille.

Julius Root se renversa dans son fauteuil pivotant et laissa la fumée de son cigare former un nuage autour de sa tête. Certains jours, il avait vraiment envie de raccrocher son arme pour de bon. Des jours où il avait l'impression que plus rien ne le retenait dans ce métier.

La sonnerie de l'hologramme vibra au plafond, comme une boule à facettes. Un appel. Root vérifia l'identité de son correspondant.

Le capitaine Holly Short.

Root s'autorisa un rarissime sourire.

Et puis, il y avait les jours où il savait exactement ce qu'il devait faire.

« Je dois former mes meilleurs éléments pour qu'ils puissent me remplacer quand je ne serai plus là. Des individus comme le capitaine Kelp, Foaly – Dieu me garde – et le capitaine Holly Short. »

Root l'avait lui-même sortie du rang. Il l'avait promue au grade de capitaine ; elle était la première femme à décrocher ce titre dans toute l'histoire des FAR. Et il était fier d'elle. Jusqu'à présent, toutes les opérations de reconnaissance avaient été des succès.

« C'est elle l'élue, Julius, lui dit sa voix intérieure. Intelligente, intrépide, passionnée. Holly Short fera un excellent capitaine. Et qui sait, peut-être un grand commandant. »

Root chassa son sourire de son visage. Le capitaine Short n'avait pas besoin de le voir sourire fièrement, comme un grand-père comblé. Elle avait besoin de discipline, d'ordre et d'une saine dose de respect teinté de crainte envers son supérieur.

Il tapota sur une touche de son écran d'ordinateur et l'hologramme fit surgir de ses projecteurs un tourbillon d'étoiles qui se figea pour prendre l'apparence scintillante du capitaine Holly portant un costume humain. En mission d'infiltration, de toute évidence. Il la voyait exactement telle qu'elle était, mais elle ne pouvait pas le voir tant qu'il n'avait pas pénétré dans l'empreinte de pied du cercle holographique, ce qu'il fit.

– Capitaine Short, tout se passe bien à Hambourg, je crois ?

Holly paraissait stupéfaite ; elle demeura bouche bée et tendit les mains, comme pour toucher le commandant. Il était mort, assassiné par Opale Koboï, mais là, à cet instant, Julius Root était aussi vivant que dans son souvenir.

Il se racla la gorge.

– Tout va bien, capitaine ?

– Oui, évidemment, commandant. Tout va bien, pour le moment. Mais il serait peut-être bon de placer un commando de Récupération en état d'alerte.

Root repoussa cette idée d'un mouvement de cigare.

– Sottise ! Jusqu'à présent, vos états de service parlent d'eux-mêmes. Vous n'avez jamais eu besoin de renforts.

Holly sourit.

– Il y a un début à tout.

Root tressaillit ; quelque chose dans la projection gazeuse de l'hologramme avait attiré son attention.

– Vous m'appelez d'Afrique ? Que faites-vous là-bas ?

Holly frappa du plat de la main sur le panneau de contrôle devant elle.

– Non, non, je suis à Hambourg, dans la planque

d'observation. Stupide machine ! Les projecteurs sont détraqués eux aussi. Sur le moniteur, j'ai l'air d'avoir dix ans. Je vais étrangler Foaly à mon retour.

Root ne put s'empêcher d'afficher un sourire en entendant cela, mais il s'empressa de le faire disparaître.

– Pourquoi utiliser l'hologramme, Short ? Que reprochez-vous à ce bon vieux communicateur ? Savez-vous combien ça coûte pour diffuser du son et des images à travers la couche terrestre ?

L'image de la fée tremblota et elle regarda ses pieds, avant de relever la tête.

– Je... je voulais juste vous remercier, Jul... commandant.

Celui-ci n'en revenait pas. Le remercier ? Pour des mois de missions impossibles et d'heures supplémentaires ?

– Me remercier, capitaine ? Voilà qui n'est pas banal. Si les fées me remercient, je ne suis pas sûr de bien faire mon travail.

– Oh, si, si ! s'exclama la projection de Holly. Vous faites un excellent travail, plus que ça même. Personne ne vous appréciait... ne vous apprécie à votre juste valeur. Alors, merci et je promets de ne pas vous laisser tomber.

Root fut surpris de constater qu'il était véritablement ému. Ce n'était pas tous les jours qu'il sentait une émotion aussi authentique.

« Regardez-moi ! se dit-il. En train de pleurnicher devant un hologramme ! Foaly se régalerait s'il voyait ça. »

– Je... euh... j'accepte vos remerciements, capitaine,

et je les crois sincères. Je ne compte pas recevoir un appel par hologramme à chaque mission, mais pour une fois, ça ira.

– Compris, commandant.

– Et soyez prudente à Hambourg. Pensez à bien vérifier votre équipement.

– Promis, commandant.

Root aurait juré qu'il avait vu Holly lever les yeux au ciel, mais peut-être était-ce encore un défaut du programme.

– Autre chose, capitaine ?

La fée tendit la main ; le mouvement la fit scintiller et onduler légèrement. Root ne savait pas trop quelle attitude adopter. Les règles de savoir-vivre des hologrammes étaient claires : les étreintes et les poignées de main étaient déconseillées. Après tout, qui a envie de serrer dans ses bras une image pixellisée ?

Mais la main était toujours là.

– Souhaitez-moi bonne chance, commandant. Entre officiers.

Root émit un grognement. De la part d'un autre subordonné, il aurait cru à de la flatterie, mais le capitaine Short l'avait toujours impressionné par sa candeur.

Il tendit la main à son tour et sentit de légers picotements quand elle toucha les doigts virtuels de Holly.

– Bonne chance, capitaine, dit-il d'un ton bourru. Et essayez de refréner votre côté franc-tireur. Un jour, je ne serai plus là pour vous aider.

– Promis, commandant. Au revoir.

Sur ce, Holly quitta l'écran, mais durant les quelques

secondes qui précédèrent la disparition de son image holographique, Julius Root crut voir des larmes briller sur ses joues.

« Stupide machine, pensa-t-il. Je vais ordonner à Foaly de toutes les recalibrer. »

Holly sortit de la cabine, qui ressemblait à une douche d'autrefois, avec un rideau en caoutchouc. Une pression sur un bouton et la cabine se replia pour rentrer à l'intérieur de la mallette portable.

Elle avait les larmes aux yeux quand elle se sangla sur son siège et débrancha le pilotage automatique.

Assis à ses côtés, à la place du copilote, Artemis s'agita nerveusement dans son fauteuil.

– Alors, nous sommes quittes ?

La fée hocha la tête.

– Oui. On est quittes. Mais l'époque des baisers d'elfe est terminée.

– Je vois.

– Ce n'est pas un défi, Artemis. C'est terminé pour de bon.

– Je comprends, répondit le garçon d'un ton neutre.

Ils demeurèrent silencieux quelques instants et contemplèrent les montagnes basses qui se précipitaient à leur rencontre dans le désert. Soudain, Holly se pencha pour donner un petit coup de poing dans l'épaule d'Artemis.

– Merci, Arty.

– C'était un plaisir. J'ai eu une idée, voilà tout.

Mulch sortit bruyamment des toilettes, en se grattant et en grommelant.

– Oooh, ça va mieux. Béni soit celui qui a inventé l'insonorisation, pas vrai ?

Holly grimaça.

– Ferme la porte et laisse l'extracteur faire son travail.

Mulch claqua la porte d'un coup de talon.

– J'ai réfléchi là-dedans.

– Je ne suis pas sûre de vouloir en entendre davantage.

Mulch poursuivit malgré tout :

– Ce petit lémurien. Le machin soyeux. Vous savez à qui il me fait penser avec sa drôle de coupe en brosse ?

Ils avaient tous pensé la même chose.

– Au commandant Root, répondit Holly avec un sourire.

– Exact ! Un commandant Root miniature.

– Julius Junior, dit Artemis.

Ils franchirent les contreforts de l'Atlas et Fès leur apparut, comme le cœur du pays, avec ses artères obstruées par la circulation.

– Jayjay, commenta Holly. C'est son nom. Trouvons-le.

Elle activa le bouclier de la navette et entama la descente sur Fès.

CHAPITRE 11

FIENTES DE PIGEON

SOUK AUX CUIRS, MÉDINA DE FÈS

Holly gonfla une camhutte et la ventousa sous le balcon de pierre qui dominait le souk aux cuirs de Fès. Quand la voie fut libre, Artemis et elle grimpèrent à travers la minuscule trappe d'accès et se glissèrent dans les sièges gonflables en se tortillant. Le garçon avait les genoux sous le menton.

– Je trouve que vous grandissez, commenta Holly.

Artemis souffla pour chasser une mèche noir corbeau qui tombait devant ses yeux.

– Et j'ai les cheveux qui poussent.

– Réjouissez-vous, ce sont vos cheveux qui ont empêché le petit Arty de se reconnaître.

Holly avait « emprunté » la camhutte dans l'entrepôt de Tara, en même temps qu'un Neutrino et des déguisements adaptés. Artemis portait maintenant une longue chemise marron qui lui descendait jusqu'aux genoux et une paire de tongs, alors que Holly dissimulait ses traits caractéristiques de fée avec un foulard noué sur sa tête et une *abaya*.

La camhutte était un vieux modèle portable qui se composait essentiellement d'une sorte de grosse balle transparente gonflée grâce à une bonbonne de gaz chromovariable et capable de changer de couleur afin d'imiter le décor. C'était à peu près sa seule touche high-tech. Aucun équipement directionnel, aucune arme intégrée, uniquement un écran tactile et deux sièges étroits.

– Pas de filtre à air ? s'étonna Artemis.

– Hélas, non, dit Holly en rabattant son foulard sur son nez. Quelle est cette odeur ?

– De la fiente de pigeon diluée, expliqua le garçon. Fortement acide et, bien évidemment, très abondante. Les ouvriers des tanneries s'en servent pour assouplir les peaux avant de les teindre.

Le souk aux cuirs qui s'étendait à leurs pieds offrait une vue spectaculaire. D'énormes cuves de pierre disposées côte à côte dans la vaste cour évoquaient l'intérieur d'une ruche ; elles étaient remplies d'acide ou de teintures végétales comme le safran ou le henné. Les artisans, debout dans les cuves, trempaient soigneusement chaque peau, y compris la leur, et lorsqu'elles avaient pris la teinte désirée, elles étaient étendues sur un toit tout proche pour sécher.

– Les gens prétendent que Henry Ford a inventé le travail à la chaîne, dit Artemis. Mais cette activité existe depuis six cents ans.

Le souk était entouré de hauts murs blancs, mouchetés

de teinture et de poussière. Des taches ocre éparpillées sur les vieilles brique lui donnaient l'aspect d'une carte ancienne de quelque archipel exotique.

– Pourquoi Kronski a-t-il choisi le souk ? demanda Holly. Cette puanteur est presque insupportable, et c'est une amie de Mulch Diggums qui parle.

– Depuis sa naissance, Kronski souffre d'anosmie, expliqua Artemis. C'est-à-dire qu'il ne possède aucun odorat. Ça l'amuse de traiter ses affaires ici, en sachant que toutes les personnes, ou presque, qu'il va rencontrer se sentiront agressées par l'odeur des cuves d'acide. Leur attention est distraite, alors que lui demeure insensible à la puanteur.

– Astucieux.

– Diaboliquement. Ce lieu étant par ailleurs une attraction touristique, beaucoup de gens s'y rendent, mais ils n'y restent pas très longtemps.

– Autrement dit : énormément de spectateurs, mais peu de témoins.

– Exception faite des locaux, mais je parie que Kronski en emploie une douzaine qui sont prêts à voir ce qu'il veut qu'ils voient.

Artemis se pencha en avant et son nez frôla la paroi en plastique.

– Voilà justement notre abominable ami extinctionniste qui arrive. Quand on parle du loup…

En contrebas, le souk était envahi d'artisans et de marchands depuis longtemps indifférents à l'odeur âcre qui se dégageait des cuves. On voyait gambader quelques groupes de touristes téméraires, bien décidés à enregistrer la scène avec leurs appareils photo et prêts à supporter la chaleur et la puanteur, mais le temps de quelques clic seulement. Parmi eux, serein et souriant, déambulait le professeur Damon Kronski, vêtu d'une grotesque tenue de camouflage sur mesure, coiffé d'une casquette à visière de général.

Holly était écœurée par cet homme, et le plaisir évident qu'il prenait à évoluer dans ce décor.

– Regardez-le, il aime ça.

Artemis ne fit aucune remarque. Il avait vendu le lémurien, et à ses yeux, ce crime était plus odieux que celui de Kronski. Il aimait mieux se concentrer sur la foule, à la recherche d'une version miniature de lui-même.

– Je suis là-bas. Au coin ouest.

Holly tourna la tête pour apercevoir à son tour le jeune Artemis. Il était presque caché derrière une énorme cuve carrelée remplie à ras bord de teinture vert chlorophylle. Le soleil couchant dessinait un disque argenté fragmenté à la surface.

Artemis sourit. « Je me revois à cet endroit, très précisément, pour que Kronski soit gêné par le reflet. Cette cuve est la seule que frappe le soleil à cette heure-ci. Une façon de me venger de l'odeur. C'était enfantin, peut-être, mais j'étais encore un enfant à cette époque. »

– Votre mémoire est fidèle cette fois-ci, on dirait, commenta Holly.

Artemis éprouva un vif soulagement. Jusqu'à présent, tous ses souvenirs s'étaient révélés aléatoires.

Soudain, il se redressa. « Aléatoires. Comment avait-il

pu passer à côté ? Ces problèmes de mémoire ne pouvaient signifier qu'une seule chose. »

Mais pas le temps de s'appesantir sur ce sujet pour l'instant. L'échange allait avoir lieu.

Artemis posa l'index sur l'écran tactile pour agrandir une fenêtre. Il zooma sur une dalle de pierre située au centre du souk. Cette sorte de table basse était rainurée et creusée après avoir accueilli des empilements de peaux pendant des siècles. Du henné liquide luisait sur le dessus et gouttait sur les côtés, comme du sang s'échappant d'une plaie à la tête.

– C'est là que nous étions convenus d'effectuer l'échange, dit Artemis. Kronski pose la valise sur la pierre. Je lui remets l'animal.

– C'est un mâle nommé Jayjay, précisa Holly.

– Je lui remets Jayjay. Puis chacun repart de son côté, c'est aussi simple que ça. Il n'y a pas eu de complications.

– Peut-être que nous devrions attendre que l'échange ait eu lieu.

– Non. La suite appartient au domaine de l'inconnu. Pour le moment, au moins, nous savons certaines choses.

Holly observa la scène avec un œil de vétéran.

– Où est Butler ?

Artemis appuya sur une autre partie de l'écran. Celui-ci ondula légèrement, puis agrandit l'endroit sélectionné.

– Là, à la fenêtre. Il surveille tout.

La fenêtre en question était un rectangle découpé en haut du mur blanc qui s'écaillait.

– Tu te crois invisible, hein, l'ami ? chuchota Holly.

Du pouce, elle sélectionna la fenêtre et activa un filtre de vision nocturne. Dans la lueur soudaine de la chaleur corporelle, une silhouette imposante apparut à la fenêtre, figée, à l'exception des battements du cœur.

– Je me souviens que Butler voulait procéder lui-même à l'échange, mais j'ai réussi à l'en dissuader. C'est pourquoi il est là-haut, en train de fulminer.

– Butler en colère, c'est une chose que je n'ai pas envie de voir de près.

Artemis posa la main sur l'épaule de la fée.

– Dans ce cas, ne vous approchez pas trop. Nous voulons juste provoquer une diversion. Dommage qu'il n'y ait pas eu de combinaison des FAR dans cet entrepôt. Si vous étiez invisible pour les humains *et* les machines, je me sentirais plus rassuré.

Holly tourna le menton pour faire appel à la magie et elle disparut par petits morceaux, jusqu'à ce qu'il ne reste plus dans son siège qu'une sorte de brume.

– Ne vous inquiétez pas, Artemis, dit-elle d'une voix presque robotique à cause des vibrations. Ce n'est pas ma première mission et vous n'êtes pas la seule personne intelligente dans ce souk.

Artemis n'était nullement réconforté par cette réponse.

– Raison de plus pour faire preuve de prudence. Quand je pense qu'il n'y avait même pas une paire d'ailes dans ce terminal. Un entrepôt où l'on ne trouve même pas d'ailes !

– C'est le hasard, répondit Holly, dont la voix traversait le joint extensible de la porte. On prend ce qu'on trouve.

– On prend ce qu'on trouve, répéta le garçon, en suivant la progression de la fée dans l'escalier et sur la place grâce au filtre à infrarouge. Vous parlez d'une devise !

Le jeune Artemis de dix ans avait l'impression d'avoir été trempé dans une jarre de miel et mis à cuire sur la surface du soleil. Ses vêtements semblaient moulés sur sa peau et un ouragan de mouches tournoyait autour de sa tête. Sa gorge était aussi sèche que du papier de verre et il entendait sa respiration et son pouls comme s'il portait un casque.

Et cette puanteur ! Semblable à un vent chaud qui assaillait ses narines et ses yeux.

« Il faut que je persévère, se dit-il avec une détermination étonnante pour son âge. Père a besoin de moi. Et je refuse de me laisser intimider par cet individu odieux. »

Le souk était un kaléidoscope de membres qui s'agitaient, d'éclaboussures de teinture et d'ombres du soir. Aux yeux d'Artemis, les choses étaient encore plus déroutantes. Des coudes défilaient devant lui, des cuves résonnaient comme des cloches et l'air était déchiré par les salves de français et d'arabe qui fusaient au-dessus de sa tête.

Artemis s'autorisa un petit instant de méditation. Les yeux fermés, il inspira lentement et profondément, par la bouche.

« Bien, pensa-t-il. À nous deux, professeur Kronski. »

Heureusement, le professeur était énorme et en traversant le souk, Artemis le repéra très vite, à l'autre bout.

« Regardez-moi ce poseur. Une tenue de camouflage ! Se prend-il réellement pour un général en guerre contre le royaume des animaux ? »

Artemis provoquait lui aussi les regards étonnés des locaux. Les touristes étaient nombreux dans le souk, mais il était beaucoup plus rare de voir, où que ce soit dans le monde, un garçon de dix ans, seul, en costume, transportant un singe dans une caisse.

« C'est très simple : il suffit de marcher jusqu'au centre et de poser la caisse. »

Mais le simple fait de traverser le souk posait un problème. Les gens allaient et venaient entre les cuves, les bras chargés de dizaines de peaux dégoulinantes. Des filaments de teinture s'envolaient et venaient maculer les vêtements des touristes et des autres artisans. Artemis fut obligé d'avancer avec prudence, et plusieurs fois il dut laisser le passage, avant d'atteindre finalement l'espace dégagé au centre de la place.

Kronski l'avait devancé. Appuyé sur le pommeau de sa canne de chasse qui se transformait en tabouret, il tirait sur un long cigare fin.

– Apparemment, je passe à côté de la moitié du plaisir, dit-il comme s'ils poursuivaient une banale conversation. Le meilleur dans le cigare, c'est l'arôme, et moi, je ne sens rien.

Artemis s'efforçait de contenir sa fureur. Ce type paraissait parfaitement à l'aise, on avait du mal à distinguer une goutte de sueur sur son front. Le jeune garçon s'obligea à sourire.

– Vous avez l'argent, Damon ?

Il pouvait au moins s'offrir le plaisir d'agacer ce cher professeur en omettant volontairement son titre.

Mais Kronski ne parut nullement froissé.

– Il est juste là, Ah-temis, répondit-il en tapotant sa poche de poitrine. Cent mille euros, c'est une telle broutille que j'ai réussi à fourrer tous les billets dans mes poches de costume.

Artemis ne put résister à l'envie de lancer une pique :

– Et quel costume !

Les verres violets des lunettes de Kronski lancèrent des éclairs dans les derniers rayons de soleil.

– Contrairement au vôtre, mon garçon, qui semble perdre tout son caractère avec cette chaleur.

C'était la vérité. Artemis avait l'impression que la seule chose qui l'aidait à rester droit était la sueur séchée dans son dos. Il était affamé, fatigué et irritable.

« Concentre-toi. L'objectif justifie les sacrifices. »

– Puisque, de toute évidence, j'ai le lémurien, pourrions-nous procéder à l'échange, je vous prie ?

Les doigts de Kronski s'agitèrent et Artemis devina qu'il était en train de se dire : « Arrache-lui le lémurien. Inutile de dilapider cent mille euros. »

Artemis décida alors de tuer dans l'œuf ce genre de raisonnement.

– Au cas où vous auriez l'idée saugrenue de revenir sur notre accord, je ne dirai qu'un seul mot : « Butler ».

Un mot suffisait. Kronski connaissait la réputation de Butler, mais il ignorait où il se trouvait. Ses doigts s'agitèrent de nouveau, puis se figèrent.

– Très bien, Ah-temis. Finissons-en. Vous comprendrez, j'en suis sûr, que je veuille inspecter la marchandise.

– Évidemment. Et vous comprendrez, j'en suis sûr, que je veuille voir la couleur de votre argent.

– Certainement !

Kronski glissa la main dans une de ses poches et en sortit une grosse enveloppe bourrée de billets mauves de cinq cents euros. Il en prit un au hasard et le tendit à Artemis.

– Vous avez l'intention de le sentir ?

– Non, pas tout à fait.

Artemis ouvrit le clapet de son téléphone portable et sélectionna dans son menu un scanner magnétique de devises. Il fit passer le billet devant la lumière ultraviolette pour examiner le filigrane et la bande métallique.

Kronski plaqua la main sur son cœur.

– Je suis blessé, mon garçon, meurtri, que vous imaginiez que je puisse essayer de vous rouler. Fabriquer cent mille euros de fausse monnaie coûterait plus de cent mille euros, figurez-vous ! Un bon jeu de plaques vaut le double !

Artemis referma son téléphone.

– Je suis du genre méfiant, Damon. Vous l'apprendrez.

Il posa la caisse sur la dalle de pierre.

– À votre tour maintenant.

À cet instant, l'attitude de Kronski changea du tout au tout. Son tempérament désinvolte céda place à une sorte d'excitation frivole. Le sourire aux lèvres, il s'approcha de la caisse sur la pointe des pieds, comme un enfant face à un sapin de Noël.

« Un enfant normal, songea Artemis. Pour moi, le matin de Noël ne recèle aucun mystère, grâce au scanner à rayons X de mon portable. »

De toute évidence, la perspective d'éteindre l'étincelle de vie d'une espèce supplémentaire mettait Kronski dans un état de surexcitation. Penché délicatement au-dessus de la caisse, il approcha son œil des trous d'aération.

– Bien, bien, tout semble en ordre. Mais il faut que je regarde de plus près.

– En échange de cent mille euros, vous pourrez regarder d'aussi près que vous le souhaitez, dit Artemis.

Kronski lui lança l'enveloppe.

– Ah, ce que vous êtes agaçant. Allez, prenez donc votre argent. Franchement, vous me déprimez, Ahtemis. Un garçon comme vous ne doit pas avoir beaucoup d'amis.

– Je n'ai qu'un seul ami, répliqua Artemis en empochant l'argent, et il est plus grand que vous.

Kronski souleva le couvercle de la boîte, juste assez pour saisir le lémurien par la peau du cou. Il brandit l'animal à bout de bras, comme un trophée, et l'examina sous toutes les coutures.

Artemis recula d'un pas en jetant des regards méfiants autour de lui.

« Peut-être qu'il ne va rien se passer, pensa-t-il. Peut-être que ces étranges créatures ne sont pas aussi ingénieuses que je l'ai cru. Je vais peut-être devoir me contenter des cent mille euros. »

C'est alors que les créatures ingénieuses entrèrent en scène.

Holly n'avait pas d'ailes pour voler, mais cela ne signifiait pas qu'elle ne pouvait pas causer des dégâts. S'il n'y avait aucune arme dans l'entrepôt des FAR, à l'exception d'un Neutrino, il y avait en revanche du matériel d'extraction, et plus particulièrement quelques dizaines de cartouches explosives que la fée dispersait maintenant dans les cuves de teinture un peu partout dans le souk, en doublant la dose sous la fenêtre de Butler.

Bien qu'invisible, Holly se déplaçait avec la plus grande prudence car sans combinaison, c'était une opération risquée. Le moindre geste brusque, la plus petite collision, et son corps pouvait déclencher des pétards magiques, qui sembleraient jaillir de nulle part.

Alors, elle bougeait doucement, très doucement.

Elle lança la dernière charge explosive en se sentant totalement vulnérable, malgré son invisibilité.

« Les conseils de Foaly me manquent, se dit-elle. C'est chouette d'être accompagnée par un œil qui voit tout. »

À croire qu'Artemis lisait dans ses pensées, car sa voix résonna dans le micro glissé dans son oreille. Encore un cadeau trouvé dans l'entrepôt.

– Kronski ouvre la boîte. Préparez-vous à faire exploser les charges.

– Parée. Je suis au coin nord-ouest si jamais Jayjay tente de s'échapper.

– Je vous vois avec le filtre. Explosion à volonté.

Holly grimpa dans une cuve vide et fixa son attention

sur Kronski. Il avait sorti le lémurien et le tenait à bout de bras. Parfait.

Elle promena son doigt sur la bandelette qu'elle avait dans sa main, jusqu'à ce que toutes les lumières minuscules virent au vert. Un message d'un seul mot défila sur la bandelette.

« Explosion ? »

« Absolument », pensa Holly et elle appuya sur la case « oui ».

Une première cuve explosa et une colonne de teinture rouge de six mètres de haut s'éleva dans les airs. Plusieurs autres cuves l'imitèrent rapidement, avec des bruits sourds semblables à des tirs de mortier, projetant leur contenu dans le ciel du Maroc.

« Une symphonie de couleurs, pensa Artemis sur son perchoir. Maintenant, le champ de vision de Butler est complètement obstrué. »

En contrebas, dans le souk, le chaos fut immédiat. Chaque fois qu'une nouvelle fontaine colorée jaillissait, les artisans poussaient des rugissements et des cris, de grands « Oooh ! », comme les spectateurs d'un feu d'artifice. Certains, comprenant que leurs précieuses peaux allaient se retrouver maculées, s'empressèrent de ramasser leur marchandise et leurs outils. Quelques secondes plus tard, il pleuvait des gouttes multicolores et les travées entre les cuves étaient parcourues d'artisans furieux et de touristes effrayés.

Le jeune Artemis demeura immobile, indifférent aux projections de teinture, le regard fixé sur Damon Kronski et le lémurien qu'il tenait dans son poing.

« Surveille l'animal. C'est l'animal qu'ils veulent. »

Kronski poussait un couinement aigu à chaque explosion, en sautillant sur une jambe tel un danseur de ballet terrorisé.

« Impayable », se dit Artemis et il filma quelques secondes de vidéo avec son portable. Il allait se produire autre chose, il le sentait.

Et il avait raison. Il eut soudain la vague impression que la terre explosait devant les pieds de Kronski. Un champignon de boue se dressa, quelque chose bougea à l'intérieur de ce rideau brunâtre et le lémurien disparut.

Le professeur Kronski se retrouva en train de tenir un pâté de matière visqueuse qui luisait dans la pénombre naissante.

Les dernières gouttes de teinture tombèrent et le chaos s'atténua peu à peu. Hébétés, les artisans secouaient la tête, puis ils maudirent leur malchance. Tous les bénéfices de la journée dilapidés.

Kronski continua à couiner pendant plusieurs secondes après que tout fut terminé, en tenant la note à la manière d'un chanteur d'opéra.

Artemis affichait un sourire mauvais.

– Puisque la grosse dame a fini de chanter, je suppose que le spectacle est terminé, dit-il.

Son ton sarcastique ramena le docteur sur terre. Il se ressaisit, se campa sur ses deux pieds et inspira à fond, tandis que les rougeurs s'effaçaient de ses joues. C'est seulement quand il voulut essuyer ses mains pleines de cette substance visqueuse qu'il s'aperçut qu'il ne tenait plus le lémurien.

Alors qu'il regardait ses doigts d'un air incrédule, il sentit cette drôle de matière durcir pour former un gant luisant.

– Qu'avez-vous fait, Artemis ?

« Tiens, songea celui-ci, vous savez prononcer mon nom tout à coup. »

– Je n'ai rien fait, Damon. Je vous ai remis le lémurien, vous l'avez perdu. C'est votre problème. »

Kronski était livide. Il arracha ses lunettes, dévoilant ses yeux rougis.

– Vous m'avez roulé, Fowl ! Vous êtes complice de tout ça, d'une façon ou d'une autre. Je ne peux pas accueillir une conférence des extinctionnistes sans faire une entrée fracassante. L'exécution de ce lémurien devait me servir d'introduction !

Le portable d'Artemis sonna ; il jeta un rapide coup d'œil à l'écran. Un court message de Butler : « Mission accomplie. »

Il remit son portable dans sa poche et gratifia Kronski d'un large sourire.

– Une entrée fracassante, dites-vous ? Je pense pouvoir vous aider. Moyennant finances, évidemment.

Assis à l'intérieur de la camhutte, Artemis le Vieux assistait aux événements qui se déroulaient en bas. Tout se passait conformément au plan, exception faite des cuves de teinture, qui dépassaient toutes ses espérances.

« Le champ de vision de Butler est complètement obstrué », pensa-t-il. Mais soudain, il se figea. « Évidemment ! Jamais je n'aurais installé Butler à cette fenêtre. J'aurais mis un leurre à la place, étant donné que c'est un des cinq emplacements logiques pour un tireur embusqué. En fait, j'aurais mis un leurre dans chacun de ces endroits et j'aurais positionné le vrai Butler en bas, au milieu du souk, prêt à intervenir si ces satanés voleurs de lémurien réapparaissaient, ce qui était fort probable, étant donné qu'ils semblaient au courant de tous mes faits et gestes. Moi, Artemis Fowl, je me suis fait embobiner par moi-même. »

C'est alors qu'une pensée terrifiante le frappa.

– Holly ! cria-t-il dans le micro collé à son pouce. Opération annulée ! Opération annulée !

– Qu'est-ce que..., répondit une voix grésillante. Le bruit... je crois... endommagé.

Suivirent quelques secondes de bruit mat et de craquements, puis ce fut le silence.

Trop tard. Artemis ne put que coller son visage contre l'écran et regarder, impuissant, un des artisans se débarrasser de sa couverture et se redresser : il était bien plus grand qu'il ne semblait l'être. Il s'agissait, bien évidemment de Butler, tenant à la main un scanner à infrarouge qu'il braquait devant lui.

« Butler, ne faites pas ça, mon vieil ami. Je sais que vous n'avez jamais apprécié mes projets. »

En trois grandes enjambées, le garde du corps rejoignit la cuve dans laquelle se trouvait Holly et il emprisonna l'elfe dans sa couverture. Elle se débattit, mais elle n'avait pas la moindre chance face à sa force prodigieuse. En dix secondes, elle se retrouva ligotée et hissée sur l'épaule du garde du corps. Encore cinq secondes et il franchissait la porte du souk pour se perdre dans la foule de la médina.

Tout cela se déroula si vite qu'Artemis n'eut même pas le temps de refermer la bouche. Quelques secondes plus tôt, il maîtrisait la situation, il savourait le plaisir d'être la personne la plus intelligente de la pièce, métaphoriquement parlant. Et tout à coup, il retombait brutalement sur terre, après avoir sacrifié sa reine pour une tour, comprenant qu'il était confronté à un individu aussi intelligent que lui, mais deux fois plus impitoyable.

Il sentit la pâleur du désespoir se répandre sur son front, laissant dans son sillage des frissons d'effroi.

« Ils ont Holly. Les extinctionnistes vont la juger et l'accuser de respirer l'air des humains. »

Une pensée lui traversa l'esprit : « Tout accusé a droit à un bon avocat. »

Chapitre 12

DISPARUS À TOUT JAMAIS

LE DOMAINE DES HOMMES, CAMP DES EXTINCTIONNISTES, FÈS

Le jeune Artemis accepta d'accompagner le professeur Kronski jusqu'à son camp clôturé, non loin de la médina. La Land Rover de Kronski était bien plus luxueuse que celle louée par le jeune garçon : système de climatisation efficace, distributeur d'eau fraîche et sièges en peau de tigre blanc.

En promenant sa main sur les sièges, Artemis ne fut pas surpris de découvrir qu'il s'agissait de fourrure véritable.

– Jolis sièges, commenta-t-il d'un ton cassant.

Kronski ne répondit pas. Il n'avait quasiment pas ouvert la bouche depuis qu'il avait laissé filer le lémurien, si ce n'est pour maugréer en maudissant l'injustice dont il s'estimait victime. Il semblait indifférent au fait que son costume était maculé de teinture, qui tachait maintenant ses coûteux revêtements de siège.

Il leur fallut à peine cinq minutes pour atteindre le camp, mais Artemis se réjouit de disposer de ce délai pour réfléchir. Lorsque la Land Rover fut autorisée à franchir le portail blindé, les lacunes de son plan avaient été comblées et il avait mis à profit les deux minutes qui lui restaient pour élaborer une intrigue destinée aux romans sentimentaux qu'il écrivait à l'occasion, sous le nom de Violet Tsirblou.

Un garde dont la corpulence n'avait rien à envier à celle de Butler leur fit signe de passer sous une arche découpée dans le mur d'enceinte de quatre mètres de haut. Artemis garda les yeux bien ouverts pour repérer les hommes armés qui patrouillaient dans le camp de cinq hectares, l'emplacement du générateur et des logements du personnel.

« L'information, c'est le pouvoir. »

Les lieux de résidence étaient construits dans le style bungalow de plage californien – toits plats et verre partout – et regroupés autour d'une plage artificielle avec machine à faire des vagues et surveillant de baignade. Au milieu du camp se dressait un grand centre de conférence, coiffé d'une flèche entourée d'un échafaudage. Deux hommes perchés sur les poutrelles apportaient la touche finale à une icône de bronze juchée au sommet de la flèche. Bien que l'icône soit encore partiellement enveloppée de toile, Artemis devinait ce qu'elle représentait : un bras humain tenant le monde dans son poing. Le symbole des extinctionnistes.

Le chauffeur de Kronski les arrêta devant le plus grand bungalow du camp et le professeur entra le premier, sans un mot. D'un geste las, il montra un canapé en cuir et disparut dans sa chambre.

Artemis avait espéré prendre une douche et se changer, mais visiblement, Kronski n'était pas d'humeur à jouer les hôtes courtois et le garçon fut obligé d'attendre son retour en tirant sur le col de sa chemise qui le démangeait.

Le salon de Kronski était un lieu macabre. Un des murs était décoré de certificats d'extinction, accompagnés des photos des malheureux animaux et de la date à laquelle les extinctionnistes avaient réussi à assassiner le dernier spécimen de telle ou telle espèce.

Artemis balaya du regard le mur de photos : un lion de mer du Japon, un dauphin du Yangtsé, un renard volant de Guam et un tigre de Bali.

Tous disparus à jamais.

« La seule façon de voir ces créatures, c'était de voyager plus vite que la lumière pour retourner dans le passé. »

Cette pièce renfermait d'autres horreurs, toutes étiquetées à des fins éducatives. Le canapé était recouvert de peaux de loup des Malouines. Le crâne d'un rhinocéros noir servait de pied de lampe.

Artemis dut prendre sur lui pour garder son sang-froid.

Mais la petite voix de sa conscience lui rappelait que même s'il partait maintenant, cet endroit continuerait d'exister. Et en vendant cette étrange créature à Kronski, il attirerait de nouveaux curieux.

Artemis fit surgir mentalement l'image de son père.

« Quel que soit le prix. Quoi que je doive faire. »

Kronski revint, douché et vêtu d'un ample cafetan. Il avait les yeux rougis, comme s'il avait pleuré.

– Asseyez-vous, Ah-temis, dit-il en désignant le canapé avec un chasse-mouches en cuir tressé.

Le jeune garçon regarda le siège.

– Non, je préfère rester debout.

Kronski se laissa tomber dans un fauteuil de bureau.

– Oh, je comprends. C'est un canapé d'adultes. Pas facile d'être pris au sérieux quand vos pieds ne touchent pas le sol.

Le professeur se massa les yeux avec ses pouces potelés, puis chaussa ses fameuses lunettes.

– Vous ne pouvez pas imaginer ce que j'ai enduré, Ah-temis. Chassé d'un pays à l'autre à cause de mes croyances, comme un vulgaire criminel. Et maintenant que j'ai *enfin* trouvé une terre d'accueil, maintenant que j'ai convaincu le comité de se réunir ici, voilà que je perds l'objet du procès. Ce lémurien était l'élément central de toute la conférence.

Kronski parlait d'une voix calme ; il semblait s'être ressaisi après sa crise dans le souk.

– Les membres du comité des extinctionnistes sont extrêmement puissants, Ah-temis. Ils sont habitués au confort et aux commodités. Le Maroc n'est guère adapté. Il a fallu que je construise ce camp pour les inciter à venir jusqu'ici, et que je leur promette un morceau de choix pour la conférence. Et maintenant, tout ce que j'ai à leur montrer, c'est une main qui brille.

Kronski leva sa main : la matière visqueuse avait presque entièrement disparu, mais elle semblait luire faiblement.

– Tout n'est pas perdu, professeur, déclara Artemis d'un ton apaisant. Je peux vous procurer quelque chose qui va rajeunir votre entreprise et développer son potentiel au niveau mondial.

Le froncement de sourcils de Kronski trahissait son scepticisme ; il se pencha en avant, néanmoins, les bras légèrement tendus.

« Son visage dit non, pensa Artemis. Mais son langage corporel dit oui. »

– Qu'avez-vous à vendre, Ah-temis ?

Le jeune garçon ouvrit l'album photos de son téléphone portable et en sélectionna une.

– Ceci, annonca-t-il en tendant l'appareil à Kronski.

Ce dernier examina la photo et le scepticisme contenu dans son regard s'accentua.

– C'est quoi ? Un trucage ?

– Non. Une photo authentique. Cette créature existe bel et bien.

– Allons, Ah-temis ! C'est un mélange de latex et de greffes d'os. Rien de plus.

Artemis hocha la tête.

– Réaction logique. C'est pourquoi vous ne paierez que si vous êtes satisfait.

– J'ai déjà payé.

– Pour un lémurien. Il s'agit là d'une espèce qui n'a jamais été découverte. Sans doute un danger pour l'humanité. La raison d'être des extinctionnistes. Imaginez un peu avec quel empressement les membres vont subventionner votre Église une fois que vous leur aurez montré cette menace ?

Kronski acquiesça.

– Vous savez vous montrer convaincant pour un gamin de dix ans. Combien je devrai débourser ?

– Cinq millions d'euros. Ce n'est pas négociable.

– Cash ?

– En diamants.

Kronski fit la moue.

– Je ne paierai pas la moindre pierre avant d'avoir vérifié l'authenticité de votre produit.

– Normal.

– Vous êtes extrêmement arrangeant, Fowl. Qu'est-ce qui vous dit que je n'essaierai pas de vous doubler ? Après tout, je suis quasiment sûr que vous êtes impliqué dans ce qui s'est passé au souk. Là d'où je viens, la vengeance est loyale.

– Vous pourrez peut-être me doubler, Damon. Mais vous ne doublerez pas Butler. Vous n'êtes pas idiot.

Kronski émit un grognement, impressionné.

– Je dois reconnaître une chose, mon garçon : vous avez analysé la situation sous tous les angles. Et vous savez les présenter.

Il regarda sa main luisante d'un air absent et demanda :

– Ça ne vous paraît pas étrange, Ah-temis, qu'un gamin tel que vous finisse par se retrouver face à un vieil escroc tel que moi ?

– Je ne comprends pas votre question, répondit Artemis en toute franchise.

Kronski frappa dans ses mains en riant.

– Je me réjouis qu'un garçon tel que vous existe, Ahtemis ! Cela fait mon bonheur.

Son rire cessa brutalement, comme décapité par une guillotine.

– Bon. Quand pourrai-je examiner cette créature ?

– Immédiatement, répondit Artemis.

– Bien. Envoyez un message à votre homme pour lui demander de venir ici. Supposons qu'il lui faille une demi-heure pour arriver, plus dix minutes pour franchir les contrôles de sécurité. Nous pouvons le retrouver dans le grand pavillon dans une heure.

– J'ai dit « immédiatement », répondit Artemis en claquant des doigts.

Butler sortit de derrière un rideau, avec un sac en kevlar sous le bras.

Kronski laissa échapper un petit cri aigu, puis leva les yeux au ciel d'un air exaspéré.

– Je ne peux pas me contrôler… Depuis l'histoire du koala à Cleveland. C'est très gênant…

« Archiver et enregistrer, pensa Artemis. Le koala à Cleveland. »

– Bref, reprit le professeur, comment est-il entré ici ?

Butler haussa les épaules.

– J'ai suivi le même chemin que vous, professeur.

– Vous étiez dans la Land Rover ! Très astucieux.

– Non, pas vraiment. C'est plutôt de la négligence de votre part.

– Je saurai m'en souvenir. Vous avez la marchandise ?

La bouche de Butler se crispa et Artemis comprit qu'il atteignait la limite extrême de sa loyauté en se livrant à cette transaction. Le lémurien lui avait déjà posé des problèmes de conscience, mais cette créature femelle dans le sac, c'était une sorte de personne.

Sans un mot, le garde du corps déposa le sac sur le bureau. Artemis voulut ouvrir la fermeture Éclair, mais Butler l'arrêta.

– Elle possède un pouvoir hypnotiseur. Un jour, au Laos, j'ai rencontré un type capable de vous jeter un mauvais sort, mais rien à voir avec ça. Elle a essayé de s'en servir à la sortie du souk et j'ai failli percuter un chameau, alors je lui ai mis du Scotch sur la bouche. Par ailleurs, nous savons qu'elle peut devenir invisible. Quand j'ai ouvert le sac pour la première fois, elle n'y était pas. Mais je pense qu'elle commence à manquer d'énergie. Toutefois, elle peut nous réserver d'autres tours de force, qui sait quelles ruses elle cache dans ses oreilles pointues ? Êtes-vous prêt à prendre ce risque ?

– Oui, dit Kronski, qui avait presque la bave aux lèvres. Sans la moindre hésitation ! Ouvrez le sac.

Butler ôta sa main et Artemis tira sur la fermeture Éclair, laissant apparaître la créature tapie à l'intérieur.

Kronski plongea son regard dans les yeux vairons. Il caressa le front étonnamment large, tira sur une des oreilles, puis marcha vers le bar en chancelant pour se servir un verre d'eau d'une main tremblante.

– Cinq millions au prix actuel du marché, déclara-t-il. Vous avez dit cinq millions et on était d'accord. Trop tard pour augmenter le prix.

Artemis sourit. Le professeur était ferré.
–Cinq millions, confirma-t-il. Plus les frais.

Artemis revenait vers le lieu d'atterrissage sur un scooter pliant des FAR, conçu pour ressembler à un Lambretta humain des années 1950. La ressemblance n'était que superficielle car rares étaient les Lambretta équipés de batteries nucléaires, d'un système de navigation par satellite gnomique et de capsules d'autodestruction.

La route d'Ifrane, à l'extérieur de la cité impériale, située dans le bassin fluvial fertile de Fès, était bordée d'oliveraies et de parcours de golf.

«La coexistence de l'ancien et du moderne.»

Au-dessus de sa tête, les étoiles paraissaient plus proches et plus intenses que chez lui en Irlande; on aurait dit les lumières d'un stade, comme si, bizarrement, l'Afrique était plus proche du reste de l'univers.

«Je l'ai perdue. J'ai perdu Holly.»

Mais il avait un plan. Un plan plus ou moins bon. Il avait juste besoin d'un peu de technologie féerique pour ouvrir quelques portes, et il resterait encore une chance. Car sans Holly, tout était fichu. Il n'y aurait aucun avenir, pour aucun d'entre eux.

Il lui fallut presque une heure pour localiser le parcours de golf où Holly avait laissé la navette des FAR. Rien n'indiquait la présence de l'engin, si ce n'est une bande de sable étonnamment plate dans un bunker. Holly y avait enfoncé la navette et laissé le bouclier d'invisibilité activé. Artemis ne la trouva que grâce au système de navigation du vélomoteur.

Il replia le scooter sous la forme d'un disque, de la taille d'un Frisbee, et descendit dans la navette par l'écoutille du toit.

Mulch Diggums s'amusait à tournoyer dans le fauteuil du pilote.

– Ce scooter est à moi, Môme de Boue. Il est tombé du chariot, alors je l'ai pris sous le bras.

Artemis referma l'écoutille.

– Où est le lémurien ? Où est Jayjay ?

Mulch répondit à ses questions par d'autres :

– Où est Holly ? Vous l'avez perdue ?

– Oui, avoua tristement Artemis. Le gamin a été plus malin que moi. Il savait qu'on tenterait de récupérer le lémurien. Il l'a sacrifié en échange de Holly.

– Rusé, commenta Mulch. En tout cas, moi je m'en vais. À la prochaine.

– À la prochaine ? Une de vos camarades fées est en danger et vous la laissez tomber ?

Mulch écarta les bras.

– Hé, du calme, Môme de Boue. Les FAR ne sont pas mes camarades. On avait un accord : je vous attrape la petite bestiole à poils et vous me filez un chariot rempli de matériel technologique des FAR. Travail accompli, tout le monde est content.

À cet instant, Jayjay sortit la tête par l'entrebâillement de la porte des toilettes.

– Qu'est-ce qu'il fiche là-dedans ? demanda Artemis.

Mulch afficha un grand sourire.

– Vous avez le droit à deux réponses.

– Les lémuriens ne savent pas utiliser les toilettes.

– Regardez par vous-même. C'est Jayjay le responsable.

Il fit claquer ses doigts velus et le lémurien courut le long de son bras pour venir se poster sur sa tête.

– Vous voyez ? Il assume la responsabilité.

Le nain fronça les sourcils et demanda :

– Vous n'allez pas échanger ce petit gars contre le capitaine Short, hein ?

– Inutile, répondit Artemis en se connectant à la base de données des FAR. Autant essayer d'échanger une épingle à cheveux contre Excalibur.

Mulch se mordilla la lèvre.

– Je connais l'histoire d'Excalibur et je vois où vous voulez en venir. Une épingle à cheveux ne sert à rien, Excalibur est une épée merveilleuse, et ainsi de suite. Mais dans certains cas, une épingle à cheveux peut s'avérer très utile. Par contre, si vous aviez dit une épingle à cheveux *en caoutchouc*. Vous saisissez ?

Artemis l'ignora ; il pianotait furieusement sur le clavier qui venait d'apparaître devant lui. Il avait besoin d'en savoir le plus possible sur les extinctionnistes et Foaly possédait un dossier complet sur eux.

Mulch grattouilla Jayjay sous le menton.

– Je commençais à bien aimer le capitaine Short, tout en sachant que j'avais tort. Je me dis que je pourrais peut-être creuser pour voler à son secours.

C'était une offre sincère et une remarque pertinente ; Artemis prit donc le temps d'y répondre :

– Impossible. Kronski a déjà assisté à un sauvetage souterrain, il ne tombera pas dans le panneau une deuxième fois. En outre, vous succomberiez à la chaleur en pleine journée. Vous ne seriez pas à l'abri. La terre est si sèche qu'elle peut se fendre sur quinze mètres de profondeur. Un seul rayon de soleil, aussi fin qu'une tête d'épingle, et vous vous retrouveriez calciné comme un vieux livre dans un four.

Mulch grimaça.

– Voilà une image efficace ! Alors, que comptez-vous faire ?

Artemis se servit de la technologie de pointe des fées pour imprimer une carte à motif léopard, frappée en son centre de l'hologramme argenté et violet des extinctionnistes.

– Je vais assister au banquet des extinctionnistes ce soir, dit-il en donnant une pichenette dans la carte. N'ai-je pas été invité, après tout ? Il me faut juste un déguisement et du matériel médical.

Mulch était impressionné.

– Excellent ! Vous êtes presque aussi retors que moi.

Artemis reporta son attention sur le clavier. Peaufiner sa couverture lui prendrait du temps.

– Vous ne croyez pas si bien dire.

Le jour du banquet des extinctionnistes était arrivé et Kronski avait les nerfs à fleur de peau. Vêtu simplement d'un drap de bain, il allait et venait dans son bungalow en chantonnant les airs de *Joseph et le fabuleux manteau de rêves en Technicolor*. Il rêvait souvent qu'il portait ce manteau fait avec les peaux de tous les animaux qu'il avait chassés jusqu'à leur extinction. Il se réveillait toujours avec le sourire aux lèvres.

« Tout doit être absolument parfait. C'est la plus grande soirée de ma vie. Merci, mon petit Ah-temis. »

L'enjeu de cette conférence était énorme et le banquet donnait généralement le ton du week-end. S'il frappait un grand coup lors du procès inaugural, les membres en parleraient pendant plusieurs jours. Les commentaires iraient bon train sur Internet.

« Et on ne peut pas trouver mieux qu'une toute nouvelle espèce animale. Les extinctionnistes vont bientôt prendre une envergure mondiale. »

Il était temps. Car en vérité, ils appartenaient déjà au passé. Les adhésions étaient en chute libre et pour la première fois depuis sa création, la conférence ne faisait pas le plein. Au début, c'était merveilleux : il y avait tellement d'espèces en voie de disparition à chasser et à transformer en trophées sur les murs. Mais aujourd'hui, beaucoup de pays, surtout les plus grands, protégeaient leurs animaux rares. Impossible désormais de se rendre en Inde pour tuer un tigre. Et les nations subsahariennes n'appréciaient pas du tout de voir un groupe d'extinctionnistes armés jusqu'aux dents débarquer dans une de leurs réserves pour canarder les éléphants. À tel point que les fonctionnaires du gouvernement refusaient les pots-de-vin. « Refuser des pots-de-vin ! »

Il y avait un autre problème, mais jamais Kronski n'aurait accepté de le reconnaître. L'organisation était devenue un repaire de dingues. Cette haine viscérale pour le monde animal attirait des fous assoiffés de sang pour qui le but était simplement de tirer sur de pauvres bêtes. La philosophie du mouvement leur passait au-dessus de la tête : l'homme est le roi et pour survivre, les animaux doivent contribuer au confort de leurs maîtres. Un animal sans utilité gaspille l'air précieux et doit être éliminé.

Mais cette nouvelle créature venait tout bouleverser. Chacun voudrait la voir. Les membres filmeraient le procès et l'exécution, ils feraient circuler les images et Damon Kronski aurait le monde à ses pieds.

« Une année de dons, pensait-il. Ensuite, je prends ma retraite pour profiter de ma fortune. Cinq millions. Cette fée, ou je ne sais quoi, vaut dix fois plus que ça. Cent fois ! »

Kronski se trémoussa pendant une minute devant la ventilation du climatiseur, puis il choisit un costume dans sa garde-robe.

« Violet. Ce soir, je serai empereur. »

Après réflexion, il prit sur une étagère un chapeau assorti en peau de tigre de la Caspienne, avec un pompon.

« Quand tu es à Fès... »

LEARJET DES FOWL,
10 000 MÈTRES AU-DESSUS DE GIBRALTAR

Le jeune Artemis Fowl essayait de se détendre dans un des fauteuils en cuir moelleux du jet, mais la tension formait une boule dans sa nuque.

« J'ai besoin d'un massage. Ou d'une infusion. »

Il connaissait parfaitement la cause de cette tension.

« J'ai vendu une créature... une personne aux extinctionnistes. »

Intelligent comme il l'était, Artemis était tout à fait capable de bâtir un argument pour justifier son geste.

« Ses amis vont la libérer. Ils ont failli être plus malins que moi ; ils sont donc capables de berner Kronski. À cette heure, la créature est sans doute en train de retourner là d'où elle est venue, avec le lémurien sous le bras. »

Artemis abandonna ce raisonnement bancal pour se concentrer sur Kronski.

« Il faut vraiment faire quelque chose au sujet de ce personnage. »

Un Powerbook Titanium bourdonnait discrètement sur la tablette devant lui. Il réveilla l'écran et ouvrit son propre navigateur Internet qu'il avait créé à l'école pour un projet scientifique de fin d'année. Grâce à une puissante antenne illégale installée dans la soute du jet, il pouvait capter les signaux radio, télé et Internet du monde entier.

« Les organisations comme les extinctionnistes vivent et meurent de leur réputation, pensa-t-il. Ce serait amusant d'essayer de détruire la réputation de Kronski en se servant du pouvoir de la toile. »

Pour cela, il suffisait d'effectuer quelques recherches et de poster une vidéo sur un des sites de partage les plus populaires du web.

Vingt minutes plus tard, Artemis junior mettait la touche finale à son projet, lorsque Butler sortit du cockpit en baissant la tête.

– Vous avez faim ? demanda le garde du corps. Il y a du houmous dans le frigo et j'ai fait du yaourt et des smoothies au miel.

Artemis envoya sa vidéo sur le site Internet.

– Non merci, grommela-t-il. Je n'ai pas faim.

– C'est la culpabilité qui vous ronge, dit Butler avec franchise, en se servant dans le réfrigérateur. Comme un rat qui grignote un vieil os.

– Merci pour la comparaison. Mais ce qui est fait est fait.

– Étions-nous obligés de laisser l'arme à Kronski ?

– Je vous en prie ! Tout mon matériel est équipé d'un système de destruction à distance. Croyez-vous vraiment qu'une race aussi avancée puisse laisser sa technologie sans protection ? Je ne serais pas étonné que cette arme soit en train de fondre entre les mains de Kronski. J'étais obligé de la laisser en cadeau.

– Je doute que la créature fonde, elle aussi.

– Arrêtez avec ça, Butler ! J'ai conclu un marché, n'en parlons plus.

Le garde du corps s'assit en face du jeune garçon.
– Hmm. Votre conduite obéit à une sorte de code désormais. Le sens de l'honneur des criminels. Intéressant. Qu'est-ce que vous manigancez avec votre ordinateur ?

Artemis massa la boule de nerfs dans sa nuque.

– S'il vous plaît, Butler. Je fais tout ça pour mon père. Vous savez bien que c'est nécessaire.

– Une simple question, reprit le garde du corps en déchirant l'emballage en plastique d'un jeu de couverts. Votre père voudrait-il que ça se passe ainsi ?

Artemis ne répondit pas. Il continua à se masser la nuque.

Cinq minutes plus tard, Butler eut pitié du garçon de dix ans.

– Je pensais que nous pourrions peut-être faire demi-tour et donner un petit coup de main à ces créatures. L'aéroport de Fès a rouvert ; nous pourrions y être dans deux ou trois heures.

Artemis grimaça. C'était la meilleure chose à faire, assurément, mais cela ne faisait pas partie de son programme. Ce n'était pas en retournant à Fès qu'il sauverait son père.

Butler plia en deux son assiette en carton, emprisonnant au milieu les restes de son repas.

– Artemis, j'aimerais faire demi-tour et c'est ce que je vais faire, à moins que vous ne me l'interdisiez. Vous n'avez qu'un mot à dire.

Artemis le regarda retourner dans le cockpit, mais il n'ouvrit pas la bouche.

MAROC

Au Domaine des Hommes, le ballet des limousines déposait les extinctionnistes qui arrivaient de l'aéroport ; chacun d'eux affichait sur la manche, sur la tête ou aux pieds sa haine des animaux. Kronski remarqua une femme qui arborait des cuissardes en bouquetin. Des Pyrénées, sauf erreur. Et là, c'était ce vieux Jeffrey Coontz-Meyers avec sa veste en tweed doublée en couaga. Et la comtesse Irina Kostovich, qui protégeait son cou pâle de la fraîcheur du soir avec une étole en loup de Honshu.

Le sourire aux lèvres, Kronski les accueillit chaleureusement, en les appelant par leur nom pour la plupart. Chaque année, il y avait de moins en moins de nouveaux, mais après le procès de ce soir, ce serait différent. Il s'éclipsa pour faire un saut dans la salle du banquet.

Celle-ci avait été dessinée par Schiller-Haus à Munich ; elle se composait essentiellement d'une immense structure en préfabriqué, transportée par conteneurs et bâtie par des spécialistes allemands en moins d'un mois. Incroyable. C'était une construction imposante, d'aspect plus solennel que les bungalows, bien évidemment, car à l'intérieur se déroulaient des choses importantes : des procès équitables, suivis d'exécutions.

« Des procès équitables », pensa Kronski en ricanant.

L'entrée principale était gardée par deux Marocains de forte carrure, en tenue de soirée. Kronski avait envisagé de leur faire porter des combinaisons armoriées, mais il avait finalement renoncé à cette idée : ça faisait trop James Bond.

« Je ne suis pas le docteur No. Je suis le docteur Non aux animaux. »

Il passa devant les gardes d’un pas léger, suivit un couloir au sol recouvert de somptueux tapis locaux et pénétra dans une salle très haute de plafond coiffée d’une verrière. Les étoiles semblaient si proches qu’on aurait presque pu tendre la main pour les attraper.

Le décor offrait un élégant mélange de classicisme et de modernisme. Seuls éléments de mauvais goût : les pattes de gorille transformées en cendriers, disposées sur chaque table, et les défenses d’éléphant faisant office de seaux à champagne, alignées à l’entrée des cuisines. Kronski franchit la porte à double battant et traversa la cuisine en acier brossé pour atteindre au fond la chambre froide.

La créature était assise là, flanquée de trois autres gardes. On l’avait menottée à une chaise d’enfant en plastique empruntée à la crèche du camp. Elle paraissait à la fois alerte et morose. Son arme était posée sur un chariot métallique, hors d’atteinte.

« Si les regards étaient des balles, se dit Kronski en soupesant l’arme minuscule, je serais criblé de trous. »

Il pointa l’arme sur un jambon surgelé suspendu à un crochet et pressa la détente. Il n’y eut ni recul, ni éclair lumineux, mais le jambon était fumant maintenant, prêt à être servi.

Kronski souleva les lunettes de soleil aux verres violets, qu’il portait jour et nuit, pour s’assurer que sa vue ne lui jouait pas des tours.

– Ça alors ! s'exclama-t-il, stupéfait. Sacré jouet !

Il frappa du pied sur le sol en métal, produisant un bong qui résonna dans toute la chambre froide.

– Pas d'évasion souterraine, cette fois, déclara-t-il. Pas comme dans le souk. Tu parles anglais, créature ? Tu comprends ce que je te raconte ?

La créature leva les yeux au ciel.

« J'aimerais bien vous répondre, disait son expression, mais j'ai du Scotch sur la bouche. »

– Pour une bonne raison, reprit Kronski qui semblait avoir deviné la réponse. Nous connaissons tes ruses pour hypnotiser les gens. Et le coup de l'invisibilité.

Il se pencha en avant et lui pinça la joue, comme il le ferait avec un enfant adorable.

– Ta peau est presque humaine. Qu'es-tu donc ? Une fée, c'est ça ?

Même mouvement d'yeux.

« Si le roulement d'yeux était un sport, cette créature serait médaille d'or, se dit le professeur. Ou médaille d'argent, peut-être. La première place reviendrait à mon ex-femme, championne dans ce domaine. »

Il s'adressa aux gardes :

– A-t-elle bougé ?

Les trois hommes secouèrent la tête. C'était une question stupide. Comment pouvait-elle bouger ?

– Très bien. Parfait. Tout se déroule conformément à mon plan.

Ce fut au tour de Kronski de rouler des yeux.

– Non mais écoutez-moi ! « Tout se déroule conformément à mon plan. » Ça fait très docteur No. Je devrais aller me faire greffer des mains en métal. Qu'en pensez-vous, messieurs ?

– Des mains en métal ? répéta un des gardes, qui venait d'être engagé et n'était pas encore habitué aux divagations de Kronski.

Il ignorait que la plupart des questions du professeur étaient de pure forme, surtout quand il s'agissait de James Bond.

De fait, Kronski ignora cette remarque. Il posa son index sur ses lèvres boudeuses pour signaler l'importance de ce qu'il allait dire, puis il prit une grande inspiration sifflante par le nez.

– Très bien, messieurs. Tout le monde m'écoute ? Cette soirée est capitale. L'avenir de toute l'organisation en dépend. Tout doit être absolument parfait. Ne quittez pas la prisonnière des yeux un seul instant, ne la détachez pas et ne lui ôtez pas son bâillon. Personne ne doit la voir avant le début du procès. J'ai dû débourser cinq millions en diamants pour m'offrir ce coup d'éclat, et personne ne doit entrer ici à part moi. Compris ?

Il ne s'agissait pas d'une question de pure forme cette fois, mais le nouveau mit un certain temps à s'en apercevoir.

– Euh, oui, monsieur. Compris, bafouilla-t-il une seconde après les deux autres.

– Si jamais quelque chose tourne mal, votre dernière tâche de la soirée sera de jouer les fossoyeurs.

Il adressa un clin d'œil au nouveau.

– Vous savez ce qu'on dit : dernier entré, premier sorti.

L’atmosphère du banquet était un peu tendue, jusqu’à l’arrivée des plats. Il y avait un problème avec les extinctionnistes : ils étaient très difficiles pour la nourriture. Certains détestaient tellement les animaux qu’ils étaient végétariens, ce qui limitait le menu. Mais cette année, Kronski avait réussi à débaucher le chef d’un restaurant végétarien d’Édimbourg, capable de confectionner avec une courgette un plat à faire saliver le carnivore le plus endurci.

Ils commencèrent par une soupe tomates-poivrons, très fine, servie dans des carapaces de bébés tortues. Vinrent ensuite des chaussons fourrés aux légumes grillés, avec une pointe de yaourt à la grecque, servis dans des crânes de singe. Tout cela était fort savoureux et le vin qui accompagnait ces plats détendit les convives.

L’estomac noué par l’angoisse, Kronski ne put rien avaler, ce qui ne lui ressemblait guère. Il n’avait jamais été aussi fébrile depuis son premier banquet, à Austin au Texas, il y a fort longtemps.

« Je suis aux portes de la gloire. Bientôt, mon nom côtoiera ceux de Bobby Jo Haggard ou Jo Bobby Ringgard, les grands prédicateurs extinctionnistes. Damon Kronski, l’homme qui a sauvé le monde. »

Deux choses feraient de ce banquet un événement hors du commun.

« Le plat de résistance et le procès. »

Le plat de résistance ravirait tout le monde, les carnivores comme les végétariens. Ces derniers n’en mangeraient pas, mais ils ne manqueraient pas d'être émerveillés par le génie nécessaire à la préparation de ce plat.

Kronski frappa sur un petit gong disposé près de sa place et se leva pour présenter le plat, conformément à la coutume.

– Mesdames et messieurs, permettez-moi de vous raconter une histoire d'extinction. En juillet 1889, le professeur D.S. Jordan s'est rendu à Twin Lakes dans le Colorado et a publié le résultat de ses découvertes dans le *Bulletin de la commission de pêche des États-Unis*. Il affirmait avoir découvert une nouvelle espèce : la «truite fardée à nageoires jaunes». Dans son article, Jordan décrivait un poisson vert olive et argenté, avec une large bande jaune citron de chaque côté, des nageoires d'un jaune d'or éclatant et deux larges ouïes rouge vif. Jusqu'en 1903, ces truites fardées ont survécu à Twin Lakes. Puis elles ont disparu peu de temps après l'introduction de la truite arc-en-ciel. D'autres truites se sont croisées avec les arc-en-ciel, mais les truites fardées ont rapidement disparu et l'espèce est aujourd'hui totalement éradiquée.

Nul ne versa de larmes. Au contraire, il y eut même quelques applaudissements ici et là quand fut prononcé le mot en E.

Kronski leva la main pour y mettre fin.

– Non, non. Il n'y a pas de raison de se réjouir. On raconte que la truite fardée à nageoires jaunes était un poisson à la chair particulièrement savoureuse. Quel dommage que nous ne puissions jamais y goûter.

Il marqua une pause pour renforcer l'effet dramatique.

– À moins que…

À cet instant, au fond de la salle, une large paroi coulissa pour laisser apparaître un rideau de velours violet. Très solennellement, Kronski sortit une télécommande de sa poche de veste et la pointa en direction du rideau qui s'ouvrit en douceur. Derrière se trouvait un gigantesque chariot supportant ce qui semblait être un glacier miniature. Argenté et fumant.

Tous les invités se penchèrent en avant, intrigués.

– Et s'il s'était produit une glaciation instantanée il y a plus de cent ans à Twin Lakes ?

Un brouhaha se répandit au milieu des convives.

« Non.

Ça ne pouvait pas être ça.

Impossible. »

– Et si un bloc de lac gelé s'était retrouvé prisonnier d'un glissement de terrain, au fond d'une crevasse non répertoriée, et conservé en l'état par des courants dont la température était inférieure à zéro ?

« Dans ce cas, cela voudrait dire que…

À l'intérieur de ce bloc… »

– Et si ce bloc avait refait surface il y a six semaines seulement, sur le terrain de mon bon ami Tommy Kirkenhazard, un de nos fidèles membres ?

Tommy se leva pour saluer l'assistance en soulevant son grand chapeau de cow-boy gris. Si ses dents souriaient, ses yeux lançaient des poignards en direction de Kronski. Et tous les convives purent constater qu'il y avait de la haine entre eux.

– Dans ce cas, reprit le professeur, il serait possible,

affreusement difficile et coûteux, certes, mais possible de transporter ce bloc de glace jusqu'ici. Un bloc contenant un banc assez important de truites fardées à nageoires jaunes.

Il reprit son souffle, le temps que cette révélation pénètre dans les esprits.

– Dans ce cas, mes chers amis, nous serions les premiers à en manger depuis cent ans.

Cette perspective fit même saliver quelques végétariens.

– Regardez, amis extinctionnistes. Regardez et émerveillez-vous !

Kronski claqua des doigts et immédiatement une dizaine de serveurs poussèrent l'imposant chariot vers le centre de la zone de banquet, au-dessus d'une large grille dans le sol. Ils ôtèrent alors leurs uniformes pour laisser apparaître des costumes de singe.

« Ne suis-je pas allé trop loin avec ces déguisements ? se demanda Kronski. Est-ce que ça ne fait pas un peu trop Broadway ? »

Un rapide survol de ses invités le rassura : ils étaient captivés.

Les serveurs étaient en réalité des acrobates du Cirque du Soleil qui effectuaient une tournée en Afrique du Nord. Ils étaient ravis d'échapper pendant quelques jours à leur routine pour donner cette représentation privée.

Ils se regroupèrent autour de l'énorme bloc de glace, s'y accrochèrent avec des cordes, des crampons et des piolets, et entreprirent de le découper à l'aide de tronçonneuses et de chalumeaux qui semblèrent jaillir de nulle part.

C'était spectaculaire. Les éclats de glace retombaient sur les convives et le vacarme des outils était assourdissant.

Très vite, le banc de poissons apparut à travers la pénombre bleutée de la glace : les yeux écarquillés, figés en plein mouvement par la glaciation soudaine.

« Quelle belle façon de mourir, pensa Kronski. Sans s'y attendre. Formidable ! »

Les artistes entreprirent alors de découper un cube autour de chaque poisson. Ils les tendaient un par un à la dizaine de cuisiniers qui étaient arrivés par les côtés en poussant des réchauds à gaz. Le cube était déposé dans une passoire afin d'ôter la glace, après quoi le poisson était lavé et les filets levés d'une main experte, avant d'être cuits dans l'huile d'olive avec quelques légumes grossièrement coupés et de l'ail pressé.

Pour les végétariens, il y avait du risotto aux champignons et au champagne, mais Kronski devinait qu'il n'y aurait pas beaucoup d'amateurs. Ceux qui ne mangeaient pas de viande accepteraient le poisson, pour goûter.

Le repas fut un immense succès et le niveau sonore des bavardages joyeux enfla dans la salle.

Kronski parvint à avaler un demi-filet de truite, malgré sa nervosité.

« Délicieux. Exquis. Ils pensent que c'était le clou de la soirée. Ils n'ont encore rien vu. »

Après le café, alors que les extinctionnistes desserraient leurs ceintures de smoking ou faisaient rouler entre leurs doigts de gros cigares pour les allumer de manière uniforme, Kronski ordonna à ses employés de préparer le tribunal.

Ils réagirent avec la rapidité et la précision d'une équipe de mécaniciens de formule 1 ; il faut dire qu'ils avaient été formés pendant trois mois, à la dure. Ils s'éparpillèrent sur la grille, sous laquelle la glace fondue clapotait telle une piscine agitée de remous. Quelques truites oubliées flottaient à la surface. Ils recouvrirent cette partie du plancher et mirent au jour une autre fosse, aux parois tapissées d'acier et noircies par des traces de brûlure.

Deux podiums et un banc pour les accusés furent amenés au centre de la pièce, à la place du chariot de glace. Des ordinateurs étaient disposés sur les pupitres pivotants des podiums et sur le banc en bois était posée une cage. Son occupant était dissimulé par un rideau en peau de léopard.

Les bavardages cessèrent; les invités retinrent leur souffle dans l'attente de la grande surprise. Ces millionnaires et ces milliardaires avaient déboursé une petite fortune pour s'offrir ce pouvoir ultime : tenir entre leurs mains le sort de toute une espèce. Montrer au restant de la planète qui était le chef. Les invités n'avaient pas remarqué la douzaine de tireurs d'élite postés discrètement sur la galerie supérieure au cas où la créature qui allait être jugée ferait la démonstration de nouveaux pouvoirs magiques. Les risques d'intervention souterraine étaient minimes car l'ensemble de la salle reposait sur des fondations en béton armé.

Kronski savourait cet instant. Il se leva lentement et se dirigea d'un pas léger vers le podium du procureur.

Il forma une pyramide avec ses doigts, attendit que la tension monte, puis se lança dans son exposé.

– Chaque année, nous jugeons un animal.

Il y eut quelques huées dans la salle, que Kronski fit taire avec bonhomie.

– Un *authentique* procès dans lequel votre hôte fait office de procureur et l'un d'entre vous, qui avez la chance d'être réunis ici, se charge de la défense. Le principe est simple. Si vous réussissez à convaincre un jury impartial composé de vos pairs…

Nouveaux sifflets.

– … que la créature qui se trouve dans cette cage contribue de manière positive à la condition humaine, nous lui rendrons sa liberté. Cela, que vous le croyiez ou non, s'est produit en 1983. C'était un peu avant mon entrée en fonction. Mais on m'assure que c'est arrivé. À l'inverse, si les pairs de l'avocat de la défense ne sont pas convaincus de l'utilité de cet animal, j'appuierai sur ce bouton…

Les gros doigts de Kronski tripotèrent un énorme bouton rouge sur sa console.

– … À ce moment-là, l'animal sera expédié dans la fosse et il passera devant le faisceau laser qui déclenchera des jets de flammes alimentées au gaz. Et voilà ! Crémation instantanée… Permettez que je vous fasse une démonstration. Je sollicite votre indulgence, c'est une nouvelle fosse. J'ai passé la semaine à la tester.

Il adressa un signe de tête à un des employés, qui souleva une partie de la grille à l'aide d'un crochet en acier. Kronski prit alors un melon qui se trouvait sur un plateau de fruits et le lança dans la fosse. Il y eut un bip, suivi d'une éruption de flammes bleutées jaillissant des buses alignées sur les parois de la fosse. Le melon fut transformé en copeaux carbonisés qui flottèrent au-dessus du vide.

Cette démonstration déclencha une salve d'applaudissements, mais tout le monde n'appréciait pas le numéro de Kronski.

Jeffrey Coontz-Meyers mit ses mains en porte-voix et s'écria :

– Allez, Damon ! Qu'est-ce que vous nous avez préparé, ce soir ? Encore un singe ? Tous les ans, c'est un singe.

Habituellement, les interruptions agaçaient Kronski, mais pas ce soir. Car ce soir, tous les sarcasmes, si brillants soient-ils, seraient instantanément oubliés dès que le rideau se lèverait.

– Non, Jeffrey, il ne s'agit pas d'un singe encore une fois. Et si…

Jeffrey Coontz-Meyers émit un puissant grognement.

– Par pitié, assez de « Et si ». On en a déjà eu une dizaine avec le poisson. Montrez-nous cette foutue créature !

Kronski s'inclina.

– Soit.

Il appuya sur un bouton de la télécommande et un

grand écran descendit du plafond, masquant le mur du fond. Un autre bouton fit coulisser le rideau qui dissimulait le spécimen en cage.

Holly apparut, menottée à la chaise de bébé ; ses yeux lançaient des éclairs.

Dans l'assistance, la première réaction fut la perplexité.

S'agissait-il d'une petite fille ?

C'était une enfant, rien de plus.

Kronski était-il devenu fou ?

« – Je savais qu'il chantait tout seul, mais ça ? »

Soudain, tous les regards des extinctionnistes furent attirés vers l'écran, sur lequel étaient diffusées des images filmées par une caméra fixée à la cage

– Oh, bon sang ! Ses oreilles. Regardez ses oreilles.

– Elle n'est pas humaine.

– Qu'est-ce donc ? Qu'est-ce donc ?

Tommy Kirkenhazard se leva.

– J'espère pour vous, Damon, que ce n'est pas un canular. Sinon, on vous pend !

– Deux remarques, déclara Kronski, calmement. Premièrement, ce n'est pas un canular. J'ai exhumé une espèce inconnue... À vrai dire, je pense qu'il s'agit d'une fée. Deuxièmement, même si c'était un canular, vous ne pendriez personne, Kirkenhazard. Mes hommes vous abattraient avant que vous ayez le temps de soulever votre chapeau ridicule en criant « Yaouh ! ».

Parfois, il était bon de provoquer quelques frissons. Histoire de rappeler aux gens qui détenait le véritable pouvoir.

– Évidemment, reprit-il, je m'attendais à votre scepticisme. Il est le bienvenu. Afin de dissiper vos doutes, j'ai besoin d'un volontaire. Pourquoi pas vous, Tommy ? Comment va votre colonne vertébrale ?

Tommy Kirkenhazard avala d'un trait la moitié d'un verre de whisky pour se donner du courage, puis il marcha vers la cage.

« Excellente prestation, Tommy, pensa Kronski. Personne ne pourrait imaginer que nous avons arrangé ce numéro pour renforcer ma crédibilité. »

Kirkenhazard s'approcha de Holly, autant qu'il l'osait, puis il introduisit la main dans la cage, lentement, pour lui tordre l'oreille.

– Ça alors, elle est bien réelle !

Il recula et la joie envahit son visage.

– Nous avons une fée !

Il se précipita vers le podium de Kronski pour lui serrer vigoureusement la main et lui taper dans le dos.

« Ainsi, j'ai converti mon principal adversaire. Les autres lui emboîteront le pas comme des moutons. Un animal bien utile, le mouton. »

Kronski se félicita intérieurement.

– Je vais donc juger la fée, conformément à la tradition, dit-il à l'assistance. Mais qui assurera sa défense ? Quel membre malchanceux va tirer la boule noire ?

Il adressa un signe de tête au maître d'hôtel.

– Apportez le sac.

À l'instar d'un grand nombre de très anciennes organisations, les extinctionnistes étaient attachés aux traditions, et l'une d'elles voulait que la créature jugée soit défendue par un membre de l'assemblée, n'importe lequel. Si aucun membre ne se portait volontaire, le défenseur serait choisi au hasard : un sac de boules blanches contenant une seule boule noire. L'équivalent sphérique de la courte paille.

– Pas besoin du sac ! lança une voix. Je défendrai cette créature.

Les têtes se tournèrent en direction de l'intervenant. C'était un jeune homme mince avec un bouc et des yeux bleus perçants. Il portait des lunettes à verres fumés et un costume en lin très léger.

Kronski l'avait déjà remarqué, mais impossible de mettre un nom sur son visage, ce qui le tracassait.

– Vous êtes ? demanda-t-il en faisant pivoter son ordinateur portable, afin que la minicaméra intégrée soit pointée sur l'inconnu.

Le jeune homme sourit.

– Attendez donc que votre logiciel d'identification vous souffle la réponse.

Kronski appuya sur la touche « enter ». L'ordinateur captura une image et cinq secondes plus tard, elle piocha dans les dossiers des extinctionnistes toutes les informations relatives à ce membre.

Malachy Pasteur. Jeune héritier franco-irlandais d'un empire d'abattoirs. A fait un don assez important aux caisses du mouvement. C'est sa première conférence. Comme tous les participants, Pasteur a été l'objet d'une enquête approfondie avant de recevoir son invitation. Recrue intéressante.

Kronski était tout miel.

– Monsieur Pasteur, nous sommes ravis de vous accueillir au Maroc. Mais éclairez-moi, pourquoi souhaitez-vous défendre cette créature ? Son sort est scellé.

Le jeune homme marcha vers le podium d'un pas vif.

– J'aime les défis. C'est un exercice mental.

– Défendre la *vermine* est un exercice ?

– *Surtout* la vermine, rétorqua Pasteur en ouvrant son ordinateur portable. Il est facile de défendre un animal utile et servile comme la vache. Mais *ça* ? La bataille sera rude.

– Quelle tristesse de périr au combat si jeune, ironisa Kronski avec une moue de fausse compassion.

Pasteur pianota sur le pupitre.

– J'ai toujours admiré votre style, professeur Kronski. Votre engagement pour les idéaux défendus par les extinctionnistes. Voilà des années que je suis votre carrière, depuis mon enfance à Dublin. Mais ces derniers temps, il me semble que l'organisation ne sait plus où elle va, et je ne suis pas le seul à éprouver ce sentiment.

Kronski serra les dents. C'était donc ça. Un défi lancé à son statut de chef, ouvertement.

– Attention à ce que vous dites, Pasteur. Vous avancez en terrain miné.

Pasteur regarda le sol à ses pieds, là où l'eau glacée continuait à clapoter dans la fosse.

– Vous sous-entendez que je pourrais finir avec les poissons, professeur ? Vous oseriez me tuer ? Moi, un simple garçon ? Je doute que cela serve à renforcer votre crédibilité.

« Il a raison, fulmina Kronski. Je ne peux pas le tuer ; il faut que je remporte ce procès. »

Le professeur obligea sa bouche à sourire.

– Je ne tue pas les humains. Uniquement les animaux. Comme celui-ci, dans sa cage.

Les partisans de Kronski applaudirent, mais de nombreux membres restèrent muets.

« J'ai eu tort de venir ici, constata Kronski. C'est trop éloigné de tout. Il n'y a pas de piste d'atterrissage pour un jet privé. L'année prochaine, je trouverai un endroit en Europe. J'annoncerai la nouvelle dès que j'aurai écrasé ce sale gamin. »

– Permettez-moi de vous énoncer les règles, dit Kronski, en pensant : « Le fait d'énoncer les règles me met en position de force, je peux reprendre la main, psychologiquement parlant. »

– Inutile, répondit sèchement Pasteur. J'ai lu plusieurs comptes rendus. Le procureur délivre sa plaidoirie, l'avocat de la défense délivre la sienne. Après quelques minutes de débats enflammés, chaque convive vote. C'est simple. Pourrions-nous passer à la suite, professeur ? Personne ici n'aime perdre son temps.

« Rusé, ce garçon. Il se place du côté du jury. Mais peu importe. Je connais ces gens, jamais ils n'acquitteront une bête, si mignonne soit-elle. »

– Très bien. Nous allons commencer.

Il sélectionna un document sur son portable. Le texte de son discours préliminaire. Il le connaissait par cœur, mais c'était rassurant de l'avoir à portée de main.

– Les gens disent que nous autres, extinctionnistes,

nous haïssons les animaux, mais c'est faux. Nous ne haïssons pas ces pauvres bêtes stupides, mais nous aimons les humains. Nous aimons les humains et nous ferons tout ce qu'il faut pour que notre race survive le plus longtemps possible. Les ressources de cette planète sont limitées, et j'affirme que nous devons les accaparer. Pourquoi des humains mourraient-ils de faim alors que de stupides animaux engraissent? Pourquoi les humains mourraient-ils de froid alors que des bêtes sont bien au chaud dans leurs manteaux de fourrure?

Malachy Pasteur émit un drôle de bruit, à mi-chemin entre la toux et le gloussement.

– Franchement, professeur Kronski, j'ai lu un tas de variantes de ce discours. Tous les ans vous débitez les mêmes arguments simplistes. Pourrions-nous, je vous prie, nous concentrer sur la créature qui se trouve devant nous ce soir?

Un petit rire parcourut l'assistance comme une ride sur l'eau et Kronski dut prendre sur lui pour contenir sa fureur. La bataille promettait d'être rude. Soit.

– Très amusant, mon garçon. Je voulais vous ménager, mais maintenant, nous allons enlever les gants.

– Nous en sommes ravis.

« Nous? Nous? Pasteur rangeait les extinctionnistes de son côté sans même qu'ils s'en aperçoivent. »

Kronski puisa au fond de lui ses dernières gouttes de charisme, en replongeant dans sa jeunesse, dans ces longues journées d'été passées à regarder son évangéliste de père galvaniser les foules sous une tente

Il leva les bras le plus haut possible, les doigts recourbés, les muscles tendus.

– Nous n'avons pas fait tout ce chemin pour assister à une vulgaire joute verbale, mes amis ! Ce qui nous rassemble, nous tous extinctionnistes, c'est ça ! tonna-t-il en tendant le doigt vers Holly. Nous voulons débarrasser la planète de ce genre de créatures !

Kronski lança un regard en biais à Pasteur, qui était penché en avant, le menton dans la main, perplexe. La posture classique de l'opposant.

– Nous avons ici une nouvelle espèce, mes amis. Une espèce *dangereuse.* Elle sait se rendre invisible, elle sait hypnotiser par le langage. Et elle était *armée* !

Sous les huées de l'assistance, Kronski sortit de sa poche le Neutrino de Holly.

– L'un de nous veut-il d'un futur dans lequel il pourrait se retrouver face à cet engin ? Est-ce ce que nous voulons ? La réponse, me semble-t-il, est clairement non. Je n'essaierai pas de vous faire croire que c'est la dernière représentante de son espèce. Je devine qu'il existe autour de nous des milliers de fées comme elle, des extraterrestres ou je ne sais quoi. Mais cela veut-il dire qu'il faille baisser les bras et libérer cette créature ? Je réponds : non ! Je dis : envoyons-leur un message. Si nous en exécutons une, les autres sauront qu'on ne plaisante pas. Tous les gouvernements nous méprisent actuellement, mais demain, ils viendront frapper à notre porte pour réclamer des conseils.

« Et maintenant, le grand final. »

– Nous sommes des extinctionnistes et notre heure a sonné !

C'était un bon discours qui déclencha des vagues successives d'applaudissements, que Pasteur chevaucha avec la même expression perplexe.

Kronski reçut cette ovation en roulant des épaules à la manière d'un boxeur, puis il fit un mouvement de tête en direction du podium opposé.

– La parole est à vous, mon garçon.

Pasteur se redressa et se racla la gorge.

... Artemis se redressa et se racla la gorge. La fausse barbe collée à son menton le démangeait affreusement, mais il résista à l'envie de se gratter. Dans le cadre d'un débat équitable, il aurait mis en pièces les arguments de Kronski en cinq secondes. Mais ce débat n'était pas équitable, il était insensé. Ces gens étaient des milliardaires assoiffés de sang, blasés, qui utilisaient leur argent pour s'offrir des frissons interdits. Pour eux, le meurtre était un service comme un autre, que l'on pouvait se payer. Il devait manier cet auditoire avec tact. Tirer les bonnes ficelles. Pour commencer, il devait apparaître comme l'un d'eux.

– Quand j'étais jeune et que ma famille partait passer l'hiver en Afrique du Sud, mon grand-père me racontait des histoires datant d'une époque où les gens avaient une attitude juste envers les animaux. « Nous les tuons lorsque ça nous convient, m'expliquait-il. Lorsque c'est dans notre intérêt. » Voilà quel était l'objectif des extinctionnistes autrefois. Une espèce était protégée seulement quand nous autres, humains, tirions profit de sa survie. Nous tuons quand nous en tirons *un avantage*. Si un animal consomme les ressources de la planète sans contribuer directement à notre santé, à notre sécurité ou à notre confort, nous l'éliminons. Tout simplement. C'était un idéal qui méritait d'être défendu. Qui méritait que l'on tue. Mais ça... (Artemis désigna la fosse sous ses pieds et Holly dans sa cage) c'est une mascarade ! Une insulte à la mémoire de nos ancêtres, qui ont donné leur temps et leur or à la cause des extinctionnistes.

Artemis s'efforçait de croiser le plus de regards possible dans l'assistance ; il s'attardait un instant sur chacun.

– L'occasion nous est offerte d'apprendre des choses de cette créature. Nous avons le devoir envers nos prédécesseurs de découvrir si elle peut remplir nos caisses. S'il s'agit véritablement d'une fée, qui sait quelle magie elle possède ? Une magie qui pourrait nous appartenir. Si nous la tuons, nous ne saurons jamais quelle fortune inimaginable mourra avec elle.

Sur ce, Artemis s'inclina. Le message était passé. Ça ne suffirait pas à convaincre les extinctionnistes assoiffés de sang, il le savait, mais ce serait peut-être suffisant pour rabattre son caquet à Kronski.

Celui-ci agitait déjà les mains avant que l'écho de la voix d'Artemis se soit éteint.

– Combien de fois devrons-nous écouter ce discours ? demanda-t-il. Mr. Pasteur m'accuse de me répéter, alors qu'il ne fait que ressasser le vieil argument de tous les avocats de la défense.

Kronski fit mine de prendre un air horrifié.

– « Oooooh, ne tuons pas cette créature, elle va peut-être nous apporter gloire et richesse ! » Je me souviens d'avoir dépensé une fortune pour un nudibranche censé guérir l'arthrite. Tout ce que nous avons obtenu, c'est une matière visqueuse au prix de l'or. Ce ne sont que des suppositions.

– Cette créature est magique ! protesta Artemis en tapant du poing sur le pupitre. Nous avons tous entendu qu'elle pouvait devenir invisible. Vous avez même pris soin de lui fermer la bouche avec du ruban adhésif pour l'empêcher de nous hypnotiser. Imaginez un peu le pouvoir qui serait entre nos mains si nous parvenions à percer les secrets de ses dons ! Au pire, ils nous prépareraient à lutter contre les autres spécimens de son espèce.

Le principal problème de Kronski, à cet instant, c'était qu'il partageait le point de vue de son adversaire. Épargner cette créature pour lui arracher ses secrets, c'était logique, mais il ne pouvait pas se permettre de perdre cette passe d'armes. Autant céder sa place immédiatement.

– Nous avons tenté de l'interroger, rétorqua-t-il. Nos meilleurs éléments ont essayé ; elle n'a rien dit.

– Pas facile de parler avec un ruban adhésif sur la bouche, souligna Artemis d'un ton cassant.

Kronski se dressa de toute sa hauteur et baissa le timbre de sa voix pour souligner son effet.

– La race humaine est confrontée à son ennemi le plus

mortel, et vous voulez que nous le caressions dans le sens du poil ? Ce n'est pas notre façon de faire chez les extinctionnistes. Quand une menace apparaît, on l'élimine. Il en a toujours été ainsi.

Ces paroles déclenchèrent des rugissements d'approbation dans l'assistance ; le goût du sang écrasait la logique à chaque fois. Plusieurs membres s'étaient levés, en vociférant. Ils en avaient assez des bavardages, ils voulaient de l'action.

La victoire empourprait le visage de Kronski.

« Il pense que c'est fini, se dit Artemis. Le pauvre. Ah, cette fichue barbe me gratte affreusement ! »

Il attendit calmement que la fureur retombe, puis il sortit de derrière son pupitre.

– J'espérais vous éviter ceci, professeur, dit-il. Car j'ai beaucoup de respect pour vous.

Kronski fit la moue.

– Que vouliez-vous m'éviter, monsieur Pasteur ?

– Vous le savez. Vous jetez de la poudre aux yeux des gens depuis trop longtemps.

Kronski n'était pas du tout inquiet. Le garçon avait été vaincu, tout le reste n'était que bavardage horripilant. Mais pourquoi ne pas laisser Pasteur creuser lui-même sa tombe ?

– De quelle poudre s'agit-il ?

– Voulez-vous vraiment que je continue ?

Les dents du professeur brillèrent quand il sourit.

– Oh, oui, absolument !

– Soit, poursuivit Artemis en approchant du banc. Cette créature a remplacé l'accusé initial. Jusqu'à hier, nous détenions un lémurien. Ce n'est pas tout à fait un singe, monsieur Kirkenhazard, mais presque. Je dis « nous détenions un lémurien », mais en vérité, nous avons *failli* avoir un lémurien. Hélas, il a disparu au moment de la livraison. Ensuite, et c'est important, le *même* garçon qui a *failli* nous vendre le lémurien nous a vendu cette créature, achetée avec les fonds des extinctionnistes, je suppose. Personnellement, je trouve ça un peu culotté, pas vous ? Ce garçon garde son lémurien et nous vend une prétendue fée.

Kronski avait perdu de sa superbe. Ce Pasteur était très bien informé.

– *Prétendue* fée ?

– Oui. Prétendue. Nous devons nous contenter de votre parole, et de celle de Mr. Kirkenhazard, évidemment, qui semble être votre pire ennemi. Mais personne n'est dupe, croyez-moi.

– Examinez-la vous-même ! lança Kronski, sans s'étendre sur le rôle de Kirkenhazard. C'est une dispute facile à trancher.

– Merci, professeur, répondit Artemis. C'est ce que je vais faire, je crois.

Il s'approcha de la cage. C'était le moment le plus délicat ; il fallait faire preuve d'habileté et de coordination, deux choses qu'il laissait à Butler généralement.

Il avait au fond de sa poche deux pansements adhésifs trouvés dans le médipack de Mulch. Il avait expliqué au garde à l'entrée que c'étaient des patchs de nicotine et il avait pu les prendre avec lui pour le banquet. Les pansements s'activaient au contact de la peau et s'adaptaient à toutes les formes sur lesquelles on les collait ; ils prenaient ensuite la couleur et la texture de la peau.

Les doigts d'Artemis rôdaient autour de sa poche, mais le moment n'était pas encore venu de prendre un pansement. Il lui collerait aux doigts. Au lieu de cela, il glissa la main dans son autre poche pour sortir le téléphone qu'il avait volé dans la Bentley, devant Rathdown Park.

– Ce portable a pour moi une valeur inestimable, confia-t-il aux extinctionnistes. Certes, il est un peu plus encombrant que d'autres modèles, mais c'est parce que je n'ai cessé d'y ajouter des accessoires depuis des années. C'est un objet vraiment incroyable. Je peux capter la télé, regarder les films, consulter le cours de mes actions, toutes ces choses courantes. Mais il possède également un appareil photo à rayons X, avec affichage. Je vous demande juste une seconde.

Artemis appuya sur quelques touches pour relier, par Bluetooth, le téléphone aux ordinateurs portables, et de là, à l'écran géant.

– Voilà, dit-il en promenant le téléphone devant sa main.

Sur l'écran, un ensemble de phalanges, de carpes et métacarpes apparut en ombres chinoises à l'intérieur d'une enveloppe de chair pâle.

– On voit très nettement les os de ma main. Vous possédez un excellent système de projection, professeur Kronski, je vous félicite.

Le sourire du professeur était aussi hypocrite que l'étaient ces félicitations.

– Vous avez quelque chose à nous révéler, Pasteur, ou bien voulez-vous juste faire étalage de votre science ?
– J'y viens, professeur. Ce que je veux dire, c'est que sans son front large et ses oreilles pointues, cette créature ressemblerait beaucoup à une petite fille.
Kronski ricana.
– Désolé pour le front et les oreilles. Sans ces éléments, vous auriez raison.
– Justement, répliqua Artemis en promenant son téléphone devant le visage de Holly.
Il fit défiler sur l'écran géant un petit film qu'il avait fabriqué dans la navette. On y voyait le crâne de Holly aux rayons X, avec des taches sombres et compactes au niveau des tempes et des oreilles.
– Des implants ! s'exclama Artemis. Résultat d'une opération chirurgicale assurément. Cette fée n'est qu'une habile fabrication. Vous avez essayé de nous duper, Kronski !
Les protestations de celui-ci se perdirent dans les grondements de l'assistance. Les extinctionnistes se levèrent d'un bond, en pestant contre cette infâme escroquerie.
– Vous m'avez menti, Damon ! cria Tommy Kirkenhazard avec dans la voix quelque chose qui ressemblait à une souffrance. À *moi* !
– C'est *lui* qu'il faut jeter dans la fosse ! lança la comtesse Irina Kostovich, avec un rictus aussi sauvage que le loup de Honshu qu'elle portait sur l'épaule. Faisons disparaître la race des Kronski ! Il l'a bien mérité !
Kronski monta le volume du micro de son pupitre.
– C'est ridicule ! Si vous avez été dupés, moi aussi.

Mais je refuse de le croire. Ce garçon ment ! Ma fée est authentique. Donnez-moi la possibilité de le prouver.

– Je n'ai pas terminé, professeur, reprit Artemis en revenant d'un pas décidé vers le banc de l'accusée.

Il avait glissé dans chaque paume un patch autocollant en profitant du chahut. Il sentait sur sa peau les picotements de chaleur provoqués par les principes actifs du pansement. Il devait agir vite s'il ne voulait pas que son plan se trouve réduit à deux patchs couleur chair collés sur ses mains.

– Ces oreilles me semblent étranges. Et je trouve que votre ami Mr. Kirkenhazard les a traitées bien gentiment.

Artemis roula un patch en un cône grossier et glissa son autre main entre les barreaux de la cage en faisant mine de tirer sur l'extrémité de l'oreille de Holly, alors qu'en réalité, il y collait le deuxième pansement. Il recouvrit ainsi la pointe et presque tout le pavillon.

– Ça se défait, commenta-t-il, en prenant soin de placer son avant-bras devant la caméra de la cage. Ça y est, je l'ai !

Quelques secondes plus tard, le pansement était sec et une des oreilles de Holly totalement masquée. Artemis regarda la fée et lui fit un clin d'œil.

« Jouez le jeu, disait ce petit signe. Je vais vous sortir de là. »

Du moins, c'était le message qu'il espérait lui communiquer, et non pas quelque chose du genre : « Puis-je espérer un autre baiser, plus tard ? »

Retour aux choses sérieuses.

– C'est un trucage ! s'exclama Artemis en brandissant

le pansement froissé couleur chair. L'oreille m'est restée dans la main.

Holly présenta obligeamment son profil à la caméra. Plus d'oreille pointue !

L'indignation fut la réaction dominante parmi les extinctionnistes.

Kronski les avait tous dupés, ou pire encore, il s'était laissé abuser par un gamin !

Artemis leva bien haut la prétendue fausse oreille et la pinça entre ses doigts comme s'il étranglait un serpent venimeux.

– Est-ce cet homme que nous voulons pour chef ? Le professeur Kronski a-t-il fait preuve de discernement dans cette affaire ?

Artemis lança l'« oreille » par terre.

– Cette créature est censée nous hypnotiser ? Je pense plutôt qu'on l'a bâillonnée pour l'empêcher de parler !

D'un geste brusque, il arracha le ruban adhésif de la bouche de Holly. La fée grimaça et lança un regard mauvais au jeune garçon, mais très vite, elle fondit en larmes, jouant à la perfection le rôle de la victime humaine.

– Je ne voulais pas faire ça, sanglota-t-elle.

– Faire quoi ? demanda Artemis.

– Le professeur Kronski est venu me chercher à l'orphelinat.

Artemis dressa un sourcil. « L'orphelinat ? » Holly improvisait.

– Il m'a dit que si j'acceptais ces implants, je pourrais

vivre en Amérique. Après l'opération, j'ai changé d'avis, mais il n'a pas voulu me laisser partir.

– Un orphelinat, répéta Artemis. On frôle l'invraisemblable.

Holly baissa la tête.

– Il a menacé de me tuer si j'en parlais.

Artemis était outré.

– Il a menacé de vous tuer. Voilà l'homme qui dirige notre organisation. Un homme qui traque les humains aussi bien que les animaux.

Il pointa un doigt accusateur sur un Kronski hébété.

– Monsieur, vous êtes pire que les créatures que nous méprisons, et j'exige que vous libériez cette pauvre fille.

Kronski était perdu et il le savait. Mais il pouvait encore sauver quelque chose de ce naufrage. Il gérait les comptes bancaires de l'organisation et lui seul connaissait la combinaison du coffre du camp. Il pouvait filer en moins de deux heures, avec de quoi vivre plusieurs années. Pour cela, il lui suffisait d'empêcher ce Pasteur d'enfoncer le clou, d'une manière ou d'une autre.

Soudain, ça lui revint. L'arme !

– Et ceci, alors ? s'exclama-t-il en brandissant le Neutrino de Holly. Je suppose que c'est un faux également ?

Les extinctionnistes s'accroupirent derrière leurs sièges.

– Absolument, ricana Artemis. Un jouet d'enfant. Rien de plus.

– En mettriez-vous votre tête à couper ?

Le garçon sembla hésiter.

– Euh… Allons, professeur, n'en rajoutez pas. C'est peine perdue, reconnaissez votre défaite.

– Non ! Si cette arme est authentique, cette créature l'est aussi. Et si elle ne l'est pas, comme vous l'affirmez avec insistance, vous n'avez rien à craindre.

Artemis rassembla son courage.

– Très bien, essayez toujours.

Il se campa devant le minuscule canon de l'arme, poitrine offerte.

– Vous allez mourir, Pasteur.

– Possible… si vous étiez capable de presser la détente avec votre gros doigt, rétorqua Artemis, comme s'il cherchait à provoquer Kronski.

– Allez au diable ! s'écria le professeur et il tira.

Il ne se passa pas grand-chose. Une étincelle et un léger bourdonnement provenant du mécanisme interne.

– Elle est cassée, commenta Kronski.

– Sans blague ? ironisa Artemis qui avait détruit la charge du Neutrino à distance, dans la navette.

Le professeur tendit les bras, paumes en avant.

- OK, OK, mon garçon. Laissez-moi un instant pour réfléchir.

– Libérez cette fille. Gardez un peu de dignité. Nous n'exécutons pas les humains.

– C'est moi qui décide ici. J'ai juste besoin d'une petite minute pour me ressaisir. Ce n'était pas censé se passer ainsi. Ce n'est pas ce qu'elle avait dit…

Le professeur appuya ses coudes sur le pupitre et massa ses yeux sous ses lunettes rondes teintées.

« Ce qu'elle avait dit ? » songea Artemis. Y avait-il des forces invisibles à l'œuvre ?

Pendant qu'il s'interrogeait et que le monde s'écroulait sur les larges épaules de Kronski, des téléphones portables sonnèrent dans la salle de banquet. Un tas de gens recevaient des messages tout à coup. En l'espace de quelques secondes, la pièce fut envahie par une symphonie discordante de bips, de brrrr et de mélodies électroniques.

Kronski ignora cet étrange phénomène, mais Artemis était inquiet. Il avait la situation bien en main et ne voulait surtout pas qu'un élément imprévu vienne rééquilibrer la balance ou redonner l'avantage à Kronski.

Les réactions aux messages étaient un mélange de stupeur et de joie.

– Oh, mon Dieu ! C'est vrai ? C'est la vérité ?

– Repassez-le-moi. Montez le son.

– Je n'arrive pas à y croire. Kronski, espèce de fou !

– C'est la goutte d'eau qui fait déborder le vase. Nous sommes ridiculisés. C'en est fini des extinctionnistes.

Artemis comprit alors que tous ces messages étaient en fait le même. Quelqu'un possédait les coordonnées des membres de l'association et leur avait envoyé une vidéo.

Le propre téléphone d'Artemis émit une douce mélodie. Pas étonnant, étant donné qu'il avait introduit sa fausse identité dans toutes les bases de données des extinctionnistes. Et comme son téléphone était toujours connecté à l'écran géant, le message vidéo y apparut automatiquement.

Il reconnut aussitôt la scène : le souk aux cuirs. L’acteur principal était Kronski, debout sur une jambe, en train de couiner d’une voix stridente, avec l’intensité d’un ballon crevé. « Comique » n’était pas le mot qui convenait. « Ridicule, grotesque et pathétique » s’approchaient davantage de la réalité. Une chose était sûre : après avoir vu cette vidéo, aucune personne saine d’esprit ne pourrait continuer à respecter cet homme, et encore moins à lui obéir.

Pendant que les images défilaient, un message passait en boucle en bas de l’écran.

Nous voyons ici le professeur Damon Kronski, président des extinctionnistes, faire preuve d’un étonnant sens de l’équilibre pour un homme de sa corpulence. L’auteur de ces images a appris que Kronski avait décidé de s’en prendre aux animaux après avoir été blessé par un koala en fuite, au cours d’un meeting politique de son père à Cleveland. Selon des témoins de la scène, le jeune Damon poussa ce jour-là un cri « suffisamment aigu pour briser du verre ». Un talent que ce cher professeur semble avoir conservé.

Artemis soupira. « C’est moi qui ai fait ça, constata-t-il. C’est tout à fait le genre de choses dont je suis capable. »

À un autre moment, il aurait apprécié cette touche humoristique, mais pas maintenant, alors qu’il était sur le point de libérer Holly.

En parlant de Holly…

– Artemis, sortez-moi de là, chuchota la fée.

– Oui, bien sûr. C’est le moment de filer.

Le garçon fouilla dans ses poches à la recherche d'une lingette. Celle-ci renfermait trois cheveux, longs et épais, arrachés à Mulch Diggums. Les cheveux de nain sont en réalité des antennes qu'ils utilisent pour se déplacer à l'intérieur des tunnels, mais cette race ingénieuse les a adaptés pour en faire des passe-partout. Certes, l'Omniclé de Holly aurait été plus pratique, mais Artemis ne pouvait pas prendre le risque de se la faire confisquer par la sécurité. Grâce à la lingette, les cheveux étaient restés humides et souples.

Artemis prit le premier cheveu, souffla sur la pointe pour chasser une petite goutte et l'inséra dans la serrure de la cage en zigzaguant à l'intérieur du mécanisme. Dès qu'il sentit le cheveu durcir entre ses doigts, il tourna légèrement cette clé improvisée et la porte s'ouvrit.

– Merci, Mulch, murmura-t-il, avant de s'attaquer aux menottes de Holly.

Il n'aurait même pas besoin du troisième et dernier cheveu. En quelques secondes, la fée fut libérée. Elle se massa les poignets.

– L'orphelinat ? dit Artemis. Vous ne trouvez pas que c'était un peu exagéré ?

– Bouhou, fit Holly. Retournons à la navette.

Hélas, ce n'était pas aussi simple.

Kronski avait été acculé dans un coin de la salle par un groupe d'extinctionnistes. Ils invectivaient le professeur et certains n'hésitaient pas à le bousculer en refusant d'écouter ses explications, pendant qu'au-dessus de leurs têtes, le message continuait à défiler sur l'écran.

« Oups », pensa Artemis en fermant son téléphone.

Inévitablement, Kronski finit par craquer. Il repoussa ses agresseurs, comme on renverse des quilles, afin de respirer et décrocha le talkie-walkie fixé à sa ceinture.

– Bouclez tout, ordonna-t-il, essoufflé. Employez la force, si nécessaire.

Même si, techniquement parlant, les membres de la sécurité du Domaine des Hommes travaillaient pour les extinctionnistes, ils obéissaient à celui qui versait leurs salaires. Et cet homme, c'était Damon Kronski. Certes, il s'habillait comme un paon fou et possédait des manières de rustre, mais il connaissait la combinaison du coffre et il payait toujours en temps et en heure.

Les hommes postés sur la terrasse tirèrent quelques coups de semonce, ce qui provoqua le chaos dans l'assistance.

– Bouclez le bâtiment ! hurla Kronski dans le talkie-walkie. J'ai besoin de temps pour rassembler mon argent. Dix mille dollars en liquide pour tous ceux qui restent.

Inutile d'en dire plus. Dix mille dollars, cela représentait deux ans de salaire pour ces hommes.

Les portes et les volets claquèrent. Toutes les issues étaient bloquées par des costauds armés de fusils ou de nimchas, un sabre marocain, avec un manche en corne de rhinocéros, que Kronski avait fait fabriquer pour ses agents de sécurité.

Les extinctionnistes effrayés se ruèrent vers les toilettes, les recoins, partout où ils espéraient trouver des fenêtres. Ils pianotaient furieusement sur les claviers de leurs téléphones, tout en criant au secours, dans tous les coins.

Quelques-uns furent plus malins. Tommy Kirkenhazard sortit un pistolet en céramique qu'il avait passé en douce sous son chapeau et, caché derrière un épais bar en teck, il tira à plusieurs reprises en direction de la terrasse. La réponse ne se fit pas attendre : une salve venue d'en haut pulvérisa les bouteilles, les verres et les miroirs, projetant des éclats semblables à des pointes de flèche.

Un grand Asiatique neutralisa un des gardes d'un coup au plexus solaire, doigts tendus.

– Par ici ! cria-t-il en ouvrant la porte en grand.

Tous les extinctionnistes se précipitèrent et se retrouvèrent vite coincés les uns contre les autres dans l'embrasure.

Réfugiés derrière la cage, Artemis et Holly cherchaient une issue.

– Vous pouvez vous rendre invisible ?

Holly fit pivoter son menton et un seul bras disparut, en ondoyant.

– Je manque de jus. J'ai juste de quoi tenir une minute ou deux. J'ai essayé d'économiser.

Artemis fronça les sourcils.

– Vous êtes toujours à court de jus. N° 1 ne vous a pas fait le plein de magie ?

– Peut-être que si votre garde du corps ne m'avait pas piqué avec une fléchette à deux reprises ; peut-être que si je n'avais pas été obligée de vous soigner à Rathdown Park ; et peut-être que si je ne m'étais pas rendue invisible dans le souk pour essayer de trouver votre singe…

– C'est un lémurien, rectifia Artemis. Au moins, nous avons sauvé Jayjay.

Holly baissa la tête pour éviter une pluie d'éclats de verre.

– Bon sang, Artemis ! Vous semblez vous soucier du sort d'un animal. Jolie barbichette, au fait.

– Merci. Sérieusement, pensez-vous pouvoir rester invisible assez longtemps pour désarmer ces deux gardes postés devant les cuisines, derrière nous ?

Holly jaugea les deux hommes. Ils étaient armés de fusils à pompe et dégageaient une forte dose de malveillance qui faisait vibrer l'air.

– Ça ne devrait pas poser de problème.

– Bien. Faites vite. Si jamais nous sommes séparés dans la cohue, retrouvons-nous près d'ici. Au souk.

– OK, dit la fée en commençant à disparaître.

Une seconde plus tard, Artemis sentit une main se poser sur son épaule, et une voix désincarnée résonna dans son oreille.

– Vous êtes venu me chercher. Merci.

Puis la main se retira.

Toute magie a un prix. Quand les fées se rendent invisibles, elles sacrifient quelques fonctions motrices et une certaine lucidité. Il est beaucoup plus difficile, par exemple, de faire un puzzle quand votre corps vibre plus vite que les ailes d'un colibri.

À l'académie des FAR, un prof de gym atlantidéen avait donné un conseil à Holly. Pour supprimer les battements du bouclier d'invisibilité, un bon moyen consistait à rentrer et à contracter ses abdominaux inférieurs.

Ce qui permettait de se concentrer sur quelque chose et d'immobiliser le torse.

Holly appliqua cette technique pour traverser la salle de banquet en direction des cuisines. Lorsqu'un extinctionniste affolé, armé d'un couteau à beurre, la manqua d'un cheveu, elle se dit qu'être invisible était parfois beaucoup plus dangereux qu'être vue.

Les deux types à la porte montraient les dents à tous ceux qui s'approchaient. Ils étaient grands, même pour des humains. Des petits coups secs au-dessus du genou, au niveau des nerfs, devraient suffire à faire tomber ces géants.

« C'est simple », estima Holly. Puis, aussitôt après : « Je n'aurais pas dû penser ça. Chaque fois que je me dis ça, il y a quelque chose qui cloche. »

Évidemment, elle avait raison.

Soudain, quelqu'un ouvrit le feu sur les gardes de Kronski. Des fléchettes argentées fendirent les airs et se plantèrent dans leur peau avec un petit bruit écœurant.

Holly devina, instinctivement, qui était le tireur. Ses soupçons furent confirmés quand elle aperçut une silhouette familière accrochée aux poutres du plafond.

« Butler ! »

Le garde du corps était enveloppé dans une couverture de nomade, mais Holly le reconnut grâce à la forme de sa tête et à son incomparable position de tir : le coude gauche exagérément levé.

« Le jeune Artemis l'a chargé de nous ouvrir la voie, pensa-t-elle. Ou peut-être Butler agit-il de sa propre initiative. »

Dans un cas comme dans l'autre, son aide n'était pas très efficace. Les gardes s'étaient écroulés devant la sortie de secours et les convives, pressés de quitter ce bâtiment, trébuchaient sur eux et tombaient les uns sur les autres.

« Des extinctionnistes en cage, je suis sûre qu'Artemis apprécie l'ironie de la situation. »

Au moment où la fée armait ses poings, les deux gardes postés devant les cuisines portèrent la main à leur cou et basculèrent vers l'avant, évanouis avant même de toucher le sol.

« Joli ! Deux tirs en moins d'une seconde, à quatre-vingts mètres de distance. Avec des fléchettes par-dessus le marché, à peu près aussi précises que des éponges mouillées. »

Holly ne fut pas la seule à voir que la voie était libre. Une douzaine d'extinctionnistes hystériques se précipitèrent vers les cuisines en hurlant comme les spectateurs d'un concert de rock.

« Il faut sortir d'ici. Très vite. »

Elle se retourna vers Artemis. Il avait disparu au milieu de la marée humaine.

« Il doit être quelque part là-dedans », se dit-elle, avant d'être à son tour rejointe par la foule et emportée jusque dans les cuisines.

– Artemis ! cria-t-elle, en oubliant qu'elle était invisible. Artemis !

Il demeurait introuvable. Le monde était une mêlée de coudes et de torses. De sueur et de hurlements. Des voix emplissaient ses oreilles, des respirations haletantes caressaient son visage, et le temps qu'elle réussisse à s'extraire de la meute, la salle de banquet était quasiment déserte. Quelques attardés, mais pas d'Artemis.

« Le souk. Je le retrouverai au souk. »

Artemis se raidit, prêt à courir. Dès que Holly aurait neutralisé les deux gardes, il foncerait le plus vite possible, en priant pour ne pas trébucher. Imaginez un peu ! Endurer tout cela pour être finalement vaincu à cause d'un manque de coordination. Butler lui dirait certainement « Je vous avais prévenu » quand ils se retrouveraient dans l'au-delà.

Soudain, le chaos monta d'un cran. Les hurlements des convives lui rappelaient les animaux paniqués à Rathdown Park.

« Des extinctionnistes en cage, pensa-t-il. Quelle ironie. »

Les gardes postés devant les cuisines s'écroulèrent en se tenant la gorge.

« Joli travail, capitaine. »

Artemis se plia en deux, tel un sprinter qui attend le coup de pistolet, puis il jaillit de sa cachette derrière le banc.

Kronski le percuta par le travers, de tout son poids, et tous les deux dégringolèrent sur la trappe en passant à travers le garde-fou. Artemis chuta lourdement sur la chaise d'enfant, qui céda sous lui. Un des barreaux lui érafla les côtes.

– Tout ça, c'est votre faute ! couina Kronski. Ce devait être la plus belle soirée de ma vie.

Artemis sentait qu'il étouffait. Sa bouche et son nez étaient obstrués par un tissu violet trempé de sueur.

« Il a l'intention de me tuer. Je l'ai poussé à bout. »

Il n'avait pas le temps de réfléchir, et même s'il l'avait eu, ce n'était pas le genre de situation dont on peut se sortir grâce à un quelconque théorème mathématique. Il n'y avait qu'une seule chose à faire : frapper.

Alors, Artemis donna des coups de poing, de pied, de griffes. Il enfonça son genou dans la bedaine de Kronski et le bombarda de crochets.

Autant de coups superficiels qui eurent peu d'effets durables, sauf un. Le talon droit du garçon frôla la poitrine du professeur. Ce dernier ne le sentit même pas, mais le talon appuya brièvement sur la télécommande glissée dans sa poche, ce qui déclencha l'ouverture de la fosse.

À l'instant même où son cerveau enregistra la sensation de vide dans son dos, Artemis comprit ce qui s'était passé.

« Je suis mort. Désolé, mère. »

Il plongea dans le trou et son coude coupa le faisceau laser. Il y eut un petit bip et une demi-seconde plus tard, la fosse s'emplit de flammes bleues et blanches qui projetèrent des traînées noires sur les parois.

Rien n'aurait pu survivre.

Kronski s'était accroché au garde-fou ; des gouttes de sueur coulaient du bout de son nez et s'évaporaient en tombant dans la fosse.

« Est-ce que j'ai honte de ce qui vient de se passer ? » se demanda-t-il, sachant que les psychologues conseillaient d'affronter directement les traumatismes afin d'éviter le stress ultérieurement.

« Non, constata-t-il. En fait, j'ai l'impression qu'on vient de m'ôter un poids des épaules. »

Kronski se releva avec des craquements et des grincements de genoux.

« Bon, où est la bestiole ? J'ai encore du poids à perdre. »

Artemis vit les flammes se déployer autour de lui ; leur lueur bleutée dansait sur sa peau et il entendait leur rugissement sauvage, puis il se retrouva de l'autre côté, indemne.

« Impossible. »

Apparemment pas. *Apparemment*, ces flammes aboyaient plus qu'elles ne mordaient.

« Des hologrammes ? »

Le sol de la fosse s'enfonça sous son poids, dans un sifflement pneumatique, et Artemis se retrouva dans une salle souterraine, les yeux levés vers les lourdes portes en acier qui se refermaient au-dessus de lui.

« La vue que l'on a de l'intérieur d'une poubelle à couvercle à ressort. »

Une poubelle high-tech, avec des charnières en gel extensibles. Conçue par les fées, sans aucun doute.

Artemis se souvint alors des paroles de Kronski : « Ce n'est pas ce qu'elle avait dit... »

Elle... elle...

Technologie de fées. Des espèces menacées. Quelle

fée avait récolté le liquide céphalo-rachidien des lémuriens avant même l'épidémie de Magitropie ?

Artemis blêmit. Non, pas elle. Je vous en supplie.

« Que dois-je faire ? Combien de fois devrai-je sauver le monde de cette folle ? »

Il se redressa à genoux et constata qu'il avait été déposé sur une paillasse rembourrée. Avant qu'il puisse rouler sur lui-même pour en descendre, des octoliens jaillirent d'orifices dissimulés le long du cadre métallique et le ligotèrent. Il se retrouva ficelé comme une vache dans un rodéo. Un gaz violet s'échappa d'une douzaine d'orifices qui entouraient la paillasse.

« Retiens ta respiration, se dit-il. Les animaux ne savent pas le faire. »

Il tint bon jusqu'à ce qu'il ait l'impression que son sternum allait éclater, et juste au moment où il allait ouvrir la bouche pour avaler une grande bouffée d'oxygène, un deuxième gaz se répandit dans la pièce et cristallisa le premier. Qui tomba sur son visage comme des flocons de neige violets.

« Tu dors maintenant. Fais le mort. »

Une petite porte s'enfonça lentement dans le sol, en produisant un sifflement semblable à de l'air dans une paille.

Artemis entrouvrit un œil pour regarder.

« Un champ magnétique », pensa-t-il avec lassitude, alors qu'une bande d'acier barrait son front.

« Je sais ce que je vais voir, mais je n'en ai aucune envie. »

Une fée lutine se tenait dans l'encadrement de la

porte ; ses traits minuscules et beaux étaient déformés par son habituelle moue cruelle.

– Ceci, dit Opale Koboï en pointant un doigt tremblant, n'est pas un lémurien.

CHAPITRE 13

LE POILU EST MORT

LE SOUK AUX CUIRS

Butler quitta en petites foulées le camp des extinctionnistes pour rejoindre le souk. Artemis l'attendait à l'intérieur du bâtiment où ils avaient organisé l'échange, la veille. À Fès, la présence policière se limitait à quelques patrouilles de deux hommes, et pour quelqu'un qui possédait l'expérience de Butler, il s'agissait d'un jeu d'enfant de se déplacer sans se faire repérer. S'il n'était pas interdit de visiter une médina, déambuler dans une zone touristique avec un fusil en bandoulière serait sans doute mal vu.

Butler se faufila dans un recoin sombre et démonta rapidement son arme en une douzaine d'éléments, qu'il dispersa dans différentes poubelles. Certes, il aurait pu glisser un bakchich aux douaniers de l'aéroport et ranger le fusil à fléchettes sous son siège, mais de nos jours, la prudence s'imposait.

Le jeune Artemis était assis à l'endroit convenu, devant une des fenêtres des tireurs embusqués, occupé à ôter des peluches inexistantes sur sa manche de veste, sa manière à lui de faire les cent pas.

– Alors ? demanda-t-il, en se préparant au pire.

– La créature femelle s'est enfuie, annonça Butler.

Il jugea préférable de ne pas préciser que le garçon aux cheveux longs avait eu la situation en main jusqu'à la diffusion de la vidéo signée Artemis.

Mais celui-ci saisit le sous-entendu.

– La créature femelle ? Ce qui signifie que l'autre était là aussi ?

Butler acquiesça.

– Le poilu est mort. Il a tenté un sauvetage et ça n'a pas marché.

Artemis accusa le coup.

– Mort ? Mort ?

– Répéter ce mot ne changera rien, dit sèchement le garde du corps. Il a tenté de sauver son amie et Kronski l'a tué. Ce qui est fait est fait, n'est-ce pas ? Au moins, nous avons nos diamants. Nous ferions bien de nous rendre à l'aéroport ; il faut que j'effectue les vérifications d'avant-décollage.

Artemis demeura abasourdi, incapable de détacher les yeux du sac de diamants étalé sur ses genoux : les pierres semblaient lui adresser des clins d'œil accusateurs.

Holly jouait de malchance. Son bouclier était si faible qu'elle l'éteignit afin d'économiser la dernière étincelle de magie au cas où il faudrait effectuer une petite guérison. À peine son image se fut-elle solidifiée qu'un des sbires de Kronski l'aperçut et alerta toute son unité par talkie-walkie. Elle était maintenant obligée de fuir à travers la médina, en priant pour qu'Artemis soit au lieu de rendez-vous et qu'il ait pensé à venir avec le scooter.

Personne ne lui tirait dessus, ce qui était encourageant ; à moins que Kronski ne veuille se réserver ce privilège.

Elle n'avait pas le temps de penser à ça. Une seule priorité : la survie.

La médina était calme à cette heure tardive ; seuls quelques touristes désœuvrés et des marchands obstinés sillonnaient encore les rues. Holly zigzagua entre eux, en renversant tout ce qu'elle trouvait sur son passage pour ralentir les agents de sécurité lancés à sa poursuite. Elle jeta à terre un empilement de paniers, retourna un stand de kebabs et fit tomber d'un coup d'épaule une table d'épices, qui aspergèrent un mur blanc de traînées multicolores.

Mais le grondement de la cavalcade demeurait menaçant. Sa tactique ne fonctionnait pas. Ses poursuivants étaient trop costauds ; ils n'avaient aucun mal à repousser les obstacles qu'elle mettait sur leur route.

« Joue l'esquive. Sème-les dans les ruelles. »

Cette tactique ne se révéla pas plus payante que la précédente. Les agents de sécurité connaissaient la médina comme leur poche et ils communiquaient par radio pour entraîner Holly vers le souk aux cuirs.

« Je vais me retrouver à découvert et je serai une cible facile. »

La fée continua à courir, même si les mocassins d'Artemis lui cisaillaient les talons. Des cris et des jurons s'élevaient dans son sillage, tandis qu'elle bousculait des groupes de touristes sans même s'excuser et heurtait des serveurs portant du thé sur des plateaux.

« Je suis encerclée, se dit-elle avec angoisse. Artemis, vous avez intérêt à être là. »

Elle s'aperçut alors qu'elle menait leurs adversaires tout droit à Artemis, mais elle n'avait pas d'autre solution. S'il l'attendait, il pourrait l'aider ; sinon, elle devrait se débrouiller seule.

Elle bifurqua sur la gauche, mais quatre gardes visiblement énervés bloquaient le chemin en brandissant de grands couteaux à l'aspect inquiétant.

« L'autre direction, plutôt. »

À droite, donc. Holly pénétra à l'intérieur du souk en dérapage, dans une gerbe de poussière.

« Où êtes-vous, Artemis ? »

Elle leva les yeux vers leur poste d'observation, mais il n'y avait personne.

« Il n'est pas là. »

La panique lui griffa le cœur. Holly Short était un excellent officier de terrain, mais là, elle n'évoluait ni dans son environnement ni dans sa catégorie ni dans son époque.

Le calme régnait dans le souk ; seuls quelques artisans continuaient à gratter leurs peaux sur les toits. Des lanternes crépitaient sur les façades et les cuves immenses ressemblaient à des nacelles extraterrestres. L'odeur était aussi épouvantable que la veille, peut-être pire encore car les cuves étaient restées plus longtemps au soleil. La puanteur des fientes frappa Holly comme un gant mou et fiévreux, ce qui ajouta à sa confusion.

« Continue à courir. Trouve-toi un abri. »

Pendant une demi-seconde, elle se demanda quelle partie de son corps elle serait prête à échanger contre une arme, puis elle fonça vers une porte qui se découpait dans un mur voisin.

Un garde surgit, en dégainant son couteau. La lame était rouge ! Du sang peut-être, ou de la rouille. Holly changea brusquement de direction, mais elle perdit une chaussure dans la manœuvre. Il y avait une fenêtre au premier étage et le mur était fissuré ; elle pouvait l'escalader.

Deux autres gardes. Avec des rictus. L'un d'eux tenait un filet, à la manière d'un gladiateur.

Holly s'arrêta en exécutant une glissade.

« On est en plein désert ! pensa-t-elle. Pourquoi a-t-il un filet ? »

Avisant une ruelle tout juste assez large pour laisser passer un humain, elle fit une nouvelle tentative. Elle l'avait presque atteinte, lorsqu'un garde avec une queue-de-cheval qui lui descendait jusqu'à la taille et une bouche pleine de dents jaunies surgit à l'entrée pour lui bloquer le passage.

« Je suis prise au piège. Aucune issue et plus assez de magie pour devenir invisible. Pas même pour pratiquer un *mesmer.* »

Difficile dans ces conditions de rester calme, malgré sa formation et son expérience. Holly sentait son instinct animal bouillonner dans son estomac.

« Fais ce que tu dois faire pour survivre. »

Mais que pouvait-elle faire ? Une fée de la taille d'une enfant face à un bataillon de colosses armés.

Ils formèrent un cercle irrégulier autour d'elle en slalomant au ralenti entre les cuves. Leurs yeux brillants et avides étaient braqués sur elle. Les hommes se rapprochaient peu à peu, en écartant les bras au cas où leur proie tenterait de s'échapper.

Holly voyait leurs cicatrices et leur peau grêlée, le sable du désert sous leurs ongles et sur leurs poignets de chemise. Elle pouvait même sentir leur haleine et compter leurs plombages.

Elle leva les yeux vers les cieux.

– À l'aide ! cria-t-elle.

C'est alors qu'il se mit à pleuvoir des diamants.

SOUS LE CAMP DES EXTINCTIONNISTES

– Ce n'est pas un lémurien, répéta Opale Koboï en frappant le sol avec un minuscule orteil. Je sais que ce n'est pas un lémurien car il n'a pas de queue et il semble porter des vêtements. C'est un humain, Mervall. Un Garçon de Boue.

Un deuxième félutin apparut dans l'encadrement de la porte : Mervall Brill. Un des tristement célèbres frères Brill, qui quelques années plus tard, libéreraient Opale de sa cellule psychique capitonnée. Son expression était un mélange d'étonnement et de terreur. Ce qui n'était vraiment pas beau à voir.

– Je ne comprends pas, Miss Koboï, dit-il en tripotant le dernier bouton de sa blouse de laboratoire écarlate. Tout était prévu pour récupérer le lémurien. Vous avez vous-même mesmérisé Kronski.

Les narines d'Opale se dilatèrent.

– Serais-tu en train de laisser entendre que c'est ma faute ?

Elle porta sa main à sa gorge, comme si cette simple hypothèse l'empêchait de respirer.

– Non, non, s'empressa de répondre Mervall. Ça ne peut pas être la faute de Miss Koboï. Miss Koboï est la perfection incarnée. Et la perfection ne commet pas d'erreurs.

N'importe quelle personne sensée aurait vu dans cette affirmation outrancière une flagrante démonstration de flagornerie. Mais Opale Koboï trouvait cela juste et rationnel.

– Parfaitement ! Bien dit, Mervall. Dommage que ton frère ne possède pas un dixième de ta sagesse.

Mervall sourit et grimaça. Le sourire, c'était en réponse au compliment ; la grimace, c'était parce que cette allusion à son jumeau lui avait rappelé que celui-ci se trouvait enfermé dans une cage, en compagnie d'un potamochère, pour le punir de ne pas avoir complimenté Opale sur ses nouvelles bottes.

Miss Koboï était de sale humeur. Comme deux jours sur sept ces temps-ci. Si la situation empirait, les frères Brill seraient peut-être obligés de chercher un autre emploi, tant pis pour les salaires astronomiques.

Mervall choisit de distraire sa patronne.

– Ils deviennent dingues là-haut. Ils se tirent dessus, ils se battent avec les couverts. Ces extinctionnistes sont des gens instables.

Opale se pencha vers Artemis et renifla délicatement, en agitant les doigts pour voir si l'humain était réveillé.

– Ce lémurien était le dernier. J'étais à *ça* de devenir toute-puissante.

– *Ça* comment ? demanda Mervall.

Opale le regarda en plissant les yeux.

– Tu fais de l'humour ?

– Non. Je me demandais juste…

– C'est une expression, dit la fée lutine en regagnant la salle principale à grandes enjambées.

Mervall hocha lentement la tête.

– Une expression ? Je vois. Qu'est-ce que je fais de l'humain ?

Opale ne ralentit même pas son allure.

– Oh, tu n'as qu'à lui vider le crâne. Le jus de cerveau humain est un excellent produit hydratant. Ensuite, nous plierons bagage pour retrouver ce lémurien.

– Dois-je balancer son corps vide dans la fosse ?

Opale leva les bras au ciel.

– Oh, bon sang ! Suis-je obligée de tout t'expliquer ? Tu ne peux pas prendre des initiatives ?

Mervall fit rouler la paillasse dans le sillage de sa patronne.

« Dans la fosse, donc. »

Les diamants formaient une cascade étincelante. Des étoiles filantes qui scintillaient dans la lumière des lampes.

« La récompense du jeune Artemis, pensa Holly. Il me lance une bouée de secours. »

Les gardes demeurèrent hypnotisés pendant un instant. Sur leur visage se lisait l'hébétude de ces enfants qui, au réveil, s'étonnent d'être de bonne humeur. Les bras tendus, ils regardèrent les diamants dégringoler du ciel et rebondir sur le sol.

Jusqu'à ce que l'un d'eux brise l'envoûtement.

– Des diamants ! s'écria-t-il.

Ce simple mot galvanisa ses compagnons. Ils tombèrent à genoux et avancèrent à tâtons sur le sol poussiéreux à la recherche des précieux cailloux. Certains n'hésitèrent pas à sauter dans les cuves nauséabondes, alertés par les petits plop que faisaient les pierres en tombant dans la teinture.

« Le chaos. Parfait », se dit Holly.

Elle leva les yeux, juste à temps pour voir une petite main disparaître à l'intérieur du rectangle noir d'une fenêtre.

« Qu'est-ce qui l'a poussé à faire ça ? se demandait-elle. C'est un geste qui ne ressemble pas du tout à Artemis. »

Lorsqu'un des gardes plongea devant ses jambes, elle se souvint que la situation demeurait critique.

« Leur cupidité a détourné leur attention, mais peut-être se souviendront-ils de leur devoir quand ils auront empoché les pierres.»

Malgré tout, Holly prit le temps de faire un salut en direction de la fenêtre du jeune Artemis, puis elle se précipita vers la ruelle la plus proche... pour se retrouver plaquée au sol par un Damon Kronski essoufflé.

– Deux sur deux, haleta-t-il. Je vous tiens tous les deux. Ce doit être mon jour de chance.

«Quand tout ça va-t-il s'arrêter? se demanda la fée, qui n'en revenait pas. Comment est-ce possible que les événements s'enchaînent ainsi?»

Kronski était couché sur elle tel un éléphant enragé; des rides sévères encadraient ses lunettes teintées, la sueur ruisselait sur son visage et gouttait de ses lèvres boudeuses.

– Sauf que ce n'est pas mon jour de chance, pas vrai? éructa-t-il d'une voix tremblante où perçait l'hystérie. À cause de toi! Et de ton complice! Heureusement, ma chambre à gaz lui a réglé son sort. Maintenant, c'est moi qui vais m'occuper de toi!

Holly était sous le choc.

«Artemis est mort?»

Non, elle ne pouvait pas y croire. Impossible. Combien de personnes avaient cru rayer Artemis Fowl de la liste des vivants, pour regretter amèrement leur erreur ensuite? Beaucoup. Elle en faisait partie.

En revanche, Holly était une proie plus facile. Sa vision se troublait, ses membres tremblaient et tout le poids du monde pesait sur sa poitrine. Le seul sens qui fonctionnait à son maximum, c'était son odorat.

« Quelle triste façon de mourir. En respirant des fientes de pigeon au moment de rendre son dernier souffle. »

Elle entendit ses côtes protester.

« Dommage que Kronski ne sente pas cette odeur. »

Soudain, une idée jaillit dans son cerveau, ultime braise rougeoyante au milieu des cendres mourantes.

« Pourquoi est-ce qu'il ne la sentirait pas, lui aussi ? C'est le moins que je puisse faire. »

L'elfe puisa au cœur de sa magie pour en extraire ce dernier sort. Quelque chose tremblotait tout au fond. Ce n'était pas suffisant pour devenir invisible, ou même exécuter un *mesmer*, mais peut-être qu'une guérison mineure…

Habituellement, les sorts de guérison s'appliquaient aux blessures récentes, alors que Kronski souffrait d'anosmie depuis toujours. Intervenir maintenant pouvait se révéler dangereux et certainement douloureux.

« Tant pis, se dit Holly. Si ça lui fait mal, il aura mal. »

Elle dégagea une main de l'avant-bras qui appuyait sur sa gorge et remonta lentement sur le visage de Kronski en propulsant la magie dans le bout de ses doigts.

Le professeur ne se sentait pas menacé.

– Qu'est-ce que tu fais ? Tu joues à « J'attrape ton nez » ?

Holly ne répondit pas. Elle ferma les yeux, enfonça deux doigts dans les narines de Kronski et libéra les dernières étincelles de magie.

– Guéris, lança-t-elle.

C'était un souhait et une prière.

Kronski était surpris plus que fâché.

– Hé, qu'est-ce que... ?

Il éternua. Un éternuement assez puissant pour lui déboucher les oreilles et le faire rouler sur le côté.

– Tu as cinq ans ou quoi ? Pourquoi tu t'amuses à me mettre les doigts dans le nez ?

Nouvel éternuement, encore plus puissant. Un jet de vapeur jaillit de chaque narine.

– C'est pathétique. Vous n'êtes qu'une bande de...

Un éternuement secoua tout son corps. Des larmes coulèrent sur ses joues. Ses jambes se mirent à danser et les verres de ses lunettes se brisèrent.

– Bon sang ! s'exclama Kronski quand il eut réussi à maîtriser les tremblements de ses membres. Quelque chose a changé...

C'est alors que l'odeur le frappa.

– Aaaaah ! fit-il et il se mit à brailler.

Ses muscles se tendirent, ses orteils se dressèrent et ses doigts griffèrent l'air.

– Ouah ! s'exclama Holly en se massant la gorge.

La réaction était plus forte que prévu.

Certes, l'odeur était épouvantable, mais Kronski donnait l'impression d'agoniser. Holly n'avait pas tenu compte de la puissance de l'odorat ressuscité du professeur. Imaginez le bonheur de celui qui voit pour la première fois, ou l'euphorie qui accompagne le premier pas. Ensuite, multipliez cette sensation au carré, dans un sens négatif. Prenez une boule de poison, plongez-la dans les épines et le purin, enveloppez-la d'un cataplasme de bandages suppurants, faites-la bouillir dans un chaudron rempli de sécrétions abominables, et fourrez-vous le tout dans le nez.

Voilà l'odeur que sentait Kronski et cela le rendait fou.

Couché sur le dos, il tressaillait et tentait d'agripper le ciel.

– Infect, infect, répétait-il, encore et encore. Infect, infect, infect...

Holly avança à genoux, en toussant et en crachant dans le sable sec. Tout son être était meurtri et contusionné, les os comme l'esprit. En observant l'expression de Kronski, elle comprit qu'il serait vain de l'interroger. Le président des extinctionnistes était incapable de soutenir une conversation sensée pour l'instant.

« Et c'est tant mieux, pensa-t-elle. Je le vois mal diriger une organisation internationale avant un long moment. »

Soudain, elle remarqua quelque chose. En se brisant, un des verres de lunettes de Kronski avait laissé apparaître l'œil qui se trouvait derrière. L'iris était d'un étrange violet, presque identique à la couleur des verres, mais ce n'est pas ce qui avait attiré son attention. Le contour de la rétine était irrégulier, comme si elle avait été grignotée par une minuscule créature.

« Cet homme a été mesmérisé ! Il est sous le contrôle d'une fée. »

Elle se releva et s'engagea dans la ruelle la plus proche, en clopinant sur une seule chaussure, tandis que disparaissaient derrière elle les échos des vociférations cupides.

« Si une fée est impliquée, il faut se méfier des apparences. En ce cas, Artemis Fowl est peut-être toujours vivant. »

SOUS LE CAMP DES EXTINCTIONNISTES

Mervall Brill s'adressa un clin d'œil dans la porte chromée d'une chambre froide.

« Je suis plutôt beau mec, pensa-t-il, et cette blouse masque assez bien ma bedaine, je trouve. »

– Brill ! cria Opale de son bureau. On en est où avec ce jus de cerveau ?

Merv sursauta.

– Je suis en train d'aspirer cet humain jusqu'à la moelle, Miss Koboï.

Le félutin appuya de tout son poids sur le chariot pour le pousser dans un petit couloir qui menait au laboratoire. Se retrouver coincé dans ce lieu exigu en compagnie d'Opale Koboï n'était pas une partie de plaisir. Rien que tous les trois, des semaines durant, à aspirer le liquide céphalo-rachidien d'espèces menacées. Opale avait les moyens d'engager un millier d'assistants pour faire le travail à sa place, mais elle était complètement parano, obsédée par le secret. À tel point qu'elle en venait à soupçonner les plantes et les objets de l'espionner.

« Je sais faire pousser des caméras ! s'était-elle écriée au cours d'un briefing, devant les frères Brill. Qui me dit que ce misérable centaure de Foaly n'a pas réussi à greffer du matériel de surveillance sur des plantes ?

Débarrassez-moi de toutes les fleurs. Les pierres aussi. Je m'en méfie.»

Les frères Brill avaient donc passé un après-midi entier à ôter tout ce qui pouvait contenir un micro. Ils durent même enlever les blocs de désodorisant des toilettes car Opale était convaincue qu'ils la photographiaient pendant qu'elle utilisait ces commodités.

«N'empêche, Miss Koboï a bien raison d'être paranoïaque, admit Merv en ouvrant avec le chariot une porte à double battant. Si jamais les FAR découvrent ce qu'elle fabrique ici, ils l'enfermeront pour l'éternité.»

La porte donnait sur un vaste laboratoire d'une hauteur de trois étages. Un lieu de souffrances. Des cages s'empilaient jusqu'au plafond, chacune était occupée par un animal. Ils gémissaient, poussaient des cris lugubres, secouaient leurs barreaux et donnaient des coups de tête contre la porte. Un distributeur automatisé de nourriture parcourait les rangées en bourdonnant pour cracher des boulettes grises dans les cages sélectionnées.

Au centre de la salle se dressait un ensemble de tables d'opération. Des dizaines d'animaux gisaient sur les tables, endormis et ligotés, comme Artemis, par des octoliens. Artemis aperçut un tigre de Sibérie, les pattes en l'air, avec des plaques rasées sur le crâne. Sur chaque plaque était posé ce qui ressemblait à une minuscule tranche de foie. Au moment où ils passaient, une de ces tranches émit un gargouillis et une minuscule diode rouge située sur le bord clignota.

Merv s'arrêta pour l'arracher et Artemis découvrit,

avec effroi, que le dessous de la chose était hérissé d'une douzaine d'épines dégoulinantes.

– Plein à ras bord, monsieur Super Moustique-Sangsue génétiquement modifié. Vous êtes une abomination écœurante, parfaitement ! Mais vous vous y entendez pour siphonner le jus de cerveau. À mon avis, il est temps de vous presser.

Merv appuya sur une pédale pour ouvrir un réfrigérateur tout proche et il promena ses doigts sur les vases à bec qui se trouvaient à l'intérieur jusqu'à ce qu'il trouve le bon.

– Le voilà ! LCR TigSib.

Il déposa le vase à bec sur un plan de travail en chrome, puis pressa la sangsue comme une éponge pour lui faire rendre jusqu'à la dernière goutte de liquide céphalo-rachidien. Après quoi, il la jeta négligemment dans la poubelle.

Artemis voyait tout cela à travers ses paupières mi-closes. Il fallait absolument qu'il quitte ce lieu d'infamie.

« Holly va venir me chercher », pensa-t-il tout d'abord. Puis : « Non, elle ne viendra pas. Elle croira que je suis mort. »

Cette constatation lui glaça le sang.

« J'ai disparu dans les flammes. »

Il serait obligé de se sauver tout seul. Ce ne serait pas la première fois. « Reste à l'affût, une occasion se présentera, tu dois être prêt à la saisir. »

Mervall trouva une place libre dans la section des opérations et y gara soigneusement le chariot d'Artemis.

– Eh oui, mesdames et messieurs, il parvient à le glisser dans un espace riquiqui ! Ils disaient que c'était impossible, ils avaient tort. Mervall Brill est le roi du chariot !

Le félutin rota.

– Évidemment, admit-il, ce n'était pas la vie que j'avais imaginée quand j'étais plus jeune.

Morose, il plongea une sorte de passoire dans un aquarium et la fit aller et venir jusqu'à ce qu'elle grouille de super-sangsues.

« Oh, non ! pensa Artemis. Par pitié ! »

Il fut obligé de fermer les yeux quand Mervall se retourna vers lui.

« Il va voir que ma poitrine bouge. Il va m'anesthésier et tout sera terminé. »

Mais apparemment, Mervall ne remarqua rien du tout.

– Oh, je vous déteste, sales bestioles. Vous me dégoûtez. Laisse-moi te dire un truc, humain, si ton subconscient m'entend. Estime-toi heureux d'être endormi car personne n'a envie de subir ça en étant réveillé.

Artemis faillit craquer en entendant ces paroles. Mais il pensa à sa mère, à qui il restait moins d'une journée à vivre, et il ne répondit rien.

Il sentit qu'on lui prenait la main gauche et il entendit Mervall grogner.

– Ce n'est qu'une tique.

La pression sur sa main se relâcha et Artemis suivit les déplacements de Mervall avec son ouïe et son odorat. Un ventre mou frôla son coude. Un souffle frôla son oreille. Le félutin se tenait à la hauteur de son épaule gauche, penché en avant.

Le garçon entrouvrit l'œil droit et fit rouler sa pupille dans la fente de ses paupières. Un gros projecteur à l'extrémité d'un épais bras articulé, plat et chromé, était braqué au-dessus de lui, sur la table d'opération.

Chromé. Réfléchissant, donc.

Artemis put ainsi suivre les gestes de Mervall sur la surface brillante. Celui-ci tapota sur le boîtier tactile des octoliens, faisant apparaître un clavier gnomique. Tout en chantonnant un morceau pop très en vogue chez les elfes, il entra son code. Un chiffre sur chaque temps du refrain.

– Ça balance à mort chez les félutins !

Artemis en doutait, mais grâce à cette chanson, il eut le temps d'enregistrer le code.

Mervall libéra un des liens pour pouvoir étendre l'avant-bras d'Artemis. Même si par hasard l'humain se réveillait, pensa-t-il, il ne pourrait que gesticuler vainement.

– Allez, ma petite sangsue, fais ton sale travail pour tata Opale. Pour te récompenser, je te presserai les viscères dans un seau.

Il soupira.

– Pourquoi faut-il que je gâche mes meilleures répliques avec des annélides ?

Il prit une sangsue dans le bocal, entre le pouce et l'index, la pressa pour faire saillir les épines et la colla brutalement sur le poignet d'Artemis.

Le garçon ressentit une sensation de bien-être instantanée.

« Un anesthésiant, se dit-il. Une vieille ruse de troll. Pour vous remonter le moral avant de mourir. C'est un bon stratagème et puis, mourir ça ne doit pas être si terrible, hein ? Ma vie n'a été qu'une succession d'épreuves. »

Pendant ce temps, Mervall consultait son chronomètre. Son frère était enfermé depuis un temps effroyablement long dans cette cage de recyclage, derrière les cuisines. À force, le potamochère allait peut-être s'offrir un morceau de viande de félutin.

– Je vais aller jeter un coup d'œil, décida-t-il. Je reviendrai avant que la sangsue soit pleine. Le sang d'abord, le cerveau ensuite. Tu aurais dû faire des compliments à Miss Opale sur ses bottes, frangin.

Il s'éloigna dans l'allée centrale d'un pas trottinant, en tapant sur les barreaux de chaque cage au passage pour exciter les animaux.

– Ça balance à mort chez les félutins ! chantonna-t-il.

Artemis avait du mal à se motiver. Ça paraissait si facile de rester allongé sur cette paillasse, en laissant tous ses soucis s'échapper par son bras.

« Une fois qu'on a décidé de mourir, pensait-il avec lassitude, peu importe le nombre de personnes qui veulent vous tuer. »

Toutefois, il aurait aimé que les animaux se calment dans leurs cages. Leurs cris et leurs gazouillements troublaient sa quiétude.

Il y avait même un perroquet, quelque part, qui ne cessait de répéter d'une voix rauque : « Qui est ta maman ? Qui est ta maman… »

« Ma maman s'appelle Angeline. Et elle est en train de mourir. »

Artemis ouvrit les yeux.

« Maman. Mère. »

Il leva son bras libre et écrasa l'indésirable sangsue contre un des octoliens. Elle explosa, telle une boule de mucosités et de sang, en laissant une demi-douzaine d'épines plantées dans son bras, semblables aux lances de minuscules soldats.

« Ça va me faire mal au bout d'un moment. »

Artemis avait la gorge sèche, le cou ankylosé et sa vue était trouble, mais malgré cela, il lui fallut moins d'une minute pour taper le code de Mervall sur le clavier afin de défaire ses liens.

« S'ils sont connectés à une alarme, je suis dans de sales draps. »

Mais aucune sirène ne retentit. Aucun félutin n'accourut.

« J'ai du temps. Mais peu. »

Il ôta les épines de sa peau, en grimaçant, non pas de douleur, mais en voyant les trous ourlés de rouge à son poignet. De chacun s'échappait un mince filet de sang clair. Il ne risquait pas de mourir exsangue.

« Il y a une substance coagulante dans les épines. Évidemment. »

Tel un zombie, Artemis traversa le laboratoire en retrouvant peu à peu tous ses esprits et ses capacités.

Des centaines d'yeux étaient braqués sur lui. Les animaux s'étaient tus ; leurs truffes, leurs becs ou leurs groins étaient collés aux barreaux. Ils attendaient la suite. Le seul bruit provenait du robot qui continuait à distribuer les boulettes de nourriture.

« Il me suffit de fuir. Inutile de chercher l'affrontement ou d'essayer de sauver le monde. Ne t'occupe pas d'Opale, fiche le camp. »

Mais bien entendu, dans le monde d'Artemis Fowl, les choses étaient rarement simples. Il chaussa les lunettes spéciales qu'il trouva suspendues à un crochet, activa le clavier et se servit du code de Mervall pour se connecter au réseau. Il avait besoin de savoir où il se trouvait, et comment en sortir.

Des plans de toutes les installations étaient stockés dans un fichier sur le bureau. Aucune sécurité, aucun codage. Et pourquoi y en aurait-il eu ? Ce n'était pas comme si les humains d'en haut pouvaient s'aventurer en bas, et même si cela venait à se produire, ils ne savaient pas lire le gnomique.

Artemis examina les plans avec soin et une angoisse grandissante. Les installations étaient composées d'une succession de modules reliés les uns aux autres, à l'intérieur d'anciennes galeries situées sous le camp des extinctionnistes, mais il n'y avait que deux issues. Il pouvait ressortir par où il était entré, ce qui n'était pas idéal car cela le ramènerait directement dans les pattes de Kronski. Ou bien, il pouvait choisir le terminal des navettes au niveau inférieur, ce qui voulait dire dérober et piloter un engin. Ses chances de contourner les systèmes antivol perfectionnés avant qu'Opale le fasse atomiser étaient infimes. Il passerait donc par le haut.

– Mon petit laboratoire vous plaît? demanda une voix, en gnomique.

Artemis regarda par-dessus l'écran de ses lunettes. Opale se tenait devant lui, les mains sur les hanches.

– Impressionnant, n'est-ce pas? reprit-elle, en anglais. Quand je pense que ces tunnels nous tendaient les bras. Dès que je les ai découverts, j'ai su que je devais me les approprier, voilà pourquoi j'ai convaincu le professeur Kronski de s'installer ici.

« L'information, c'est le pouvoir, se dit Artemis. Ne lui en donne aucune. »

– Qui êtes-vous? demanda-t-il à son tour.

– Je suis la future reine de ce monde, au minimum. Vous pouvez m'appeler Miss Koboï pendant les cinq prochaines minutes. Après cela, vous pourrez vous adresser à moi en disant « aaaaaargh ! » et en vous tenant la gorge, avant de mourir.

« Aussi bouffie de suffisance que dans mon souvenir. »

– Il me semble que je suis plus grand que vous, Miss Koboï. Et autant que je puisse en juger, vous n'avez pas d'arme.

Opale s'esclaffa.

– Pas d'arme? s'exclama-t-elle en englobant la salle d'un geste. Ces créatures m'ont donné toutes les armes dont j'ai besoin.

Elle caressa le tigre endormi sur la table d'opération.

– Ce gros chaton développe mon contrôle mental.

Ces nudibranches concentrent mes faisceaux d'énergie. Une dose de nageoire de dauphin passée au mixeur et mélangée à la bonne quantité de venin de cobra me fait remonter le temps de cent ans.

– Nous sommes donc dans une usine d'armement, dit Artemis, le souffle court.

– Exactement, répondit Opale, fière que quelqu'un comprenne enfin. Grâce à ces animaux et à leurs sécrétions, je suis devenue la magicienne la plus puissante depuis les démons sorciers. Les extinctionnistes ont rassemblé les créatures dont j'ai besoin. Les imbéciles ! Dupés par quelques flammes holographiques au rabais. Comme si j'allais tuer ces magnifiques bêtes avant de les vider de leur substance ! Vous autres, humains, vous êtes tellement idiots ! Vos gouvernements dépensent des fortunes dans la quête du pouvoir, alors qu'il est là, sous votre nez, en train de batifoler dans vos jungles.

– Sacré discours, admit Artemis en agitant les doigts sur le clavier que lui seul pouvait voir.

– Bientôt, je serai…

– Ne me dites rien. Bientôt, vous serez invincible.

– Eh bien, non, répondit Opale avec une patience remarquable. Bientôt, je serai capable de manipuler le temps lui-même. J'ai juste besoin de…

Soudain, tous les éléments s'emboîtèrent dans l'esprit d'Artemis. Toutes les pièces de cette affaire. Et il comprit qu'il pourrait s'échapper.

– Le lémurien, dit-il. Vous avez juste besoin du lémurien.

Opale frappa dans ses mains.

– Exactement ! Vous êtes un Garçon de Boue très

intelligent. Ce formidable liquide céphalo-rachidien de lémurien est le dernier ingrédient qui manque à ma potion dopante !

Artemis soupira.

– Une potion dopante ? Ça alors !

L'ironie de cette remarque passa au-dessus de la tête d'Opale car elle n'était guère habituée aux sarcasmes.

– Dans le temps, j'avais un tas de lémuriens, mais les FAR me les ont confisqués pour guérir une peste quelconque. Les autres, je les ai perdus dans un incendie. Tous mes cobayes ont disparu et il m'est impossible de reproduire leurs sécrétions. Il ne reste plus qu'un *seul* spécimen. Il me le faut ! C'est mon modèle de clonage. Avec ce lémurien, je pourrai contrôler le temps lui-même !

Opale s'interrompit et se tapota la lèvre inférieure avec un doigt.

– Attendez un peu, humain. Que savez-vous de mon lémurien ?

Elle décolla son doigt de sa bouche et à son extrémité jaillit une boule de feu vibrant, qui fit fondre son vernis à ongles.

– Je vous ai posé une question : que savez-vous de mon lémurien ?

– Jolies bottes, répondit Artemis, puis, d'une pichenette, il sélectionna une option sur l'écran de ses lunettes.

« Êtes-vous sûr de vouloir ouvrir toutes les cages ? » demanda l'ordinateur.

Les extinctionnistes revenaient discrètement dans le camp, emmenés par l'intrépide Tommy Kirkenhazard, qui brandissait son pistolet vide par bravade.

– J'ai laissé des affaires dans ce camp, répétait-il au groupe massé derrière lui. Des trucs de valeur. Pas question de les abandonner.

La plupart des autres avaient des « trucs de valeur » eux aussi, et maintenant que Kronski était en état de catatonie dans le souk et que ses hommes de main semblaient avoir fichu le camp avec leur butin étincelant, ils jugeaient le moment bien choisi pour récupérer leurs affaires et filer à l'aéroport.

Au grand soulagement de Kirkenhazard, le camp paraissait totalement désert ; ce qui n'empêcha pas le troupeau gélatineux d'être effrayé à plusieurs reprises par les ombres de la nuit qui dansaient dans le vent marocain.

« Je n'ai jamais tiré sur quoi que ce soit avec une arme vide, pensait-il. Mais à mon avis, ce n'est pas très efficace. »

Ils atteignirent la porte principale, qui ne tenait que par un seul gond désormais.

– OK, les amis, dit Kirkenhazard. Il n'y a plus de porteurs pour s'occuper de nos affaires, vous allez devoir vous les coltiner.

– Oh, mon Dieu, soupira la comtesse Irina Koskovich, avant de s'évanouir dans les bras d'un Écossais magnat du pétrole.

– Récupérez tout ce que vous pouvez et rendez-vous ici dans un quart d'heure.

La comtesse murmura quelque chose.
– Vous avez entendu ? s'enquit Kirkenhazard.
– Oui. Elle avait rendez-vous chez la pédicure demain matin.
Kirkenhazard leva la main, l'oreille tendue.
– Non, pas ça. Personne n'entend un grondement ?

Les animaux franchirent les portes de leurs cages avec une joie sauvage, en bondissant, sautillant, volant et glissant. Les lions, les léopards, les diverses espèces de singes, les perroquets, les gazelles... les centaines de créatures n'avaient qu'une idée en tête : *fuir.*
Opale n'avait pas envie de rire.
– Je ne peux pas croire que vous ayez fait ça, Être de Boue. Je vais vous presser le cerveau comme une éponge.
Artemis baissa la tête ; il n'aimait pas du tout cette association cerveau/éponge. S'il évitait le regard d'Opale, elle ne pourrait pas le mesmériser. À moins que ses pouvoirs renforcés ne lui permettent d'accéder au cerveau sans passer par le nerf optique.
Même s'il n'avait pas baissé la tête, il aurait été protégé par la vague de créatures animales qui le submergea furieusement.
« Tout cela est ridicule, se dit-il, alors qu'un coude de singe s'enfonçait dans son sternum et lui coupait le souffle. Si Opale ne parvient pas à m'éliminer, les animaux vont s'en charger. Il faut que je contrôle cette débandade. »

Il se faufila derrière une des tables d'opération, en arrachant au passage la perfusion anesthésiante du tigre, et chercha l'animal approprié entre les pattes qui défilaient comme les rayons d'une bicyclette.

Opale poussa un rugissement dans lequel se mélangeaient toutes les langues des bêtes. Ce son perçant fendit en plein milieu le courant animal qui s'ouvrit en deux pour l'envelopper. Au moment où le troupeau passait, Opale décocha des décharges d'énergie qui jaillirent de l'extrémité de ses doigts et balayèrent des rangées entières de créatures, les projetant à terre, inanimées. Les cages vides vacillaient comme des cubes, les réfrigérateurs déversaient leur contenu sur le carrelage.

« Ma diversion est tombée à l'eau, pensa Artemis. C'est le moment de prendre congé. »

Il avisa deux paires de sabots qui fonçaient vers lui et se prépara à bondir.

« C'est un quagga, constata-t-il. Moitié cheval, moitié zèbre. Aucun n'a vécu en captivité depuis cent ans. Ce n'est pas réellement un pur-sang, mais ça fera l'affaire. »

De fait, la chevauchée fut un peu plus brutale que celles auxquelles était habitué Artemis quand il montait les étalons arabes de la famille Fowl. Pas d'étriers pour caler les pieds, pas de selle en cuir qui craquait, pas de rênes qui claquaient. Sans parler du fait que le quagga, jamais dressé, était terrorisé.

Artemis lui flatta l'encolure.

« Grotesque, se dit-il. Comme toute cette affaire. Un garçon mort qui s'enfuit sur le dos d'un animal disparu. »

Il empoigna à deux mains la crinière du quagga et tenta de le diriger vers la porte ouverte. L'animal se cabra et rua, en tournant rapidement la tête pour tenter de mordre son cavalier avec ses grandes dents carrées. Artemis enfonça ses talons dans les flancs de la monture et s'accrocha.

Pendant ce temps, Opale était occupée à se protéger d'un déferlement de vengeance animale. Certains des gros prédateurs, moins intimidés que leurs cousins, décidèrent que la meilleure façon d'éliminer la menace représentée par Opale était de la dévorer.

La minuscule fée lutine tourbillonnait telle une ballerine démoniaque, en envoyant des décharges d'énergie magique qui enflaient au niveau de ses épaules, concentraient leurs forces sous forme de sphères bouillonnantes au niveau des coudes, avant de se libérer en longs jets liquides, par saccades.

Artemis n'avait jamais rien vu de tel. Des animaux frappés en plein mouvement, immobilisés soudainement, puis s'écroulant au sol comme des statues. Immobiles, à l'exception de leurs yeux horrifiés.

« Elle est très puissante, en effet. Je n'ai jamais vu une force pareille. Opale ne doit absolument pas capturer Jayjay. »

La fée lutine était à court de magie. Ses décharges s'éteignaient en crépitant ou s'éloignaient de leur cible en tourbillonnant, tels des pétards égarés. Elle y renonça et sortit deux pistolets glissés dans sa ceinture. L'un des deux lui fut aussitôt arraché par le tigre qui avait rejoint la mêlée tant bien que mal, mais Opale ne céda pas à l'hystérie. Très vite, d'un geste du pouce, elle régla l'autre arme en position «spectre large» et fit pivoter le canon pendant qu'elle tirait, libérant un éventail d'énergie argentée.

Le tigre fut le premier à tomber, avec dans les yeux une expression qui disait : «Oh, non, pas encore ! » Plusieurs autres animaux suivirent, arrêtés en plein cri, ululement ou sifflement.

Artemis tira sur la crinière hérissée du quagga pour le faire sauter sur une table d'opération. La bête renâcla, mais s'exécuta. Elle dérapa sur toute la longueur de la table et bondit vers la suivante.

Opale tira une rafale dans leur direction, mais celle-ci fut interceptée par une paire de condors.

La porte se trouvait droit devant eux et Artemis craignait que le quagga n'hésite, mais non : il l'enfonça d'un coup de tête et s'engouffra dans le couloir reliant le laboratoire à la salle des flammes holographiques.

Artemis ouvrit rapidement le panneau de contrôle de ses lunettes volées et sélectionna la touche de réglage de la rampe.

Il dut attendre pendant plusieurs secondes exaspérantes que la plate-forme s'allonge, et pendant ce temps-là, il fit décrire des cercles au quagga afin que l'animal oublie son envie de déloger ce cavalier indésirable et offre une cible moins facile si jamais Opale les suivait dans le couloir.

Un aigle plongea en piqué; ses plumes frôlèrent la joue d'Artemis. Un rat musqué escalada son torse pour bondir sur la plate-forme qui s'élevait.

Il y avait une lumière en haut : les faisceaux vacillants et blafards d'un néon défectueux. Mais c'était mieux que rien.

– Allez, mon beau, dit Artemis en se sentant dans la peau d'un cow-boy. Yahou !

Rassemblés autour de l'index dressé de Tommy Kirkenhazard, les extinctionnistes tendaient l'oreille comme si le bruit émanait de l'intérieur de ce doigt.

– Je n'entends rien, admit Tommy. J'ai dû rêver. Il faut dire que la nuit a été éprouvante pour les amoureux de la race humaine.

À cet instant, la porte de la salle s'ouvrit avec fracas et tous les extinctionnistes furent engloutis par un océan de bêtes.

Kirkenhazard disparut sous deux babouins chacmas et pressa vainement sur la détente de son arme vide, sans cesser de hurler :

– Mais on vous a tués ! On vous a tués !

Bien qu'on ne déplorât aucune victime ce soir-là dans le camp, dix-huit personnes furent hospitalisées pour des morsures, des brûlures, des fractures et des infections diverses. Mais ce fut Kirkenhazard qui connut le sort le moins enviable. Les babouins mangèrent son arme, ainsi que la main qui la tenait ; après quoi, ils livrèrent le pauvre homme à un tigre groggy qui venait de se réveiller, de fort méchante humeur.

Nul ne remarqua un petit engin sombre qui s'éleva sans bruit derrière un des pavillons. Il survola le parc central et saisit au passage un jeune garçon aux cheveux longs qui chevauchait une sorte de petit âne rayé. L'engin décrivit un arc de cercle compact, telle une pierre dans une fronde, puis s'envola à toute allure dans le ciel obscur, comme s'il était très pressé d'arriver quelque part.

Les rendez-vous chez la pédicure et tous les autres soins du lendemain furent annulés.

Opale se désolait de constater que, en plus du reste, ses bottes étaient fichues.

– C'est quoi, cette tache ? demanda-t-elle à Mervall et à Descant, son jumeau récemment libéré.

– Sais pas, marmonna ce dernier, encore un peu grincheux après son séjour en cage.

– On dirait une sorte de crotte, suggéra Mervall. À en juger par la taille et la texture, je dirais qu'un des félins était un peu nerveux.

Assise sur un banc, Opale leva sa botte souillée.

– Enlève-la, Mervall.

Elle appuya sa semelle sur le front du félutin et poussa jusqu'à ce qu'il tombe à la renverse en s'accrochant à la botte maculée de crotte.

– Ce Garçon de Boue, il sait où est mon lémurien. Il faut le suivre. Il a été marqué, si j'ai bien compris ?

– Oh, oui, confirma Mervall. Tous les nouveaux arrivants sont aspergés à l'atterrissage. Maintenant, il y a un traceur radioactif dans chacun de ses pores. C'est inoffensif, mais il n'y a aucun endroit sur cette planète où il peut espérer se cacher.

– Parfait. Excellent, même ! Je pense vraiment à tout, n'est-ce pas ?

– Oui, Miss Koboï, roucoula Descant. Vous êtes brillante. Votre fabulosité est tout bonnement stupéfiante.

– Oh, merci, Descant, répondit Opale, toujours aussi imperméable aux sarcasmes. Moi qui croyais que tu serais fâché après cet enfermement dans la porcherie. Petite précision : le mot « fabulosité » n'existe pas. Au cas où tu voudrais chanter mes louanges dans ton journal.

– C'est noté, dit Descant avec le plus grand sérieux.

Opale tendit son autre pied à Mervall.

– Bien. Réglons les systèmes d'autodestruction et préparons la navette. Je veux retrouver et tuer cet humain immédiatement ! La dernière fois, nous avons été trop gentils en utilisant les sangsues. Cette fois-ci, mise à mort immédiate.

Mervall grimaça. Il tenait deux bottes couvertes de crotte de tigre, et pourtant, il aurait préféré les enfiler plutôt que de se retrouver dans la peau de cet humain.

Couché sur le dos dans la soute, Artemis se demandait s'il n'avait pas rêvé ces dernières minutes. Des super-sangsues, des tigres endormis et un quagga grognon.

Il sentait le plancher vibrer sous lui et comprit qu'ils se déplaçaient à plusieurs fois la vitesse du son. Soudain, les vibrations cessèrent, remplacées par un bourdonnement beaucoup plus faible. Ils ralentissaient !

Artemis se rua dans le cockpit, où Holly foudroyait

du regard un écran comme si elle espérait modifier l'information qui y était affichée. Installé sur le siège du copilote, Jayjay semblait se charger de la navigation.

Artemis pointa le doigt sur le lémurien.

– Ma question va vous sembler idiote, mais est-ce que Jayjay… ?

– Non. Pilotage automatique. Ravie de vous voir sain et sauf, au fait. Inutile de me remercier de vous avoir sauvé.

Artemis posa la main sur l'épaule de Holly.

– Je vous dois la vie, une fois de plus. Je déteste passer directement de la gratitude à la mauvaise humeur, mais pourquoi avons-nous ralenti ? Le temps presse. Nous n'avions que trois jours, je vous le rappelle. Il ne nous reste que quelques heures.

La fée tapota sur son écran.

– Quelque chose nous a piratés, là-bas dans le camp. Des ordinateurs ont chargé nos plans.

– Opale Koboï, dit Artemis. C'est elle qui se cache derrière tout ça. Elle recueille des sécrétions d'animaux pour accroître ses pouvoirs magiques. Si elle met la main sur Jayjay, elle sera invincible.

Holly n'avait pas le temps de se montrer incrédule.

– Formidable. Opale Koboï. Je savais bien qu'il manquait un élément psychotique dans cette expédition. Si Opale nous a espionnés, elle doit être à nos trousses, à bord d'un engin un peu plus redoutable que ce tas de ferraille.

– Et les protections ?

– Il ne reste pas grand-chose. Nous pourrions peut-être tromper un radar humain, mais pas des scanners de fée.

– Que faire, alors ?

– Je dois veiller à ce que l'on reste ici, dans les couloirs aériens avec la circulation humaine. On va garder une vitesse subsonique et éviter d'attirer l'attention. Et puis, au tout dernier instant, on sprinte vers le manoir des Fowl. Peu importe si Opale nous voit à ce moment-là car, le temps qu'elle nous rattrape, nous serons de retour dans le tunnel temporel.

Mulch Diggums sortit la tête de la boîte aux lettres.

– Y a pas grand-chose là-dedans. Quelques pièces d'or. Et si je les gardais ? Ai-je entendu quelqu'un parler d'Opale Koboï ?

– Ne t'en fais pas, dit Holly. On contrôle la situation.

Mulch s'esclaffa.

– Vous contrôlez la situation ? Comme à Rathdown Park ? Comme dans le souk aux cuirs ?

– Vous ne nous voyez pas sous notre meilleur jour, reconnut Artemis. Mais avec le temps, vous apprendrez à nous respecter, le capitaine Short et moi.

L'expression du nain montrait qu'il avait des doutes.

– Je ferais bien d'aller vérifier le sens du mot « respect » dans le dictionnaire car il a visiblement un sens que j'ignore, pas vrai Jayjay ?

Le lémurien frappa dans ses petites mains fragiles et émit des sons qui ressemblaient à un rire.

– On dirait que tu as trouvé quelqu'un de ton niveau, Mulch, répliqua Holly en reportant son attention sur ses instruments de bord. Dommage que ce ne soit pas une fille, tu aurais pu l'épouser.

Mulch fit mine d'être outré.

– L'amour en dehors de son espèce ! Ça, c'est répugnant. Quel détraqué serait capable d'embrasser quelqu'un qui ne fait pas partie de la même espèce ?

Artemis massa ses tempes qui s'étaient mises à battre. « Le chemin promet d'être long jusqu'à Dublin. »

– Une navette ? dit Opale. Une navette de fée ?

L'engin de Koboï volait à une altitude de cinquante mille mètres, en bordure de l'espace. L'éclat des étoiles se reflétait sur la coque d'un noir mat et la Terre était suspendue en dessous, parée d'une étole de nuages.

– C'est ce qu'indiquent les capteurs, confirma Merváll. Un vieux modèle de forage. Rien sous le capot et puissance de feu nulle. On devrait pouvoir la rattraper.

– On devrait ? répéta Opale en levant la jambe pour admirer ses nouvelles bottes rouges. Pourquoi on devrait ?

– Eh bien, on l'avait repérée et puis, elle est passée en mode subsonique. Je parie que le pilote suit les couloirs aériens humains, jusqu'à ce qu'ils se sentent à l'abri.

Un sourire démoniaque apparut sur le visage d'Opale. Elle aimait les défis.

– Mettons toutes les chances de notre côté. Nous avons déjà la vitesse et les armes. Nous n'avons plus qu'à choisir le bon cap.

– Voilà une idée incroyablifique, minauda Descant.

Opale grimaça.

– S'il te plaît, Descant. Utilise des mots courts. Ne m'oblige pas à t'atomiser.

C'était une menace en l'air car Opale n'avait pas réussi à produire la moindre étincelle depuis leur départ du camp. Elle possédait encore les rudiments – contrôle de l'esprit, lévitation, etc. –, mais elle aurait besoin d'un long repos avant de pouvoir produire un éclair. Toutefois, les frères Brill n'avaient pas besoin de le savoir.

– Voici mon plan. J'ai passé les enregistrements du labo à l'analyseur de voix et j'ai obtenu une concordance régionale. Ce Garçon de Boue vit certainement dans le centre de l'Irlande. Sans doute à Dublin. Descant, je veux que tu nous y conduises le plus vite possible, dès que cette fichue navette de forage sortira des couloirs aériens.

Opale referma ses doigts minuscules sur une fourmi imaginaire et pressa pour en faire sortir le sang.

– On va attendre.

– Fabulicieux, commenta Descant.

MANOIR DES FOWL

Le soleil s'était levé et il se couchait à nouveau lorsque Holly fit franchir péniblement à la navette crachotante le mur de la propriété des Fowl.

– Nous approchons de l'heure limite et ce tas de ferraille est quasiment mort, dit-elle à Artemis.

Elle posa la main sur son cœur.

– Je sens l'énergie de N° 1 s'épuiser en moi, mais il nous reste encore un peu de temps.

Artemis acquiesça.

D'une certaine façon, la vision du manoir rendait plus dramatique encore l'état critique de sa mère.

« Je dois rentrer chez moi. »

– Bravo, Holly. Vous avez réussi. Posez-nous dans la cour de derrière. Nous entrerons par la cuisine.

La fée appuya sur divers boutons.

– Entendu. Je cherche les alarmes. J'en ai repéré deux, plus une troisième, sournoise. Des détecteurs de mouvements, si je ne m'abuse. Une seule est activée à distance, les deux autres sont autonomes. Dois-je déconnecter le système de télécommande ?

– Oui, Holly, neutralisez l'alarme, je vous prie. Il y a quelqu'un dans la maison ?

Holly consulta l'écran thermique.

– Un seul corps chaud. Au dernier étage.

Le garçon soupira, soulagé.

– Tant mieux. Il n'y a que mère. Elle a dû prendre ses somnifères. Mon jeune double ne peut pas être déjà de retour.

Holly posa la navette, aussi doucement que possible, mais l'embrayage et les amortisseurs étaient morts. Les stabilisateurs avaient pris des coups et le gyroscope tournoyait comme une girouette. Le train d'atterrissage arracha une bande de graviers dans la cour, tel un soc de charrue qui soulève des mottes de terre.

Artemis prit Jayjay dans ses bras.

– Es-tu prêt pour de nouvelles aventures, mon petit gars ?

Les yeux ronds du lémurien étaient remplis d'angoisse ; il se tourna vers Mulch pour être rassuré.

– N'oublie jamais, dit celui-ci en chatouillant l'animal sous le menton, que c'est *toi* le plus intelligent.

Le nain dénicha un vieux sac de toile, dans lequel il entreprit de fourrer les restes du réfrigérateur.

– Inutile, dit Holly. La navette est à vous, prenez-la, enterrez votre butin et fichez le camp, très loin. Balancez ce tas de ferraille dans la mer et vivez de vos gains pendant quelques années. Promettez-moi juste de ne pas le vendre à des humains.

– Seulement les cochonneries, répondit Mulch. Vous avez dit que je pouvais garder la navette ?

– En fait, je vous demande de la bazarder. Vous me rendrez service.

Mulch afficha un large sourire.

– Je suis quelqu'un de généreux, j'accepte de vous rendre service.

Holly lui rendit son sourire.

– Bien. Et n'oublie pas : quand nous nous reverrons, rien de tout cela ne se sera jamais produit.

– Motus et bouche cousue.

Artemis passa devant le nain en le frôlant.

– Je paierais cher pour voir ça : Mulch Diggums bouche cousue.

– Ouais, ravi de vous avoir rencontré, moi aussi, Môme de Boue. J'ai hâte de vous détrousser dans l'avenir.

Artemis lui serra la main.

– Je suis impatient moi aussi. Nous allons bien nous amuser.

Jayjay tendit la patte pour échanger une poignée de main.

– Veille sur l'humain, Jayjay, dit Mulch avec gravité. Il est un peu idiot, mais il veut bien faire.

– Au revoir, monsieur Diggums.

– Au revoir, Artemis Fowl.

Opale en était à la troisième répétition de la psalmodie méditative de Gola Schweem lorsque Mervall fit irruption dans ses appartements privés.

– On a retrouvé la navette, Miss Koboï, haleta-t-il en serrant sur sa poitrine un écran souple.

– Ils ont survolé la Méditerranée à vitesse supersonique pendant à peine une minute. Mais c'est suffisant.

– Humm humm haa. Rahmunn humm haaaa, chantonna Opale pour terminer sa psalmodie. Que la paix règne en moi, que la tolérance m'entoure, que le pardon m'accompagne. Eh bien, Mervall, montre-moi où se cache cette saleté d'humain, pour que je lui fasse avaler ses organes.

Mervall tendit l'écran souple.

– Le point rouge. Sur la côte est.

– Une base militaire ?

– Non, étonnamment. C'est une résidence. Sans aucune défense d'aucune sorte.

Opale s'extirpa de son fauteuil câlinant.

– Parfait. Effectuez quelques balayages au scanner. Faites chauffer les canons et conduisez-moi là-bas.

– Bien, Miss Koboï.
– Oh, Mervall…
– Oui, Miss Koboï ?
– Je crois que le petit Descant en pince pour moi. Il m'a avoué tout à l'heure qu'il me trouvait très photoduisante. Pauvre nigaud. Pourrais-tu lui dire que je ne suis pas libre ? Sinon, je serai contrainte de le faire exécuter.
Merv soupira.
– Je le lui dirai, Miss Koboï. Je suis sûr qu'il sera très déconcerpité.

Artemis se surprit à gratter la tête de Jayjay, alors qu'ils traversaient le manoir.
– Reste calme, mon petit gars. Ici, personne ne peut te faire de mal. On est à l'abri.
Holly marchait derrière lui dans l'escalier ; elle surveillait ses arrières, en gardant deux doigts tendus. Ce n'était pas une arme chargée, mais avec suffisamment d'élan, ils pouvaient briser des os.
– Vite, Artemis. N° 1 est de plus en plus faible ; il va bientôt falloir sauter.
Le garçon contourna un détecteur installé sur la douzième marche.
– Nous y sommes presque. Plus qu'une poignée de secondes.
Son bureau était exactement tel qu'il l'avait laissé : la penderie ouverte, avec une écharpe qui pendait de l'étagère du haut, tel un serpent tentant de s'enfuir.

– Bien, dit Artemis en sentant croître sa confiance. C'est ici. À cet endroit précis.

Holly était essoufflée.

– Pas trop tôt. J'ai du mal à conserver le signal de N° 1. C'est comme courir après une odeur.

Le garçon prit la fée par les épaules. Ils formaient un trio épuisé et affamé, mais rempli d'excitation.

Holly tremblotait sous l'effet de la fatigue et de la tension qu'elle avait dissimulées jusqu'à présent.

– Je vous ai cru mort, confia-t-elle.

– Moi aussi, admit Artemis. Puis je me suis aperçu que je ne pouvais pas mourir, pas à cette époque en tout cas.

– Je suppose que vous allez m'expliquer?

– Plus tard. Au dîner. Peut-on ouvrir le tunnel temporel maintenant, mon amie?

Soudain, il se produisit un bruissement quand le rideau de la fenêtre en saillie s'ouvrit. Le jeune Artemis et Butler étaient là, vêtus l'un et l'autre de combinaisons en papier aluminium. Butler abaissa la fermeture Éclair de la sienne pour laisser apparaître une grosse arme à feu fixée sur sa poitrine.

– C'est quoi, cette histoire de tunnel temporel? demanda un Artemis de dix ans.

Mulch Diggums était en train d'enterrer une pièce d'or, en guise d'offrande à Shammy, le dieu nain de la Chance, lorsque la terre explosa sous ses pieds, et il se retrouva à califourchon sur le brise-glace d'une navette.

« Je n'ai rien entendu venir. Merci Shammy. »

Avant qu'il puisse reprendre ses esprits, il fut projeté au pied d'un frêne, immobilisé par un Neutrino qu'on appuyait sur sa pomme d'Adam. Ses poils de barbe comprirent instinctivement que cette arme n'était pas animée des meilleures intentions et ils s'enroulèrent autour du canon.

– Jolie navette, commenta-t-il en essayant de gagner du temps, jusqu'à ce que les étoiles qui constellaient sa vue s'éteignent. Moteur silencieux, je suppose ?

Trois félutins se tenaient devant lui. Deux mâles et une femelle. Généralement, ce n'étaient pas des créatures menaçantes, mais ces mâles étaient armés et la femelle avait un drôle de regard.

– Je parie, dit Mulch, que vous pourriez enflammer le monde uniquement pour le regarder brûler.

Opale enregistra cette suggestion dans un petit bloc-notes électronique de son ordinateur de poche.

– Merci. Maintenant, racontez-moi tout.

« Je vais résister une minute, et ensuite, je leur balancerai des renseignements bidon », pensa Mulch.

– Je ne vous dirai rien, sale diablesse !

Sa pomme d'Adam frottait nerveusement contre le canon de l'arme.

– Oooh ! pesta Opale en tapant du pied. Personne n'a donc peur de moi ?

Elle ôta un gant et appuya son pouce sur la tempe de Mulch.

– Montrez-moi tout maintenant.

Grâce à quelques ultimes étincelles de magie mal

acquise, elle aspira tous les souvenirs de ces derniers jours dans le cerveau du nain. C'était une sensation extrêmement désagréable, même pour un individu habitué à expulser de sa personne d'importantes quantités de matière. Mulch maugréa et résista, tandis que les événements les plus récents étaient aspirés hors de son crâne. Quand Opale eut obtenu ce qu'elle désirait, elle abandonna le nain dans la boue, inconscient.

Il se réveillerait une heure plus tard, sans savoir comment il avait atterri là.

Opale ferma les yeux et fit défiler ses nouveaux souvenirs.

– Ah, fit-elle avec un sourire. Un tunnel temporel.

– Nous n'avons pas le temps, insista Artemis.

– Je pense que si, répliqua son double de dix ans. Vous vous êtes encore introduit chez moi, le moins que vous puissiez faire, c'est m'expliquer cette allusion au tunnel temporel. Sans parler du fait que vous êtes toujours en vie.

Artemis le Vieux écarta les cheveux qui tombaient devant son visage.

– Tu me reconnais maintenant. Non ?

– Nous ne sommes pas dans une publicité pour du shampooing, arrêtez de tripoter vos cheveux !

Holly était presque pliée en deux, la main posée sur le cœur.

– Vite ! grommela-t-elle. Sinon, je vais être obligée de partir sans vous.

– Je vous en prie, supplia Artemis. Nous devons partir. C'est une question de vie ou de mort !

Artemis le Jeune demeurait de marbre.

– J'avais le pressentiment que vous reviendriez. C'est ici que tout a commencé, à cet endroit même. J'ai visionné les bandes de surveillance : vous êtes apparus dans cette pièce. Ensuite, vous m'avez suivi en Afrique, alors je me suis dit que si je sauvais cette créature, vous vous retrouveriez ici avec mon lémurien. Nous avons bloqué nos signatures thermiques, tout simplement, et attendu. Et vous voilà.

– C'est un raisonnement fragile, rétorqua Artemis le Vieux. De toute évidence, nous cherchions le lémurien. Une fois qu'il aurait été en notre possession, pourquoi serions-nous revenus ici ?

– J'avoue que la logique est un peu bancale, mais je n'avais rien à perdre. Et, comme nous pouvons le constater, énormément à gagner.

Holly n'avait pas la patience de supporter une séance d'autocongratulation fowlesque.

– Artemis, dit-elle, je sais que vous avez du cœur. Vous êtes quelqu'un de bon, même si vous ne le savez pas encore. Vous avez sacrifié vos diamants pour me sauver. Qu'exigez-vous pour nous laisser partir ?

Artemis le Jeune réfléchit à cette question pendant une insupportable minute et demie.

– La vérité, répondit-il finalement. J'ai besoin de connaître toute la vérité sur cette affaire. Quel genre de créature êtes-vous donc ? Et lui, pourquoi m'est-il si familier ? Pourquoi ce lémurien est-il si important ? Dites-moi tout.

Artemis le Vieux serra Jayjay contre sa poitrine.

– Trouvez-moi une paire de ciseaux, dit-il.

Opale se précipita à l'intérieur du manoir, faisant fi de la nausée provoquée par le fait d'entrer dans une habitation humaine sans y avoir été invitée.

« Un tunnel temporel, se disait-elle en gloussant d'excitation. Je vais enfin pouvoir tester mes théories ! »

La manipulation du temps était son but ultime depuis longtemps. Pouvoir contrôler ses déplacements dans le temps constituait le summum du pouvoir. Mais sans le lémurien, sa magie n'était pas assez puissante. Il fallait plusieurs équipes de sorciers des FAR pour ralentir le temps pendant quelques heures seulement ; la quantité de magie nécessaire pour ouvrir une porte donnant sur le tunnel était colossale. Il serait plus facile d'abattre la Lune.

Opale inscrivit cette réflexion dans son bloc-notes.

« Rappel : abattre la lune. Faisable ? »

Si elle parvenait à pénétrer dans ce tunnel, Opale était persuadée qu'elle maîtriserait rapidement l'aspect scientifique de la chose.

« Il s'agit très certainement d'un organisme intuitif et je suis un génie après tout. »

Elle gravit l'escalier, sans se soucier des éraflures que les hautes marches des humains infligeaient à ses bottes neuves. Mervall et Descant la suivaient, surpris par ce manque de soin.

– Je me suis retrouvé à la porcherie à cause d'une paire de bottes, marmonna Descant. Et maintenant, elle esquinte celles-ci dans l'escalier. C'est typique des incohérences de Koboï. Je crois que je me suis fait un ulcère.

Arrivée sur le palier du dernier étage, Opale franchit immédiatement une porte ouverte.

– Comment sait-elle que c'est la bonne pièce ? demanda Descant.

– Aucune idée, répondit Mervall, les mains sur les genoux.

Gravir un escalier humain n'est pas chose facile pour des félutins : grosses têtes, petites jambes et minuscules poumons.

– C'est sans doute grâce au rougeoiement magique qui s'en échappe ou au hurlement assourdissant des vents temporels.

Descant hocha la tête.

– Tu as peut-être raison, frangin. Mais ne va pas croire que je ne sais pas reconnaître les sarcasmes.

Opale ressortit de la pièce en traînant les pieds, la mine revêche.

– Ils ont filé, déclara-t-elle. Le tunnel va se refermer. Et mes bottes sont fichues ! Alors, je cherche à rejeter la faute sur quelqu'un, les gars.

Les frères Brill se regardèrent, puis ils pivotèrent et prirent leurs petites jambes à leur cou.

Mais ils ne couraient pas assez vite.

Chapitre 14

LE POUILLEUX

Holly se détendit dès qu'ils pénétrèrent dans le tunnel temporel.

« Nous sommes à l'abri pour le moment. »

Jayjay n'avait rien à craindre. Bientôt, la mère d'Artemis serait rétablie, et à ce moment-là, décida la fée, « je balancerai un coup de poing dans le visage suffisant de mon ancien ami ».

« J'ai fait ce que je devais faire, avait dit Artemis. S'il le fallait, je le referais. »

Et elle l'avait embrassé. Embrassé !

Holly comprenait les motivations d'Artemis, mais elle était profondément meurtrie qu'il ait cru nécessaire de la faire chanter.

« Je l'aurais aidé de toute façon. Sans aucun doute. Vraiment ? se demanda-t-elle. Aurais-tu désobéi aux ordres ? Artemis n'avait-il pas eu raison d'agir de cette façon ? »

Autant de questions qui la hanteraient pendant des

années, elle le savait. Du moins, s'il lui restait plusieurs années à vivre.

Le trajet fut plus pénible que la fois précédente. Le tunnel temporel érodait la conscience de son être, et elle ressentait cette tentation sirupeuse de relâcher sa concentration. Enveloppé de vagues scintillantes, son monde lui semblait moins important. Faire partie d'un fleuve éternel, ce serait une forme d'existence agréable. Et si les races de fée étaient décimées par la peste, hein ?

La présence de N° 1 vint aiguillonner sa conscience et raviver sa détermination. Le pouvoir du petit démon était manifeste dans le courant, sous la forme d'un fil écarlate miroitant qui les entraînait à travers les miasmes. Des choses se déplaçaient dans l'obscurité, vives et tranchantes. Holly sentait des dents et des doigts crochus.

« N° 1 n'avait-il pas parlé de zombies quantiques ? Sans doute une plaisanterie. Je vous en supplie, faites que ce soit une plaisanterie. Concentre-toi ! Ou sinon, tu vas te faire absorber. »

D'autres présences voyageaient avec elle. Jayjay était étonnamment calme, compte tenu de l'environnement. Quelque part, à la périphérie, il y avait Artemis et sa volonté aiguisée comme une lame.

« N° 1 va avoir un sacré choc, pensa la fée, quand il va nous voir surgir. »

En fait, N° 1 ne parut pas très surpris quand le trio dégringola du tunnel et se matérialisa sur le plancher du bureau d'Artemis.

– Vous avez vu des zombies ? demanda-t-il en agitant les doigts de manière inquiétante.

– Bénis soient les dieux ! s'exclama Foaly sur les écrans de télé, avant d'expirer bruyamment à travers ses larges narines. Ces dix secondes ont été les plus longues de ma vie ! Vous avez le lémurien ?

Inutile de répondre car Jayjay, qui semblait apprécier la voix de Foaly, lécha l'écran le plus proche. Sa petite langue crépita et il décampa aussitôt en lançant un regard noir au centaure.

– Un seul lémurien ? dit celui-ci. Pas de femelle ?

Holly chassa les étoiles de ses yeux et le brouillard de sa tête. Le tunnel temporel s'attarda dans son cerveau comme un reste de sommeil.

– Non, pas de femelle. Vous allez devoir le cloner.

Foaly observa, derrière la fée, la forme qui tremblotait sur le sol.

Il haussa un sourcil.

– Je vois que nous avons un…

Holly lui coupa sèchement la parole.

– Nous parlerons de ça plus tard. Pour l'instant, nous avons du travail.

Le centaure hocha la tête, songeur.

– D'après ce que je vois, je devine qu'Artemis a une sorte de plan. Est-ce que ça risque de nous poser un problème ?

– Seulement si on essaye de l'arrêter, répondit Holly.

Artemis prit Jayjay dans ses bras, caressa la crête du petit lémurien et le calma en faisant claquer sa langue sur un rythme régulier.

Holly retrouvait, elle aussi, une certaine sérénité, non pas grâce aux claquements de langue d'Artemis, mais à la vision de son visage dans le miroir. Elle était redevenue elle-même ; son « une pièce » lui allait parfaitement. C'était une femme adulte. Finis les troubles de l'adolescence. Elle se sentirait encore mieux une fois qu'elle aurait récupéré son équipement. Pour vous redonner confiance en vous, rien ne valait un Neutrino à la ceinture.

– Il est temps d'aller voir mère, déclara Artemis d'un ton sinistre, en choisissant un costume dans sa penderie. Quelle quantité de fluide dois-je lui administrer ?

– C'est une substance puissante, répondit Foaly, occupé à entrer des données dans son ordinateur. Deux centilitres. Pas plus. Il y a un pistolet-seringue dans le médipack de Holly sur la table de chevet. Mais attention avec le drain cérébral. Il y a également un tampon anesthésiant. Si vous frottez le crâne de Jayjay avec, il ne sentira rien.

– Parfait, dit Artemis en glissant le kit dans sa poche. J'y vais seul. J'espère que mère me reconnaîtra.

– Moi aussi, ajouta Holly. Sinon, elle pourrait s'offusquer de voir un parfait inconnu lui injecter dans le corps du jus de cerveau de lémurien.

La main d'Artemis se figea au-dessus de la poignée en cristal de la porte de chambre de ses parents. Ses facettes reflétaient en multiples exemplaires les traits tirés et inquiets de son visage.

« Dernière chance. C'est ma dernière chance de la sauver. Je passe mon temps à essayer de sauver les gens. Pourtant, je suis censé être un criminel. À partir de quel moment est-ce que tout s'est détraqué ? »

Il n'avait pas le temps de laisser vagabonder ses pensées. L'enjeu ici, ce n'était ni l'or ni la notoriété. Sa mère agonisait et l'unique remède s'était perché sur son épaule pour lui chercher des poux dans la tête.

Les doigts d'Artemis se refermèrent sur la poignée de porte. Assez tergiversé, il fallait agir.

La pièce paraissait plus froide que dans son souvenir, mais c'était sans doute un effet de son imagination.

« L'esprit joue des tours à tout le monde. Même à moi. Cette sensation de froid est sûrement une projection de mon humeur, rien de plus. »

La chambre de ses parents, rectangulaire, s'étendait sur l'aile ouest du manoir, de devant jusque derrière. En fait, c'était davantage un appartement, avec un salon et un coin bureau. Le grand lit à colonnes était orienté de façon à ce que, en été, la lumière qui filtrait à travers le vitrail médiéval d'une fenêtre ronde frappe la tête de lit cloutée.

Artemis plaça soigneusement ses pieds sur le tapis, tel un danseur classique, en évitant les motifs floraux.

« Si tu marches sur le dessin, tu comptes jusqu'à vingt. »

Ça portait malheur. Et il n'avait vraiment pas besoin de ça.

Angeline Fowl était affalée dans son lit, comme si on

l'avait jetée là. Sa tête était à ce point renversée que son menton formait presque une ligne droite avec son cou, et sa peau était si pâle qu'elle en devenait presque transparente.

«Elle ne respire plus, se dit Artemis et la panique s'agita dans sa poitrine tel un oiseau en cage. Je me suis trompé. J'arrive trop tard.»

Soudain, sa mère inspira douloureusement et tout son corps fut pris de convulsions.

Artemis sentit sa détermination lui échapper à cet instant. Ses jambes étaient en caoutchouc et il avait le front brûlant.

«C'est ma mère. Comment pourrais-je faire ce qui doit être fait?»

Il le ferait malgré tout. Car nul ne pouvait le faire à sa place.

Il s'approcha du lit et repoussa délicatement les mèches de cheveux qui barraient le visage de sa mère.

– Je suis là, mère. Tout ira bien. J'ai trouvé un remède.

Curieusement, Angeline Fowl entendit les paroles de son fils et ses yeux papillotèrent. Ses rétines elles-mêmes avaient perdu leur couleur; elles avaient l'apparence bleutée et glacée d'un lac en hiver.

– Un remède, répéta-t-elle dans un soupir. Mon petit Arty a trouvé le remède.

– Oui. Le petit Arty a trouvé le remède. C'était le lémurien. Vous vous souvenez, le propithèque soyeux de Rathdown Park?

Angeline leva un doigt décharné et chatouilla le vide devant le nez de Jayjay.

– Petit lémurien... Remède.

Jayjay, troublé par l'aspect squelettique de cette femme alitée, se réfugia derrière la tête d'Artemis.

– Gentil lémurien, murmura Angeline et un sourire timide retroussa ses lèvres.

« C'est moi le parent maintenant, se dit Artemis. Et c'est elle l'enfant. »

– Puis-je le prendre ? demanda-t-elle.

Le garçon recula d'un demi-pas.

– Non, mère. Pas tout de suite. Jayjay est une créature très importante. Ce petit animal pourrait sauver le monde.

Angeline parla entre ses dents.

– Laisse-moi le tenir. Juste un instant.

Jayjay se réfugia dans le dos d'Artemis, comme s'il avait compris cette requête et ne voulait pas qu'on le tienne.

– S'il te plaît, Arty. Ça me réconforterait de le prendre contre moi.

Artemis faillit lui confier l'animal. Il faillit seulement.

– Cela ne suffira pas à vous guérir, mère. Je dois injecter du liquide cérébral dans une de vos veines.

Angeline sembla retrouver des forces. Elle se redressa, centimètre par centimètre, pour s'appuyer contre la tête de lit.

– Tu te ne veux pas me rendre heureuse, Arty ?

– Pour l'instant, je préfère vous rendre la santé, répondit-il.

– Tu ne m'aimes donc pas ? Tu n'aimes pas ta maman ? roucoula-t-elle.

D'un geste brusque, Artemis ouvrit le médipack et se saisit du pistolet-seringue. Une larme roula sur sa joue pâle.

– Je vous aime, mère. Je vous aime plus que la vie. Si vous saviez ce que j'ai dû endurer pour retrouver le petit Jayjay. Restez calme juste cinq secondes et ce cauchemar sera terminé.

Les yeux d'Angeline étaient deux fentes malicieuses.

– Je ne veux pas que tu me fasses une injection, Artemis. Tu n'es pas une infirmière diplômée. N'y avait-il pas un médecin ici tout à l'heure ? Ai-je rêvé ?

Artemis amorça la seringue et attendit que le témoin de charge passe au vert.

– J'ai déjà fait des piqûres, mère. Je vous ai administré votre traitement à plusieurs reprises la dernière fois que vous étiez… *malade.*

– Artemis ! s'exclama Angeline en frappant sur le lit du plat de la main. J'exige que tu me donnes ce lémurien, immédiatement ! Sur-le-champ ! Et va chercher le médecin.

Artemis sortit un flacon du médipack.

– Vous êtes hystérique, mère. Vous n'êtes pas vous-même. Je pense que je vais vous administrer un calmant avant d'injecter l'antidote.

Il introduisit le flacon dans le pistolet-seringue et voulut prendre le bras de sa mère.

– Non ! protesta celle-ci d'une voix stridente, en repoussant la main de son fils avec une force étonnante.

Ne me touche pas avec tes sédatifs des FAR, espèce d'imbécile !

Artemis se pétrifia.

– Les FAR, mère ? Que savez-vous des FAR ?

Angeline tirait sur sa lèvre inférieure, comme une enfant honteuse.

– Hein ? J'ai prononcé le mot FAR, moi ? Ce sont trois lettres, rien de plus. Elles n'ont aucun sens pour moi.

Artemis s'éloigna un peu plus du lit, en serrant Jayjay dans ses bras.

– Dites-moi la vérité, mère. Que se passe-t-il, ici ?

Abandonnant son numéro d'enfant innocente, Angeline martela le matelas avec ses poings fragiles, en hurlant sa frustration.

– Je te méprise, Artemis Fowl ! Sale enquiquineur d'humain ! Je te hais !

Ce n'étaient pas des paroles auxquelles on s'attendait dans la bouche d'une mère.

Allongée dans son lit, Angeline bouillonnait de rage. Ses yeux roulaient dans leurs orbites, les muscles de son cou et de ses bras étaient tendus comme des câbles d'acier. Elle ne cessait de déverser sa bile.

– Quand j'aurai le lémurien, je vous écraserai tous. Les FAR, Foaly, Julius Root. Tous ! J'enverrai des chiens laser dans tous les tunnels de la croûte terrestre pour faire sortir cet infâme nain. Quant à cette femme capitaine, je lui laverai le cerveau et j'en ferai mon esclave.

Elle lança un regard haineux à Artemis.

– Une vengeance appropriée, tu ne trouves pas, mon fils ?

Ces deux derniers mots dégoulinèrent de sa bouche tel du poison qui goutte des crochets d'une vipère.

Artemis tenait fermement le lémurien ; il sentait le petit animal trembler contre sa poitrine. Ou peut-être était-ce lui qui frissonnait ?

– Opale ! Vous nous avez suivis jusqu'ici.

– Enfin ! s'exclama sa mère, avec la voix de la fée lutine. Le grand génie précoce découvre la vérité.

Les membres d'Angeline se raidirent et son corps décolla du lit, enveloppé par des volutes de vapeur. Ses yeux bleu pâle transpercèrent cette brume et harponnèrent le jeune garçon avec leur éclat de folie.

– Tu as cru que tu pouvais l'emporter ? Tu as cru que la bataille était gagnée ? Quelle illusion charmante ! Tu ne possèdes aucune magie. Alors que moi, j'en ai plus que n'importe quelle autre fée depuis les démons sorciers. Et quand le lémurien sera en ma possession, je serai immortelle.

Artemis leva les yeux au ciel.

– Vous oubliez « invincible ».

– Je te haaaaais ! éructa Opale/Angeline. Quand j'aurai le lémurien, je te... je te...

– Vous me tuerez d'une horrible manière, suggéra Artemis.

– Exactement ! Merci.

Le corps d'Angeline se raidit et pivota, jusqu'à ce qu'elle se retrouve en position verticale. Son auréole de cheveux électrisés frôlait le plafond.

– Maintenant, dit-elle en pointant un doigt squelettique

sur le pauvre Jayjay tremblotant, donne-moi cette créature.

Artemis enveloppa le lémurien à l'intérieur de sa veste.

– Venez donc le chercher.

Pendant ce temps, dans le bureau, Holly exposait la théorie d'Artemis.

– C'est tout ? demanda N° 1 quand la fée eut terminé. Vous n'oubliez pas un détail crucial ? Genre, qu'est-ce qui tient debout là-dedans ?

– Tout cela est ridicule ! s'exclama Foaly sur les écrans. Allons, les fées. Nous avons rempli notre rôle, il est temps de retourner sous terre.

– Bientôt, dit Holly. Laissons encore cinq minutes à Artemis pour vérifier sa théorie. Il nous suffit de demeurer sur nos gardes.

Le soupir de Foaly fit grésiller les haut-parleurs.

– Laissez-moi au moins préparer la navette. Les troupes sont en état d'alerte à Tara, elles attendent notre appel.

Holly réfléchit.

– Très bien. Allez-y. Quoi qu'il arrive, nous devons être prêts à filer. Et quand vous aurez terminé, faites le tour de la propriété ; essayez de voir où se trouve cette infirmière.

Le centaure reporta son attention sur la gauche, le temps de contacter Tara.

Holly pointa le doigt sur N° 1.

– Gardez un peu de magie au bout des doigts, en cas

de besoin. Je me sentirai totalement soulagée une fois qu'Angeline sera rétablie et que nous serons en train de siroter un similicafé dans un bar de Haven.

N° 1 leva les mains et aussitôt, elles furent enveloppées d'ondulations de force rouge.

– Pas de problème, Holly. Je suis prêt à affronter n'importe quoi.

Il manquait le mot « presque » dans cette affirmation.

Au même instant, les écrans s'éteignirent et la porte du bureau s'ouvrit à la volée, avec une telle violence que la poignée entra dans le mur. L'imposante carrure de Butler occupa tout l'encadrement.

Le sourire de Holly s'évanouit quand elle découvrit le pistolet dans le poing du garde du corps et les lunettes à verres réfléchissants qui masquaient ses yeux.

« Il est armé et il ne veut pas être mesmérisé. »

La fée était rapide, mais Butler l'était encore plus, et il bénéficiait de l'effet de surprise. Normalement, il aurait dû être en route pour la Chine, non ? Holly voulut dégainer son arme, mais Butler la devança et il arracha le Neutrino fixé à sa ceinture.

« Nous avons d'autres tours à notre disposition, pensa Holly. Nous avons la magie. N° 1 va vous surprendre. »

Butler traîna un chariot à l'intérieur de la pièce. Dessus était posé un fût métallique sur lequel étaient gravées des runes.

« C'est quoi, ce truc ? Qu'est-ce qu'il fabrique ? »

N° 1 ne put envoyer qu'une seule décharge. Un éclair qui brûla la chemise de Butler et l'obligea à reculer d'un pas, mais tout en trébuchant, le garde du corps fit pivoter le chariot et l'expédia à travers la pièce. Une épaisse substance visqueuse s'échappa de l'ouverture du fût et éclaboussa les jambes de N° 1. Le chariot poursuivit sa course, bousculant Holly et le démon sorcier comme de vulgaires quilles.

N° 1 regarda la magie s'éteindre en tremblotant au bout de ses doigts, telles des bougies en plein vent.

– Je ne me sens pas très bien, gémit-il.

Il tituba, ses yeux papillotèrent et ses lèvres murmurèrent des sortilèges anciens qui n'apportèrent pas une once d'amélioration.

«Qu'y a-t-il dans ce fût?» se demanda Holly en sortant de leur fourreau les ailes de sa combinaison.

Butler lui saisit la cheville au moment où elle décollait et la jeta rageusement dans le fût. Holly sentit l'espèce de graisse épaisse se refermer sur elle comme un poing mouillé, obstruer ses narines et sa gorge.

L'odeur était répugnante.

«De la graisse animale, constata-t-elle avec un frémissement d'horreur. De la pure graisse fondue, dans laquelle on a ajouté une pincée de sorts.»

La graisse animale était utilisée depuis des siècles pour annihiler la magie. Vous jetiez le plus redoutable des sorciers dans un tonneau de graisse, que vous scelliez avec de l'écorce de saule tressée, ensuite vous enterriez le tout dans une tombe humaine consacrée, et le sorcier devenait aussi impuissant qu'un chaton enfermé dans un sac. L'expérience était d'autant plus effroyable que la plupart des fées étaient des végétariennes convaincues et elles savaient combien il avait fallu tuer d'animaux pour obtenir un tonneau entier de graisse.

« Qui a parlé de cette technique à Butler ? se demanda Holly. Qui le contrôle ? »

Soudain, N° 1 se retrouva à côté d'elle dans le tonneau, ce qui fit monter le niveau de la graisse : elle recouvrait maintenant leurs têtes. Holly se propulsa à la surface et s'essuya les yeux, juste à temps pour voir un couvercle s'abattre sur le fût, en éclipsant la lumière du plafond.

« Je n'ai pas mon casque », se lamenta-t-elle.

Le couvercle fut posé, puis scellé. La graisse dénicha l'encolure du maillot de la fée et se faufila à l'intérieur, tout en explorant son visage et en envahissant ses oreilles. Les sorts tournoyaient tels des serpents maléfiques et repoussaient sa magie.

« Je suis fichue. C'est la mort la plus affreuse que je puisse imaginer. Enfermée dans un espace exigu. Comme ma mère. »

À ses côtés, N° 1 se convulsait. Le petit sorcier devait avoir l'impression qu'on aspirait son âme.

La panique s'empara de Holly. Elle donna des coups de pied et se débattit, s'égratignant les coudes et les genoux. Dès que la magie tentait de guérir ses plaies, les sorts-serpents se précipitaient pour avaler les étincelles.

Elle faillit ouvrir la bouche pour hurler. Un reste de bon sens l'en empêcha. Soudain, quelque chose frôla son visage. Un tube cannelé. Il y en avait deux.

« Des tubes pour respirer... »

Les doigts tremblants, Holly remonta jusqu'à l'extrémité du tube. Elle devait lutter contre son instinct qui l'incitait à le fourrer dans la bouche de N° 1.

« En cas d'urgence, toujours s'occuper de soi d'abord, avant de penser aux civils. »

Holly utilisa donc sa dernière bouffée d'air pour souffler dans le tuyau, comme le ferait un plongeur pour vider son tuba. Elle imagina les boules de graisse projetées à travers la pièce.

« J'espère que le costume de Butler est fichu. »

Elle n'avait plus d'autre solution maintenant que d'inspirer. L'air descendit vers elle en sifflant, mélangé à des filaments de graisse. Holly souffla de nouveau pour expulser les restes de magma infâme.

Au tour de N° 1 maintenant. Ses gesticulations faiblissaient à mesure que sa magie diminuait. Pour quelqu'un doté d'un tel pouvoir, cette immersion forcée devait être insupportable. Holly bloqua l'extrémité de son tube avec le pouce, puis elle vida le deuxième avant de l'enfoncer dans la bouche molle de N° 1. Voyant que cela ne provoquait aucune réaction, elle crut que c'était trop tard, mais soudain, le petit sorcier sursauta, crachota et revint à la vie, tel un vieux moteur un matin d'hiver.

« Il est vivant, se dit Holly. Nous sommes vivants tous les deux. Si Butler avait voulu nous tuer, nous serions déjà morts. »

Les pieds campés sur le fond du fût, elle serra N° 1 contre elle. Le sang-froid s'imposait.

« Calme-toi, lança-t-elle mentalement, tout en sachant que les pouvoirs d'empathie de N° 1 devaient être étouffés. Calme-toi, mon petit ami. Artemis va nous sauver. »

« S'il est toujours en vie », ajouta-t-elle en son for intérieur.

Artemis recula devant cette version cauchemardesque de sa mère qui flottait devant lui. Jayjay se débattait et braillait dans ses bras, mais le garçon le tenait avec fermeté, en caressant machinalement sa petite crête de poils.

– Donne-moi cette créature, ordonna Opale. Tu n'as pas le choix.

Artemis encercla le cou du lémurien avec son pouce et son index.

– Oh, si. Je crois bien avoir le choix.

Opale était horrifiée.

– Tu n'oseras pas tuer une créature innocente.

– Je l'ai déjà fait.

La fée lutine le regarda droit dans les yeux.

– Je pense que tu n'en es plus capable, Artemis Fowl. Mon intuition de fée me dit que tu n'es pas aussi insensible que tu voudrais le faire croire.

C'était exact. Artemis savait qu'il ne pourrait jamais faire de mal à Jayjay, même pour contrecarrer les plans d'Opale. Mais ce n'était pas une raison pour le lui dire.

– J'ai un cœur de marbre. Vous pouvez le croire. Utilisez donc votre empathie magique pour sonder mon âme.

Son ton grave fit réfléchir Opale. Sa voix était trempée dans l'acier et son expression difficile à déchiffrer ; peut-être qu'elle ne devrait pas jouer avec lui de manière aussi inconsidérée.

– Très bien, humain. Donne-moi la créature et j'épargnerai tes amis.

– Je n'ai pas d'amis ! répliqua Artemis, conscient que ce coup de bluff ne trompait personne.

Opale était ici depuis plusieurs jours au moins ; elle avait très certainement piraté le système de surveillance et de sécurité du manoir.

Angeline/Opale se gratta le menton.

– Pas d'amis ? Hmm. À part l'elfe des FAR qui t'a accompagné dans le passé et, bien entendu, le démon sorcier qui vous y a renvoyés. Sans parler de ce grand gaillard de garde du corps.

« Elle utilise des allitérations, se dit Artemis. Elle s'amuse avec moi. »

– Sauf que, reprit Opale/Angeline, Butler n'est plus vraiment ton ami. C'est le mien maintenant.

C'était une affirmation inquiétante, d'autant qu'elle était peut-être exacte. Expert habituellement dans l'interprétation du langage corporel et des tics révélateurs, Artemis était impuissant face à cette version hystérique de sa mère.

– Jamais Butler ne pourrait vous venir en aide de son plein gré !

Opale haussa les épaules. C'était exact.

– Qui a dit que c'était de son plein gré ?

Artemis pâlit.

« Oh oh. »

– Je vais t'expliquer ce qui s'est passé, reprit la fée lutine d'un ton doucereux. J'ai quelque peu embrouillé les cerveaux de mes petits assistants, afin qu'ils ne puissent pas me dénoncer, puis je leur ai ordonné de retourner à Haven avec la navette. Ensuite, je me suis embarquée clandestinement dans votre tunnel temporel juste avant qu'il se referme. Un jeu d'enfant pour quelqu'un qui possède mes talents. Vous n'aviez même pas laissé un sort à l'entrée.

Artemis claqua des doigts.

– Ah, je savais bien que j'avais oublié quelque chose !

Opale esquissa un sourire.

– Amusant. Bref, j'ai vite compris que je devais prendre la direction des opérations, alors j'ai quitté le tunnel temporel quelques jours plus tôt et j'ai pris le temps de faire la connaissance de ton groupe : la mère, le père et Butler.

– Où est ma mère ? s'exclama Artemis.

La colère donnait des coups de butoir dans son calme apparent, comme un marteau qui brise la glace.

– Mais je suis là, mon chéri ! répondit Opale avec la voix d'Angeline. Je suis très malade et j'ai besoin que tu retournes dans le passé pour me ramener un singe magique.

Elle ricana.

– Les humains sont des idiots !

– Il ne s'agit donc pas d'un sort de métamorphose ?

– Non, imbécile. Je savais parfaitement qu'Angeline serait examinée. Les sorts de métamorphose sont superficiels, et même une experte telle que moi ne peut les maintenir que durant un court laps de temps.

– Ça signifie que ma mère n'est pas mourante ?

Artemis connaissait la réponse, mais il voulait en être sûr.

Opale grinça des dents, partagée entre l'impatience et l'envie d'exposer l'ingéniosité de son plan.

– Pas encore, dit-elle. Mais bientôt, les dégâts infligés à son organisme seront irréversibles. J'ai pris possession d'elle à distance. Une forme extrême de *mesmer*. Avec un pouvoir comme le mien, je peux manipuler tous les organes. Imiter la Magitropie était un jeu d'enfant. Et une fois que Jayjay sera en ma possession, je pourrai ouvrir mon propre passage dans le temps.

– Vous êtes donc toute proche ? En chair et en os ?

Opale en avait assez des questions.

– Oui, non. Quelle importance ? J'ai gagné, tu as perdu. Accepte la défaite, ou tout le monde mourra.

Artemis se déplaça discrètement vers la porte.

– La partie n'est pas encore terminée.

Du couloir lui parvinrent un bruit de pas et un étrange couinement régulier. Une brouette, devina Artemis, bien que les outils de jardinage ne lui soient guère familiers.

– Oh, si. Je crois bien que cette partie est terminée, répondit Opale d'un ton espiègle.

La lourde porte fut ébranlée par des coups venant de l'extérieur. Butler poussa le chariot dans la pièce et s'engouffra dans son sillage, le dos voûté, secoué de frissons.

– Il est rudement costaud, commenta Opale, presque admirative. Je l'ai mesmérisé et malgré cela, il a refusé de tuer tes amis. Le cœur de cet idiot a failli éclater. J'ai eu le plus grand mal à l'obliger à fabriquer le fût et à le remplir de graisse.

– Pour étouffer la magie des fées, devina Artemis.

– Évidemment, imbécile. Cette fois, la partie est finie pour de bon. Terminée. Butler est mon atout majeur, comme vous diriez, vous autres humains. J'ai toutes les cartes en main. Toi, tu es seul. Donne-moi le lémurien et je retournerai dans mon époque. Nul n'est obligé de souffrir.

« Si Opale s'empare du lémurien, toute la planète souffrira », se dit Artemis.

La fée lutine claqua des doigts.

– Butler, emparez-vous de cet animal !

Le garde du corps fit un pas vers Artemis, puis s'arrêta. Des tremblements agitaient son dos large et ses doigts étaient des griffes qui tordaient un cou invisible.

– Je t'ai dit de te saisir de cet animal, stupide humain !

Butler tomba à genoux et martela le sol avec ses poings ; il essayait de chasser cette voix de sa tête.

– Empare-toi du lémurien ! Immédiatement ! rugit Opale.

Butler avait encore assez de forces pour prononcer trois mots :

– Allez... au... diable.

Sur ce, il referma l'étau de sa main sur son bras et s'écroula.

– Oh, zut, fit Opale. Crise cardiaque. Je l'ai cassé.

« Reste concentré, s'ordonna Artemis. Opale pense avoir toutes les cartes en main, mais elle a peut-être le pouilleux. »

Il grattouilla Jayjay sous le menton.

– Cache-toi, mon petit ami. Cache-toi.

Sur ce, il lança le lémurien en direction d'un lustre suspendu au plafond. Jayjay agita les pattes dans le vide, puis se raccrocha à un support en verre. Il se hissa avec agilité et se cacha derrière les rideaux de perles de cristal.

Opale se désintéressa aussitôt d'Artemis pour faire léviter le corps d'Angeline au niveau du lustre. Elle laissa échapper un couinement de frustration en constatant qu'une telle hauteur dépassait ses pouvoirs, si grands soient-ils.

– Docteur Schalke ! brailla-t-elle, et quelque part, sa vraie bouche criait, elle aussi. Dans la chambre, Schalke !

Artemis enregistra cette information, puis se faufila vers le chevet de sa mère en passant sous Opale. Un défibrillateur portable se trouvait parmi le matériel médical disposé autour du lit à baldaquin ; Artemis l'alluma rapidement et tira le chariot aussi loin que le permettait le fil électrique, vers l'endroit où Butler s'était effondré.

Il gisait sur le dos, les mains dressées et renversées, comme si un rocher invisible lui écrasait la poitrine. Son visage était déformé par l'effort qu'il produisait pour repousser cette énorme pierre. Il avait les yeux fermés, les dents serrées, le visage luisant de sueur.

Artemis lui déboutonna sa chemise, faisant apparaître un torse large, musclé et couvert de cicatrices, raidi par la tension. Un rapide examen indiqua que le cœur ne battait plus. Le corps de Butler était mort ; seul son cerveau était encore en vie.

– Tenez bon, mon vieil ami, murmura le garçon en essayant de rester concentré.

Il décrocha les électrodes du défibrillateur, ôta les enveloppes de protection ; une fine pellicule de gel conducteur recouvrait les surfaces lisses. Les électrodes semblaient peser de plus en plus lourd tandis qu'il attendait que l'appareil charge, et lorsque le voyant vert s'alluma enfin, il eut l'impression d'avoir une pierre dans chaque main.

– Dégagez ! cria-t-il, à personne en particulier.

Il appuya les électrodes sur la poitrine de Butler et pressa sur le bouton situé sous son pouce pour envoyer 360 joules d'électricité dans le cœur de son garde du corps. Celui-ci se cambra et une odeur âcre de poils et de peau brûlés assaillit les narines d'Artemis. Le gel grésilla et produisit des étincelles, en laissant deux anneaux de chair roussie au point de contact des électrodes. Butler ouvrit brusquement les yeux et ses mains épaisses se refermèrent sur les épaules d'Artemis.

« Est-il toujours l'esclave d'Opale ? »

– Artemis, dit Butler dans un souffle, le front plissé par une grimace de perplexité. Artemis ? Comment… ?

– Plus tard, mon vieil ami, répondit le jeune Irlandais d'un ton autoritaire, en réfléchissant déjà au problème suivant. Reposez-vous pour le moment.

Il n'aurait pas besoin de répéter son ordre. Butler replongea immédiatement dans une inconscience épuisée, mais maintenant, son cœur battait avec vigueur dans sa poitrine. Il n'était pas resté mort assez longtemps pour que son cerveau ait été endommagé.

Le problème suivant d'Artemis était Opale, ou plus exactement, comment réussir à la faire sortir du corps de sa mère. Si elle ne le quittait pas rapidement, il était convaincu que sa mère ne survivrait pas à cette épreuve.

Rassemblant son calme grâce à plusieurs profondes inspirations, il reporta toute son attention sur le corps en suspension. Celui-ci tournoyait sous le lustre comme s'il y était accroché et Opale tentait d'attraper Jayjay, qui semblait la narguer en agitant son postérieur dans sa direction.

« Peut-on imaginer une situation plus surréaliste ? »

C'est alors que le docteur Schalke entra dans la chambre en brandissant un pistolet qui semblait trop gros pour ses mains fragiles.

– Me voilà, créature ! Mais je dois préciser que je n'apprécie pas votre ton. J'ai beau être envoûté, je ne suis pas un animal.

– Fermez-la, Schalke ! Je constate que je vais devoir griller quelques cellules supplémentaires de votre cerveau. Veuillez avoir l'obligeance d'attraper ce lémurien !

Schalke tendit quatre doigts de sa main libre vers le lustre.

– Il est extrêmement haut. Comment puis-je l'attraper à votre avis ? Peut-être que je pourrais l'abattre ?

Opale redescendit dans un bruissement, en agitant les bras et les jambes comme une harpie.

– Non ! éructa-t-elle en frappant le docteur sur la tête

et les épaules. Je tuerais cent individus de votre espèce, mille même, plutôt que de vous laisser toucher à un seul poil de la fourrure de cet animal. Il incarne mon avenir. Mon avenir ! Et celui du monde !

– Sans blague ? répondit Schalke. Si je n'étais pas mesmérisé, je crois que je bâillerais.

– Abattez les humains, ordonna la fée lutine. En commençant par le garçon, c'est le plus dangereux.

– Vous en êtes certaine ? Le colosse me semble bien plus menaçant.

– Abattez le garçon ! hurla Opale, les joues mouillées par des larmes de rage. Ensuite Butler, et puis vous.

Artemis déglutit. C'était un peu excessif quand même ; son complice avait intérêt à réagir.

– Très bien, répondit le docteur en tripotant la sécurité du Sig Sauer de Butler. Je suis prêt à tout pour échapper à cette comédie.

« Je n'ai que quelques secondes avant qu'il comprenne comment ôter la sécurité, pensa Artemis. Quelques secondes pour détourner l'attention d'Opale. Je n'ai pas le choix, je dois utiliser son maillon faible. »

– Allons, Opale, dit-il avec une assurance feinte. Vous n'allez pas tuer un garçon de dix ans, hein ?

– Je vais me gêner ! rétorqua-t-elle. J'envisage même de te cloner pour pouvoir te tuer encore et encore. Le bonheur !

C'est alors qu'elle enregistra *toutes* les paroles d'Artemis.

– Dix ? Tu as dit que tu avais dix ans ?

Égaré dans ce doux moment de triomphe, Artemis

oublia le danger qui l'entourait. C'était une sensation enivrante.

– Oui. C'est exactement ce que j'ai dit. J'ai dix ans. Ma *vraie* mère l'aurait remarqué immédiatement.

Opale mordillait le poing gauche d'Angeline : elle réfléchissait.

– Tu es le Artemis Fowl de *mon* époque ? Ils t'ont ramené avec eux ?

– De toute évidence.

Opale se cabra dans les airs, comme emportée par le vent.

– Il y en a un autre. Ici, quelque part, un autre Artemis Fowl.

– Ah, enfin ! ironisa le garçon. La fée lutine géniale découvre la vérité.

– Trouvez-le ! rugit Opale. Trouvez-le immédiatement. Sur-le-champ.

Schalke repoussa ses lunettes sur son nez.

– Sur-le-champ *et* immédiatement. Ce doit être important.

Opale le regarda s'éloigner, avec une haine intense dans les yeux.

– Quand tout cela sera terminé, je détruirai cette propriété, par pure méchanceté. Et ensuite, une fois revenue dans le passé, je…

– Laissez-moi deviner, la coupa le Artemis Fowl de dix ans. Vous la détruirez de nouveau.

PRESQUE HUIT ANS PLUS TÔT

Quand le « vieil » Artemis de quatorze ans avait eu un instant pour réfléchir, entre le moment où il avait escaladé le pylône électrique et celui où il avait berné les extinctionnistes assassins, il s'était aperçu qu'un tas de questions sans réponses entouraient la maladie de sa mère. Il était censé lui avoir transmis la Magitropie, mais qui la lui avait transmise, à lui ? Certes, la magie de Holly avait pénétré dans son corps, mais elle-même était robuste et vigoureuse. Pourquoi n'était-elle pas malade ? Et Butler, alors ? Comment avait-il fait pour échapper à l'infection ? Il avait été si souvent guéri par la magie qu'il devait être à moitié fée maintenant.

Parmi les milliers d'humains guéris ou mesmérisés chaque année, sa mère était la seule à tomber malade. La mère du seul humain sur terre capable d'intervenir. Drôle de coïncidence.

Conclusion : quelqu'un avait délibérément infecté sa mère ou bien les symptômes étaient imités par la magie. Dans un cas comme dans l'autre, le résultat était le même : Artemis devait voyager dans le temps pour trouver l'antidote. Le lémurien, Jayjay.

Et qui, autant que lui, désirait retrouver cette créature ? La réponse à cette question se trouvait dans le passé : Opale Koboï, évidemment. Le petit primate était l'ultime ingrédient de son cocktail magique. En injectant le liquide cérébral de Jayjay dans son sang, elle deviendrait littéralement la personne la plus puissante de la planète. Et si Opale ne pouvait pas enlever le lémurien à son époque, elle s'en emparerait dans l'avenir. Coûte que coûte. Elle avait dû les suivre dans le tunnel temporel, sauter en marche et organiser toute cette mise en scène. Vraisemblablement, une fois qu'elle aurait assimilé le jus de cerveau de Jayjay, elle n'aurait aucun problème pour effectuer le voyage en sens inverse.

Tout cela était déroutant, même pour Artemis. Opale ne se trouverait pas dans son présent si lui-même n'était pas retourné dans le passé. Et s'il y était retourné, c'était uniquement à cause d'une situation qu'elle avait créée. En vérité, c'était la tentative d'Artemis pour guérir sa mère qui avait conduit Opale à infecter celle-ci.

Il était au moins sûr d'une chose désormais : Opale se cachait derrière tout ça. Derrière et devant : elle avait poussé leur petit groupe dans ses griffes. Un paradoxe temporel.

« Il y a deux Opale dans cette équation, se dit le jeune Irlandais. Je pense qu'il faut qu'il continue à y avoir deux Artemis Fowl. »

C'était ainsi qu'un plan avait germé dans son esprit.

Une fois informé de tous les détails et convaincu de leur exactitude, le jeune Artemis avait accepté immédiatement de les accompagner dans le futur, malgré les objections de Butler.

– C'est ma mère, Butler. Je dois la sauver. Je vous demande de rester à son chevet jusqu'à mon retour. Comment peuvent-ils espérer réussir sans moi ?

– Oui, comment ? avait demandé Holly Short et elle

avait ressenti un plaisir excessif en voyant le garçon perdre son air arrogant lorsque le tunnel temporel s'était ouvert devant eux, semblable à la gueule de quelque serpent généré par ordinateur.

– Courage, Enfant de Boue, avait-elle dit, tandis que le jeune Artemis regardait son bras disparaître dans le flot. Et attention aux zombies quantiques.

Le tunnel temporel avait été une épreuve pour le plus âgé des deux Artemis. Tout autre humain aurait été mis en pièces par l'exposition répétée à cette radiation particulière, mais Artemis, lui, avait survécu, grâce à sa seule volonté. Il fit appel à ses plus hautes capacités intellectuelles pour résoudre des théorèmes indémontrables à base de nombres faramineux et il composa une fin pour la *8e Symphonie* de Schubert.

Malgré sa concentration, il percevait les commentaires ironiques de son jeune double : « Encore en *si* mineur ? Tu es sûr ? »

Avait-il toujours été aussi insupportable ? se demanda-t-il. Ce que c'était fatigant ! Pas étonnant que personne, ou presque, ne l'aime.

MANOIR DES FOWL, DE NOS JOURS

De retour dans son époque, sous son toit, Artemis le Vieux prit juste le temps d'attraper quelques affaires dans sa penderie avant de sortir rapidement de la pièce en ordonnant à Foaly et à N° 1 de rester silencieux, d'un simple chut. D'un pas vif, il suivit le couloir jusqu'au monte-plats qui jouxtait le petit salon du premier étage. Ce n'était pas le trajet le plus direct pour atteindre le poste de contrôle, c'était même un chemin détourné et périlleux, mais c'était l'unique façon de traverser la maison à l'abri des regards.

Butler croyait surveiller chaque centimètre carré du manoir, à l'exception des appartements privés des Fowl, mais Artemis avait appris depuis longtemps à se déplacer dans cette maison en échappant aux caméras. Cet itinéraire l'obligeait à se cacher dans les coins, à escalader des meubles et à orienter un grand miroir selon un angle bien précis.

Évidemment, un ennemi pouvait, lui aussi, effectuer les mêmes calculs de trajectoire et tracer le même chemin pour se déplacer dans la maison sans être repéré. C'était possible, mais hautement improbable car il fallait posséder une connaissance intime de tous les recoins qui ne figuraient sur aucun plan.

Artemis zigzagua dans le couloir pour éviter de pénétrer dans le champ d'une caméra de surveillance, puis il plongea dans la gaine du monte-plats. Heureusement, le plateau se trouvait à son étage, car sinon il aurait été obligé de descendre en rappel en s'accrochant au câble, et ce n'était pas son point fort. Il ressortit la main pour appuyer sur le bouton du rez-de-chaussée et s'empressa de la retirer avant que le plateau commence sa descente. Le système de sécurité enregistrerait le déplacement du monte-plats, sans que cela déclenche l'alarme.

Arrivé dans la cuisine, Artemis roula sur lui-même pour sauter sur le sol et ouvrit la porte du réfrigérateur pour qu'on ne le voie pas entrer dans le garde-manger. Des ombres intenses le dissimulèrent jusqu'à ce que la caméra pivotante s'éloigne de la porte, lui permettant de grimper sur la table pour ensuite sauter dehors.

Tout cela sans cesser de réfléchir. De manigancer.

« Imaginons le pire. Le petit Artemis est impuissant, Holly et N° 1 sont incapables d'agir. C'est tout à fait possible si quelqu'un comme Butler, mesmérisé, s'est chargé de les neutraliser. Opale se trouve à proximité du poste de contrôle, en train de manipuler ma mère. C'est Opale qui a vu la magie qui était en moi. Pas mère. Elle a défait le sort que j'avais lancé à mes parents. »

Il pensait aussi : « Évidemment, en *si* mineur ! Si quelqu'un commence en *si* mineur, il faut finir dans la même tonalité. N'importe quel idiot sait cela. »

Une armure médiévale se dressait dans le grand hall. C'était celle que Butler avait revêtue pour combattre un troll au cours du siège du manoir, cinq ans plus tôt. Artemis s'en approcha lentement, le dos collé contre une tapisserie aux motifs abstraits gris et noirs qui le camouflaient de manière presque parfaite. Une fois caché derrière l'armure, il déplaça de quelques centimètres la base d'un miroir sur pied qui se trouvait juste à côté, jusqu'à ce que celui-ci renvoie la lumière d'un spot directement dans l'objectif de la caméra du hall.

La voie menant au poste de surveillance était maintenant libre. Artemis se dirigea vers la cabine d'un pas décidé. Opale devait s'y trouver, il en était certain. De là, elle pouvait surveiller toute la maison, et la chambre d'Angeline était située juste au-dessus. Si Opale contrôlait véritablement sa mère, c'était la position idéale.

En arrivant à quelques mètres de la cabine, Artemis constata qu'il avait vu juste : il entendait Opale fulminer.

– Il y en a un autre. Ici, quelque part, un autre Artemis Fowl.

Soit elle avait enfin compris, soit le jeune Artemis avait été obligé de dévoiler leur plan.

– Trouvez-le ! brailla Opale d'une voix stridente. Trouvez-le immédiatement. Sur-le-champ !

Artemis se glissa sans bruit dans la cabine du poste de contrôle, un débarras situé sur le côté du grand hall, qui servait jadis de vestiaire, d'armurerie ou de cellule pour des prisonniers. Désormais, il abritait un bureau informatique et des rangées d'écrans qui diffusaient en direct des images du manoir et de la propriété.

Opale était recroquevillée devant ces moniteurs, vêtue de la combinaison des FAR. Elle n'avait pas perdu de temps pour voler la tenue de Holly. Quelques minutes seulement s'étaient écoulées depuis qu'Artemis l'avait déposée dans le coffre-fort.

La petite fée lutine s'activait furieusement ; elle scrutait les écrans, tout en contrôlant à distance la mère d'Artemis. La sueur plaquait ses cheveux bruns sur son front et la fébrilité faisait trembler ses membres enfantins.

Le garçon se faufila dans la pièce et composa furtivement le code du placard des armes.

– Quand tout cela sera terminé, je détruirai cette propriété, par pure méchanceté. Et ensuite, une fois revenue dans le passé, je…

Opale se figea. Elle avait entendu un petit clic. En se retournant, elle découvrit Artemis Fowl qui pointait sur elle une arme quelconque. Elle abandonna aussitôt les autres sorts pour placer tous ses efforts dans un *mesmer* désespéré.

– Lâche cette arme, ordonna-t-elle. Tu es mon esclave.

Artemis fut pris de vertiges, mais il avait déjà appuyé sur la détente de son arme et une fléchette contenant un mélange « spécial Butler », composé de décontractants musculaires et de sédatifs, se planta dans le cou d'Opale, qui n'était pas protégé par la combinaison. C'était un sacré coup de chance car Artemis ne maîtrisait pas très bien les armes à feu. Comme le disait Butler : « Artemis, vous êtes peut-être un génie, mais s'il faut tirer, laissez-moi faire car vous ne pourriez même pas atteindre le postérieur d'un éléphant immobile. »

Opale se concentra sur la marque laissée sur son cou par la fléchette pour l'asperger d'étincelles magiques, mais c'était trop tard. La drogue avait déjà pénétré dans son cerveau, l'empêchant de contrôler la magie qui était en elle.

Elle se mit à tituber et à trembloter, abandonnant par moments son apparence de fée lutine pour prendre celle de Miss Book.

« L'assistante du docteur Schalke, se dit Artemis. Mes soupçons étaient fondés. La seule inconnue de l'équation. »

Par intermittence, Opale disparaissait totalement, au

gré des variations de son écran protecteur. Des éclairs magiques jaillirent de ses doigts et carbonisèrent les écrans avant qu'Artemis puisse voir ce qui se passait à l'étage supérieur.

– Ah ! J'arrive enfin à envoyer des décharges, dit-elle d'une voix traînante. Ça fait une semaine que j'essaye de rassembler suffisamment de magie.

Celle-ci tournoyait dans les airs, pour finalement dessiner une image grossière de Foaly, en train de rire.

– Je te hais, centaure ! hurla Opale en se précipitant sur cette vision immatérielle.

Ses yeux se révulsèrent et elle s'écroula sur le sol, en ronflant.

Artemis ajusta son nœud de cravate.

« Freud se serait régalé », pensa-t-il.

Il s'empressa de remonter dans la chambre de ses parents. Le tapis était recouvert d'une couche de graisse grumeleuse. Deux séries d'empreintes de pas de fée allaient de la flaque compacte et nacrée à la salle de bains particulière.

« Opale a utilisé de la graisse animale pour annihiler les pouvoirs magiques de N° 1. C'est ignoble ! Horrible ! »

Le jeune Artemis observait lui aussi cette étendue de matière visqueuse.

– Regarde, dit-il en remarquant la présence de son aîné. Opale a utilisé de la graisse animale pour annihiler la magie de N° 1. C'est ingénieux !

Malgré le bruit de la douche, on entendait des haut-le-cœur et des protestations. Butler était en train de laver à grande eau Holly et N° 1, et ça ne leur plaisait pas.

« Ils sont vivants tous les deux. »

Angeline était couchée dans son lit, enveloppée dans une couette en duvet. Elle avait toujours le teint pâle et l'air absent, mais Artemis crut voir réapparaître une touche de couleur sur ses joues. Elle toussota et immédiatement les deux Artemis se précipitèrent à son chevet.

Le plus âgé se tourna vers son double, l'air interrogateur.

– Tu vois combien ça peut devenir gênant, dit-il d'un ton sarcastique.

– En effet, concéda le jeune Artemis de dix ans. Si j'allais faire un petit tour dans ton… dans mon bureau. Pour essayer de trouver une idée.

« C'est un problème, constata Artemis. Ma propre curiosité. Peut-être ai-je eu tort de promettre de ne pas effacer la mémoire de mon jeune double. Il faut faire quelque chose. »

Angeline ouvrit les yeux. Ils étaient bleus et reposés au fond de ses orbites creusées et sombres.

– Artemis, dit-elle d'une voix râpeuse qui évoquait le frottement des doigts sur l'écorce d'un arbre. J'ai rêvé que je volais. Il y avait un singe également…

Le garçon frémit de soulagement. Elle était rétablie ; il l'avait sauvée.

– C'était un lémurien, mère… maman.

Angeline esquissa un sourire et leva la main pour caresser la joue de son fils.

– Maman. Ça fait si longtemps que j'attends que tu prononces ce mot. Si longtemps.

Sans se départir de son sourire, Angeline se rallongea et replongea dans un profond sommeil naturel.

« C'est aussi bien, se dit Artemis. Sinon, elle aurait pu apercevoir les fées dans la salle de bains, ou le contenu du tonneau de graisse répandu sur le tapis. Ou bien un deuxième Artemis qui passait sournoisement devant la bibliothèque. »

Butler sortit de la salle de bains torse nu, tout dégoulinant d'eau, avec sur la peau les traces de brûlure du défibrillateur. Il était plus pâle que d'habitude et dut s'appuyer contre l'encadrement de la porte.

– Heureux de vous revoir, dit-il au plus âgé des Artemis. Le petit est bien le fils de son père. Il m'a balancé une sacrée décharge pour me faire redémarrer !

– Les chiens ne font pas des chats, répondit Artemis avec ironie.

Le garde du corps agita son pouce par-dessus son épaule.

– Ces deux-là n'ont pas apprécié la trempette dans le tonneau.

– La graisse animale est un poison pour les fées. Elle entrave leur flot magique. Et leur pouvoir devient rance.

Une ombre traversa le visage de Butler.

– C'est Opale qui m'a obligé à le faire. Elle… Miss Book m'a rejoint à la grille au moment où je partais pour l'aéroport. J'étais comme prisonnier à l'intérieur de mon propre crâne.

Artemis posa la main sur le bras du colosse, avec douceur.

– Je sais. Inutile de vous excuser.

Butler se souvint alors qu'il n'avait plus son arme, mais il savait qui l'avait.

– Qu'avez-vous fait de Schalke ? Une fléchette anesthésiante ?

– Non. Nos chemins ne se sont pas croisés.

Butler tituba jusqu'à la porte de la chambre, suivi de près par Artemis.

– Opale le contrôle, mais il lui donne du fil à retordre. Il faut les neutraliser l'un et l'autre, le plus vite possible.

Ils mirent plusieurs minutes à atteindre le poste de surveillance car Butler était obligé de s'appuyer contre les murs, et quand ils arrivèrent, Opale avait déjà filé. Artemis courut à la fenêtre, juste à temps pour voir disparaître au bout de l'allée l'arrière massif d'une vieille Mercedes. Une petite silhouette tressautait sur la banquette. Premier rebond : Opale. Rebond suivant : Miss Imogen Book.

« Ses pouvoirs reviennent déjà », se dit Artemis.

Debout à ses côtés, Butler le toisait, le souffle coupé.

– Ce n'est pas encore fini, lâcha-t-il.

Artemis ne répondit pas ; Butler venait d'énoncer une évidence.

Soudain, le bruit du moteur se modifia.

– Changement de vitesse, commenta Butler. Elle revient.

Artemis sentit un frisson glacé lui traverser le cœur. Pourtant, il s'y attendait.

« Évidemment qu'elle revient. Jamais elle ne retrouvera une occasion comme celle-ci. Butler peut à peine marcher. Holly et N° 1 vont rester diminués pendant plusieurs heures, et moi, je suis un simple humain. Si elle s'enfuit maintenant, Jayjay lui échappera pour toujours. L'escouade envoyée par Foaly va bientôt arriver de Tara pour emporter le petit lémurien sous terre. Pendant quelques minutes encore, Opale a l'avantage. »

Artemis élabora rapidement un plan d'action.

– Il faut que j'emmène Jayjay loin d'ici. Tant qu'il se trouve dans le manoir, tout le monde est en danger. Opale n'hésitera pas à nous tuer tous pour couvrir ses traces.

Le garde du corps hocha la tête ; des filets de sueur coulaient dans les rides de son visage.

– Oui, dit-il. On peut atteindre le Cessna.

– *Je* peux atteindre le Cessna, mon vieil ami, rectifia Artemis. Je vous confie le soin de protéger ma mère et mes amis, et d'empêcher mon jeune double de naviguer sur Internet bien entendu. Il est aussi dangereux qu'Opale.

C'était une tactique sensée et Butler l'avait vue venir avant même qu'Artemis ouvre la bouche. Il était dans un état si lamentable qu'il ralentirait le jeune garçon. En outre, le manoir serait ouvert aux esclaves d'Opale, qui pourraient s'y engouffrer pour exercer la vengeance de leur maîtresse.

– Soit, dit Butler. Mais ne dépassez pas les trois mille mètres et attention aux volets, ils coincent un peu.

Artemis acquiesça, comme s'il ne le savait pas déjà. Donner des instructions réconfortait Butler.

– Trois mille pieds. Les volets. C'est noté.

– Vous ne voulez pas une arme ? J'ai un chouette Beretta.

Artemis déclina l'offre.

– Non, pas d'arme à feu. Je vise si mal que même avec l'œil de Holly, je ne réussirais qu'à me couper un orteil ou deux. Tout ce qu'il me faut, c'est l'appât… Et mes lunettes de soleil.

Chapitre 15

DUEL EN PLEIN CIEL

Les Fowl possédaient trois appareils : un Leartjet et un hélicoptère Sikorsky, qui se trouvaient dans un hangar de l'aéroport tout proche, et un petit Cessna qui vivait dans un petit garage-atelier situé le long du pré, à la limite nord de la propriété. Cet avion était assez ancien et sans doute aurait-il été recyclé depuis longtemps si Artemis n'avait décidé de le transformer. Son but était d'en faire un appareil non polluant *et* rentable, un objectif qui avait obtenu l'approbation de son père.

« J'ai actuellement quarante savants qui travaillent sur le même projet, mais je mise sur toi », avait-il confié à son fils.

Artemis avait donc recouvert tout l'avion de panneaux solaires ultralégers à haut rendement, semblables à ceux qui équipaient le prototype d'aile volante de la NASA, Helios. Mais contrairement à celui-ci, le Cessna d'Artemis pouvait encore voler à sa vitesse normale et transporter des passagers. Parce qu'il avait eu la bonne idée d'ôter l'unique moteur pour le remplacer par des plus petits qui actionnaient l'hélice principale, les quatre hélices latérales et le train d'atterrissage. En outre, presque toutes les parties métalliques de la carcasse avaient été retirées pour mettre à la place du polymère beaucoup moins lourd. Là où se trouvait le réservoir autrefois, il y avait maintenant une petite batterie.

Il fallait encore apporter quelques aménagements, mais Artemis jugeait l'appareil capable de voler. Du moins, il l'espérait. Un tas de choses reposaient désormais sur la fiabilité de cet avion. Le jeune Irlandais s'élança de la porte de la cuisine et traversa la cour à toutes jambes, en direction du pré. Avec un peu de chance, Opale ne s'apercevrait pas qu'il avait décampé avant que l'appareil décolle. Mais évidemment, il voulait qu'elle le voie. Il espérait ainsi détourner son attention assez longtemps pour permettre aux renforts des FAR d'arriver.

Artemis sentit la fatigue dans ses jambes avant d'avoir parcouru cent mètres. Il n'avait jamais été très sportif et ses récentes escapades dans le tunnel temporel n'avaient pas arrangé sa condition physique, même s'il s'était concentré sur ses muscles durant ces trajets. Pour les aider à se tonifier. Une petite expérience de lutte entre l'esprit et la matière, qui n'avait malheureusement donné aucun résultat.

La vieille barrière en bois du pré était fermée, et Artemis choisit de l'escalader plutôt que de se débattre avec le gros cadenas. Il sentait la chaleur du corps du lémurien à l'intérieur de sa veste et les petites mains qui s'agrippaient à son cou.

« Il faut sauver Jayjay. Il faut le protéger. »

Les portes du garage étaient plus solides qu'il y paraissait et protégées par un système de fermeture électronique. Artemis tapa le code sur le boîtier et écarta les portes en grand ; les rayons orangés du soleil déclinant envahirent l'espace. Là, niché au creux d'un U fait d'établis et de chariots à outils, se dressait le Cessna, connecté à un câble d'alimentation. Artemis l'arracha de la prise dans le fuselage et grimpa dans le cockpit. Il se sangla dans le siège du pilote, en repensant brièvement à son premier vol en solo.

« J'avais neuf ans. J'étais obligé d'utiliser un rehausseur. »

Les moteurs quasiment silencieux démarrèrent au quart de tour. Les seuls bruits étaient le bourdonnement des hélices et les cliquetis des boutons qu'Artemis actionnait pour effectuer les contrôles d'avant décollage.

Dans l'ensemble, les nouvelles étaient bonnes. Quatre-vingts pour cent de puissance disponible. Cela donnait au petit avion une autonomie de plusieurs centaines de kilomètres. De quoi entraîner Opale dans une course folle le long des côtes d'Irlande. Mais les volets coinçaient et les joints étaient vieux.

« Ne dépassez pas les trois mille pieds. »

– Tout ira bien, dit-il au passager installé à l'intérieur de sa veste. Parfaitement bien.

Était-ce la vérité ? Il ne pouvait pas en être certain.

L'immense pré descendait en pente douce vers le mur d'enceinte de la propriété. Artemis fit rouler le Cessna hors du garage, très lentement, et exécuta un demi-tour serré pour s'offrir le maximum d'élan. Dans ces circonstances idéales, les cinq cents mètres de terrain dégagé étaient largement suffisants pour décoller. Mais le vent était contraire et l'herbe un peu trop haute.

« Malgré ces éléments, ça devrait aller, se dit-il. J'ai déjà volé dans des conditions plus difficiles. »

De fait, le décollage fut parfait. Arrivé au repère des trois cents mètres, Artemis tira sur le manche à balai et franchit largement le mur de la propriété. Même à cette faible altitude, il apercevait la mer d'Irlande à l'ouest, noire, zébrée de sabres de lumière qui décapitaient les crêtes des vagues.

Pendant un court instant, il fut tenté de fuir, tout simplement, mais il se retint.

« Ai-je changé du tout au tout ? » se demanda-t-il. Il s'aperçut qu'il était à court de crimes acceptables. Il n'y a pas si longtemps, n'importe quel crime, ou presque, lui semblait digne d'intérêt.

Non, décida-t-il. Il y avait encore des personnes qui méritaient qu'on les vole, qu'on les dénonce ou qu'on les largue dans la jungle en tongs avec juste une cuillère. À lui de faire un effort supplémentaire pour les trouver.

Il brancha les caméras fixées sur les ailes. Une de ces personnes se trouvait justement en dessous, dans l'allée de la propriété. Une fée lutine mégalomane et cruelle. Opale Koboï. Elle se dirigeait à grandes enjambées vers le manoir, en enfonçant sur ses oreilles le casque de Holly.

« C'est ce que je craignais. Elle a pensé à prendre le casque. Un accessoire très précieux. »

Quoi qu'il en soit, il n'avait d'autre solution que d'attirer son attention. Les vies de sa mère et de ses amis étaient en jeu. Artemis descendit d'une trentaine de mètres et suivit le trajet d'Opale. Même si elle n'entendait pas le bruit du moteur, les capteurs installés dans le casque projetteraient une dizaine de lumières rouges.

Comme il s'y attendait, la fée lutine se figea, leva les yeux vers le ciel et découvrit le petit avion.

« Allez ! l'encouragea Artemis. Mords à l'hameçon. Utilise le scanner thermique. »

Opale marcha d'un pas déterminé vers le manoir, jusqu'à ce que le bout d'une des bottes de Holly se coince sous le talon de l'autre.

« Saleté d'elfe géante ! pesta-t-elle en se redressant. Quand je serai reine... Non, quand je serai impératrice, je ferai modifier les jambes de toutes les grandes fées. Encore mieux : je me ferai greffer une hypophyse humaine sur le cerveau pour être plus grande. Une géante parmi les fées, physiquement et mentalement. »

Elle avait également d'autres projets. Un moule facial « opalesque » qui conférerait à ses admirateurs transis le look Koboï en quelques secondes. Un fauteuil flottant recouvert d'appareils de massage et de capteurs qui analyseraient son humeur afin de diffuser des parfums capables de l'égayer.

Mais tout cela pouvait attendre qu'elle soit devenue impératrice. Dans l'immédiat, sa priorité était le lémurien. Sans son liquide cérébral, il lui faudrait des années pour atteindre son objectif. Et la magie était tellement plus facile que la science !

Opale enfonça le casque de Holly sur sa tête. La garniture intérieure se gonfla aussitôt pour envelopper son crâne. Il y avait un système de sécurité à code qu'elle pirata avec mépris, par une succession de clignements de paupières et de mouvements de mains. Ces casques des FAR étaient beaucoup moins sophistiqués que les modèles conçus par son département recherche et développement.

Dès que les fonctions du casque furent accessibles, les cristaux de l'écran de la visière crépitèrent et prirent une couleur écarlate. Alerte rouge ! Quelque chose se rapprochait. Un balayage radar en 3D fit apparaître un petit engin volant au-dessus de sa tête, et le logiciel d'identification reconnut rapidement un Cessna de fabrication humaine.

Sans perdre une seconde, Opale sélectionna les commandes du scanner thermique et le détecteur à infrarouges du casque analysa les radiations électromagnétiques qui émanaient de l'intérieur de l'avion. Les panneaux solaires produisaient un halo, mais le scanner isola une tache orange sur le siège du pilote. Une seule personne à bord. Le lecteur biométrique du casque identifia le pilote comme étant Artemis Fowl et superposa son portrait en 3D sur sa silhouette floue.

– Pas de passager, murmura Opale. Essaierais-tu de m'entraîner à l'écart de la maison, mon garçon ? C'est pour cette raison que tu voles si bas ?

Mais Artemis Fowl connaissait la technologie ; il avait forcément anticipé l'usage de l'imagerie thermique.

« Quel tour caches-tu dans ton sac ? se demanda la fée lutine. Ou bien sous ta veste ? »

Elle agrandit la région du cœur d'Artemis et découvrit une deuxième source de chaleur par-dessus la première, à peine plus foncée, presque imperceptible.

Même dans ce contexte tendu, Opale ne pouvait s'empêcher d'admirer ce jeune humain qui avait tenté de cacher la signature thermique du lémurien avec la sienne.

– Astucieux. Mais pas ingénieux.

Or il faudrait qu'il se montre ingénieux s'il voulait vaincre Opale Koboï. Faire intervenir le deuxième Artemis avait été une jolie ruse, mais elle aurait dû le deviner.

« J'ai été vaincue par mon arrogance, constata-t-elle. Ça ne se reproduira plus. »

Le casque se régla automatiquement sur la fréquence radio du Cessna et Opale put envoyer un petit message à Artemis.

– Je vais venir chercher le lémurien, humain, déclara-t-elle, et une bouffée de magie agita les ailes de la combinaison. Et cette fois-ci, tu ne seras pas là pour te sauver.

Artemis ne pouvait pas sentir ni voir les ondes diverses qui sondaient le Cessna, mais il savait qu'Opale utiliserait le scanner thermique du casque pour déterminer le nombre de corps chauds présents à l'intérieur de l'appareil. Peut-être se servirait-elle également des rayons X. Il donnerait l'impression de chercher à cacher la signature thermique de Jayjay avec la sienne, mais c'était une ruse trop évidente qui tromperait Opale pendant une seconde, pas plus. Une fois qu'elle aurait la preuve que sa proie s'enfuyait, comment pourrait-elle ne pas les suivre ?

Artemis vira à tribord afin de maintenir la fée lutine dans le champ de la caméra et il vit avec satisfaction une paire d'ailes sortir des deux fentes dans la combinaison de Holly.

« La poursuite va commencer. »

Le moment était venu pour l'appât de faire semblant de fuir.

Artemis s'éloigna vers la mer profonde et pourpre en mettant les gaz. La douceur de l'accélération lui procura un sentiment de satisfaction. Les batteries fournissaient aux moteurs un apport constant en énergie sans libérer un seul gramme de monoxyde de carbone dans l'atmosphère.

En jetant un coup d'œil aux images captées par la caméra arrière, il ne fut pas vraiment surpris de découvrir la fée volante sur son écran.

« Sa maîtrise de la magie est entravée par le sédatif, devina-t-il. Peut-être a-t-elle eu tout juste assez de puissance pour actionner la combinaison. Mais les effets de la fléchette vont bientôt se dissiper et je risque d'être bombardé d'éclairs. »

Il vira vers le sud, en suivant la côte déchiquetée. La clameur et l'agitation de Dublin, les grands immeubles, les cheminées qui crachaient de la fumée et le ballet des hélicoptères bourdonnants cédèrent bientôt la place à de longues étendues de roche grise, à l'ombre de la voie ferrée. La mer poussait contre le rivage, en étendant ses millions de doigts sur le sable, le schiste et les broussailles.

Des bateaux de pêche ballottaient d'une bouée à l'autre en tirant dans leur sillage des serpents de mer blancs, et des marins armés de longues gaffes relevaient des casiers à homard. Des nuages épais flottaient lourdement à quatre mille mètres d'altitude, le ventre rempli de pluie.

« Une soirée paisible... à condition de ne pas lever les yeux. »

Même si à cette altitude, la silhouette volante d'Opale pouvait être confondue avec un aigle.

Le plan d'Artemis se déroula à la perfection, plus longtemps qu'il ne l'avait espéré. Il réussit à parcourir presque cent kilomètres sans être importuné par Opale. Alors, il s'autorisa une étincelle d'espoir.

« Les renforts des FAR vont bientôt arriver. »

Soudain, sa radio de bord grésilla.

– Artemis ? Vous m'entendez ?

Butler. Il paraissait extrêmement calme, comme toujours avant qu'il explique que la situation était grave.

– Butler, mon vieil ami ! Je vous entends. Annoncez-moi la bonne nouvelle.

Le soupir du garde du corps provoqua une déferlante de parasites dans le haut-parleur.

– Ils ne se lancent pas à la poursuite du Cessna. Vous n'êtes pas leur priorité.

– C'est N° 1. Ils doivent le ramener sous terre. Je comprends.

– Exact. Mais il y a aussi…

Artemis l'interrompit brutalement.

– N'en dites pas plus. Opale nous écoute.

– Les FAR sont ici. Je vous demande de faire demi-tour et de rentrer.

– Non ! Je refuse de mettre ma mère en danger encore une fois.

Artemis entendit un drôle de craquement ; il en déduisit que Butler était en train d'étrangler le pied du micro.

– Soit. Choisissez un autre lieu, alors. Un endroit où l'on puisse se cacher.

– Très bien. Je vole vers le sud, pourquoi ne pas…

Artemis n'eut pas le loisir d'achever sa proposition car le canal de communication fut brusquement obstrué par une explosion assourdissante de bruit blanc. Ses oreilles bourdonnèrent sous le choc et pendant un instant, il laissa dériver le Cessna.

À peine se fut-il ressaisi qu'un coup sourd contre le fuselage lui fit perdre à nouveau le contrôle de l'appareil.

Plusieurs lumières rouges clignotèrent sur l'écran de contrôle, au niveau de l'icône des panneaux solaires. Au moins dix d'entre eux venaient d'être pulvérisés.

Artemis prit une demi-seconde pour consulter le moniteur de la caméra arrière. Opale ne se trouvait plus dans son sillage. Là encore, ce n'était pas une surprise.

La voix de la fée lutine résonna dans le haut-parleur de la radio, débordante d'irascibilité et de malveillance.

– J'ai retrouvé mes forces, Môme de Boue ! Ton poison s'est dissipé, mon organisme l'a éliminé. Mon pouvoir grandit et j'en veux encore plus.

Artemis décida de ne pas se lancer dans la conversation. Il avait besoin de toute sa concentration et de sa dextérité pour piloter le Cessna.

Opale frappa de nouveau l'aile de bâbord, en décrivant des moulinets avec ses bras pour briser les panneaux solaires, joyeusement, tel un enfant qui s'amuse à fendre la surface d'un étang gelé. Ses ailes bourdonnaient furieusement pour lui permettre de maintenir l'allure. Le Cessna se cabra et fit une embardée. Artemis dut se débattre avec le manche à balai pour redresser l'appareil.

« Elle est folle, complètement folle. »

Puis il pensa : « Ces panneaux sont uniques. Et elle ose se dire scientifique ! »

Opale courut sur l'aile et enfonça son poing cuirassé cette fois dans le fuselage lui-même. D'autres panneaux furent endommagés et des bosses de la taille d'une main déformèrent la couche de polymère derrière l'épaule d'Artemis. De minuscules fissures apparurent, vite agrandies par le vent.

La voix de la fée lutine jaillit dans le haut-parleur.

– Atterris, Fowl ! Atterris et peut-être que je ne retournerai pas au manoir quand j'en aurai fini avec toi. Atterris ! Atterris !

Chaque ordre s'accompagnait d'un coup de poing dans le cockpit. La verrière explosa vers l'intérieur et une pluie d'éclats de verre se déversa sur le garçon.

– Atterris ! Atterris !

« C'est toi qui as la marchandise, se rappela-t-il. C'est donc toi qui es en position de force. Opale ne peut pas se permettre de tuer Jayjay. »

Le vent hurlait au visage d'Artemis et les informations fournies par les instruments de navigation n'avaient plus aucun sens. Peut-être étaient-ils déréglés par la combinaison des FAR. Malgré tout, il lui restait encore une chance. Il n'avait pas dit son dernier mot.

Il plongea, tout en virant brutalement sur la gauche. Opale n'eut aucun mal à le suivre et elle entreprit d'arracher de larges bandes du fuselage. C'était une ombre destructrice dans la lumière déclinante du crépuscule.

Artemis sentait l'odeur de la mer.

« Trop bas. Trop tôt. »

D'autres lumières rouges s'allumèrent sur le tableau de bord. L'alimentation avait été coupée. Les batteries étaient percées. L'altimètre se mit à sonner.

Opale venait d'apparaître derrière le hublot. Artemis voyait ses petites dents, dévoilées par un grand sourire. Elle lui disait quelque chose. Elle criait. Mais la radio ne fonctionnait plus. C'était sans doute aussi bien.

« Elle se régale. Quelle rigolade pour elle ! »

Il bataillait pour contrôler les commandes. Les volets grippés étaient le dernier de ses soucis désormais. Si Opale décidait d'arracher quelques câbles, il perdrait définitivement la maîtrise de l'appareil. Il décida alors d'abaisser le train d'atterrissage, prématurément. Au moins, si la fée lutine sabotait le mécanisme, les roues resteraient sorties.

Ils descendirent en piqué, accrochés l'un à l'autre : un

moineau sur le dos d'un aigle. Opale traversa d'un coup de casque le plexiglas du hublot, en continuant à vociférer. Sa visière était constellée de postillons. Elle braillait des ordres qu'Artemis n'entendait pas et il n'avait pas le temps d'essayer de lire sur ses lèvres. Mais il voyait que la magie faisait rougeoyer ses yeux, et il était évident, à en juger par son visage de folle, que tous les liens qui la reliaient à la rationalité s'étaient rompus.

Encore des cris. Étouffés par le casque. Artemis posa un regard ironique sur la radio muette.

Opale s'en aperçut. Elle souleva sa visière et hurla dans le vent :

– Donne-moi le lémurien et je te sauverai ! Tu as ma...

En évitant de la regarder, Artemis sortit de sous son siège le pistolet de signalisation et le colla sous le nez de la fée lutine.

– Vous ne me laissez pas le choix, je vais devoir vous tuer, déclara-t-il d'un ton froid et décidé.

Ce n'était pas une menace, il énonçait une réalité.

Opale savait reconnaître une vérité quand elle en voyait une et pendant une seconde, sa détermination faiblit. Elle se recula, mais pas assez vite pour empêcher le garçon de tirer une fusée de détresse dans le casque, avant de rabattre précipitamment la visière.

Opale fut projetée loin du Cessna en tourbillonnant, dans un sillage de fumée noire ; des étincelles rouges crépitaient autour de sa tête telles des guêpes furieuses. Une de ses ailes heurta le flanc de l'avion et aucun des deux n'en sortit intact. Des éclats de cellules solaires explosèrent comme de la poussière d'étoile et les ailes de l'équipement de vol d'Opale plongèrent vers le sol en tournoyant lentement. Quant au Cessna, il fit une embardée à tribord, avec des gémissements d'animal blessé.

« Il faut que je me pose, se dit Artemis. Immédiatement. »

Il n'éprouvait aucun sentiment de culpabilité. Les brûlures provoquées par la fusée de détresse ne handicaperaient pas très longtemps une créature dotée des pouvoirs régénérateurs d'Opale. D'ailleurs, nul doute que la magie avait déjà commencé à réparer les dégâts infligés à sa peau. Au mieux, il s'était offert quelques minutes de répit.

« Quand elle reviendra, Opale sera folle de rage. Une véritable furie. Peut-être que sa lucidité s'en trouvera altérée. »

Artemis esquissa un sourire lugubre et l'espace d'un instant, il lui sembla qu'il était redevenu l'être malveillant d'autrefois, avant que sa mère et Holly lui enseignent leur fichu code moral.

« Bien. Une perte de lucidité peut me procurer l'avantage dont j'ai besoin. »

Artemis redressa l'appareil tant bien que mal et ralentit sa descente. Le vent giflait son visage et tirait sa peau. Se protégeant les yeux avec son bras, il scruta le sol à travers la tache floue des hélices.

La péninsule de Hook Head s'avançait dans l'obscurité de la mer sous ses pieds, telle une pointe de flèche gris ardoise. Une grappe de lumières scintillait sur la courbe du rivage. C'était le village de Duncade, là où

Butler avait attendu que son jeune protégé revienne des limbes. Une crique magique qui avait jadis abrité l'île des démons de Hybras. Toute cette zone était un haut lieu de magie qui aurait affolé les spectromètres des FAR.

La nuit bleu foncé tombait rapidement et il était difficile de repérer les bandes de terre ferme. Artemis savait qu'un pré s'étendait entre Duncade et le phare de Hook Head, mais il n'apercevait la bande d'herbe que toutes les cinq secondes, quand elle brillait d'un éclat vert émeraude dans le faisceau du phare.

« Voilà ma piste d'atterrissage. »

Il obligea le Cessna à se placer dans la meilleure ligne d'approche possible, en descendant par à-coups. Son estomac se soulevait. Des panneaux solaires se détachèrent du nez et des ailes de l'appareil et s'envolèrent dans son sillage.

Toujours aucune trace d'Opale.

« Elle va arriver. Ne te fais pas d'illusions. »

À chaque éclair vert, la terre se rapprochait un peu plus.

« Je vais trop vite. Je n'obtiendrai jamais ma licence de pilote en volant comme ça. »

Il serra les dents et le manche à balai. L'atterrissage promettait d'être violent.

Et il le fut. Mais pas au moment du contact. C'est lors du deuxième rebond qu'Artemis, projeté contre le tableau de bord, entendit sa clavicule gauche se briser. Un bruit horrible qui fit monter un flot de bile dans sa gorge.

« Pas de douleur pour l'instant. Juste le froid. Je suis en état de choc. »

Les roues du Cessna dérapèrent dans l'herbe haute, recouverte d'embruns et plus glissante que de la glace. Artemis grimaça, non pas à cause de la souffrance, mais parce que son sort reposait maintenant entre les mains du hasard ; il ne contrôlait plus la situation. Opale allait revenir pour s'emparer de Jayjay et il devait faire tout son possible pour détourner son attention.

Le monde extérieur continuait à s'engouffrer violemment dans ses pensées. La roue avant du train d'atterrissage rebondit contre une pierre tranchante et se détacha ; elle continua à rouler à la hauteur de l'avion pendant plusieurs secondes, avant de disparaître dans le noir.

Après un nouveau choc, l'appareil piqua du nez et l'hélice creusa des sillons dans la terre. Des gerbes d'herbe s'envolèrent et des mottes de boue bombardèrent la verrière éclatée.

Artemis recracha un peu de terre.

« Franchement, je ne comprends pas pourquoi Mulch raffole de ce truc-là. Ce n'est pas vraiment de la mousse de homard. »

Il descendit de l'appareil et tituba en direction de la côte rocheuse. Il n'appela pas à l'aide ; de toute façon, personne ne serait venu. Les rochers étaient noirs, dangereux et déserts ; la mer bruyante et le vent violent. À supposer que la lumière du phare ait capté l'image de la chute de l'avion, il faudrait un certain temps avant que des villageois sans armes et ignorants du danger viennent lui porter secours. Et d'ici là, ce serait trop tard.

Artemis continua d'avancer d'un pas chancelant, en laissant pendre son bras gauche. Sa main valide soutenait la petite tête hérissée qui sortait de sous sa veste.

– On y est presque, dit-il, le souffle court.

Deux colonnes de pierre jaillissaient hors de l'eau, telles les dernières dents dans la gencive d'un chiqueur de tabac. Des colonnes de pierre de trente mètres de haut qui avaient résisté à l'érosion du vent et des vagues. Les gens du coin les appelaient les Nonnes à cause de leur ressemblance avec des bonnes sœurs en soutane.

Les Nonnes étaient l'attraction locale et deux solides ponts de corde enjambaient l'abîme entre le rivage et la Petite Sœur tout d'abord, puis la Mère Supérieure. Un jour, Butler avait confié à Artemis qu'il avait passé de nombreuses nuits solitaires juché sur le deuxième pilier, avec des jumelles de vision nocturne, à scruter l'océan pour apercevoir Hybras.

Artemis s'avança sur le premier pont. Il tanguait et grinçait légèrement sous ses pieds, mais il tint bon. À travers les planches, il voyait la mer tout en bas et les rochers plats qui crevaient la surface comme des champignons dans la glaise. Le corps d'un chien malchanceux gisait sur une de ces pierres, sinistre rappel de ce qui vous attendait si vous perdiez l'équilibre en rendant visite aux Nonnes.

« Je fonce tête baissée dans un cul-de-sac. Une fois que j'aurai atteint la deuxième colonne, je serai coincé. »

Mais il n'avait pas le choix. Un rapide coup d'œil par-dessus son épaule l'informa qu'Opale approchait. Il n'avait même pas besoin de ses lunettes spéciales pour la voir. La fée lutine n'avait plus assez de magie pour se rendre invisible. Tel un zombie, elle marchait dans l'herbe en titubant; une brume rouge de magie éclairait son visage à l'intérieur du casque et elle serrait les poings le long du corps. Ses ailes étaient déployées, mais déchiquetées. Plus question pour elle de s'envoler. Seul le pouvoir de Jayjay pouvait la sauver désormais. Il représentait sa dernière chance de victoire. Si elle ne s'injectait pas rapidement son liquide cérébral, les FAR allaient débarquer pour protéger le lémurien menacé.

Artemis continua d'avancer sur le pont, en prenant soin de ne pas cogner son bras inerte contre le garde-fou. Miraculeusement, la douleur n'était pas permanente, mais chaque pas déclenchait une décharge de souffrance insupportable dans sa poitrine.

« Continue à détourner son attention. Jusqu'à l'arrivée de la cavalerie. La cavalerie ailée et invisible. Ils n'allaient pas l'abandonner, hein ? »

– Fowl !

Le cri strident retentit dans son dos, plus proche qu'il ne s'y attendait.

– Donne-moi le singe !

La voix était enveloppée de magie gaspillée. Pas de contact visuel, pas de *mesmer*.

« Le singe, pensa Artemis avec un petit sourire narquois. Ha ha. »

Il progressait au-dessus de l'abîme. Au-dessus de sa tête et sous ses pieds, c'était l'obscurité ; les étoiles brillaient dans le ciel et dans la mer. Les vagues grondaient comme des tigres. Affamés.

Il atteignit enfin la première Nonne. La Petite Sœur. Il prit pied sur un plateau rocheux rendu dangereux par l'usure. Sa chaussure glissa sur la surface lisse et il tournoya tel un danseur de salon avec sa cavalière invisible.

Il entendit le cri aigu d'Opale. Si Jayjay mourait, ce serait un drame; elle se retrouverait coincée dans cette époque, avec les FAR à ses trousses, privée de ses pouvoirs.

Artemis ne regarda pas derrière lui, bien qu'il en mourût d'envie. Opale marchait bruyamment sur les planches, en jurant à chaque pas. Prononcées par sa voix enfantine de fée lutine, ces grossièretés devenaient presque comiques.

Pas le choix : il fallait continuer. Artemis s'écroula quasiment sur la deuxième travée du pont et il dut se tenir à la corde jusqu'à ce qu'il atteigne la Mère Supérieure. Les habitants du coin affirmaient que si vous vous postiez au bon endroit sur la côte, au lever du soleil, en plissant légèrement les yeux, vous aperceviez le visage sévère de la religieuse.

De fait, le rocher se dressait de manière menaçante. Sinistre et impitoyable. Aucun faux pas ne serait toléré.

Artemis se laissa tomber à genoux sur le plateau, en tenant son coude gauche dans sa paume droite.

« Bientôt, le choc et la douleur vont me submerger. Mais pas encore, génie. Concentre-toi. »

Artemis baissa les yeux sur l'échancrure de sa veste. La tête hirsute avait disparu.

« Il est tombé sur Petite Sœur. Opale va le trouver. »

Hypothèse confirmée par le cri de bonheur qui retentit derrière lui. Artemis se retourna lentement, au prix d'un terrible effort, pour faire face à son ennemie. Il avait l'impression de la combattre depuis toujours.

Perchée sur la première colonne de pierre, la fée lutine dansait presque de joie. Artemis apercevait la petite créature à poils étendue sur le plateau.

– Je le tiens ! gloussa Opale. Malgré ton génie ! Malgré ton gros cerveau prêt à éclater ! Tu l'as laissé échapper ! Tu l'as perdu, tout bêtement !

Artemis sentait la douleur enfler dans son épaule. Dans une minute, ce serait encore pire, il le savait.

Opale tendit les mains vers son trophée.

– Il est à moi, dit-elle d'un ton plein de révérence et Artemis aurait juré qu'il avait entendu un grondement de tonnerre au loin. La magie suprême m'appartient. J'ai le lémurien.

Le jeune Irlandais s'exprima clairement pour que ses paroles franchissent l'abîme.

– Ce n'est pas un lémurien, c'est un singe.

Le sourire d'Opale se figea, dévoilant ses dents minuscules. Elle se saisit de ce qu'elle croyait être Jayjay. La créature était toute molle entre ses mains.

– Un jouet ! hoqueta-t-elle. C'est un jouet !

Le triomphe d'Artemis fut hélas atténué par la douleur et l'épuisement.

– Opale, je vous présente le professeur Primate. Le joujou préféré de mon petit frère.

– Un jouet, répéta Opale d'une voix blanche. Il y avait pourtant deux sources de chaleur. Je les ai vues !

– Un sachet de gel chauffé au micro-ondes et fourré dans le rembourrage, expliqua Artemis. C'est fini,

Opale. Jayjay est déjà à Haven à cette heure-ci. Vous ne pourrez pas le capturer. Rendez-vous pour m'éviter de devoir vous faire du mal.

La fureur déformait les traits de la fée lutine.

– Me faire du mal ? À *moi* ?

Elle projeta le singe en peluche contre la paroi rocheuse, encore et encore, jusqu'à l'éventrer. Une voix métallique résonna dans le petit haut-parleur.

– L'histoire se souviendra de ce jour... L'histoire... L'histoire se souviendra de ce jour...

Opale hurla et des étincelles rouges crépitèrent autour de ses doigts.

– Je ne peux plus voler, ni décocher des éclairs, mais il me reste suffisamment de magie pour te griller la cervelle !

Oubliés les rêves de pouvoir suprême. Présentement, elle ne pensait plus qu'à une seule chose : tuer Artemis Fowl. Elle s'avança sur la deuxième travée, une lueur meurtrière dans le regard.

Campé sur ses deux jambes, le jeune Irlandais glissa la main dans sa poche.

– Votre armure devrait vous sauver, dit-il calmement. Ce sera terrifiant, mais les FAR vous déterreront.

Opale ricana.

– Encore une ruse ! Du bluff, toujours du bluff. Mais cette fois-ci, ça ne prend pas, Artemis.

– Ne m'obligez pas à faire ça, Opale. Asseyez-vous et attendez sagement les FAR. Personne n'a besoin de souffrir.

– Oh, je crois au contraire que quelqu'un va souffrir.

Le jeune garçon sortit alors de sa poche un pointeur laser modifié, activa l'étroit faisceau et le pointa à la base de la Petite Sœur.

– Que fais-tu avec ce truc ? Il te faudrait au moins cent ans pour scier cette pierre.

– Je n'essaye pas de la scier, répondit Artemis en maintenant le faisceau dans la même position. Et ce n'est pas une pierre.

Opale leva les mains ; des étincelles s'entremêlèrent comme du fil barbelé autour de ses doigts.

« Assez discuté. »

Le rayon laser pénétra dans la base de la Petite Sœur, traversa la couche externe et atteignit la grosse poche de méthane qui se trouvait dessous.

La Petite Sœur n'était pas une pierre, en effet. C'était le septième kraken, attiré par la résonance magique de Hybras. Artemis l'étudiait depuis des années. Foaly lui-même ignorait qu'il se trouvait là.

L'explosion, énorme, projeta une colonne de feu à quinze mètres de hauteur. L'enveloppe extérieure s'effondra sous les pieds d'Opale et l'ensevelit dans un tourbillon d'éclats.

Artemis entendit le petit bruit sourd de son armure qui se gonflait pour absorber le choc.

« L'armure conçue par Foaly devrait la sauver. »

Il se jeta à plat ventre sur le plateau de la colonne et dut endurer la pluie de pierres, d'algues et même de poissons qui s'abattit sur son dos et ses jambes.

« Moi, seule la chance peut me sauver. »

Et elle le sauva. Le plateau fut bombardé par plusieurs

missiles de taille conséquente, mais aucun ne tomba sur Artemis. En revanche, il fut la cible de projectiles plus petits qui ajouteraient sans doute une centaine de coupures et de bleus à sa liste de blessures, mais aucune fracture à déplorer.

Quand le monde sembla avoir cessé de vibrer, Artemis rampa jusqu'au bord de la colonne de pierre pour scruter la mer bouillonnante tout en bas. Une pyramide de gravats fumait tranquillement au milieu des vagues, là où se trouvait le kraken quelques instants plus tôt. L'immense créature allait repartir en silence, à la recherche d'un autre lieu riche en magie. D'Opale, plus aucune trace.

« Bah, les FAR la trouveront. »

Artemis roula sur le dos et contempla les étoiles. Il le faisait souvent, et généralement, ce spectacle l'amenait à se demander comment il pourrait atteindre les planètes qui tournaient autour de ces petits points lumineux, et ce qu'il y trouverait. Mais ce soir-là, les étoiles lui donnaient uniquement l'impression d'être minuscule et insignifiant. La nature, vaste et puissante, finirait par l'engloutir, et son souvenir avec lui. Il resta allongé là, seul et grelottant, à attendre un sentiment de triomphe qui ne viendrait pas, il le savait, et à écouter les cris lointains des villageois qui traversaient la lande.

Holly arriva avant les villageois, en descendant du nord, et elle se posa sans bruit sur la colonne de pierre.

– Vous volez, dit Artemis comme s'il n'avait jamais assisté à ce spectacle.

– J'ai emprunté une combinaison aux gardes du corps de N° 1. Enfin, quand je dis emprunté…

– Comment m'avez-vous retrouvé ? demanda le garçon, même s'il avait une petite idée.

– Oh. J'ai vu une énorme explosion et j'ai pensé : « Qui ça peut bien être ? »

– Hmm. Je vous ai donné un indice.

– Et j'ai suivi la piste des radiations de ma vieille combinaison. D'ailleurs, je la suis encore.

Holly toucha sa visière du bout du doigt et le filtre changea.

– C'est un sacré tas de pierres que vous avez déversé sur Opale. Il faudra un certain temps au commando de Récupération pour la déterrer. Elle jure comme un nain de tunnel, là-dessous. Que lui avez-vous fait ?

– Le septième kraken, expliqua Artemis. Le seul ayant échappé à Foaly parce qu'il était tubulaire et non pas conique, je suppose. Je l'ai repéré grâce à un satellite météo.

Holly appuya son doigt sur le front de son ami.

– Artemis Fowl tout craché. Réduit en bouillie, il continue à étaler sa science.

Des étincelles magiques jaillirent de l'extrémité du doigt de la fée et enveloppèrent le garçon tel un cocon. Il ressentit aussitôt une impression de réconfort et de quiétude, comme un bébé enroulé dans sa couverture. Toutes ses douleurs disparurent et sa clavicule brisée se liquéfia, avant de se solidifier à nouveau, intacte.

– Joli, commenta-t-il avec un sourire et le regard vitreux.

Holly lui rendit son sourire.

– Je reste ici jusqu'à mardi, dit-elle. N° 1 a rempli mon réservoir.

Artemis la regarda à travers un brouillard rouge.

– Pardon de vous avoir menti. Je suis sincèrement désolé. Après tout ce que vous avez fait.

Le regard de la fée était distant.

– Peut-être avez-vous fait le mauvais choix ; peut-être aurais-je pris moi-même cette décision. Nous venons de deux mondes différents. Nous serons toujours méfiants l'un envers l'autre. Continuons ainsi en laissant le passé à sa place… dans le passé.

Artemis hocha la tête. C'était tout ce qu'il pouvait espérer, et il n'en méritait pas tant.

Holly sortit une longe de sa ceinture et la noua sous les bras du garçon.

– Je vous ramène chez vous avant que les villageois ne dressent une potence.

– Bonne idée, marmonna Artemis, sonné par les effets secondaires de sa guérison magique.

– Croyez-le si vous voulez, ça arrive à d'autres personnes, parfois.

– Parfois, répéta le garçon, puis sa tête bascula en arrière et il s'endormit.

Holly réinitialisa ses ailes en fonction de ce poids supplémentaire, puis s'élança du bord de la colonne de pierre, en volant à basse altitude pour échapper aux faisceaux des lampes électriques des habitants du coin qui balayaient le ciel nocturne comme des projecteurs.

Foaly se connecta sur la fréquence de son casque pendant qu'elle évoluait dans les airs.

– Le septième kraken, je parie ? Évidemment, j'avais déjà des soupçons…

Après un moment de silence, il ajouta :

– C'est l'occasion rêvée pour effacer la mémoire d'Artemis. Cela nous éviterait bien des soucis à l'avenir.

– Foaly ! s'exclama Holly, horrifiée. On ne fait pas ça à nos amis. Artemis nous a rapporté Jayjay. Qui sait combien de remèdes se cachent dans le cerveau de ce lémurien.

– Je plaisantais, voyons ! Et vous savez quoi ? Nous ne sommes même pas obligés de demander à Jayjay de nous faire don de son liquide cérébral. N° 1 l'a synthétisé pendant que nous attendions la navette. Ce gamin est exceptionnel.

– J'ai l'impression d'en rencontrer beaucoup. Ah, au fait, il faut envoyer une équipe pour récupérer Opale.

– Elle est déjà en chemin. Je crois que vous êtes bonne pour un nouveau savon de la part du commandant à votre retour.

Holly ricana.

– Ce n'est pas nouveau.

Foaly ne dit rien ; il attendait que son amie lui fasse le récit de ses aventures. Mais au bout d'un moment, il n'y tint plus.

– Bon, OK, vous avez gagné. Je vous pose la question : que s'est-il passé… il y a huit ans ? Bon sang, il a dû y avoir du grabuge !

Holly ressentit des picotements fantômes sur ses lèvres, là où elle avait embrassé Artemis.

– Rien. Il ne s'est rien passé. Nous sommes partis, nous avons retrouvé le lémurien et nous sommes revenus. Quelques petits pépins ici et là, mais rien d'insurmontable.

Foaly ne réclama pas de détails. Holly lui en dirait plus une fois qu'elle aurait tout assimilé. Mais il demanda :

– Il vous arrive de vous dire que vous aimeriez partir au travail et rentrer ensuite à la maison, sans drames ?

Holly regarda l'océan défiler tout en bas ; elle sentait le poids du corps d'Artemis Fowl dans ses bras.

– Non, répondit-elle. Jamais.

Chapitre 16

UNE ARMÉE DE COIFFEURS

Moins d'une heure plus tard, ils se posèrent au manoir des Fowl. Artemis se réveilla au moment où les talons de Holly touchaient les graviers de l'allée et il retrouva aussitôt ses esprits.

– La magie est une chose merveilleuse, dit-il en faisant tournoyer son bras gauche.

– Vous auriez dû conserver la vôtre, rétorqua Holly.

– Comble de l'ironie, si je n'avais pas essayé de guérir ma mère, Opale lui aurait permis de se rétablir. C'est mon voyage dans le passé qui lui a fourni le point de départ de son plan, qu'elle a mis en œuvre en nous suivant dans le futur.

– J'aimais mieux quand vous dormiez, répliqua Holly en récupérant sa longe. Ça me fait moins mal à la tête.

– C'est le grand paradoxe temporel. Si je n'avais rien fait, il n'aurait pas été nécessaire de faire quelque chose.

Holly porta la main à son casque.

– Laissez-moi contacter Foaly. Vous pourrez bavarder tous les deux.

Les lumières extérieures du manoir projetaient une douce lueur sur les graviers qui scintillaient comme des pierres précieuses. D'immenses arbres à feuilles persistantes ondulaient et bruissaient dans la brise, animés d'une vie propre, telles des créatures de Tolkien.

Artemis regarda Holly se diriger à grands pas vers la porte principale.

« Si seulement..., se dit-il. Si seulement... »

N° 1 était assis sur les marches du perron, entouré d'une escouade d'officiers des FAR bardés d'armes dernier cri. Artemis savait que son ADN était enregistré dans leurs fusils ; il leur suffisait de sélectionner son icône dans la liste pour qu'il n'ait aucune chance de fuir. Jayjay s'était lové sur la tête du jeune démon, à la manière d'une casquette, et il semblait très à l'aise. En apercevant Artemis, il se dressa et lui sauta dans les bras. Aussitôt, une douzaine de fusils des FAR émirent des bips et Artemis en déduisit qu'ils sélectionnaient son icône.

– Salut, petit gars ! lança-t-il. Alors, comment tu trouves le présent ?

N° 1 répondit à la place du lémurien.

– Il trouve ça très bien. D'autant plus que personne ne va lui planter des aiguilles dans la tête.

– Vous avez reproduit son liquide cérébral. Je me disais que ça pouvait être une option. Où est le docteur Schalke ?

– Il s'est effondré après le départ d'Opale. Butler l'a installé dans une chambre d'amis.

– Et Artemis Junior ?

– Techniquement parlant, c'est *vous* Artemis junior, fit remarquer N° 1. Mais je comprends le sens de votre question. Votre jeune double a été raccompagné dans son époque. J'ai envoyé le capitaine d'un commando de Récupération et je suis resté ici comme repère. J'ai pensé que vous voudriez vous débarrasser de lui le plus rapidement possible, étant donné que votre père et les jumeaux sont sur le chemin du retour.

Artemis grattouilla Jayjay sous le menton.

– Ça aurait pu être embarrassant, en effet.

Holly semblait troublée.

– Je sais que nous avons promis de ne pas effacer sa mémoire, mais ça ne m'enchante guère de savoir qu'un petit Fowl erre en liberté avec autant d'informations sur les fées dans son cerveau retors.

Artemis haussa un sourcil.

N° 1 était un peu pâle tout à coup. Prenant appui sur sa queue, il décolla son large postérieur des marches.

– Euh... au sujet de cette promesse de ne pas effacer sa mémoire. Personne ne m'avait rien dit.

Holly le regarda d'un air hébété.

– Ça veut dire que vous l'avez fait ?

N° 1 hocha la tête.

– À Schalke aussi. J'ai également laissé un sort résiduel dans les orbites du jeune Artemis pour que Butler y ait droit lui aussi. Rien de très... sorcier, si je puis dire, une simple perte de mémoire. Leurs cerveaux combleront les vides en inventant des souvenirs plausibles.

Holly ne put réprimer un frisson.

– Tu as laissé un sort dans ses orbites ? C'est scandaleux !

– Scandaleux, mais ingénieux, reconnut Artemis.

Cette remarque provoqua l'étonnement de la fée.

– Vous ne paraissez pas indigné. Je m'attendais à une leçon de morale, avec roulements d'yeux, gesticulations… Le grand jeu, quoi.

Artemis haussa les épaules.

– Je savais que cela arriverait. Puisque je ne me souviens de rien, c'est que ma mémoire a été effacée, et par conséquent, nous avions dû gagner.

– Vous saviez depuis le début.

– J'ignorais quel serait le prix à payer.

N° 1 soupira.

– Je suis donc blanchi, comme disent les humains ?

– Absolument, répondit Holly en posant sa main sur son épaule. Je me sens beaucoup mieux maintenant.

– Par ailleurs, ajouta le démon, j'ai renforcé votre structure atomique. Vos atomes ont été un peu secoués par le tunnel temporel. Franchement, je m'étonne que vous soyez encore entiers. Je ne peux qu'imaginer l'intensité de votre concentration.

– Je suis obligé de solliciter une autre faveur, dit Artemis. Il faut que vous envoyiez un message dans le passé.

– On m'a ordonné de ne plus ouvrir le tunnel temporel, mais peut-être qu'on peut encore y glisser un petit quelque chose, répondit le démon sorcier.

– C’est bien ce que je pensais.

– Quand et où ?

– Holly le sait. Vous pourrez le faire de Tara.

– Comment vous écrivez « prodigieux » ? demanda Holly avec un sourire.

Artemis recula et se dévissa le cou pour lever les yeux vers la fenêtre de la chambre de ses parents. Jayjay l’imita en sautant sur ses épaules.

– Je ne sais pas pourquoi, mais j’ai peur de monter.

Il se surprit à se tordre nerveusement les mains, alors il les fourra dans ses poches de veste.

– Ce qu’elle a dû subir, tout ça parce que je me suis mêlé de ce qui ne me regardait pas. Ce qu’elle a dû…

– Et nous, alors ? lança N° 1. On nous a noyés dans de la graisse animale. Vous ne pouvez pas imaginer comme c’est ignoble. Un sort dans les orbites, c’est le summum du bon goût comparé à ce truc.

– Moi, j’ai été transformée en adolescente, déclara Holly, en adressant un clin d’œil à Artemis. *Ça*, c’est horrible !

Le jeune garçon s’obligea à sourire.

– Bizarrement, ces tentatives de culpabilisation ne m’aident pas à me sentir mieux. Les fusils braqués sur moi non plus.

Holly fit signe aux officiers des FAR de baisser leurs armes, puis elle inclina légèrement la tête : elle recevait un message.

– Un hélicoptère arrive. C’est votre père. Il est temps de décoller.

N° 1 agita le doigt.

– Et ce n'est pas juste une façon de parler. Il faut vraiment décoller. Je sais que les humains utilisent cette expression, même quand ils n'ont pas réellement l'intention de décoller. Alors, pour éviter toute confusion…

– J'avais compris, N° 1, dit Artemis.

Holly tendit son avant-bras et Jayjay sauta dessus.

– Il sera plus en sécurité avec nous.

– Je sais.

Il se tourna vers la fée et croisa son regard. Un œil bleu et un œil noisette.

Elle soutint son regard pendant un court instant, puis activa ses ailes et se détacha légèrement du sol.

– Dans une autre époque, dit-elle et l'embrassa sur la joue.

Artemis avait atteint la porte quand Holly l'appela.

– Vous savez quoi, Fowl ? Vous avez commis une bonne action. Pour la beauté du geste. Sans en tirer un penny de bénéfice.

Le jeune Irlandais grimaça.

– Je sais. Ça m'effraie.

Il regarda ses pieds, le temps de trouver une réponse lapidaire, mais quand il releva la tête, l'allée était déserte.

– Au revoir, mes amis. Prenez soin de Jayjay.

Artemis entendit les rotors de l'hélicoptère au loin lorsqu'il arriva devant la chambre de sa mère. Il aurait sans doute des explications à fournir, mais il avait le sentiment que son père n'exigerait pas trop de détails quand il verrait qu'Angeline avait retrouvé la santé.

Il fit craquer ses doigts, rassembla son courage, puis poussa la porte de la chambre et entra. Le lit était vide. Sa mère était assise à sa coiffeuse et se lamentait devant l'état de ses cheveux.

– Oh, mon pauvre Arty ! s'exclama-t-elle en prenant un air horrifié quand elle aperçut le reflet de son fils dans le miroir. Regarde cette tête ! Il faut que je fasse venir immédiatement une armée de coiffeurs de Londres.

– Vous êtes très bien, mère... Euh, maman. Magnifique.

Angeline passa une brosse en nacre dans ses longs cheveux. À chaque passage ils retrouvaient un peu de leur lustre passé.

– Vu ce que j'ai subi...

– Exact. Vous avez été malade. Mais vous allez mieux maintenant.

Angeline pivota sur son siège et lui tendit les bras.

– Approche, mon héros ! Viens faire un câlin à ta mère.

Artemis se fit un plaisir d'obéir.

Soudain, une pensée le frappa.

« Héros ? Pourquoi m'appelle-t-elle son héros ? »

Généralement, les personnes mesmérisées ne gardaient aucun souvenir de leurs épreuves. Mais Butler s'était souvenu de ce que lui avait fait Opale ; il avait même décrit son expérience. Schalke, lui, avait eu droit à un effacement de mémoire. Et sa mère ?

Celle-ci le serra contre elle.

– Tu as tant fait, Arty. Tu as pris tant de risques.

Les rotors étaient devenus assourdissants; ils faisaient trembler les vitres. Son père était de retour.

– Je n'ai pas fait grand-chose, maman. Pas plus que n'importe quel fils.

Angeline prit sa tête dans le creux de ses mains. Il sentait les larmes de sa mère sur sa joue.

– Je sais tout, Arty. Tout. Cette créature m'a laissé ses souvenirs. J'ai essayé de la combattre, mais elle était trop forte.

– Quelle créature, mère? C'était la fièvre. Vous avez été victime d'une hallucination, voilà tout.

Angeline l'écarta d'elle et le tint à bout de bras.

– J'étais dans l'enfer du cerveau malade de cette fée lutine, Artemis. Ne t'avise pas de me mentir et de me faire croire que c'est faux. J'ai vu ton amie frôler la mort pour t'aider. J'ai vu le cœur de Butler cesser de battre. Je t'ai vu nous sauver, tous. Regarde-moi dans les yeux et dis-moi que toutes ces choses n'ont jamais eu lieu.

Artemis avait du mal à soutenir le regard de sa mère; lui mentir était impossible.

– Elles ont bien eu lieu, en effet. Toutes. Et bien d'autres.

Angeline plissa le front.

– Tu as un œil marron. Pourquoi ne l'ai-je jamais remarqué avant?

– Je vous avais jeté un sort, avoua le garçon, tristement.

– À ton père aussi?

– Oui, à lui aussi.

Au rez-de-chaussée, la porte s'ouvrit avec fracas. Son

père traversa le hall en courant, puis s'élança dans l'escalier.

– Tu m'as sauvée, Artemis, dit précipitamment sa mère. Pourtant, j'ai le sentiment que ce sont tes sorts, justement, qui nous ont mis dans cette situation. Alors, je veux tout savoir. Tout. Tu comprends ?

Artemis hocha la tête. Il ne voyait pas comment s'esquiver. Il était dans une impasse et il n'y avait qu'une seule façon de s'en sortir : la franchise totale.

– Tu vas laisser à ton père et aux jumeaux le temps de m'embrasser, après quoi, nous aurons une petite discussion, toi et moi. Ce sera notre secret. Compris ?

– Compris.

Artemis s'assit sur le lit. Il avait l'impression d'avoir à nouveau six ans, lorsqu'il avait été surpris en train de pirater les ordinateurs de l'école pour corser un peu l'examen.

Son père se trouvait sur le palier maintenant. Artemis savait que sa vie secrète prenait fin aujourd'hui. Dès qu'il serait seul avec sa mère, il devrait s'expliquer. En commençant par le début. Les enlèvements, les révoltes, les virées dans le temps, les révoltes des gobelins. Tout.

« La franchise totale », se dit-il.

Artemis Fowl frissonna.

Quelques heures plus tard, la chambre des parents avait été transformée par la tornade connue sous le nom de Beckett Fowl. Il y avait des cartons de pizza sur la table de chevet et des traces de doigt à la sauce tomate sur le mur. Beckett s'était déshabillé pour enfiler un des T-shirts de son père, qu'il avait ensuite noué à la taille. Il s'était dessiné une moustache avec du mascara et des cicatrices avec du rouge à lèvres, et maintenant, il livrait combat contre un ennemi invisible en se servant d'une des vieilles prothèses de jambe de son père en guise d'épée.

Pendant ce temps, Artemis achevait d'expliquer la guérison miraculeuse d'Angeline.

– J'ai compris alors que mère avait attrapé la fièvre de Glover, habituellement cantonnée à Madagascar, j'ai donc synthétisé le traitement naturel utilisé par les indigènes et je le lui ai administré. L'effet a été immédiat.

Beckett remarqua qu'Artemis s'était tu pour laisser échapper un long soupir de soulagement. Chevauchant un cheval imaginaire à travers la chambre, il bouscula Myles avec la fausse jambe.

– Chouette histoire ? demanda-t-il à son jumeau.

Myles descendit du lit et approcha sa bouche de l'oreille de Beckett.

– Artemis nigaud, souffla-t-il.

ÉPILOGUE

HOOK HEAD, IRLANDE

Le commandant Baroud Kelp dirigea en personne le commando de Récupération chargé d'extraire Opale Koboï des décombres. Ils gonflèrent une bulle déformante au-dessus du chantier afin de pouvoir allumer les lasers des navettes sans craindre d'être découverts.

– Dépêchez-vous, Furty ! lança Baroud sur un canal de communication. Il ne nous reste qu'une heure avant le lever du soleil. Dépêchons-nous de déterrer cette fée lutine mégalomane pour la renvoyer dans son époque.

Ils avaient la chance de compter un nain dans leurs rangs. Habituellement, les nains répugnaient à collaborer avec les autorités, mais Furty avait accepté à condition de ne pas être obligé de travailler un des cent quatre-vingt-dix-neuf jours fériés en vigueur chez eux, et que les FAR acceptent de lui verser des honoraires de consultant exorbitants.

Dans une situation comme celle-ci, les nains étaient précieux. Ils savaient évoluer au milieu des décombres comme aucune autre espèce. Si vous vouliez extraire une personne vivante, c'était à eux qu'il fallait faire appel. Il leur suffisait de laisser leurs poils de barbe courir à la surface et ils pouvaient vous en dire plus sur ce qui se passait en dessous que n'importe quel matériel sismique ou géologique.

Présentement, Baroud suivait la progression de Furty Pullchain à travers les débris de kraken grâce aux images transmises par la caméra fixée sur le casque du nain. Les membres de celui-ci étaient un peu plus pâles qu'en temps normal, à cause du filtre de vision nocturne. D'une main, il maniait un tuyau qui projetait de la mousse destinée à étayer la galerie, pendant que l'autre se glissait sous sa barbe pour raccrocher sa mâchoire.

– À vos ordres, *commandant*, répondit-il, en réussissant à faire passer ce grade pour une insulte. Ça y est, je suis arrivé. C'est un miracle que je sois encore en vie. Ce machin est aussi solide qu'un château de cartes en plein cyclone.

– Oui, d'accord. Vous êtes formidable, Furty. Sortez-la qu'on puisse retourner sous terre. J'ai un capitaine à punir.

– Montez pas sur vos grands chevaux, commandant. Je capte le signal cinq sur cinq.

Baroud fulmina intérieurement. Peut-être que Holly Short n'était pas la seule qui méritait d'être punie.

Il assista en direct au travail de Furty, obligé de déblayer les pierres, les algues et les fragments de coquillage qui couvraient la combinaison de Holly. Sauf qu'il n'y avait pas de combinaison en dessous, mais uniquement un casque et sa balise clignotante.

– Je me suis tapé tout ce chemin juste pour un casque ? s'exclama le nain, frustré. Y a pas de fée lutine ici, uniquement l'odeur.

Baroud se redressa.

– Vous êtes sûr ? Vous ne vous êtes pas trompé d'endroit ?

Furty renifla avec mépris.

– Ouais, c'est ça. Je suis tombé par hasard sur un *autre* casque des FAR. Évidemment que je suis sûr !

Opale avait disparu. Elle avait fichu le camp.

– Impossible, grogna le commandant. Comment a-t-elle pu s'échapper ?

– Aucune idée, répondit le nain. Peut-être qu'elle s'est faufilée dans une galerie naturelle. Ces félutins sont des petites créatures insaisissables. Je me souviens d'une fois, quand j'étais gosse. Avec mon cousin Kherb, on s'est introduits dans…

Baroud Kelp l'interrompit. L'heure était grave. Opale Koboï errait en liberté. Il contacta Foaly au centre de police, par liaison vidéo.

– Laissez-moi deviner, dit le centaure en passant sa main sur son long visage.

– Elle a filé. En abandonnant le casque pour que la balise nous attire. Sa combinaison émet encore des signes vitaux ?

Foaly consulta son écran.

– Rien. Le signal était net il y a encore cinq minutes. J'ai cru à un dysfonctionnement de la combinaison.

Le commandant inspira à fond.

– Lancez une alerte. Priorité absolue. Je veux que la surveillance de *notre* Koboï en Atlantide soit triplée. Opale est bien du genre à s'échapper.

Foaly s'exécuta aussitôt. Une seule Opale Koboï avait failli s'emparer du monde. À deux, elles convoiteraient certainement la galaxie.

– Et appelez Holly, ajouta le commandant Kelp. Informez le capitaine que sa permission du week-end est suspendue.

MANOIR DES FOWL, PRESQUE HUIT ANS PLUS TÔT

Artemis Fowl se réveilla dans son lit, et pendant un instant, des étincelles rouges dansèrent devant ses yeux. Elles scintillèrent de manière hypnotique avant de disparaître en courant après leurs queues.

« Des étincelles rouges, se dit-il. C'est inhabituel. J'ai déjà vu des étoiles, mais jamais des étincelles. »

Le garçon de dix ans s'étira en agrippant sa couette à pleines mains. Pour une raison quelconque, il se sentait bien.

« Je me sens à l'abri et heureux. »

Il se redressa brusquement.

« Heureux ? Je me sens heureux ? »

Il ne se souvenait pas de s'être senti véritablement heureux depuis la disparition de son père, mais ce matin-là, il était d'humeur presque joyeuse.

«C'est peut-être grâce au marché conclu avec les extinctionnistes. Mon premier gros bénéfice.»

Non. Ce n'était pas ça. Cette transaction ne lui avait laissé qu'un goût amer dans la bouche. À tel point qu'il ne pouvait plus y penser et préférait rayer définitivement ces derniers jours de sa mémoire.

Alors, qu'est-ce qui pouvait expliquer cet optimisme? C'était lié au rêve qu'il avait fait. Un plan. Un nouveau plan qui lui rapporterait de quoi financer une centaine d'expéditions dans l'Arctique.

«Oui, c'est ça. Le rêve. De quoi s'agissait-il au juste?»

Impossible de s'en souvenir. Les images s'effaçaient déjà.

Un sourire malicieux déforma sa bouche.

«C'était une histoire de fées.»

TABLE DES MATIÈRES

Eoin (prononcer Owen) **Colfer** est né en 1965 à Wexford, en Irlande. Enseignant, comme l'étaient ses parents, il vit avec sa femme Jackie et ses deux fils dans sa ville natale, où sont également installés son père, sa mère et ses quatre frères. Tout jeune, il s'essaie à l'écriture et compose une pièce de théâtre pour sa classe, une histoire dans laquelle, comme il l'explique, « tout le monde mourait à la fin, sauf moi ». Grand voyageur, il a travaillé en Arabie Saoudite, en Tunisie et en Italie, puis est revenu en Irlande. Avant la publication d'Artemis Fowl, Eoin Colfer avait déjà publié plusieurs livres pour les moins de dix ans et c'était un auteur pour la jeunesse reconnu dans son pays. *Artemis Fowl*, qui forme le premier volume de la série, est un livre événement que se sont arraché les éditeurs du monde entier et qui a propulsé son auteur au rang d'écrivain vedette de la littérature pour la jeunesse. Mais ce soudain succès international n'a pas ébranlé Eoin Colfer, qui se reconnaît simplement chanceux. Et, même s'il a interrompu un temps ses activités d'enseignant pour se consacrer à l'écriture des aventures d'Artemis, ce qu'il souhaite avant tout, c'est rester entouré de sa famille et de ses amis qui « l'aident à rester humble ». Et lorsqu'il a reçu les premiers exemplaires de son livre, il s'est précipité pour voir ses élèves, à qui il avait promis de lire l'histoire en priorité. Doté d'un grand sens de l'humour, il a également prouvé ses talents de comédien dans un *one man show*.

RETROUVEZ ARTEMIS FOWL
DANS TOUTES SES AVENTURES !

1. ARTEMIS FOWL

Artemis Fowl, génie de douze ans, appartient à une dynastie de voleurs célèbres. Son père est porté disparu et sa mère, folle de chagrin, a perdu la tête. Aidé par son fidèle serviteur Butler, Artemis projette de voler l'or des fées. Celles-ci se sont réfugiées sous terre depuis des centaines d'années et ne font que de rares incursions à l'air libre, équipées comme des cosmonautes. Artemis, aidé par son intelligence hors du commun et sa technologie sophistiquée, sera-t-il plus fort que le Peuple des fées ?

Ouvrage disponible également dans la collection Folio Junior n° 1332

2. MISSION POLAIRE

Artemis n'a plus qu'une idée en tête retrouver son père. Persuadé que celui-ci est vivant, quelque part en Russie, il va déployer des moyens techniques et financiers colossaux pour le rechercher. Il devra se battre contre la Mafiya russe, contre les gobelins, se retrouver au beau milieu des glaces arctiques et s'allier au Peuple des fées. En échange d'un petit service...

Ouvrage disponible également dans la collection Folio Junior n° 1381

3. CODE ÉTERNITÉ

Message urgent de : Artemis Fowl
Destinataire : Peuple des fées
Je pense que je n'ai pas à me présenter, ma réputation n'est plus à faire. Je suis un jeune génie du crime, j'ai monté les mauvais coups les plus audacieux. Mais pour la première fois de ma vie, je me retrouve dans une situation désespérée. Je vous lance un appel au secours et, si vous n'y répondez pas, je suis perdu. Et vous aussi, Peuple des fées...

Ouvrage disponible également dans la collection Folio Junior n° 1391

4. OPÉRATION OPALE

Depuis qu'une partie de sa mémoire a été effacée par le Peuple des fées, Artemis est revenu à ses affaires terrestres. Il prépare le vol d'un célèbre tableau. Mais au cours de l'opération, le voilà victime d'un attentat. Il est sauvé *in extremis* par l'intervention d'une étrange créature qui dit s'appeler Holly Short et prétend être une fée... La situation est grave car Holly a besoin de l'aide d'Artemis pour sauver le Peuple des fées. Opale Koboï s'est échappée et prépare sa vengeance...

Ouvrage disponible également dans la collection Folio Junior n° 1444

5. COLONIE PERDUE

Incroyable ! Il existe sur cette terre un cerveau aussi brillant que celui d'Artemis Fowl. Une personne aussi géniale que le célèbre bandit... Elle se nomme Minerva, elle est française et n'a que douze ans ! L'ambitieuse prend Artemis de vitesse alors que les démons – les êtres les plus redoutables parmi le Peuple des fées – menacent de quitter leur colonie perdue pour débarquer chez les humains. Dans cette partie diabolique, il n'y aura qu'un gagnant. Et cette fois, il n'est pas sûr que ce soit Artemis !

Ouvrage disponible également dans la collection Folio Junior n° 1485

RETROUVEZ AUSSI TOUT LE TALENT,
L'IMAGINATION ET L'HUMOUR D'EOIN COLFER
DANS :

En cette fin de XIXe siècle, les hommes rêvent de construire la machine qui les fera voler. Mais pour le jeune Conor Broekhart la conquête de l'air est plus qu'un rêve – une destinée. Né à bord d'un ballon dirigeable, il grandit dans les îles Salines, au large de l'Irlande. Lors d'une nuit tragique, la pire des trahisons détruit sa vie et lui confisque son futur. Pour sauver sa famille et son île, Conor n'a plus d'autre choix que de prendre son envol.

loi n° 49-956
du 16 juillet 1949
sur les publications
destinées à la jeunesse

Mise en pages : Dominique Guillaumin

ISBN : 978-2-07-062302-0
Numéro d'édition : 185351
N° d'impression : 105532
Imprimé en France
par CPI Firmin-Didot

Dépôt légal : juin 2009